U0039005

第二屆 生命的書寫

主題文學學術研討會論文集

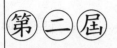

指導單位：教育部

主辦單位：元培科學技術學院

承辦單位：元培科學技術學院國文組

目錄

序

民國九十一年五月四日，本組主辦第一屆「主題文學學術研討會」，事由初起，資源匱乏、人力不足，是以備嘗艱辛，且論題略嫌廣泛，範圍也未集中。同年八月出版《主題文學學術研討會論文集》，在集結的過程中，方知出版不易，文化事業遠非外人所能言。而在第一屆主題文學學術研討會結束後未久，元氣尙待恢復之際，又積極籌備第二屆主題文學學術研討會，訂定會議主題爲「生命的書寫」，期待一場生命的對話。這一場對話，引來了十四篇論文，在舉行之時，又逢SARS疫情，更讓此一主題有現實的意義。

第一輯：醫事／人文。

我們發現醫學理論的背後，有複雜的哲學思想；而行走江湖的醫者，關懷的也不止是病症，還有國家社會；癌症末期的病患和家屬均須面對死亡；在在說明醫學所面對的不僅是治療，還有個別生命的精神價值，以及個別生命所從出的家國關懷。

第二輯：生死／存亡。

個別生命既會消逝，於是追索超越的上帝、死後的世界，固是理所必至；而生者以文學形式，追念死者，也是勢所必然；除了形軀難以長存外，意義的失落，更是導致死亡的主因。凡此均是向我們展示意義是生命存在的主要內涵。

第三輯：生命存在／生命情境。

生命的意義非如常人所想虛懸不實，正好相反，是有具體的生活空間，且不同空間，呈現不同意義；空間之外，時間也是生命存在的根據，或外現為歷史解釋，或外現為文學想像。所以生命境界的提升，可借助於環境營造、文化涵泳。

第四輯：國族生命／個人生命。

家國與個人難免處於衝突的狀況，取捨之際，端視當事人對歷史文化的感受；此時文學評價的衡定，不如文本創作成因的探討；儘管國族生命經常凌駕於個人生命之上，吾人希冀扭轉態勢，卻又以國族生命為第一義；而宿命與生命也經常處於矛盾情境之中。因此論究生命，不能孤立而談。

既然論述生命，就不能不論述死亡。家、國、時、空，構成生命的情境，死亡的情境，又如何構成？就讓我們以生命的議題，導出死亡的議題。何止是議題，這就是我們每一個人必經的歷程。

蔡師英俊、李師瑞騰給予我們的關心與鼓勵，是我們雖在技職教育體系，卻仍能堅持人文學術研究的力量來源。來有時，去有時，參與討論的師友，我們感念在心，他日相逢，再續前緣。

民國九十二年五月三日
丁亞傑序於新竹元培科學技術學院

輯 一

醫事／人文

宋明理學之太極本體論對
金元明醫學的影響

周志川

摘　要：

　　我國的哲學思想，到了宋朝重新啟開新的局面。其各家學說實不亞於戰國的「百家爭鳴」的時期。特別是從宋朝至明朝之間的理學的發展來看，「太極」無疑是代表宇宙最高的本體，同時也是宇宙的全體。理學的形成，由周敦頤、邵雍開其端，張載、程顥、程頤予以系統化，朱熹則集其大成，達於極峰。程、朱之後七百年間，理學不僅居於中國哲學思想中心地位，同時還被政府定為官方之學。其影響之大，間接的影響了金元明醫學理論的發展。除此之外，皇帝的喜好和促成及士大夫的提倡，大量的儒士從醫，大大地帶動理學與醫學的交流，並將理學的太極陰陽之理，格物窮理等觀念融入至醫學理論中，無形中促進了儒、醫兩家理論上的交流。其中表現較突出的有朱震亨、孫一奎、趙獻可、張介賓等人。本文試就當時的哲學思想、金元明醫學的發展等方面，來探討宋明理學的太極本體論對金元明醫學的影響。

關鍵詞：太極、陰陽、理、氣、命門

一、前言

　　太極本體論一直是宋明理學中的最高指導範疇，同時也是金元明醫學所探討的重要問題。從大量史料可以證明，理學的確曾對傳統醫學產生過極為廣泛和深刻的影響，其中最具代表性的就是理學的太極本體①。理學吸收並重鑄了儒、道的《周易》及太極學說，並且接受了部份佛家的觀點，賦與其宇宙生成論、本體論與心性論的多種意涵，使之成為宋明理學的理論基礎。理學的形成，由周敦頤、邵雍開其端，張載、程顥、程頤予以系統化，朱熹則集其大成，達於極峰。之後元明理學莫不由此系統演變下來。直到明朝中期之陽明心學思潮的興起，才又帶動另一個高峰。程、朱之後七百年間，理學不僅居於中國哲學思想中心地位，同時還被政府定為官方之學。其影響之大，間接的影響了金元明醫學理論的發展。再者，周敦頤的《太極圖說》，對先秦以來哲學上關於太極、陰陽、五行、動靜、生生、萬物等範疇和命題，給予了系統上的闡述。而朱熹的《太極圖說解》及其理學觀點，更是將周敦頤、二程子的學說加以補充說明，並且予以系統化、合理化的闡揚出來。事實上宋明理學的太極本體論觀點，也成為後來中醫學說理論中，極為重要的關鍵內涵。另外從社會背景來看，儒醫的崛起亦提昇了醫學家在社會上的地位。一則因朝臣的倡導；二則是皇帝的支持，因此處於理學全盛時期的金元明，儒醫的興起，大大地帶動理學

與醫學的交流，並將理學的太極觀融入至醫學理論中，無形中促進了儒、醫兩家理論上的交流。

本文試就當時的哲學思想、金元明醫學的發展等方面，來探討宋明理學的太極本體論對金元明醫學的影響。

二、哲學思想
——理學家的太極本體論

宋朝是學術思想上另一個「百家爭鳴」的時代，從宋朝至明朝之間的理學的發展來看，「太極」無疑是代表宇宙最高的本體，同時也是宇宙的全體。但是由於理學家對太極思想的思維方式的不同、解讀內容的不同，諸理學家仍以「太極」爲最高的哲學思想範疇，無論從宇宙觀、心性道德觀等方向上探討，在基本思想的形成上，終究還是產生不同的派別。如以太極爲理的理本論者、以氣爲太極的氣本論者，更有解讀成以心爲太極的心本論者。

(一) 周敦頤

理學的開山祖師周敦頤作《太極圖說》②，首次將「太極」納入理學體系。特別是他所著的《太極圖說》，反映出他對宇宙本源、物質運動等一些重要自然現象的基本看法。在他的《太極圖說》中，建構了一個融合自然、社會、人生的統一體系的圖式。以言簡意賅，有系統、完整地把宇宙生成，萬物化生的原理和人類、人類社會的相互關係及道德倫

理準則，通通歸納在三百字不到的《太極圖說》裡，建立起理學的開端。如以太極爲陰陽五行的本源，以陰陽五行、萬事萬物，皆由太極化生演變而成的觀點，建立一個宇宙論，成爲理學太極本體論的基本框架結構。但是由於《太極圖說》過於言簡義奧，許多重要問題僅涉及而未有詳論，這就引發之後理學家們，依各人之看法不同，而各抒己見，因而產生出解讀不同的多樣化太極觀。儘管諸家解讀之不同，周敦頤仍是後代宋、元、明、清各理學家所宗的代表人物，同時影響所及，也爲日後金元明醫學家所依據的重要思想理論基礎。例如金元明時期的太極命門之爭，即是重要的例子。

（二）張載

張載是以氣爲太極（太虛），建立其氣本論的代表。在他的著作及語錄中，「太極」一詞出現不多，而以「太虛」爲主。但是從他的觀點看來，「太極」和「太虛」是等同的地位。張載云：

> 一物而兩體者，其太極之謂歟！陰陽天道，象之成也；剛柔地道，法之效也；仁義之道，性之立也。三才兩之，莫不有乾坤之道出。易一物而三才，天地人一也。（《張載集·橫渠易說·說卦》）

又云：

一物兩體者，氣也。…兩體者，……是太極也。（同上）

張載認為太極為天、地、人三才合一之道，陰陽、乾坤莫不由此而出，是具有宇宙萬物生成的根本法則的意思。這裡所說的「一物兩體者，氣也」。實際上從他的諸多作品當中都說明了太極即是氣的觀點。

張載以氣即太虛為本體論的觀點，之所以會被之後醫學家所採行，還有幾項主要因素。其一，是醫學著作中，雖多次引用到朱熹之「太極，理也。」（《朱子語類》卷九十四）、邵雍之「道為太極。」（《皇極經世・類物外篇上》）之言，但是在中醫太極命門學說的觀點上，醫學家屢屢將命門與氣結合在一起，如孫一奎說命門是無形之「動氣」，趙獻可謂命門是無形之「火氣」，張介賓則認為命門是無形之「元氣」等有關命門是「氣」的內容。由於這一理氣論的提出，使得醫學界對命門是理？亦是氣？產生廣泛的探討。其二，就是在醫學聖典《黃帝內經》本身裡就述及太虛為宇宙萬事萬物產生的根源（如《黃帝內經・素問・五運行大論》即有此論述），此書為醫家所必讀之經典。因此張載以氣即太虛的觀點，自然合理性的為醫學家所接受。在儒、醫兩造宇宙本體觀念相互的結合下，張載氣本論的思想，普遍為後世醫學家所引用。

（三）程顥、程頤

二程少年時受學於周敦頤，除接受並改造部分周敦頤的「道學」觀念之外，另綜合各家之說，提出以「理」作為宇宙

本體最高的哲學範疇。二程云：

> 一言以蔽之，萬理歸於一理也。（《二程集》卷十八）
> 理則天下只是一理，故推至四海而準。（《二程集》卷二上）

理為宇宙的最高本體確立後，二程提出理與萬物之間的關係，於是提出「理一分殊」的命題。二程云：

> 天下之理也，塗殊而其歸則同，慮雖百而其致則一。雖物有萬殊，事有萬變，統之以一，則無能違也。（《二程集・伊川易傳》）

又說：

> 正其理則萬事一，一以貫之。（《二程集・外書》卷二）

二程認為天下只有一個理，天地萬物雖都是萬變萬殊的，但都由同個理作為他們的本體，都受這最高的理所統率、支配，並依其理作為貫穿萬事萬物的一貫道理。

此外，二程繼續提出「格物窮理」觀點，將《禮記・大學》中「格物致知」的內容加以發揮、闡釋。二程云：

> 今人欲致知，須要格物。物不必謂事物然後謂之物也。自一身之中至萬物之理，但理會得多，相次自然有

覺處。(《二程集》卷十七)

又說：

> 求之性情固是切於身，然一草一木皆有理，須是
> 察。(《二程集》卷十八)
> 格物之理不若察之於身其得尤切。(《二程集》卷十七)

這裡二程提出「格物窮理」的方法和對象。自然的萬事萬
物、一草一木都有它存在的道理與價值，因此都必須一件一
件的「格」，即一件一件的窮究它的道理。尤其是窮究自身之
理尤為貼切。二程的「格物窮理」，不僅為後世理學家所繼承
和發揮，同時也為後代醫學家在醫學理論的探索中，尋求一
個務實的方法，影響可謂深遠。

　　由於上述理的概念的形成及理本論思想的確立，開啓之
後理學發展的主體，影響所及，特別是南宋朱熹，在理氣論
的觀點上，得以將二程的「理」與周敦頤的「太極」及張載
的「氣」結合起來，推展出一套有系統的太極本體論。而在
此發展的過成中，也間接地影響到後世醫學家們，將「理為
太極」的宇宙觀點，應用在人與宇宙間相應關係上，並推衍
出人體命門太極觀的見解中。

(四) 朱熹

　　朱熹早年泛覽辭章，出入佛老，之後繼承周敦頤的太極
理論，融合了張載氣的思想，並以承接二程理本論的學說為

己任，建立起龐大的理學體系，將理學的內涵闡述的更加系統、具體化，是宋代理學集大成者。之後的金元明，宋理學發展無一不受朱熹的影響。朱熹在《朱熹集》③中云：

> 天地之間有理有氣，理也者，形而上之道也，生物之本也。氣也者，形而下之氣也，生物之具也。是以人物之生，必稟此理然後有性；必稟此氣然後有形。(《朱文公文集·答黃道夫》卷五十八)

朱熹認為，一切事物器都是由理與氣構成的，氣是構成一切事物的材料，理是事物的本質和規則。宇宙及萬物都是理、氣兩方面共同構成的。理與氣的概念奠定後，進一步說明理、氣、太極和陰陽的關係。朱熹在《語類》④中云：

> 總天地萬物之理，便是太極(《朱子語類》卷九十四)
> 太極非是別為一物，即陰陽而在陰陽，即五行而在五行即萬物而在萬物，只是一個理而已。(《朱子語類》卷九十四)
> 陰陽是氣，才有此理，便有此氣；才有此氣，便有此理。天下萬物萬化，何者不出此理？何者不出於陰陽？(《朱子語類》卷六十五)

朱熹以太極為理，為產生萬物的總根源。以陰陽為氣，並以理透過氣的作用來化生萬物，因此提出他的理氣二元論的說法，以貫穿理和氣及萬物間的關聯。太極除了是產生萬物的

總根源及萬理咸具的一個不可分割的整體外，它與具體事物
的關係，也可以說是一與萬的關係。朱熹云：

> 萬一各正，大小有定。萬個是一個，一個是萬個。蓋統
> 體是一太極，然又一物各具一太極。(《朱子語類》卷九
> 十四)

又云：

> 本只是一太極，而萬物各有稟受，又自各全具一太極
> 爾。如月在天只是一而已，及散在江湖則隨處可見，不
> 可謂月已分也。(同上)

從這裡可以看出朱熹承接周敦頤《太極圖說》的說法、《通
書》「二氣五行，化生萬物，五殊二實，二本則一，是萬為
一，一實萬分，萬一各正，大小有定」的論點及二程「理一
分殊」的概念，發展出「人人有一太極，物物有一太極」
(《朱子語類》卷九十四)的思想。這種「以理為太極」、「萬
物各具一太極」的理氣論思想，則直接為後世醫學家所引
用，諸如朱丹溪、孫一奎、趙獻可、張介賓等人，皆將此一
宇宙太極本體論觀點援用至醫學理論中，並推陳出新突破傳
統，開創出另一種新的醫學風貌。可說是影響金元明醫學中
最主要的代表人物。

（五）王陽明

王陽明繼承陸九淵的心學系統，與朱熹一脈的理學系統分庭抗衡，同樣主張太極是宇宙的本體。認為心即是太極，非朱熹所謂的性為理，性是太極之說。他也反對理氣可以一分為二，是理學轉向心學的完成者，也是心學集大成人物。他在《傳習錄》⑤中說：

> 先生曰：心即理也。天下又有心外之事、心外之理乎？（《陽明全書‧傳習錄上》）

又說：

> 夫物理不外吾心，外吾心而求物理，無物理矣。遺物理而求吾心，吾心又何物耶？心之體，性也。性即理也。（《陽明全書‧答顧東橋書》卷二）

所以王陽明主張心即理，性即理，就是一元論，而不同於朱子析心理為二，析心物為二的說法。因此在太極思想上，王陽明以心為太極的心本論，就與朱子以理為太極的理本論，產生分歧的看法。他在〈書汪進之太極岩二首〉詩中就提到：

> 一竅誰將混沌開，
> 千年樣子道州來。

須知太極元無極，

始信心非明鏡台。（《陽明全書》卷二十）

這裡太極、無極的涵義，正同禪宗六祖慧能悟道時，所作的偈語一樣。詩句中的心，是一個無聲無臭無始無終的狀態——無極，可是卻又是萬事萬物的最高本體。此外他又認為堯舜孔孟等聖人之學皆是心學，而後儒不明心學之義，直至宋儒周子復追孔顏之心學，主張無極而太極與主靜之說，以太極為心的本體，才又將聖人學說重新啓發出來。他說：

聖人之學，心學也。堯舜禹之相授曰：人心惟危，道心惟微，惟精惟一，允執厥中。此心學之源也。……世儒支離外索於刑名氣數之末，以求明其所謂物理者，而不知吾心即物理。……至宋周程二子，始復追尋孔顏之宗，而有無極而太極，定之以仁義中正而主靜之說。動亦定，靜亦定，無內外無將迎之論，庶幾精一之旨矣。（《陽明全書·文錄四》卷七）

王陽明認為聖人之學，皆心學也。而周子《太極圖說》的無極而太極之說，就是精一之旨，也就是理心合一的心學。此外從宇宙論的觀點上來看，王陽明認為宇宙萬事萬物的根源就是氣，也就是太極。他說：

周子靜極而動之說，苟不善觀，亦未免有病。蓋其意從太極動而生陽，靜而生陰說來，太極生生之理，妙用無

息，而常體不易。太極之生生，即陰陽之生生。……陰陽一氣也。一氣屈伸而為陰陽。動靜一理也，一理隱顯而為動靜。(《陽明全書·傳習錄中》)

王陽明解釋「太極之生生，即陰陽之生生」、「陰陽一氣也，一氣屈伸而爲陰陽」、「動靜一理也，一理隱顯而爲動靜」，將陰陽的動靜與氣的陰陽結合在一體。換句話說，即是將太極與氣劃上等號一樣。這點與朱子所謂「太極只是理，理不可以動靜言。惟動而生陽，陰而生陰，理寓於氣，不能無動靜所乘之機。」(《語類》卷九十四) 的理氣二元論的說法，在本體思想上，便形成了二個截然不同的系列。

也就是說由心性之學的角度來看，王陽明認爲心即理、心爲太極；然而從宇宙論的觀點來論，心即氣，氣爲太極。因此在陽明心學盛行的同時，心、理、氣、太極的相通說法，連帶著影響當時中醫學在醫理思辨上的探討及人體臟腑的具體演變。而受影響極爲深刻的明代醫學大家張介賓，其中的一部論著《傳心錄》(又名《傳忠錄》) 就是仿王陽明之《傳習錄》而成的。

理學的演變從周敦頤、張載、程顥、程頤、朱熹、王陽明等人一路發展下來，大致已將理學的基本觀點底定。至此之後元明乃至清初，諸理學家的闡釋，仍不出這些範圍。只是思想的差異，繼承上的不同，因而形成幾種不同的流派。而派別的不同，對於太極本體論的解讀也不一，因此影響到後來金元明諸醫學家醫學理論見解的差異。

三、金元明醫學的發展

(一) 儒醫的崛起

從金元至明清，是中醫學理論繼秦漢之後的又一個發展高峰，而這個階段也正是儒學發展的另一個思想高潮。由於宋明理學是中國後半期的官方哲學，加上此一時期朝中皇帝的喜好和促成及士大夫的提倡，大量的儒士從醫，使得儒家的理學思想與醫學理論的廣度和深度，遠超過秦漢以來的儒學與傳統醫學的契合⑥。

宋以前儒者對醫仍存有輕視的態度，如韓愈曾經說過：「巫、醫、樂師、百工之人，君子不恥。」（《師說》）不過到了宋朝則漸有變化，其原因，即，一來朝中士大夫的提倡。如范仲淹嘗云：「不為良相，則為良醫。」根據吳曾在《能改齋漫錄》⑦中記載：

> 范文正公微時，嘗詣靈祠求禱。曰他時得為相乎？不許。復禱之曰：不然，願為良醫。‥‥‥果能為良醫也，上以療君親之疾，下以救貧民之厄，中以保身長全。在下能及大小生民者，舍夫良醫，則未之有也。（《能改齋漫錄‧記事‧文正公願為良醫》卷十三）

范仲淹在宋仁宗時累官至參知政事（即副首相），雖未成

爲一名醫家，但是他的一生憂國憂民行徑，足堪爲醫國的良
醫了。而范仲淹「不爲良相，則爲良醫」一語，無形中提振
儒醫的名分，也影響後代不少儒者棄儒從醫，如元代朱丹溪
初爲理學家、載啓宗曾任儒學教授等，促使儒醫更多的結
合，也提昇了醫學界更高的素質涵養。二來宋代皇帝的喜好
和促成。特別是宋徽宗崇寧二年與朝臣共議，將醫學納入儒
學的教育中。根據《宋會要輯稿》⑧記載：

> 正在今日，所有醫工，未有獎進之者。蓋其品流不
> 高，士人所恥。故無高識清流，習尚其事。今既別興醫
> 學，教養上醫，難以更隸太常寺，欲比三學，隸於國子
> 監，仿三學立法‧‧‧‧諸學賜出生，以待清流，庶有激
> 勵。（《宋會要輯稿‧崇儒三》）

宋徽宗將醫家納入國子監，其目的正是爲了將醫學納入
儒學的教育體系中。此項盛舉改變了醫學教育的性質及醫生
的素質，同時也使醫家能夠入儒，成爲上醫。從此，醫官建
立起系統化，不僅醫官的地位不同於前，而且也大大的提昇
醫家在儒學的素養，儒醫在社會上的地位終於得到確立
⑨。再者當時理學的風氣也日益盛行，理學家人才備出，相
繼提出不同的見解，形成百花齊放多種流派的局面。有關理
學中重要的哲學範疇如：「理」、「太極」、「陰陽」、「氣」、「格
物窮理」等觀念被融入醫學理論中，在儒醫崛起的過程
中，因而促進儒、醫兩家思想上的匯通。並創立許多異於傳
統的見解。於是一些儒者們，認爲醫學也可以是實行儒家理

想的另一途徑，因此如朱丹溪、張元素、劉完素、李時珍、孫一奎等人都是棄儒從醫，並在醫學史上有著傑出貢獻的醫學家，於是儒醫結合的傳統便開始形成了。

(二) 醫家學說的競起

宋代理學是中國思想史上極具重大影響的哲學型態，不僅擁有時代性的邏輯推理，更具有精巧深邃的理論思維方式。特別是理學宇宙觀（即太極本體論）的演變與爭議，直接地影響到金元明醫學的發展，使傳統醫學達到另一層新的水平。太極之理，格物窮理等觀點，在儒醫相繼的傳播下，無形中滲透到醫學理論研究的領域中。由於宋以來思想家的革新風潮，直接影響到醫學界，而本身傳統醫學中「古方」、「今病」的矛盾，同時引起醫學家們的不斷討論。由於如此的發展，新的醫學理論即在此一時期紛紛出現，因而形成了金元明時期的各家學說⑩。其中表現較突出的有朱震亨、孫一奎、趙獻可、張介賓等人。

1. 朱震亨

朱震亨，又名朱丹溪，元朝人。在醫學方面，師從羅知悌，接受劉完素、張從正、李杲的學術思想。在儒學方面，曾爲朱熹四傳弟子許謙的門人，故而精通太極、性理之學。之後在老師許謙的鼓勵下，棄儒從醫，於是創立了丹溪學派。

丹溪醫學深受理學的影響，推崇周敦頤、朱熹之學，是第一個將理學的太極思想引入醫學的醫學家。如周敦頤的《太極圖說》云：「太極動而生陽，……靜而生陰，……」、朱

熹的《朱文公文集》中說:「太極動而生陽,動極而靜;靜而
生陰。太極,理也。」(《朱文公文集‧答鄭子上》卷五十
六)及《語類》裡:「有這動之理,便能動而生陽;有這靜之
理,便能靜而生陰。」(《朱子語類‧周子之書——太極圖》
卷九十四)等等,為丹溪的《格致餘論‧相火論》⑪中的
「太極動而生陽」、「凡動皆屬火」的立論做一強而有力的依
據。丹溪闡述他相火學說理論的《相火論》中指出⑫:

> 太極動而生陽,靜而生陰,陽動而變,陰靜而
> 合……。而生水火木金土各一,其性惟火有二,曰君
> 火,人火也;曰相火,天火也。內陰而外陽主乎動者
> 也。
> 故凡動皆屬火。以名而言,形氣相生,配於五行,故謂
> 之君。以位而言,生於虛無,守位稟命,因其動而可
> 見,故謂之相。(《格致餘論‧相火論》)

他認為相火是人身的動氣,為生命活動的原動力,是人體生
生不息的機能活動的體現。丹溪對火的認識,充分體現出他
受理學太極觀的影響及個人對理學深厚的造詣。再者理學中
周敦頤之「一動一靜、互為其根」、「聖人定之以中正仁義而
主靜。」(《太極圖說》)、朱熹之「靜者為主,動者為客,此
天地自然之理。」(《朱熹集》卷五十四)等主靜的觀點,也
讓丹溪深深體會到「動易而靜難」的現象,遂提出他一連串
主靜的原則。他認為雖然相火是人的動力來源,如能「動而
中節」,符合中庸的原則,即能「裨補造化,以為生生不息之

運用」。若是相火妄動，毫無調節，便會引起欲火，使真陰虧損。因此他說：

> 儒家立教曰：正心、收心、養心，皆所以防此火動於妄也。醫者立教：恬淡虛無，精神內守，亦所以遏此火之動接也。(《格致餘論‧相火論》)

丹溪主張養生須「恬淡虛無，精神內守」，同時「主之以靜」(《格致餘論‧相火論》)等來調息內心之安定，並透過寧心靜氣，來遏止火之妄動，以達身心陰陽、動靜平衡的養生目的。此處丹溪亦充分吸收理學靜為動本，太極為動靜之根的理學原理，做為他醫學養生的依據。再者丹溪治病「參之以太極之理，易、禮記、通書、正蒙諸書之義，貫穿內經之言，以尋其指歸。」(同上)這種說法，更明確地指出丹溪融合了《周易》、《禮記》，周敦頤《通書》，張載《正蒙》及《內經》的學說為一體，並參之以太極之理，來作為辨證論治診病的最高指導原則。

2. 孫一奎

孫一奎，字文垣，號東宿，別號生生子，安徽休寧人，明代著名醫學家。師承劉河間、朱丹溪一脈，受丹溪影響最深，同時生於宋明理學盛行時期，亦深受理氣論學說影響，並將宋明理學反應在其治學上。他將儒、釋、道之教之說融為一體，且以太極本體論為核心，納入其醫學體系中，並做為醫學範疇中的最高指導思想。在其著作《醫旨緒餘》⑬之中，將〈太極圖抄引〉列為全書之首，此圖是源自

於周敦頤的《太極圖說》，同時也是綜合了朱熹的太極本體論的內容而成的。〈太極圖抄引〉中說：

> 天地萬物，本為一體。所謂一體者，太極之理在焉。故
> 朱子曰：太極只是天地萬物之理，在天地，統體一太
> 極；在萬物，萬物各具一太極。即陰陽而在陰陽，即五
> 行而在五行，即萬物而在萬物。夫五行異質，四時異
> 氣，皆不能外乎陰陽。陰陽異位，動靜異時，皆不能離
> 乎太極。人在大氣中，亦萬物之一物耳，故亦具此太極
> 之理也。（《醫旨緒餘·太極圖抄引》）

朱熹承襲二程「理一分殊」之說，認為「物物各具一太極」、「太極是理」、「總天地萬物之理，便是太極」。孫一奎則依據這種太極思想，闡述太極與萬物，一與多之間的相互關係。並說明萬物之中無論是陰陽，或是五行，都存在著太極之理，而太極之理也存在於萬事萬物之中。所以孫一奎也將太極之理做為宇宙的本體的同時，也以陰陽二氣屈伸變化，做為形成自然界物質的根源。他在〈不知易者不足以言太醫論〉中說：

> 天地間非氣不運，非理不宰，理氣相合而不相離者
> 也。何也？陰陽，氣也。一氣屈伸而為陰陽動靜，理
> 也。理者，太極也。本然之妙也。（《醫旨緒餘·不知易
> 者不足以言太醫論》）

〈命門圖說〉亦云：

> 蓋人以氣化而成形者，即陰陽而言之。……此原氣
> 者，即太極之本體也。

另外孫一奎參照朱子之理氣論，以理為太極、氣為陰陽的中心思想，將其納入自己的命門學說⑭，且仿周敦頤的《太極圖說》做〈命門圖說〉，並提倡「動氣命門說」的理論，來闡述人身太極的根源，使命門學說建構在臟腑理論上。孫一奎云：

> 命門乃兩腎中間之動氣，非水非火，乃造化之樞紐，陰
> 陽之根蒂，即先天之太極。五行由此而生，臟腑以繼而
> 成。（《醫旨緒餘・命門圖說》）

這「動氣」是太極的本體。之所以稱命門為「動氣」是因為它具「生生不息之機」，而「動則生，亦陽之動也，此太極之用所以行也。」（同上）的原因。

孫一奎以太極理本論為指導思想，從世界萬物皆由太極、陰陽二氣動靜變化出發，提出命門元氣的先天性質，為生命的本源。以太極之體用論述命門，極具醫理變化的作用。

3. 趙獻可

趙獻可，字養葵，號醫巫閭子，明萬曆，崇禎年間，浙江鄞縣人。趙獻可一方面受周敦頤《太極圖說》的影響，另

一方面又承襲孫一奎之立論，將宋明理學的太極觀納入其命門學說的醫學理論，繼續發揮。趙獻可指出：

> 繫辭曰：易有太極，是生兩儀。周子懼人之不明，而制為太極圖，無極而太極，無極者，未分之太極也。太極者，已分之陰陽也。(《醫貫·玄元膚論》)
>
> 人受天地之中以生，亦原具有太極之形。在人身之中，非按形考索，不能窮其奧也。余因按古人銅人圖畫一形象，而人身太極之妙，顯然可見。(《醫貫·玄元膚論》)
>
> 命門是為真君真主，乃一身之太極，無形所可見。(《醫貫·玄元膚論》)

他所說的「無形」，實指精微不可見的物質，他認為「命門」等同太極，是形成生命的動力和根本。所以「人之初生受胎，始於任之兆，惟命門先具。」(《醫貫·玄元膚論》)正因為命門具有促進人體生長發育的重要作用，與宇宙由太極生成的原理是一致的，因而他強調保養命火的重要性。由此可見，趙獻可命門學說的形成，與《易經》和周敦頤《太極圖說》的理論有著密切的相關。

另外在他的著作《醫貫》⑮中依據在太極原理，創立「腎間命門」說。趙獻可云：

> 命門在人身之中對臍附脊骨，自上數下則為十四椎，自下數上則為七椎。《內經》曰：七節之旁有小心，此處兩

腎所寄，左邊一腎屬陰水，右邊一腎屬陽水，各開一寸
五分，中間是命門所居之宮，即太極圈中之白圈也。其
右旁一小白竅，即相火也。其左旁之小黑竅，即天一之
真水也。此一水一火俱屬無形之氣，相火稟命於命門真
水。(《醫貫·玄元膚論》)

可見趙獻可不僅繼承了內、難學說，而且頗有創見，視命門
比心主更為重要；命門不是右腎，而此命門位在兩腎之間為
人一身的太極，從而確立了「腎間命門學說」。

由上述的觀點來看，他完全接受了「無極」，「太極」的
哲學觀點，並參照周敦頤的太極圖，認為人身太極就是命
門，命門乃人身先天之太極，故無具體形態，為人體的主
宰。

4. 張介賓

張介賓，字景岳、會卿，號通一子，是明代末期最為傑
出的醫學家。因晚年編成《景岳全書》一百數十萬言，而名
聞遐邇，後人多稱其號──張景岳。張介賓對周易理學深有
研究，他嘗藉唐代著名醫學家孫思邈的話云：「不知易，不足
以言太醫」(《類經附翼·醫易義》)⑯之語。在他的《類經附
翼·醫易義》⑰中他承襲孫思邈的思想繼續發揮，認為「醫
不可以無易，易不可以無醫」，並提出「醫易同源」、「醫易相
通」、「摭易理精義，用資醫學變通」(《類經附翼·醫易義》)
等理無二致的觀點。除了醫易相通之外，他也結合了周敦
頤、朱熹等人的學說，在其醫學理論中充分發揮理學以太極
為理的思想。在《類經圖翼》中，他說：

> 太極者，天地萬物之始也。太始天元冊文曰：太虛廖廓，肇基化元。老子曰：無名天地之始，有名萬物之母。邵子曰：若論先天一事無，後天方要著工夫。由是觀之，則太虛之物，廓然無象，自無而有，生化肇焉。化生于一，是名太極，太極動靜而陰陽分。故天地只此動靜，動靜便是陰陽，陰陽便是太極，此外更無余事。（《類經圖翼‧運氣上》）

這裡張介賓結合諸家之說解釋太極之涵義，並認為太虛就是太極、天地之陰陽、動靜便是太極，融合了醫易、道儒為一身的思想。同時在《類經圖翼》中也繪制一個太極圖，文中說：

> 太虛者，太極也，太極本無極，故曰太虛。（《類經圖翼‧運氣上》）

此處的「太極本無極」可以從朱熹解釋周敦頤的《太極圖說》中看出。朱熹云：「無極而太極，不是說有個物事，光輝輝地在那裡。只是說這裡當初皆無一物，只有此理而已。」「無始之始，僅有一理而已。此理即是太極。」（《朱子語類》卷九十四）由上述大抵可知張介賓的太極觀是有脈絡一路承襲下來的。而這個脈絡是從北宋周敦頤、朱熹等人的理學所建構出來的，明白的指出太極就是理的觀念。

再者張介賓根據朱子的太極即理、陰陽即氣、理不離

氣、氣外無理、理與氣相互依賴不可分離的理氣論觀點
⑱，融合至他的醫學理論中。他在《類經圖翼·運氣上》中
說：

> 夫太極著，理而已矣。朱子曰：象數未形，理已具。又
> 曰：未有天地之先，畢竟先有此理。先儒曰：天下無理
> 外之氣，亦無氣外之理。故理不可以離氣，氣不可以外
> 理。理在氣亦在，氣行理亦行。（《類經圖翼·運氣上》）

張介賓承襲朱子太極、陰陽、理氣論的看法，也為他的
太極命門學說作更深層的推廣。

張介賓命門學說亦繼續前人之述，再次提出太極與命門
的關係。將周敦頤《太極圖說》中所謂的：「太極動而生
陽，動極而靜，靜而生陰，靜極復動，一動一靜，互為其
根，分陰分陽，兩儀立焉。」的變化過程充分表現在著作
中。在其所著的《類經圖翼》中，同時孫一奎也是將「太極
圖論」置於卷首，把命門比喻成人身的太極，代表著生命的
根本。如〈真陰論〉就有詳細的記載：

> 命門居兩腎之中，即人身之太極，由太極而生兩儀，而
> 水火具焉，消長系焉。故為受生之初，為性命之
> 本。（《類經圖翼·真陰論》）
> 命門居兩腎之中，即人身之太極。（《類經圖翼·真陰
> 論》）

這裡他將命門比喻人身之「太極」，太極生陰陽水火，並藉著陰陽水火之消長，氣化薰蒸、推動整體人體功能活動。由此也可以看出他的太極命門觀與理學的太極本體論，二者相較之下頗有異曲同工之妙。

四、結論

我國的哲學思想，到了宋朝重新啓開新的局面。其各家學說實不亞於戰國的「百家爭鳴」的時期。特別是宋朝思想的革新變通，新的理學理論紛紛出籠，直接影響到醫學界的發展。但從傳統醫學家來看，宋明理學中的太極、陰陽、理氣等重要哲學範疇，主要不是表現在純理論的思辨上，而是如何藉著宋明理學的觀點，具體的應用在醫學問題研究上，以突破傳統以來的醫學觀，爲新的醫學理論開創出另一條蹊徑。譬如從「心爲太極」的角度來看，《黃帝內經》雖然沒有明確提出「心爲太極」，但卻十分強調心的作用，把「心」稱爲「君主之官」，看成生命的本源。《素問・六節藏象論》說：「心者生之本，神之變之。」《靈樞・邪客》說：「心者，五臟六腑之大主也，精神之所舍也。」心是五臟中最重要的一臟。但是從孫一奎、趙獻可、張介賓等人以來，就大膽提出與《內經》以心爲君主之說不同的觀點，而另立命門爲真君真主，太極即是命門。因此金元以來，「命門」之說變成了熱門醫學主軸，有不少醫學家就什麼是命門？命門的性質、位置、功能與其他臟腑的關係及臨床意義等，展開了辨

論。就我們考察過這些醫學家對於有關命門的論述，大概可以了解爲什麼孫一奎、趙獻可、張介賓等人會有此熱烈的討論？其原因大致可從他們的著作中，很明顯地直接引用或間接提到理學家如周敦頤的《太極圖說》或朱熹等人太極、陰陽、理、氣的內容。由此可知，中醫學家所謂的「命門學說」與宋明理學的太極本體論，有著相當程度的關連。因此，後世醫學家本著「參以太極之理」（《格致餘論・相火論》）「先儒謂物物具太極，學者其可不觸類而長，引而伸之乎！」（《同上，吃逆論》）的觀點，來闡釋傳統《黃帝內經》的學說和醫藥規律。由此可以了解，太極學說在金元明醫界獲得醫學家們的認同與接受是可以理解的。而醫學家們在接收《黃帝內經》解釋天論思想的變化之外，又加入了宋明理學的宇宙論和本體論的內容，使得傳統醫學上出現了更多樣化的型態。同時在時代的變遷下，宋以來思想家的革新風潮，紛紛涉入傳統醫學界中。而「古方今病，不相能也」（《金史・張元素傳》）的觀念，也在此一時期被明確討論起來，帶動醫學理論的變革。這種新的變革直接衝破保守風氣，活躍傳統醫學研究，提出了不同的論點，陸續形成不同的學派。再者朝政的支持與提倡，也大開儒醫之風，興起了「不爲良相，則爲良醫」（《能改齋漫錄》）的觀念，更加深儒、醫彼此的匯通。誠如《四庫全書總目・醫家類》所說：「儒之門戶分於宋，醫之門戶分於金元。」這可說是符合歷史事實的。

註 釋

① 見徐儀明《性理與岐黃》，中國社會科學出版社，1997 年 9 月，初版，頁 99。

② 周敦頤《太極圖說》，四庫全書本，臺北：臺灣商務印書館，民國 75 年 3 月，初版。

③ 朱熹《朱熹集》，成都：四川教育出版社，1996 年 10 月，初版。

④ 黎靖德編《朱子語類》，臺北：文津出版社，民國 75 年 12 月。

⑤ 王陽明《陽明全書》，臺北：臺灣商務印書館，民國 68 年 7 月，台三版。

⑥ 見林殷《儒家文化與中醫學》，福建：福建科學技術出版社，1992 年 9 月，頁 93。

⑦ 吳曾《能改齋漫錄》，臺北：廣文書局，民國 59 年 12 月，初版。

⑧ 《宋會要輯稿》，臺北：新文豐出版社，民國 65 年 10 月，初版。

⑨ 見馬伯英《中國醫學文化史》，上海：上海人民出版社，1997 年 5 月，二版，頁 478 。

⑩ 見甄志亞主編《中國醫學史》，臺北：知音出版社，民國 83 年 11 月，頁 256。

⑪ 見朱丹溪《格致餘論》，四庫全書本，臺北：臺灣商務印書館，民國 75 年 3 月，初版。

⑫ 相火一詞源自於《內經》。《素問‧天元紀大論》、《素問‧六微旨大論》等均有記載，然《內經》相火屬運氣概念，是指時令節序的六氣變化。及至後世醫學家逐漸把相火理論，從自然界的運氣概念推衍到人體臟腑之氣中，把相火與臟腑連繫起來。而朱丹溪的「相火」，卻有獨特的意義和內容。他以為相火是人身之動氣，為生命活動、延續的原動

　　力，同時決定臟腑經絡是否能正常活動，因此相火動的前提必須動而「中節」，這就是相火在人體中的作用。

⑬ 見孫一奎《醫旨緒餘》，四庫全書本，臺北：臺灣商務印書館，民國 75 年 3 月，初版。

⑭ 「命門」一詞最早見於《難經》。《難經・三十六難》：「腎兩者，非皆腎也。其左者為腎，右者為命門。命門者，謂精神之所舍，元氣之所繫也。故男子以藏，精女子以繫胞。」這裡的命門是指右腎。到了明代孫一奎、趙獻可、張介賓等人紛紛提出異於《難經》的命門之說。詳文於本文中即有論述，此處則不在贅述。

⑮ 見趙獻可《醫貫》，續修四庫全書本，上海：上海古籍出版社，1995 年 3 月。

⑯ 張介賓《類經圖翼》，四庫全書本，臺北：臺灣商務印書館，民國 75 年 3 月，初版。

⑰ 同註⑯。

⑱ 《朱子語類》卷 94：「太極理也，動靜氣也。氣行則理亦行。表常相依而未嘗相離也。太極猶人，動靜由馬，馬所以載人，人所以乘馬。馬之一出一入，人亦與之一出一入。蓋一動靜，而太極之妙未嘗不在焉。」

參考書目

周敦頤：《太極圖說》，四庫全書本，臺北：臺灣商務印書館，民國 75 年 3 月。

張載：《張載集》，臺北：里仁書局，民國 68 年 12 月。

程顥、程頤：《二程集》，臺北：里仁書局，民國 70 年。

王陽明：《陽明全書》，臺北：臺灣商務印書館，民國 68 年 7

月，台三版。

朱熹：《朱熹集》，成都：四川教育出版社，1996 年 10 月，初版。

黎靖德編：《朱子語類》，臺北：文津出版社，民國 75 年 12 月。

吳曾：《能改齋漫錄》，臺北：廣文書局，民國 59 年 12 月，初版。

徐松輯纂：《宋會要輯稿》，臺北：新文豐出版社，民國 65 年 10 月，初版。

朱丹溪：《格致餘論》，四庫全書本，臺北：臺灣商務印書館，民國 75 年 3 月。

孫一奎：《醫旨緒餘》，四庫全書本，臺北：臺灣商務印書館，民國 75 年 3 月。

趙獻可：《醫貫》，續修四庫全書本，上海：上海古籍出版社，1995 年 3 月。

張介賓：《類經圖翼》，四庫全書本，臺北：臺灣商務印書館，民國 75 年 3 月。

徐儀明：《性理與岐黃》，中國社會科學出版社，1997 年 9 月，初版。

林殷：《儒家文化與中醫學》，福建：福建科學技術出版社，1992 年 9 月。

馬伯英：《中國醫學文化史》，上海：上海人民出版社，1997 年 5 月，二版。

甄志亞主編：《中國醫學史》，臺北：知音出版社，民國 83 年 11 月。

見證帝國的醫者

重讀劉鶚／老殘的走方生涯

羅秀美

摘　要：

　　清末頗具知名度的小說《老殘遊記》，以其特有的遊記體裁，刻劃了行將傾頹的大清帝國的種種光怪陸離。曾經行醫江湖的作者劉鶚，更化身為搖串鈴的江湖郎中老殘；並以獨到的眼光，見證帝國的最後發展。醫人的劉鶚／老殘，以醫者情懷入世，佐以俠義形象的出現，解決許多清末社會的疑難雜症。這使得《老殘遊記》不只為「遊記」，亦得以樹立公案或俠義小說的新典範；然就其描摹歷史的準確度而言，亦可以「史詩」視之。準此，本文觀察劉鶚／老殘在歷史與敘事文本之間的交錯中所展現的醫者典範，重現劉鶚／老殘所見證的歷史黑洞及心靈創痛。

關鍵字：見證、醫者、劉鶚、老殘、老殘遊記

一、前言：醫人？醫國？

　　醫人／醫國的劉鶚／老殘，是閱讀《老殘遊記》的關鍵。這部小說以醫者形象塑造貫串故事的第三人稱——老

殘，他也是整個故事的主要敘述者，「不是情節中人，卻像個同時在場的觀察者」①，一面觀察一面敘述。隨著老殘的行蹤，讀者彷彿走入大清帝國的場域中，一起參看那場朝代末年的動盪與創痛。

清末社會的動盪與創痛，其來有自。小說首回，老殘在睡夢中與文章伯、德慧生同遊蓬萊閣，遇一艘「無一處沒有傷痕」②的大船，「在那洪波巨浪之中，好不危險！」③三人「看這船上的人都有『民不聊生』的氣象。」④甚爲關切。南柯一場之後，讀者發覺老殘的睡夢正寓示帝國的危局，如同那艘被破壞的大船般動盪不安。千瘡百孔的船身亟待修復，需要的是身懷絕（醫）技的能手，徹底整治一番。因此，深受太谷學派⑤影響的劉鶚滿懷濟世熱情，爲利民之實業而摩肩接踵，揚州懸壺即爲其一。行醫雖爲餬口，仍舊是他經世濟民版圖中的一項成果。同樣地，小說中的老殘，也以一介郎中的形象行走江湖，做起救人的營生。

於是，讀者在小說第一回中看到劉鶚／老殘的心聲：

> 舉世皆病，又舉世皆睡。真正無下手處，搖串鈴⑥先醒其睡。無論何等病症，非先醒無治法。⑦

劉鶚借老殘之口說出自己真切的心聲，面對重病纏身且酣睡不醒的帝國，他認爲只有以醫者的串鈴搖醒昏睡的病人，任何病症方有醫治之可能。因此，以搖串鈴的醫者自居，恐怕是救治帝國的最佳身分。

準此，於劉鶚／老殘而言，醫人即醫國，醫國即醫

人。如小說第一回，治「黃瑞和」的潰爛即治「黃河」的潰爛一般。在歷史與敘事之間，劉鶚以醫療的寓言承載許多無法清楚言之的帝國亂象。

　　「見證」歷史有種種方法，劉鶚採行的是以醫者身分診斷社會的脈象，救治帝國的病症；惟其爲醫者，特別具有說服力。而本文所使用「見證」一詞，以《見證的危機——文學、歷史與心理分析》⑧一書中的用法爲準。作者之一的耶魯大學教授費修珊認爲見證（witnessing）已成爲我們面對時代歷史事件及心創的一種重要形式，因此他設計了名爲「文學與見證」的課程，以探討臨床經驗與歷史的互動，以文學、心理分析及歷史性的材料來見證某一種危機。例如他以卡謬的《瘟疫》爲文本加以討論，認爲身兼醫師及證人的敘事者，感到有義務來記錄身歷其境的巨難，以便「以歷史家之務」而「作見證」，並且「站在受難者的立場，爲他們遭遇的不義豎永恆的紀念碑」。《瘟疫》是二次大戰巨大傷亡的明晰寓言，代喻德國佔領、「檢疫隔離」歐洲所造成的心創，也象徵了對抗致命的殘酷納粹時的絕望掙扎。其後，這部小說的流傳，使得醫師所記錄的見證嘗試，具有掌握了解見證的歷史性意義。令人驚訝的是，見證的特質並不能爲其歷史層面盡然涵蓋，此乃由於作證的人並不僅是歷史家，更是一名醫生，這使得記錄歷史即等同於記錄瘟疫惡疾。而見證企圖捕捉認知的「事件」，便同時具有歷史及醫療的神祕性⑨。

二、敘事文本：老殘在遊記中的
醫者形象

　　劉鶚即老殘，劉鶚以醫者形象塑造了老殘；小說裡的老殘就是劉鶚，劉鶚自己就是塑造老殘的根本。劉鶚號鐵雲，所以老殘姓鐵。劉鶚是丹徒人，寄居淮安；老殘是江南人，老家在江南徐州。劉鶚曾行醫，老殘也是搖個串鈴替人治病的。劉鶚化身為小說人物老殘，透露了劉鶚自己的理想性格，現實中無法成就的經世濟民，全在敘事文本中展現。

　　在此「虛構」的文本中劉鶚得以騁其奇想，將現實中門可羅雀的郎中生涯，轉換為小說中受病家信任的醫者形象。老殘雖以醫者身分遊走四方，卻幾乎是無所不能的，解決許多公案或俠義小說中的主角才能夠具備的「超能力」。基本上，劉鶚「以醫者形象來代替御史形象」⑩，舊官僚們所無法解決的民困，唯有透過先知先覺的改革者加以改革，研究病因以對症下藥，才能挽救頹勢。因此，透過老殘搖串鈴行走江湖，正好透露劉鶚的苦心孤詣。

　　職是，小說中對老殘身為醫者的角色及生涯，多所著墨：

(一)「醫者」釋名

　　在小說中，劉鶚以不同的名稱定義醫者，有「醫生」、「先生」、「醫家」、「郎中」等四種指稱。本文以醫者統

稱之。

1. 醫生

此稱可以第二回一段文字呈現：

> 管事的再三挽留不住，只好當晚設酒餞行，封了一千兩
> 銀子奉給老殘，算是醫生的酬勞。⑪

「醫生」一稱起自唐代，當時設置學校令人習醫，凡學醫的人
稱為醫生。今日則用為業醫治病者的通稱。

2. 先生

此稱可以第三回一段文字呈現：

> 當時高公叫家人：「到上房關照一聲，說，有先生來看
> 病。」⑫

「先生」此稱在口語中與「教師」同音義，有尊重之意。

3. 醫家

此稱可以第三回一段文字呈現：

> 對高公道：「這病本不甚重，原起只是一點火氣，被醫家
> 用苦寒藥一遍，火不得發……。」⑬

在此，「醫家」即指醫生、醫學家。《周禮政要・考醫》：「與
中土古醫家書，互相校讎。」即已出現此稱。

4. 郎中

此稱於小說中出現最多，如第十五回：

又對老殘做了個揖，說道：「從今以後，他也不用做賣皮的婊子了，你也不要做說嘴的郎中了。」⑭

第十八回：

又笑向剛弼道：「此人聖慕兄不知道嗎？就是你纔說的那個賣藥郎中；姓鐵，名英，號補殘，是個肝膽男子，學問極其淵博，性情又極其平易，從不肯輕慢人的。」⑮

「郎中」一詞，為宋人對醫生的稱呼，顧炎武《日知錄》亦稱「北人謂醫生為大夫，南人謂之郎中」。此稱於小說中最多。

以上諸名，皆為小說中對醫者的用詞。證諸《說文》的解讀：「醫，治病工也。」治病的人，古代稱為治病工，以後稱為醫生、醫士、醫師等。其實，一直到清末仍多以技術層次視之，即以最為常用的「郎中」為例，便隱含幾許貶意，特別是「江湖郎中」。

（二）醫者的地位

小說中幾處論及醫者的地位，可從他人的看待及自我的認知來觀察：

1. 他人所看待：「搖串鈴」的「冷業」、「說嘴的郎中」

（1）「冷業」

此說可以小說第三回為例：

> 紹殷再三贊歎不絕，隨又問道：「先生本是科第世家，為甚不在功名上講求，卻操此冷業？雖說富貴浮雲，未免太高尚了罷。」⑯

據高紹殷之意，傳統讀書人多在功名上追求，而醫治病人恐怕是不得已的冷門行業。同時，操此收入不固定的冷業，更予人過於清高之意。

（2）做官高於搖串鈴

此說可以小說第六回為例：

> 東造道：「你那串鈴本可以不搖，何必矯俗到這個田地呢！……宮保一定要先生出來做官，先生卻半夜裡跑了，一定要出來搖串鈴。試問，與那鑿坏而遁，洗耳不聽的，有何分別呢？」⑰

據申東造之意，做官較搖串鈴來得有價值，有為之人多半不會從事醫病工作，以免矯俗之議。此與高紹殷之意雷同，在傳統社會的價值觀中，仕宦為讀書人的上選，失意落魄時淪為治病的郎中乃不得已的選擇。

（3）說嘴的郎中

此說可以小說第十五回中與「賣皮的婊子」相提並論的「說嘴的郎中」⑱為例。據此言，出賣靈肉與說嘴郎中，似被社會價值觀置於同一品級，是以勞力的、技術的層次為主的職業。顯然的，說嘴的郎中，全憑一張嘴行走天涯，似有胡天墜地、信口開河、一走了之、來去無蹤之意。

　　總結以上，傳統社會的價值觀中，對於從事醫療工作者視之爲懂技術之工人，爲職業選擇中不得已的末流。

2. 自我所認知：「行道」之「鄙人」

　　可以從小說中幾處，看出老殘對於己身地位的認知：

　　（1）郎中以寒微為尚

　　在小說第三回中說道：

　　老殘道：「鄙人行道，沒有一定的藥金。果然醫好了姨太太病，等我肚子餓時，賞碗飯吃，走不動時，給幾個盤川，儘夠的了。」⑲

　　第六回也是：

　　老殘道：「……你想，天下有個穿狐皮袍子搖串鈴的嗎？」⑳

　　在這兩回文字中，郎中對於自己的職業及身分認知，只是「行道」的「鄙人」，沒有固定的收費，能拿多少隨病家意向。大抵而言，其收入所得使其地位偏於寒微，能稍解飢寒即已滿足，對於他人饋贈狐皮袍子亦顯得不大愉悅。老殘之意，恐有辱及個人清高之意或有損郎中清寒的形象。

　　（2）搖串鈴混日子

　　小說第六回說道：

　　老殘道：「搖串鈴誠然無濟於世道，難道做官就有濟於世

嗎？」㉑

第六回也是：

> 老殘道：「……倘若他也像我搖個串鈴子混混，正經
> 病，人家不要他治，些小病痛，也死不了人。即使他一
> 年醫死一個，歷一萬年，還抵不上他一任曹州府害的人
> 數呢？」㉒

老殘認為搖串鈴混日子雖不為他人所認同，較諸許多害人的
清官似又更高一層。走江湖的郎中不大可能被延請醫治重
症，而醫治些小病痛雖醫得不精，卻也無害人之處。老殘此
言，可見他自己對郎中一職的看法，也可見他內心的沈痛。

　　據以上文本，若以《說文》對醫者的解讀言之，在古代
被稱為治病工的醫者，顯然長期居於社會價值觀的下層；無
怪乎老殘以郎中身分行走江湖，一再遭遇有識者的質疑與慰
勉。

(三) 老殘的醫者生涯

　　根據小說的脈絡發展，讀者清楚看到老殘於遊記中的醫
者生涯：

1. 治病前：搖串鈴的道士傳授口訣，自此治病餬口

　　小說中將老殘行醫的歷程以極其傳奇的方式呈現。無祖
業可守又無正經工作可做的老殘，漸漸感受到飢寒交迫的無
奈；傳奇的是一個搖串鈴的道士適時出現，在第一回中讀者

看到這樣的片段：

> 這老殘既無祖業可守，又無行當可做，自然「飢寒」二
> 字漸漸的相逼而來了。正在無可如何，可巧天不絕
> 人，來了一個搖串鈴的道士，說是曾受異人傳授，能治
> 百病，街上人找他治病，百治百效；所以這老殘就拜他
> 為師，學了幾個口訣，從此也就搖個串鈴替人治病餬口
> 去了，奔走江湖近二十年。㉓

劉鶚賦予老殘一段傳奇的習醫歷程，不是正式拜師學藝
的，而是無意中出現的一名道士前來傾囊相授，才使得老殘
於窮途末路之際頓感一絲光亮。從此拜道士為師，學了幾個
口訣，也就可以替人治病了。習醫之途順理成章的向前邁
進，似不必寒窗苦讀便可有所成，立時可行走江湖一展身
手。這樣傳奇的展開行醫生涯，也為老殘往後的人生平添幾
許奇特的趣味。

2. 治病一：黃瑞和的潰爛痼疾

老殘所接觸的著名病例，以黃瑞和的潰爛為最。此敘述
以小說第一回為主，以下分別從病症及診斷／處方兩方面來
觀察：

（1）病症

根據老殘的觀察，黃瑞和的病症確實奇特：

> 有個大戶，姓黃，名叫瑞和，害了一個奇病，渾身潰
> 爛，每年總要潰幾個窟窿，今年治好這個，明年別處又

潰幾個窟窿，經歷多年，沒有人能治得這病，每發都在
夏天，一過秋分就不要緊了。㉔

此病症的特點是「渾身潰爛」、「每年總要潰幾個窟窿」、「每
發都在夏天，一過秋分就不要緊了」，這種奇病每年反覆出
現，令黃瑞和不堪其擾，又無可奈何。

（2）診斷╱處方

此病症按老殘的治法，無甚難處：

> 他說：「法子儘有，只是你們未必依我去做。今年權且略
> 施小計，試試我的手段。若要此病永遠不發，也沒有什
> 麼難處，只須依著古人方法，那是百發百中的。別的病
> 是神農㉕、黃帝㉖傳下來的方法。只有此病是大禹㉗傳下
> 來的方法；後來漢朝有個王景㉘得了這個傳授，以後就
> 沒有人知道此方法了。今日奇緣，在下倒也懂得些
> 個。」於是黃大戶家遂留老殘住下替他治病。卻說真也
> 奇怪，這年雖然小有潰爛，卻是一個窟窿也沒有出
> 過。為此，黃大戶家甚為喜歡。㉙

對於只學幾個口訣的老殘而言，治此奇病並不難，只需略施
大禹所傳下來的方法，即可治得。而日後，只有漢朝的王景
傳承這項技術，自此中斷再無傳人。其實，老殘所說的大禹
之法，乃治水之法。質言之，此段穿越歷史與敘事之間，多
以寓言待之。

3. 治病二：高紹殷小妾的喉蛾

　　老殘在第三回中亦有治病的奇遇，這回承高紹殷之
請，爲其小妾治病：

　　（1）病症

　　他說道：「有個小妾害了喉蛾，已經五天，今日滴水不能
進了。」㉚

　　看那婦人，約有二十歲光景，面上通紅，人卻甚為委頓
的樣子。㉛

　　老殘低頭一看（喉嚨），兩邊腫的已將要合縫了，顏色淡
紅。㉜

此女子所患之病症，於老殘而言並非難事。只看其「面上通
紅」、「兩邊腫的已將要合縫了，顏色淡紅」，便知其底細。

　　（2）診斷

　　小說中的老殘如是診斷：

　　高公讓老殘西面机榻上坐下，帳子裡伸出一隻手來，老
媽子拿了幾本書墊在手下，診了一隻手，又換一隻。老
殘道：「兩手脈沉數而弦，是或被寒逼住，不得出來，所
以越過越重。請看一看喉嚨。」㉝

　　看過，對高公道：「這病本不甚重，原起只是一點火
氣，被醫家用苦寒藥一逼，火不得發，兼之平常肝氣易

動，抑鬱而成。」㉞

讀者看老殘的診斷，並不似隨意而就。對照劉鶚真實的行醫生涯，將可發現老殘的醫藥根柢是確然可信。

（3）處方

老殘的處方明快而專業：

> 「……目下只須吃兩劑辛涼發散藥就好了。」又在自己藥囊內取出一個藥瓶，一隻喉槍，替他吹了些藥上去。㉟

> 出到廳房，開了個藥方，名叫「加味甘桔湯」。用的是生甘草、苦桔梗、牛蒡子、荊介、防風、薄荷、辛夷、飛滑石八味藥，鮮荷梗做的引子。㊱

老殘的處方以辛涼發散藥為主，開一「加味甘桔湯」的藥方，予患者服用。據其後代劉大紳所言：「治喉病亦確有其事，以先君本精於醫。」㊲對照於此段敘事，洵屬不虛。

4. 賈府十三口離奇死亡而復生

（1）訪查毒藥來歷

小說第十九回中老殘為訪查毒藥，有一段懸疑奇遇：

> 老殘道：「……服毒一定是不錯的，只不是尋常毒藥。骨節不硬，顏色不變，這兩節最關緊要。我恐怕是西洋什麼藥。怕是『印度草』等類的東西。我明日先到省城裡去，有個中西大藥房，我去調查一次。……能查出這個

毒藥來歷，就有意思了。」㊳

老殘飯後一面差許明替他購辦行李，一面自己卻到中西大藥房裡找一個掌櫃的，細細的考較一番。原來這藥房裡只是上海販來的各種瓶子裡的熟藥，卻沒有生藥。再問他些化學名目，他連懂也不懂，知道斷不是此地去的了。㊴

次日，又到天主堂去拜訪了那個神甫，名叫克扯斯。原來這個神甫既通西藥又通化學。老殘得意已極，就把這個案子前後情形告訴了克扯斯，並問他是喫的什麼藥。克扯斯想了半天想不出來，又查一會書，還是沒有同這個情形相對的，說：「再替你訪問別人罷。我的學問盡於此矣。」㊵

老殘特為毒藥到城裡中西大藥房尋訪一番，掌櫃的無法提供任何訊息。繼而來到天主堂尋求兼通西藥及化學的神父的幫忙，仍舊不得要領。按此脈絡，老殘的醫藥知識亦相當深厚。

（2）查得毒藥：千日醉／解藥：返魂香

在第二十回中，老殘終於找到毒藥與其解藥：

吳二……便說道：「……我有一種藥方，給人喫了，臉上不發青紫，隨你神仙也驗不出毒來。」㊶

藥水「香同蘭麝，微帶一分酒氣。」⑫

老殘看藥水，「色如桃花，味香氣濃；用舌尖細試，有點微甜，嘆道：「此種毒藥，怎不令人久醉呢！」⑬

如此毒藥，依小說言之，名曰「千日醉」，乃一「喫了，臉上不發青紫」、「香同蘭麝，微帶一分酒氣」、「色如桃花，味香氣濃；用舌尖細試，有點微甜」的毒藥，其特有的甜美外貌，容易使人久醉。世上究有此種毒藥？不得而知。恐小說杜撰之物。然此幾乎致死十三口人命的毒藥，竟有解藥。在第二十回中，由吳二的敘述得知，遇一老婆子當家的誤食「千日醉」，而青龍子稱不是毒藥，有解藥可救⑭：

青龍子道：「這『千日醉』力量很大，少喫了便醉一千日纔醒，多吃就不得活了。只有一種藥能解，名叫『返魂香』，出在西嶽華山太古冰雪中，也是草木精英所結。」⑮

此毒藥名為「千日醉」，解藥則為「返魂香」。情節如此發展已愈來愈離奇，似與故事中的現實距離太過遙遠。

由以上可見，老殘於醫藥方面確實深具功夫，於此亦可見其閱歷之廣博。

5. 治病三：魏謙之女（賈魏氏）的骨傷

由第十九回可知，老殘治病的歷程，除了潰爛、喉蛾、毒藥之外，對於骨傷亦有體會，然老殘只是一派謙虛：

只見裡面出來一個黑鬍子老頭兒，問道：「你這先生會治傷科麼？」老殘道：「懂得點子。」⑯

只「懂得點子」的老殘，其實倒十分在行。由下文可知。

（1）病症

魏謙之女「四肢骨節疼痛」，且看其病症：

魏謙道：「我有個小女，四肢骨節疼痛，有什麼藥可以治得？」⑰

只見一個三十餘歲婦人，形容憔悴，倚著個炕几子，盤腿坐在炕上，要勉強下炕，又有力不能支的樣子。老殘連喊道：「不要動。好把脈。」⑱

（2）診斷

老殘對骨傷科的療法乃自把脈始：

老殘把兩手脈診過，說：「姑奶奶的病是停了瘀血。請看看兩手。」魏氏將手伸在炕几上。老殘一看，節節青紫，不免肚裡嘆了一口氣……老殘道：「你別打嘴；這樣，像是受了官刑的病。若不早治，要成殘廢的。」⑲

依老殘行走江湖二十餘年的經驗，醫此骨傷應非難事，加以社會閱歷豐富，直言乃受官刑之病更有其可靠處。

　　總結以上，小說中老殘的行醫生涯，其實正呈顯他於醫療上的經驗豐富，以及寬廣的人生閱歷。讀者看到一位亦莊亦諧的郎中，在近代動盪的社會上行走；以懸壺爲身分，濟世爲目的。

三、對照記：劉鶚在現實中的醫者生涯

　　眾所周知劉鶚將自己化身爲小說中懸壺以濟世的老殘，其實真實人生中的劉鶚亦有習醫／行醫的背景。因此，以老殘的醫者生涯對照劉鶚的，庶幾產生敘事與歷史錯置的現象。

(一) 家藏豐富醫書

　　展閱劉鶚的家世，劉家所擁有的豐富家藏醫書，使劉鶚有機會自幼浸染於此。如劉大鈞所言：

> 家藏新舊書籍皆甚富，醫學術數之書亦有之。先生幼年即隨意涉獵，天資極聰穎，故長於醫算。曾著《勾股天元草》、《弧三角》及《要藥分劑補正》各若干卷。更因太谷學派中人喜談命運，故《老殘遊記》中頗多言天運及醫理之處。⑤

　　根據劉氏後人說法，重點有三：其一，劉鶚自幼即涉獵醫學

及術數之書，其日後習醫與幼學關聯極深；其二，著有《要藥分劑補正》一書；其三，受太谷學派影響，故《老殘遊記》中多談及醫理之處。

其中《要藥分劑補正》一書，乃劉鶚據清代名醫沈金鰲《要藥分劑》[51]而撰著之醫藥專籍。其實，中年以前的劉鶚另有一部名為《溫病條辨歌訣》的醫藥專著發表，此書為根據清代名醫吳瑭《溫病條辨》[52]一書所撰之歌訣專著。據劉蕙蓀所編《年譜》「光緒十一年（1885年）」條下按語：

> ……《要藥分劑補正》係光緒甲辰乙巳年間在滬所編，使汪劍農先生抄成。其書及早年所作《溫病條辨歌訣》均在北京中醫研究院中醫聯合圖書館。[53]

此按語說明《要藥分劑補正》一書係劉鶚於光緒甲辰乙巳年間在上海所編成的，並經由汪劍農抄成。目前與另一部早年作品《溫病條辨歌訣》一同被收藏於北京中醫圖書館。

據此可見，劉鶚不僅曾行過醫，更有醫藥專著的發表。足見劉鶚用功之深，亦可印證《老殘遊記》中老殘對醫理的了解程度。

（二）青年時期懸壺揚州[54]

光緒十一年（1885年），年已二十九的劉鶚來到揚州。據劉蕙蓀《年譜》[55]稱，為從太谷學派受學：

> 去揚州，從李龍川受學。住姑母卞氏家，無以為生，懸

壺自給。衡氏隨行。揚州醫寓故址，在今木香巷，因拆
改，已無跡可尋。

受學之際，無以爲生，乃懸壺自給。劉鶚醫寓故址在今天揚
州木香巷。另據劉氏後人另一說：

> 新年後，先君遂去家之揚州，依戚卞氏。不得意，且無
> 以為生。乃懸壺為人治疾，依然門可羅雀也。⑤⑥

可知劉鶚懸壺爲人治疾，卻無甚生意。此外，據劉蕙蓀《年
譜》「光緒十一年（1885 年）」條下按語：

> ……居揚無業，又不願完全依靠家中接濟，就掛牌行
> 醫，生意並不好，《老殘遊記》中說搖串鈴作走方郎中的
> 背景即在於此。其實先生的醫道很好。本來出於自己鑽
> 研，後來又與淮安河下老醫生何某（即後來淮安名醫何
> 干臣的祖父）互相研習，受益很多；從龍川後，李也精
> 於醫，又得到一些指授。但他輕易不肯開方，遇到家人
> 戚友，患病危殆，群醫束手時，自己出手常能一劑而
> 癒。⑤⑦

此說有幾個重點，一是揚州執業生意不佳，此經歷正好就是
《老殘遊記》中老殘的塑形所在。二是據劉氏後人所言，劉鶚
雖生意不佳，但其醫道甚好，除自行鑽研，並從人研習，可
見劉鶚於醫理之鑽研甚深；三是不肯輕易開方，但遇家人親

戚病況危急時，一出手卻多能見效。據此可見，劉鶚的行醫生涯，雖生意不佳，但醫道甚佳是可以肯定的。

(三) 晚年流放新疆著醫書

據劉蕙蓀《年譜》稱，宣統元年（1909 年）時，五十三歲的劉鶚被發配至新疆戍所時，曾於困頓中撰著醫書：

在新疆迪化戍所，著《人壽安和集》醫書。⑱

此外，《年譜》於「光緒十一年（1885 年）」條下之按語亦述及此事：

晚年在新疆戍所，曾著醫書《人壽安和集》，是他醫學的精華，惜家人未見，但聞其書尚在新疆軍區圖書館。⑲

關於此部目前已佚之醫藥專著，劉蕙蓀《年譜》於「宣統元年（1909 年）」條下按語中，論及劉鶚撰著醫書的原委：

致毛君實函：去臘到獄，以讀書寫字為消遣計。臘盡忽思獄中若得病，必無良醫，殊為可慮。故今年正月為始，並力於醫。適同獄高君攜有石印二十五子，借其《內經》，潛心研究。三兩月間，頗有所得。又覓得《傷寒金匱》諸書，又得徐靈胎醫書八種及《醫宗金鑑》、《醫方集解》、《本草從新》等書，足資取材，邇來頗有進步。⑳

據此可知，劉鶚於困頓中戮力鑽研醫學，先後鑽研過《內經》、《傷寒金匱》、《醫宗金鑑》、《醫方集解》、《本草從新》等醫藥專著，據稱頗有進步。有感於病此者多，乃決定將畢生心得撰著爲文：

> 計人之死於病者恆十之一二，死於醫者，恆十之八九。壞於消異發散者，十不得一；壞於補藥失當者，亦十之八九也。有感於斯，慨然著書，詳考內傷外感諸病狀並治法凡五卷。初名《靈臺傷感集》，以其嫌於怨也，改名《人壽安和集》。其目：第一卷論說，皆發明經義，前人所未發者。第二卷，安內篇，內傷，以安五臟爲主。第三卷，和外篇，外感，以和營衛爲主。第四卷，婦孺。第五卷，運氣。運氣者五運六氣，即黃帝陰陽大論七篇，王冰取以補素問之缺者也。其書精粹絕倫，古今以來醫家得其解者，漢張機、唐王冰數人而已。宋以後，識者蓋寡，或有之吾特未之見耳。漢以前人，大約無不熟此。左傳晉侯有疾，秦使醫和視之。和云天有六氣，降生五味，發爲五色，徵爲五聲，生六疾等云，皆本諸此也。鶚能粗通其義，然欲精其術，不知此生有望否耳。第二卷昨已編成，再修潤數日，即付鈔胥。其餘四卷，七月內，可一律告成矣。第二卷昨已編成，再修潤數日，即付鈔胥。其餘四卷，七月內，可一律告成矣。⑥

據劉鶚此篇書予友人之信函而言，此《人壽安和集》似體大

思精，全書遍及內、外、婦、兒科，並特論運氣一卷，於此多有所感，惜於今未見。據劉鶚自稱，此書之綱目已就，並已編成不少。然此書已佚，即劉氏後人亦未見，難以確知完成否。然其鑽研醫理的成就仍可肯定。

而當年流放新疆的劉鶚於讀書、著書之餘，據傳亦曾棲身於城隍廟（今新中劇院的前身）裡，以行醫維持生計。果如此，則為其傳奇的一生更添色彩。

四、醫者的見證——以寓言寄之

老殘的走方，以醫者身分見證帝國的諸般面貌。隨著老殘的遊蹤前行，讀者很容易便發覺劉鶚的用心良苦。「寓言」成了劉鶚用心的最佳展示，不能說又不得不說的一切，一一化身為寓言的形式呈現，這使得《老殘遊記》更像是一部大型的寓言文本。

(一) 醫人／醫河／醫國

小說中最重要的寓言，就是「醫人／醫河／醫國」的概念，前述老殘的醫者歷程中已述及此。老殘醫治黃瑞和的爛瘡，就是醫治黃河的潰爛；而醫治黃河也正是醫治帝國的重要內容。帝國末期接連不斷的災禍，正需要有身懷絕技的治世能人大刀闊斧一番。

1. 黃瑞和／黃河年年發病

前已述及，在小說第一回中首先出現的治河寓言，正是

一則典型的醫人／醫河／醫國故事。姓黃名叫瑞和的黃大戶，害了一個奇病，渾身潰爛，每年總要潰幾個窟窿，今年治好這個，明年別處又潰幾個窟窿，經歷多年，沒有人能治得這病，每年總在夏天發作，但一過秋分就不要緊了。在這個著名的故事中，似為醫治一項再普通不過的潰爛病⑥。

繼而閱讀以下文字，方知寓意甚濃。老殘向黃大戶家管事的說明治這個病的法子；大致而言，老殘且略施小計，試試手段即可。若要此病永遠不發，也沒有什麼困難處，只須依著古人方法，便百發百中。別的病是神農、黃帝傳下來的方法。只有此病是大禹傳下來的方法；後來漢朝有個王景得了這個傳授，以後就沒有人知道此方法了。如今也只有老殘稍懂得一些⑥。

老殘之醫術確有其過人之處，然其要訣也不過是「依著古人方法」而已；此法並非神農或黃帝傳下來的醫藥之學，而是大禹傳下來的治水之法。眾所周知，大禹的治水法特重疏導而非圍堵，漢代王景學得此法，使黃河泛濫得以大治。自此中斷一千多年之後，直到老殘重拾此法，立時見效。

現實中的大清帝國，需要醫治的內政項目繁多，治黃河必須，開礦必須，開鐵路必須，……種種必辦實業，只有少數知識分子願意傾身襄助，如劉鶚／老殘是一例。其實，小說第三回中正可見到為政者邀約老殘出任河工一事。

2. 莊宮保請治河

小說第三回中，莊宮保見老殘身手不凡，有意延攬於幕下為河工。尤其是老殘一番治水見解，頗令莊宮保折服：

老殘道：「宮保的政聲，有口皆碑，那是沒有得說的了。只是河工一事，聽得外邊議論，皆是本賈讓三策，主不與河爭地⑥⑷的？」宮保道：「原是呢。你看，河南的河面多寬，此地的河面多窄呢。」老殘道：「不是這麼說，河面窄，容不下，只是伏汛幾十天，其餘的時候，水力甚軟，沙所以易淤。要知賈讓只是文章做得好，他也沒有辦過河工。賈讓之後，不到一百年，就有個王景⑥⑤出來了。他治河的法子乃是從大禹一脈下來的，專主『禹抑洪水』的『抑』字，與賈讓的說法正相反背。自他治過之後，一千多年沒河患。明朝潘季馴⑥⑹，本朝靳文襄⑥⑺，皆略仿其意，遂享盛名。宮保想必也是知道的。」宮保道：「王景是用何法子呢？」老殘道：「他是從『播為九河，同為逆河』⑥⑻，『同』『播』兩字上悟出來的。《後漢書》上也只有『十里立一水門，令更相洄注』兩句話。至於其中曲折，亦非傾蓋之間所能盡的，容慢慢的做個說帖呈覽，何如？」⑥⑼

老殘於此歷數各家治水方法之異同，對賈讓不與河爭地的治水三策，甚不以為然，賈讓純為紙上談兵，並無河工實務經驗。而承襲大禹的王景，則專主「禹抑洪水」的「抑」字，使其後千餘年無水患。明朝潘季馴、清朝靳文襄，繼而以此法治水，皆有斬獲。依老殘之意，王景承自大禹之治水法，為治水最佳方法。

翻閱劉鶚的治河經歷，其投效河工為的是施展所學，以實踐儒家傳統的「拯斯民於水火」的理念。劉鶚投效河工實

出於「悲憫」二字。1888 年（清光緒十四）⑩，河南鄭州黃河決口，久久不能合攏。劉鶚去河南謁見當時河督吳大澂投效，自己親自上堤和工徒一起短衣操作，果然將缺口堵塞，因此任三省河圖局董事，擔任繪製三省黃河圖的工作。1891 年因河治勞績，被山東巡撫張曜檄調到山東濟南，以同知銜擔任山東黃河下游提調。在山東三年，黃河從未大舉潰決，因此保升了知府銜。在這幾年當中，他也先後撰寫了《治河七說》、《歷代黃河變遷圖考》、《勾股天玄草》、《弧角三術》等幾種科學技術著作。

證諸劉鶚／老殘醫治黃河的事功，醫人即醫河，醫河即醫國。劉鶚本人即是一名善河工的能者。而黃河正是中國的代名詞，且為中國的軀體中最重要的一段命脈；其潰爛已久，正顯示日漸傾頹的帝國命運已江河日下。治河正是他實現經世濟民的具體作法，也是他一生理想所繫。職是，此寓言為劉鶚最經典的告白。

（二）賈府十三口離奇復生

劉鶚讓老殘在小說中將賈府十三口命案，辦得神乎其技，使小說儼然具備公案或偵探的意味。老殘像是福爾摩斯般，發揮搜證功力，查出解藥，將賈府十三口硬生生喚回人間。此一重要寓言，其實亦有深意：

1. 查毒藥來歷：千日醉

老殘在第十九回中努力查訪毒藥來歷，前已述及⑪。老殘訪查的首要對象是中西大藥房及天主堂精通西藥及化學的神甫，皆不得要領⑫。在第二十回中，老殘經過一番辛苦的

訪查，總算查知此藥名目，原來竟是如此神奇。這種名為「千日醉」的藥方，隨便給人喫了，臉上也不發青紫，即連神仙也驗不出毒來；而且藥水香同蘭麝，微帶一分酒氣。老殘看了藥水，發現色如桃花，味香氣濃；用舌尖細試，有點微甜，也不禁嘆道此種毒藥，怎不令人久醉呢。其後亦發現此一神奇藥物，其實只令人久醉，尚不致送命；並且猶有解藥可供服用⑦。

2. 訪得解藥：返魂香

第二十回中，老殘終於由青龍子口中得知千日醉的解藥，是一種名為「返魂香」的出在西嶽華山太古冰雪中由草木精英所結的奇珍藥物⑦，老殘雖得知此解藥名為返魂香，但其深藏華山太古冰雪中，並不易採得。而草木精英所結的特性，也正顯示它奇特且稀有之處。

由以上情節而言，可作如是解讀：國家之病症已入膏肓，須待更神奇有效之藥方才得救醒昏聵。準此，老殘所見證的帝國業已衰病、如同服食千日醉般昏睡許久，必須有識之士提出精準的對策，以便力挽狂瀾。然而，沉痾甚重的末日帝國，難以自然醒轉，需待強力藥方之灌注，才有病癒的可能。因此，返魂香之必須，恐是末日帝國亟待找尋的一帖良藥。

四、結語：在敘事與歷史之間

閱讀劉鶚及老殘的同時，讀者發現在敘事和歷史之間交

錯許多纏雜不清的光影。

（一）就《老殘遊記》之敘事而言

　　《老殘遊記》中關於治病／治河的情節，透露出劉鶚對於經世事業的關注與投入。治黃河的潰決，就是醫治國家命脈的傷口。所以，為病患治病是其次的，為國家把脈問診，醫治社會的病症才是老殘最熱衷的工作。

　　小說中，老殘到處遊走，採訪民眾的心聲，不論是客棧的伙計或街頭的小人物，都提供他追求真相的線索。為使下情上達，老殘不但對症下藥，還懲治酷吏，伸張正義。老殘既是御史、是判官，也是「福爾摩斯」；更有俠客的胸懷與醫者的熱腸。

　　老殘一角，結合御史、判官、偵探、俠客與醫者的多重身分。讀者在老殘身上看到醫者身分的無限可能。

　　現實中的劉鶚身影，也多能反映於此。

　　職是，老殘行走天涯，搖串鈴的目的為的只是探訪民瘼，醫治帝國的病症。醫者只是一個方便的身分，行醫的對象是帝國。

（二）就劉鶚個人生命歷史而觀

　　劉鶚一生博覽群籍，遍歷各業，社會百態亦已嚐盡。為大清帝國付出諸多熱血，奔走於途，卻客死流放之所。身為最具實業精神的清末知識分子，劉鶚對清帝國投注許多熱情，其眼光總能開風氣之先，如採礦、治河、賑災、開書店、行醫……等等。

　　主張改革以挽救帝國的劉鶚，認爲發展實業，才是治本之法。因此，這個既新又舊的知識分子，對實業投注其畢生心力，一路行來，洋洋灑灑。劉鶚爲幫助遇禍的朋友而寫的《老殘遊記》，將自己化身爲醫者角色走方天涯，佐以公義的救難形象，算是爲己身於世間一些不如意處獲得一些紓解。

　　綜合以上，出入敘事與歷史之間的劉鶚／老殘呈顯了深刻的意義，正如劉鶚於《老殘遊記‧自敘》中說道：「吾人生今之時，有身世之感情，有家國之感情，有社會之感情，有宗教之感情。其感情愈深者，其哭泣愈痛。」⑦其身處帝國末期，面臨種種不堪的家國情狀，內心其實沉痛不已。因此，「棋局已殘，吾人將老，欲不哭泣也得乎？吾知海內千芳，人間萬豔，必有與吾同哭同悲者焉」⑧。劉鶚化身爲行醫郎中，掩去許多沉痛，反以俠義的醫者形象，療治帝國的種種病症，以化去心中之大悲大痛。

　　準此，醫者可治一人之病症，亦可治一國之沉痾。此見證帝國的醫者，劉鶚／老殘正是第一人。

註　釋

① 趙孝萱：〈老殘遊記的敘述觀點〉，《輔仁大學中文研究所學刊》第一期，1991 年 10 月。

② 第一回「土不制水歷年成患，風能鼓浪到處可危」，《老殘遊記》，臺北：桂冠圖書公司，1994 年 1 月再版二刷，頁 8。

③ 同註②。

④ 同註②。

⑤ 太谷學派，爲周太谷於清嘉慶、道光年間所創立的學派，自 1798 年成一

家之言，到 1949 年自然解體為止，賡續時間長達一百五十年。太谷學派以傳授儒家經典為主，有時採用佛、道兩家的某些說法，吸收道家氣功、佛家參禪的一些內容，自創一套「心息相依」的養身之道。此外也參酌醫家、養生家的理論與實踐，強調「悲天憫人」的胸懷，「人飢己飢，人溺己溺」，視救濟全人類為主要目的。因此，劉鶚身為太谷學派的傳人，認真實踐太谷學派此一經世濟民的理想，畢生投注於各項實業中，包括行醫救人、撰著醫書，都是經世的一部分。

⑥ 串鈴，本來是道教方士行醫時引人注意的專門用具，為一中空的銅環，套在手上擺動發聲，後來成為走方郎中通用的標誌。

⑦ 同註②，第一回〈劉鶚評〉，頁 12。

⑧ 費修珊（Shoshana Felman）、勞德瑞（Dori Laub）著、劉裘蒂譯：《見證的危機──文學、歷史與心理分析》，臺北：麥田出版社，1997 年 8 月 1 日出版一刷。

⑨ 參見《見證的危機──文學、歷史與心理分析》第一章〈教育與危機・教學的成敗〉。

⑩ 簡錦松：〈致讀者書〉，《帝國的最後一瞥──老殘遊記》，1998 年 11 月 17 日四版一刷，頁 3。

⑪ 《老殘遊記》，頁 15。

⑫ 同註⑪，頁 27。

⑬ 同註⑪，頁 28。

⑭ 同註⑪，頁 165。

⑮ 同註⑪，頁 198。

⑯ 同註⑪，頁 30。

⑰ 同註⑪，頁 66。

⑱ 同註⑪，頁 199。前文已完整引述，此處從略。

⑲ 同註⑪，頁 28。

⑳ 同註⑪，頁 66。

㉑ 同註⑪，頁 66。

㉒ 同註⑪，頁 66~67。

㉓ 同註⑪，頁 5~6。

㉔ 同註⑪，頁 6。

㉕ 神農，據說曾嘗遍百草，發明用藥治病。

㉖ 黃帝，相傳最古的醫書《內經》，就是記載他與臣子岐伯問答的書，切脈和炮製藥材也是他的臣子雷公發明的。

㉗ 大禹，傳說我國遠古時代洪水氾濫，人民不能安居，禹受舜命，用十三年的艱苦勞動，疏通河流，治平洪水。

㉘ 王景，東漢人，明帝永平年間曾奉命治河。

㉙ 同註⑪，頁 6。

㉚ 同註⑪，頁 27。

㉛ 同註⑪，頁 28。

㉜ 同註⑪，頁 28。

㉝ 同註⑪，頁 28。

㉞ 同註⑪，頁 28。

㉟ 同註⑪，頁 28。

㊱ 同註⑪，頁 28。

㊲ 劉大紳〈關於老殘遊記　三〉，《老殘遊記》附錄，頁 326。

㊳ 同註⑪，頁 201。

㊴ 同註⑪，頁 202~203。

㊵ 同註⑪，頁 203。

㊶ 同註⑪，頁 213。

㊷ 同註⑪，頁 215。

㊸ 同註⑪，頁 215。

㊹ 同註⑪，頁 213~214。

㊺ 同註⑪，頁 217~218。

㊻ 同註⑪，頁 204。

㊼ 同註⑪，頁 204。

㊽ 同註⑪，頁 204。

㊾ 同註⑪，頁 204。

㊿ 劉大鈞〈劉鐵雲先生軼事〉，《老殘遊記》附錄，頁 366。

(51) 《要藥分劑》十卷，選取常用藥四百餘種，按十劑分編。每藥首列功用主治，次列藥性歸經，錄前人精切議論，再列服用禁忌，最後炮炙方法。

(52) 《溫病條辨》是研究溫病的專書，為清代吳瑭所著。全書共有六卷，卷首引證《內經》經文，冠以原病篇，以明溫病之源。書中所有論據和治療方法，都是明清以來醫家實踐經驗，有較高的臨床實用價值，所創製的方劑，至今仍廣泛應用。

(53) 劉蕙孫《鐵雲先生年譜長編》，山東：齊魯書社，1982 年 8 月第 1 次印刷，頁 15。以下簡稱《年譜》。

(54) 據劉蕙孫所述行醫之地在揚州，羅振玉〈劉鐵雲傳〉則稱劉鶚「以岐黃術遊上海，而門可羅爵。」則行醫之地為上海。二說並存。

(55) 同註(53)，頁 15。

(56) 亦見劉大紳〈關於老殘遊記 七〉，《老殘遊記》附錄，頁 344。

(57) 同註(53)，頁 15。

(58) 同註(57)，頁 147。

(59) 同註(57)，頁 15。

⑥ 同註㊼，頁 147。

⑥ 同註㊼，頁 147~148。

⑥ 原文於二、（三）老殘的醫者生涯中已引述。

⑥ 同註⑥。

⑥ 本賈讓三策，主不與河爭地。賈讓，西漢人，哀帝建平年間，曾呈上中下治河三策：上策反對在先的一味築堤防水，主張決黎陽的河堤，遷徙當水衝的居民，放寬河面，讓水在一定範圍內氾濫（不與河爭地），認為這樣可以一勞永逸；中策主張多開小河溝，以分水勢；下策是增修舊堤，認為這是長期費錢費力，仍然難免禍害的辦法。見《漢書・溝洫志》。這裡是說依從他三策中的上策。

⑥ 王景治河，主張採用修築堤防，建立水門和分導水流相結合的方法，與賈讓所主張的不盡同。

⑥ 潘季馴，明嘉靖時人，曾先後四次奉命治河，在工地二十七年，是治黃史上很有功績的人。他認為「以堤束水，借水攻沙」是治河的最好方法。

⑥ 靳文襄，清漢軍鑲黃旗人，康熙間官河道總督，用「束水攻沙」、「防險保堤」兼顧的方法治河，曾收到一定效果。

⑥ 「播為九河，同為逆河」，見《尚書・禹貢》。原文是「又北播為九河，同時逆河，入於海」。〈禹貢〉被視為治水的經典著作。這幾句話的意思是：（黃河）又向北分為好幾個支流，流入海去，那些支流都一樣有海潮來往。播，分散。九河，泛指好多條河。逆，迎，指與海潮相通。

⑥ 同註⑪，頁 31~32。

⑦ 以下資料多摘自劉厚澤〈劉鶚與《老殘遊記》〉，《劉鶚及老殘游記資料》，頁 9。

⑦ 同註⑥。

⑫ 同註⑫。

⑬ 同註⑫。

⑭ 同註⑫。

⑮ 同註⑪，頁 4。

⑯ 同註⑪。

參考書目

王德威：〈未被伸張的正義——《三俠五義》與《老殘遊記新論》〉，《如何現代，怎樣文學？——十九、二十世紀中文小說新論》，臺北：麥田出版社，1998 年 10 月 1 日出版一刷。

李瑞騰：《老殘情與夢》，臺北：九歌出版社，2001 年 8 月 10 日重排出版。

邱昭榕：〈老殘遊記中的現實世界〉，《傳習》第十四期，1986 年 4 月。

陳俊啓：〈徘徊於傳統與現代之間——晚清文人劉鶚的一個思想史個案考察〉，《國立編譯館館刊》第三十卷第一、二期合刊本，2001 年 12 月。

陳遼：《周太谷評傳》，南京：南京出版社，1992 年 4 月第 1 次印刷。

費修珊（Shoshana Felman）、勞德瑞（Dori Laub）著、劉裘蒂譯：《見證的危機——文學、歷史與心理分析》，臺北：麥田出版社，1997 年 8 月 1 日出版一刷。

趙孝萱：〈論老殘遊記的敘述觀點〉，《輔仁大學中文研究所學

刊》第一期，1991 年 10 月。

劉鶚：《老殘遊記》，臺北：桂冠圖書公司，1994 年 1 月再版
二刷。

劉德隆：《劉鶚散論》，昆明：雲南人民出版社，1998 年 3 月
第 1 次印刷。

劉德隆、朱禧、劉德平：《劉鶚小傳》，天津：天津人民出版
社，1987 年 8 月第 1 次印刷。

劉德隆、朱禧、劉德平：《劉鶚及老殘游記資料》，成都：四
川人民出版社，1985 年 7 月第 1 次印刷。

劉蕙蓀：《鐵雲先生年譜長編》，濟南：齊魯書社，1982 年 8
月第 1 次印刷。

簡錦松編撰：《帝國的最後一瞥——老殘遊記》，1998 年 11 月
17 日四版一刷。

王禎和的病誌書寫

《兩地相思》試析

葉錦霞

摘 要：

　　《兩地相思》，這篇小說為王禎和未完成之遺作，敘述一個老人的治癌過程和其回憶，主角的求醫過程和作者抗癌的經驗幾乎相同，是一個鼻咽癌病患心路歷程的詳實記錄，透過小說筆法，擺脫了單調的病情記錄的侷限，從《兩地相思》這篇小說中，可以看到癌症病患求醫過程的種種遭遇及一個老人面臨死亡逼近的態度及情感表現，王禎和將自己的患病經驗藉由小說人物傳達出來，使自己的生活經驗外化為客觀問題，本論文將以《兩地相思》這篇小說分析一種病誌書寫的形式，並且探究王禎和自身經驗的書寫蘊含的目的及意義。

關鍵字： 王禎和、兩地相思、病誌書寫、鼻咽癌、偏方

一、前言

　　王禎和 （1940～1990），臺灣七〇年代重要的小說家，其重要作品有《嫁妝一牛車》、《玫瑰玫瑰我愛你》、《美

人圖》等篇，作品多表現小人物的生活。民國七十年，得知自己罹患鼻咽癌，進行治療，曾因電療照鈷六十而失去聽力，病情穩定後，仍照常在電視台上班，並創作不輟，於民國七十九年因心臟病去世。

在 1984 年接受訪問時，曾提及創作計畫：

> 我現在想寫一篇小說，一個什麼都沒有的老人拚命要活下去的故事。為什麼他要活下去，因為他活著，他過世的親人，便活在他的心裡，便也一樣跟他活在世上，若他死了，這些人便也跟著死了，所以他要拚命求長生不死。這也是一個好笑又辛酸的故事，我希望能寫出來與各位讀者女士先生共享。①

此處所言好笑又辛酸的故事即指《兩地相思》，這篇小說為其未完成之遺作，是一九八四年至一九八五年的作品，後經鄭樹森教授整理，於 1996 年由聯合文學出版。全篇雖已完成 2/3，就鄭樹森的看法，寫好的八章內容應已接近完稿②。此篇小說之創作維持他的一貫寫作技巧與風格，人物具鮮活形象，語言活潑生動，地方色彩濃厚。

內容為敘述一個七十歲的老人的治癌過程和其回憶。主角名常安，隻身從廈門來台經商的知識份子，當時三十多歲，因大陸淪陷，無法接得家人團聚，後與臺灣女子玉蘭相識相戀一起度過了三十多年的歲月。

小說以插述的手法，將現在和過去的時空分章並列。完稿的八章中，第二、三、五、六、八章的時間為過去，敘述

玉蘭及常安早年的遭遇。第一、四、七章的時間為現在，主要敘述常安求醫治癌的過程，二部份各佔一半的份量③。本篇小說之主題思想在高全之先生〈痴情與貪生——讀王禎和遺作「兩地相思」〉一文中已有論述，因本論文探討作者的病誌書寫，故僅就一、四、七章加以討論。這三章的主要內容即在求醫治癌過程的描寫，對照李豐醫師所寫的〈小說家王禎和鬥癌記——為同病者提供他病中掙扎的心路歷程〉④一文可以發現，主角常安的求醫過程和作者抗癌的經驗幾乎是吻合的，是一個鼻咽癌病患心路歷程的詳實記錄，我借用醫學上的名稱 pathography ⑤將此記錄稱為病誌，與真正病誌不同的是作者透過小說的筆法將其呈現出來。

王禎和將自己的患病經驗藉由小說人物傳達出來，使自己的生活經驗「外化」為客觀問題，「外化」（externalizing）是心理學中的一種治療方法，「這種治療法鼓勵人將壓迫他們的問題客觀化，有時候則擬人化。在這樣的過程當中，問題變成和人分開的實體，所以問題是在原本被認為是問題的人或關係之外的東西。」⑥而小說形式的病誌書寫則符合了「外化」的方式，藉由敘述者及次要人物的敘述，審視病患內心的徬徨無助與焦急迷惘。

作者的病誌書寫是要達到什麼目的？是否想藉此擺脫癌症的糾纏？王禎和曾提到其創作原則：

我會問自己：你是站在什麼樣的立場說話？對於那些人，你該給予更多的關切和同情？而那些人又該給予譴責？寫這篇小說，我有什麼東西要與讀者共享？並

且，是有意義的共享？⑦

那麼這篇小說中的病誌書寫所要與讀者共享的是什麼？這些問題的答案便是本論文所要探討的部份。

二、主角的求醫過程

病誌是醫師研究治療的記錄，而作家以其病人的身份記錄自己的病情、求醫治療過程、心理轉變…等，可算是一種病誌的書寫，臺灣的作家如曹又方、西西、許佑生等人，都曾寫下自己的患病經驗，就如王浩威先生所說：「生病和創作之間，原本就是經常糾纏在一起的。」「生病帶來了創作，或者說，包括生病在內的各種極端經驗，都可能拓展人們體驗世界的新方法。」⑧疾病成為創作的動力。這些作家以散文的形式書寫，而王禎和是以小說的方式將自己病急亂投醫的過程透過虛構的人物表現出來。

小說對於人生經驗可藉由人物情節的鋪排豐富完整地呈現，故小說筆法的病誌書寫，擺脫了個人病誌的侷限，從《兩地相思》這篇小說中，可以看到癌症病患求醫過程的種種遭遇及一個老人面臨死亡逼近的態度及情感表現。

小說中常安求醫的過程可分為二個階段：一、西醫診治。二、尋求偏方。從這二個階段的轉變過程可見出常安的身心感受，及其所遭遇的問題，呈現多數病患的普遍心理，將二個階段分述如下：

（一）西醫診治

常安被塑造為一個知識分子，發現脖子上的腫塊，直接尋求西醫的診治是必然的，可是常安卻在治療前退縮，從情節安排中可知常安在西醫診斷過程中因下列因素產生了排拒心理：

1. 繁複的檢驗和醫生漠然的態度

> 去臺北檢查，聽松年講起有夠可憐咧！甘那（單單）電光，我姑丈就攝了快一百張嘛！照這照那，躺著站著，頭殼腹肚肺有耶莫耶攏總照！還用利刀切鼻內的肉作檢驗！…電光照百多張，鼻內肉切去檢查，檢來檢去查莫一科風（查沒有結果），大概科學，就是安嘛爛珊來！（頁27）

透過阿免官的敘述可知為尋找病因，必須經歷一連串的檢驗、X光攝影、鼻內肉切片、開刀等過程，不同醫院病歷無法互通，歷經重複多次的檢查才確認是癌症，「有夠可憐」，旁觀者已感受檢查過程的痛苦，何況病患，而未能立即找到病因，也使得對於西醫的期待產生懷疑。

當醫生宣布常安罹患癌症時的態度，據阿免官的描述：「語氣是足冷靜，好像在講：天氣真好那一款！」（頁28）這種漠然的態度是令人難以接受的，尤其罹患癌症猶如被判了死刑，醫生竟可以如此輕描淡寫的告訴家屬，未免讓人懷疑其對生命重視的態度。

2. 癌症病患之痛苦

作者將病患在治療過程中身體所受到的摧殘予以生動地
描述：

> 差不多都給醫生割得大坑細離（大小傷口），有的連眼睛
> 都整朵挖掉。受電療（即照鈷六十）的，整支項頸電到
> 黑黑黑，像木柴燒成炭咧！電療次數多的，差不多都吞
> 不進東西，說是喉嚨裡的肉給電爛了，一嚥下食物甚至
> 口水，都痛楚得不禁掉下眼淚！我看他們吃的，一切東
> 西，都打成汁，才吞得下。不過也是吞一口，一滴眼
> 淚，可憐哦！每個人的臉皮黃黃的，氣色足歹（很不
> 好），體重直線下降，一掉就是六、七公斤，八、九公
> 斤，有的本來就瘦的，更瘦得皮包骨，兩隻腿就像番仔
> 火枝（火柴棒）！連聲音也電得快沒有了，他們講
> 話，你就得把耳朵貼近他們嘴邊，才能聽明白。有的還
> 電到耳朵都聽不見了呢！連汽車喇叭聲也聽不見了
> 呢！（頁 32~33）

病患身體任憑醫生處置，而病患形軀是鈷六十與癌細胞的戰
場，電療之後多會留下後遺症，甚而喪失某器官的功能。「可
憐哦！」透過阿免官流露出的憐憫訴說癌患的痛苦，也為常
安的臨陣退縮的心理埋下伏筆。

3. 對西醫治癒能力的懷疑

小說安排常安接受電療前在醫院巧遇同患鼻咽癌的鄉
親，三十多歲年輕人，一年前接受電療控制住病情，病情卻

再度惡化，常安親眼見到他鼻子大量湧出鮮血，這個景象讓他受到極大的震驚。多數病人及家屬對於臨終前的想像多為大量鮮血的湧出，出血被認為是癌患死亡的前兆，是最常見的恐懼⑨。這幕景象讓常安感受到死亡的逼近。「……有的出院後一年兩年又住進來，講說是病又再發了。有的壞東西延鑽到別的地方去，有的全身統有病，已經沒有什麼希望，有的痛得直叫，叫得讓人心酸難過。」（頁 33）即使做了電療，也只能延續一、二年的生命，看到鄉人的遭遇及醫院所聽聞的情形，「早期發現早期治療」無法減輕他對死亡的恐懼，決定放棄電療，離開醫院尋找偏方。

在民國七十多年的臺灣社會中，大眾對於癌症的普遍觀念等同於絕症，有高致死率，身體受到毀損，臨終前必須經歷極大的痛苦等種種想像，故一般人聞癌色變，心生恐懼，這份恐懼便驅使人盲目尋求幫助。

（二）尋求偏方

在小說中常安抗癌的第二個階段，即是尋找偏方：雞母珠、新竹陳中醫、香港袁中醫、花蓮醫院新藥、傳教士的草藥等，尋找、嘗試、受騙的過程，因均為未經醫學實驗證實治癌效果，所以主角依其知識分子的身分及性格，每次均謹慎小心求證，但最後結果不是無效就是受騙。從這些過程中，可見偏方有其誘人之處，提供偏方者又能洞悉病患者心理，設下陷阱。

1. 偏方的特質

偏方來源大多都有一個感人的故事或特殊的背景，古老

的智慧或有人發願造福人類、家傳祕方等等穿鑿附會的故事，並且以其稀有難以取得提高其價值與療效。傳統醫療通常是以服藥的方式進行，緩和的療法不會對形軀造成傷害，免除病患的痛苦與恐懼。

偏方以口耳相傳的方式使療效在傳遞過程被誇大。「那好心人還向我姑丈講誰又吃他的藥好了，誰又吃他的藥不但身上的腫瘤消了，連長年痛苦治不好的骨刺也消得無腳無爪了，他舉了好多人來，都是有名有姓有地址，我姑丈就一一按址尋訪，好心人講的話，果然千真萬確，沒有一點騙人！」（頁 86）可以同時治療多種疾病的神奇療效及成功案例帶給常安希望，使他對這些偏方寄予深切的期盼。成功案例中沒有病人詳實的資料及病史，僅有成功的結果，所以提供藥方者都可或編或真有許多的故事供人求證。

常安電療前一晚巧遇同鄉人，獲得雞母珠的訊息，「誰也想不到！就像有鬼神在暗中安排咧！不然怎麼會那麼巧！」（頁 35）將生命中的偶然視為神蹟，希冀以鬼神的力量解釋。

偏方所具有的這些特性並未因醫藥科學的進步而消失，長期以來偏方的信服由患不治之症者轉而為需減肥豐胸壯陽的健康人，而其中成功的案例的宣傳亦為常用的行銷手法，繼續迷惑人心。

2. 江湖郎中的騙術

這些江湖郎中所使用的騙術之根本在於洞悉病患的心理需求，一為需要安慰關懷傾聽，一為需要肯定與破除對癌的恐懼。前者在新竹陳中醫及香港袁中醫的騙局中可見，他們

都非常有耐心的傾聽病人的心聲，透過阿免官的將其與西醫的比較描述：

> 那袁中醫人好客氣，總是笑嘻嘻，很耐心地聽你講你生病前前後後的情形（……），不但好有耐心地聽，而且是足專心地聽（……），不像一般西醫，只問你什麼地方不舒服，就懶得再問你其他問題，就開藥給你吃；有時病人不等醫生問自己講，醫生也懶得聽，就是聽了，也好不耐煩那副模樣，有時還阻止你講下去呢！說什麼：你不用說，我知道，我知道！一點耐心都沒有！這樣怎麼叫病人能夠安心服用他開的藥。（頁 92）

從中西醫醫生態度的比較中，可知願意聆聽病人心聲的醫生易獲得信任，這種耐心加上關懷，使內心脆弱，極需安慰的病患撤除心防，掉入陷阱。

後者則以批評西醫，並肯定病人不接受電療選擇偏方的作法。繼之，破除病人對於癌症的恐懼，袁中醫在診斷後告訴病人得的不是癌症，而是「瘕」症⑩，一定可以治好，此處抓住病人對於「癌」絕望與恐懼的心理，果然常安一聽信心大增，對其藥方懷抱無限希望。

3. 患病者迷信權威

「報紙刊的，那也莫影？白紙寫黑字，那也莫影？」（頁129）常安對於報紙刊載的消息皆信以為真，當阿免官質疑報紙是否刊載治癒的藥效時，常安回以「莫寫得這麼明白，不過有這種意思在裡面，你沒看出來嗎？」（頁 130）除了信任

報載之外，也用自己的期望在解讀報紙的消息。

常安對雞母珠的信任來自於台大教授正進行實驗；新竹陳中醫曾編輯關於草藥研究之書；香港袁中醫名片上美國合格針灸醫生及在美國大學教中醫，教授、專門研究者等頭銜使他信服。而花蓮醫院嘗試美國引進的新藥，並未獲得證實有療效，但只因是美國這個先進國家而改變其印象，以爲這些新發現可以醫治其癌症。

常安對這些偏方的信心來自於對權威的迷信，此處所指的權威指對教授、研究者身分的迷信、對先進國家用藥的迷信及對媒體訊息的迷信。從求醫的過程中，可以感受到常安心裡的掙扎，及身爲一個癌症患者內心的脆弱，尋求希望之熱切。

從西醫診治轉爲偏方的尋求，將病患心理完整細膩的呈現出來，並旁及病患周遭相關人物的反應感受，使病誌不再只是一種單純患病記錄。

三、《兩地相思》的筆法

作者自述要寫一篇「好笑又辛酸的故事」，罹患癌症在一般人的觀念中猶如被判了死刑，這是辛酸的，與死神搏鬥的故事如何寫的好笑？如果以病患第一人稱的敘述觀點，那麼可以得到辛酸的故事，但就很難寫出好笑的故事。我將由視角的轉換、嘻笑與嘲諷等技巧及對病患心理的刻劃這三種筆法看王禎和所書寫的「好笑又辛酸」的病誌。

(一) 視角的轉換

王禎和曾對其視角運用提出下列的看法：

> 寫小說就是要給讀者徹底的真實，為什麼要透過某個人
> 的眼光來看，為什麼不能像電影那樣讓所有的人物透過
> 他們之間的言語行止向觀眾或讀者真實完整地呈現出
> 來？這是與全知觀點不一樣的。因為全知觀點，有作者
> 的參與，有作者的審視。⑪

所以此篇小說藉由敘述者、小說人物交錯敘述及其對話呈現
故事，在視角的運用上不同於之前的作品。病誌書寫的部份
作者運用第二人稱敘述法，並以敘述者及次要人物阿免官的
視角進行敘述。敘述者所見包括常安及阿免官，常安的部
份，補足了阿免官看不見之處；阿免官的部份，則將這個樸
拙村婦的表情舉止作了生動的描述，並且也呈現出病患家屬
內心的想法與感受。例如：它向「你」（讀者）敘述阿免官是
個男性化的女人，「伊第一次張口笑，方方大大底臉龐愈加方
方大大了，不太像女士了，倒和已入中年的男子很近似，你
覺得呢？」（頁 14）但一個女人該有的特質又不全然失
去，「伊又張口笑了，伊底牙齒玉米一般的，可能是伊臉上最
與女性相近的地方。你講對不對？」（頁 14）如此將阿免官
的形象具體的呈現出來。使讀者對於阿免官的形象有所了
解，再看一些細微動作的描寫：

> 低下頭來，阿免瞧著伊手上洗滌得乾乾淨淨不沾點泥巴
> 的雞母珠——可不是松年冒著嚴寒在山腳下水塘邊堀出
> 來的嗎？諦視了好大一會，才安放在飯桌上。

這裡阿免官的諦視動作讓讀者感受雞母珠具有的重要性，表現了阿免官心中對雞母珠的冀望，也為她所要敘說的事件凝聚了氣氛。

常安的求醫過程則全部交由阿免官敘述，所以敘述者會提醒讀者視角的轉換：「哼！又去採什麼仙藥去了！這又是怎麼一回事呢？這又請別急，就讓阿免伊慢慢說給你聽吧！」（頁 13）「常安打針？你一定奇怪吧！他不是排斥西醫嗎？怎會進醫院打針呢？怎會呢？就讓阿免伊給你指點迷津吧！」（頁 127）讓阿免官向「你」（讀者）敘述，以常安親近的人來敘述整個過程，使故事增加了真實性，帶入阿免官的主觀觀點看常安，不同於敘述者之客觀位置，而利用阿免官直率的人物特質及俚俗語言，使小說呈現詼諧的風格並沖淡了悲劇性。

運用第二人稱敘述法能拉近讀者與小說人物的距離，抓住讀者的閱讀興趣，能客觀全面的呈現病患的言行及心理，讓讀者去感受思考常安行為背後的意義，由阿免官這個健康人對病患所流露出的情感引導讀者想像並體會病患的痛楚。這種筆法不同於病患以第一人稱敘述的病誌，較多主觀的情感宣洩，也不同於醫生所寫的第三人稱敘述的病誌，無法全盤了解病患的心理及家屬的感受。

(二) 病患心理刻劃

在小說中常安的心理以托雲烘月法由旁人側敘透顯出來，故須於阿免官的敘述觀點中思索常安的心理，如：

> 說起來也夠好笑！我姑丈用錢一向節儉，居然會花那麼一筆大錢看那個香港中醫！說穿了也有夠可憐的！還不是為了想保他一條命，想活久一點才叫人搞得玲瓏轉！（頁85）

由此可見，常安在生病之後，價值觀有了很大的改變，活著的價值勝過任何一切，也因此而受騙上當。而在聽到確定為癌症的反應時：

> 一推回病房，我姑丈就哭了。我從沒見他哭過，就是我阿姑過身時，他也忍著不掉淚，……一雙眼紅紅濕濕的，眼眶內堆滿了水汪汪的淚，盡力忍著不叫掉出來，看得我和松年都心酸極了，跑到病房外面偷偷擦眼淚。」（頁28~29）

面對突如其來的惡耗，原本堅強的病人含淚的眼眶更引人心疼，旁人的表情感受加以對照，使能加深病患的悲痛。而在家屬及護士以「早期發現早期治療」的安慰下，其心理的轉變也透過阿免官生動的描述：

> 這時候我姑丈的臉才整個轉哭為笑了！笑得好樂呵！顏
> 面上一下子統統是笑嘻嘻的皺紋，這邊一堆那邊一
> 撮。眼眶裡的淚水統統笑出來啦！灑得滿臉像在流大
> 汗！他那樣子實在好笑！那米（一下）哭，那米笑，豬
> 母反實在有影！就像個小孩子咧。（頁 32）

在哭笑對比下呈現老人單純無助的心理。

作者寫主角對信仰的虔誠來呈現他的無助，從吃雞母珠
前的焚香祝禱及在花蓮注射藥劑前拜菩薩的專注神情：「他對
菩薩又是跪又是拜，拜得好虔誠！最後他拜我阿姑，也是好
虔誠好虔誠！看得我差點掉下淚水。」（頁 132）而後他卻為
了服用傳教士的草藥而改變信仰：「此章直寫他到教堂求
藥，隨教士祈禱追靈而淚流滿面！此章寫他要求奇蹟那樣地
求基督教的草藥，寫他吃基督藥的過程。他也不拜拜了！」
（頁 145）那種為了生存可以放棄一切的態度，可以看出常安
內心的死亡焦慮一步一步的加深。

另外，當常安在醫院注射稱為「蜜司佛陀邁性」的針劑
時，阿免官描述他看著點滴瓶的神情：「一隻眼睛直盯著頭頂
上的藍寶石看啊看的，彷彿怕人家偷走一般，一張臉笑嘻嘻
的，笑得皺紋一條條像鄉間泥路上的牛車轍。」（頁 134）以
「藍寶石」形容裝治癌藥水的點滴瓶，這藍寶石的珍貴價值及
光亮質地猶如生命的象徵，而如「泥路上的牛車轍」的笑容
也飽含了病患內心對生存的渴求。

(三)嘻笑與嘲諷

　　阿免官是個個性直率近於粗魯，但不乏善良仁慈之心的老婦人，因此，語言也呈現直率俚俗又詼諧的特點，尤其在形容有關癌症求醫的相關事物時，往往於諧音的運用及生動的比喻、誇大的嘻笑動作中隱含嘲諷。

> 而且越來越大，大得像美國五爪蘋果啦！表皮繃得好緊好緊，像氣球吹得滿滿就要爆炸開來啦！（頁83）

> 這上面講他是美國合格的針灸醫生，在美國什麼什麼大學——名字嘰哩咕嚕囉囉長，就像，就像，我說出來你們不要笑哦！就像什麼山地豬哥——（頁93）

> 你問那種新藥叫什麼名字？叫……對啦！和一種化妝品的名字很像。你聽好哦！叫做什麼蜜司佛陀！哈！真的聽起來就像蜜司佛陀邁性。（頁130~131）

將惡性腫瘤比喻為「五爪蘋果」；將袁中醫名片上美國大學的名稱聽成「山地豬哥」，用「瞎診」形容他的診斷（瘢症）；將常安視為救命的新藥名聽成化妝品的牌子；並用「雞尾椎」用來形容救命珍寶「雞母珠」；「太空飛鼠」用以形容偏方「老鼠湯」；將吃西藥比喻為吃「歐羅肥」等俚俗逗趣的語言，隱含了對迷信偏方及權威的嘲諷。

　　小說中阿免官常以「軋軋軋」誇張的笑聲，並配合誇張動作取笑常安。他三番兩次對於常安的「怕死」予以嘲笑：

> 人已經七十了，還這麼怕死，真沒見過，實在好笑！這
> 款小心這款保身顧命到頭來──……還不是得了
> 癌！（頁16）

> 伊連聲哈哈笑起來，像鴨子在叫，軋軋軋，軋軋軋。肥
> 手兒還拍著大腿，拍拍兩響，打死了兩隻蚊子！為了我
> 阿姑他想活長壽？為了我阿姑他希望活長久一點？（頁
> 41）

這些地方也是作者蘊含深意的部份，從一連串誇大的動作
中，引導讀者對常安怕死心態加以思索，突顯常安怕死是
「因為他活著，他過世的親人，便活在他的心裡，便也一樣跟
他活在世上，若他死了，這些人便也跟著死了，所以他要拚
命求長生不死。」⑫

　　而在尋求偏方的敘述中，作者設計了阿冕官與鄰婦玩四
色牌的場景，他們對於常安的求醫過程充滿好奇，阿冕官盡
情的敘述，對於荒謬處、受騙經過，幾個女人狂笑，四色牌
幾番散落一地：

> 大家哄堂笑起來。阿素一口金牙笑得快要飛出來撞人
> 了。巧嘴巧鼻的眼睛嘴巴鼻子都擠在一堆變成沒嘴沒鼻
> 了！滿月臉手中牌都掉在地上去了。（頁94）

在誇張的嘻笑場景背後正是常安四處奔波、收集訊息、多次
求證、嘗試、失敗，從期待到受騙，從充滿希望以至失望的

難堪之情。

除此之外，阿兔官一直強調常安是一個知識分子，每日看報，「家裡訂有三份日報，一份晚報，你甘知！報紙登什麼，他統知道，莫有一項消息他唔知。新聞刊什麼，他就信什麼，比吃教仔信耶穌還要信，你甘知！」（頁 15）這是對這常安身爲知識分子的嘲諷，謹愼小心，多次求證，最終使他相信的是新聞報紙中的訊息；是台大教授的頭銜；是來自美國的新藥；是那些道聽途說的治癒案例……導致延誤了就醫的時間。嘻笑嘲諷集中用於常安的求醫過程，對偏方的執迷與自以爲是的愚昧想法，不同於在其他作品中對於人物身體殘缺的嘲笑。

而在嘻笑中隱隱透出對病患心急受騙的憐惜；在嘲諷中突顯病患藏於內心的情感狀態，也對於病急亂投醫的荒謬行徑給予批判。在此利用王禎和所言：

> 對於自己的病，王禎和看得很開，他表示，已經鍛鍊到可以用他寫小說的態度坦然對之，這個態度就是用喜劇的方式來寫悲感，用嘻笑的角度來面對命運的刻薄。然後，營建一個人性的可期望的未來。⑬

這段話可說是他賦予阿兔官以喜劇呈現悲感，以嘻笑態度面對命運刻薄的最佳詮釋。

四、《兩地相思》的創作心理

此處引用李豐〈小說家王禎和鬥癌記——爲同病者提供他病中掙扎的心路歷程〉一文中關於王禎和對於罹癌的反省：

> 王禎和事後檢討，他之所以沒有辦法接受「癌」及「電療」等事實，逃避西醫的診治，都是由於當初對「癌症」認識太少的緣故，所以當他聽到台大醫院耳鼻喉科徐茂銘要編一本叫做「頭頸腫瘤病人復建須知」之類的書，要報導「癌」、「電療」、「其他治療」的正確觀念時，他表示他將會熱心地贊助，希望別的病人可以在事先便獲得足夠的知識，不必重蹈他的覆轍。因此，他也同意我把他這一段不平凡的經歷抖出來，給其他的同病者做爲警惕。⑭

可知除了想將這段經歷與其他病患共同分享，能使其他病患有所警惕之外，我們從其病誌書寫中亦能感受他對於癌症病人之關愛與憐憫，而且作者亦能藉由書寫中得到情感的宣洩。

(一) 同情與憐憫

作者藉由阿免官觀點看常安探視病患，數度發出了「可

憐哦！」的聲音，對於人在疾病的糾纏中所受的苦，寄予深切的同情。

疾病造成的痛苦，除了來自於身體受到的摧殘外，對疾病無知的恐懼是患者精神上最大的壓力。李豐醫師曾就王禎和的延誤就醫指出，知識程度高之病患是較難與醫生配合的，「很多醫師親身體會到高級知識分子相常難纏，因爲他們自己看很多書報、雜誌，很容易自以爲是，成見很深。」⑮事實上，在常安不願意接受西醫治療而寧取偏方的原因中，可知是醫生的態度影響了病患初始的求醫意願。從李豐醫師的文章中亦可知，如果王禎和在確定罹癌時遇到的是一個有耐心解釋癌症的醫生，讓他了解治療過程，建立其信心，就不會經歷這許多的波折以至病情加重才回醫院治療。所以，對於病患茫然恐懼心理的感同身受，使作者在梳理病患心理及行爲的同時，也提供醫生重要的參考方向，使醫生能體會所面對不只是疾病而已，而是一個有感覺的病患，一個恐懼的心靈，醫生的關懷鼓勵與耐心傾聽的態度對病患將有莫大的幫助。

除此之外，這篇小說最初的寫作大要爲：

主題：Going Mad 一個可愛俏皮的知識分子求生的悲哀而又跡近瘋狂的過程。（由於人類知識的有限，再加上報紙媒體的誤導，一聽到罹患這麼大的疾病，個人及家人的反應，是驚嚇得不知所措，情急下一連串荒謬的行止，令人同情，但又覺可笑！）⑯

小說主角求醫過程的荒謬行止追根究柢是對死亡的恐懼，藉由求醫受騙的描述可知常安想逃避死亡卻是一步步接近死亡，他執迷不悟地接受他人給予的訊息，企圖由報章雜誌的報導尋找偏方，甚至願意拋棄數十年的信仰，隨教士祈禱追靈而淚流滿面！道出了人的脆弱與卑微，在與疾病、死亡的交戰中，人想由縫隙中逃脫是何其難也，常安的笑中隱藏了多少心酸，畢竟生命中有太多無法掌握之處。所以作者並沒有讓奇蹟出現，接下來他計畫寫的是「常安愈祈禱奇蹟，病況愈嚴重，一天他竟連聲音也微弱下去，耳朵要靠近他嘴邊，才聽得見他在講什麼。寫他的失望，寫他的恐懼！」（頁147）。常安求生的心志令人動容，透過小說筆法讓癌症病患恐懼心理淋漓盡致的表現，可以看出作者對於癌症病患憐憫之深切。

（二）反省與宣洩

西西在其《哀悼乳房》一書序中提到其創作目的在於幫助讀者關心己身健康，留心身體傳達的信號，並以為揭露疾病也是病人自我治療的一種，認為對疾病的無知也是一種疾病，所以在其書中對乳癌提供相關常識[17]；而許佑生自言《晚安，憂鬱——我在藍色風暴中》一書的寫作是一種治療與救贖[18]。可見自身患病過程的書寫，對於一個作家而言，是有其治療的意義存在。

而在王禎和，我們看到小說中一個病患面對疾病時的迷惘與脆弱，無非是作者內在經驗的呈現，這在心理學中有「提供對話的可能，使人免於對問題只能獨白的困擾」[19]的作

用，藉由主角的心理描寫，可視爲是作者與自己的對話。從
《兩地相思》可知癌細胞雖只存在於軀體的一個角落，卻主導
了主角常安的思想行爲，作者塑造了迷惑於偏方給予的虛幻
希望、迷惑於自以爲是的認知之中的常安，而其所呈顯出來
的愚昧和固執都是因爲死亡的威脅，所以從中可見對常安的
貶抑，亦可見憐憫。透過這個對話過程，我們看見了作者的
反省。

　　另外，我們從《兩地相思》的描寫中，看到小說人物對
於西醫只有負面的批評沒有辯解，而且作者在患病之後完成
的小說《玫瑰玫瑰我愛你》中就塑造一個醜陋的醫生形
象，可推知作者患病之初對於西醫應有很深的成見存在。這
部份的書寫使作者對於醫療過程的不滿情緒得到宣洩。

　　再者，我們從作者爲小說主角命名中亦可見其藉由病誌
書寫所要傳達的意義。主角名常安，相信這是每一個人的希
望，但鮮少有人能一生常安，終究有與疾病爲伍的時候，終
究走向死亡。所以，可以從常安的命運安排看作者對於死亡
的看法。在此之前，我們先看王禎和在訪問中所提出對死亡
的看法：

　　　像在〈老鼠捧茶請人客〉中，我就想提出對死亡的另一
　　　看法。我想說：人死後還能與這個世界相通；死，並不
　　　是離開這個世界，而是能與親人更親近；死，並不是一
　　　切的終結，而是一切更好的開始。當然，在現實裡，對
　　　於人死後是否真能如此，我也仍然採取存疑的態度，但
　　　是，我並不放棄這樣的可能和希望。[20]

在民國七十二年時王禎和發表了〈老鼠捧茶請人客〉，這篇小說是敘述一個婦人死亡後，靈魂護佑家人的故事，據王禎和妻子所言這是他在得知罹患癌症之後所寫下，藉由老婦人的難捨親情，表現自己對家人的愛。小說中特殊的採用鬼魂作為敘述觀點，描寫對死後世界的想像，靈魂不死、兩個世界可以相通，這是作者的希望。而《兩地相思》篇中對於死亡呈現全然不同的觀點，小說中強調常安年紀大且一無所有，沒有牽掛，對死應無須恐懼，但相反的，常安擔憂的是他死了之後，過往的一切也跟著死了，回憶中的人不存在，所以不冀望死後的世界，反而有強烈的求生欲望。這二種觀念的衝突是否代表了作者此時內心的惶惑。

而常安在癌症的折磨，死亡的焦慮下走向死亡，這是在現實與想像的拉扯中，作者對現實的投降嗎？是否作者以為唯有正視生命現實殘酷的一面，才能擺脫死亡，而安排沒有奇蹟的結局。若將這最壞結局的安排視為作者心中問題的「外化」，則能使自己透過結局安排預先面對死亡，如此「使人對『嚴重得要命』的問題採取比較輕鬆、有效、沒有壓力的方法。」[21]來宣洩心中對死亡的恐懼。

五、結論

從《兩地相思》的病誌書寫中，我們看見作者藉由小說對自己罹病經驗加以剖析，從中得到反省與宣洩。除此之

外，主角的求醫歷程所展現出內心的恐懼掙扎，突顯出病患在心理上極需要得到關懷與撫慰，西醫常因病人誤信偏方延誤就醫感到困擾的同時，是否也應進一步對病患捨醫療而信偏方的因素加以了解，如此才能破除迷信心理，這雖屬於醫學人類學的範疇，但王禎和運用小說筆法提供了一個真實且豐富的世界，確也值得閱讀及思考。

註　釋

① 丘彥明：〈把歡笑撒滿人間──訪小說家王禎和〉，《聯合報》，1984 年 2 月 19 日。

② 鄭樹森：〈王禎和遺作《兩地相思》整理報告〉，《兩地相思》，臺北：聯合文學出版社，1998 年 6 月。

③ 未完稿共 136 頁，其中敘述求醫過程之處約佔 70 頁。

④ 李豐：〈小說家王禎和鬥癌記──為同病者提供他病中掙扎的心路歷程〉，《家庭月刊》，1981 年 7 月，第 58 期。

⑤ Pathography，病情紀錄，醫生為病人患病過程所作的記錄，或為對一種疾病的研究所作的臨床記錄，或稱為病人誌。

⑥ 麥克‧懷特，大衛‧艾普斯頓：《故事、知識、權力──敘事治療的力量》，第 44 頁。

⑦ 王禎和：〈永恆的尋求〉代序，《人生歌王》，臺北：聯合文學出版社，1990 年 9 月，二版（本篇原為 72.8.17 演講稿，經李瑞整理 72.8.18 刊於《中國時報》）。

⑧ 王浩威：〈疾病與文學共生──好書分享〉，《中國時報》，民國 85 年 11 月 14 日。

⑨ Robert Kasten baum 著，劉震鐘、鄧博仁譯：《死亡心理學》，臺

北：五南圖書出版公司，2002 年 8 月，初版。

⑩ 瘕，腹中結塊之病，或解因寄生蟲而腹中結塊之病。

⑪ 同註⑦。

⑫ 同註①。

⑬ 林清玄：〈戲肉與戲骨頭──訪王禎和談他的小說「美人圖」〉，《中國時報》，民國 70 年 2 月 10 日。這是他在完成〈美人圖〉小說後於林清玄的訪問中所述，此時他接受電療後回到工作崗位的康復階段。

⑭ 同註④。

⑮ 同註④。

⑯ 同註②。

⑰ 西西：《哀悼乳房》序，臺北：洪範書局，1992 年 9 月，初版，第 3 頁。

⑱ 許佑生：《晚安，憂鬱──我在藍色風暴中》後記，臺北：心靈工坊，2001 年 6 月，第 261 頁。

⑲ 《故事、知識、權力──敘事治療的力量》第 45 頁中論及「外化」治療的優點：1.減少無益的人際衝突，包括爭吵誰該為問題負責。2.降低失敗感。很多人在努力解決問題仍然失敗以後，對問題的持續存在常常會有失敗感。3.鋪路。讓人互相合作，共同努力面對問題，避開問題對生活與家庭關係的影響。4.打開新的可能性，使人能夠採取行動，從問題和問題的影響當中恢復生活與家庭關係。5.使人對「嚴重得要命」的問題採取比較輕鬆、有效、沒有壓力的方法。6.提供對話的可能，使人免於對問題只能獨白的困擾。

⑳ 同註⑦。

㉑ 同註⑲。

參考書目

Robert Kasten baum 著，劉震鐘、鄧博仁譯：《死亡心理學》，臺北：五南圖書出版公司，2002 年 8 月。

Susan Sontag（蘇珊·桑塔格）著，刁筱華譯：《疾病的隱喻》，臺北：大田出版社，2000 年 11 月。

Michael White（麥克·懷特），David Epston（大衛·艾普斯頓）：《故事、知識、權力——敘事治療的力量》，臺北：心靈工坊，2001 年 4 月。

王浩威：〈疾病與文學共生——好書分享〉，《中國時報》，民國 85 年 11 月 14 日。

王禎和：《人生歌王》，臺北：聯合文學出版社，1990 年 9 月，二版。

王禎和：《兩地相思》，臺北：聯合文學出版社，1998 年 6 月。

王禎和：〈我為什麼要寫作〉，《聯合報》，民國 75 年 02 月 20 日。

丘彥明：〈把歡笑撒滿人間——訪小說家王禎和〉，《聯合報》，民國 73 年 02 月 19 日。

西西：《哀悼乳房》，臺北：洪範書局，1992 年 9 月。

李豐：〈小說家王禎和鬥癌記——為同病者提供他病中掙扎的心路歷程〉，《家庭月刊》，1981 年 7 月，第 58 期。

林清玄：〈戲肉與戲骨頭——訪王禎和談他的小說「美人圖」〉，《中國時報》，民國 70 年 2 月 10 日。

高全之：〈痴情與貪生——讀王禎和遺作「兩地相思」〉，《聯合報》，民國 84 年 5 月 21 日。

高全之：《王禎和的小說世界》，臺北：三民書局股份有限公司，1997 年二月。

許佑生：《晚安，憂鬱——我在藍色風暴中》，臺北：心靈工坊，2001 年 6 月。

劉春城：〈我愛 我思 我寫——探訪小說家王禎和〉，《新書月刊》，7 期，民國 73 年 4 月。

生死／存亡

周人的祖先崇拜

陳美琪

摘　要：

　　周人「尊禮尚施，事鬼神而遠之。」祭祀為當時的重要制度之一。此宗教信仰背後存有人類對不可知且不能控制的世界的一種解釋與行為，相信未知世界的上帝、自然山岳河流、人鬼，具有降災福佑、呼風喚雨、祈年、弭兵、遠疾等力量，尤其周人相信人死後靈魂不滅，隨侍上帝左右，具有超人的能力，死後的鬼魂世界同人生前般具有階級秩序，因而周人對祖先祭祀的儀典是相當莊嚴肅穆的，其意義除了用以追思死者，撫慰生者，為孝道的一種表現方式外，某些祭祀的主祭權更是掌控在少數人手中，是周代宗法制與分封制的加強。

關鍵字： 周代、祖先崇拜

一、前言

　　宗教信仰是人類對不可知且不能控制的世界的一種解釋與行為，這種解釋與行為的背後存有對這不可知世界的敬畏與祈求，相信未知世界的上帝、自然山岳河流、人鬼，具有

降災福佑、呼風喚雨、祈年、弭兵、遠疾等力量，故《禮記・郊特性》曰：「祭有祈焉，有報焉，有由辟焉。」《禮記集解》：「鄭氏曰：祈猶求也。謂祈福祥，求永貞也。報，謂若穫禾報社。由，用也。辟讀為弭，謂弭災兵，遠罪疾也。方氏慤曰：欲彼之有予也，故有祈以求之，若〈噫嘻〉『祈穀於上帝』，〈載芟〉『祈社稷』之類是也。因彼之有施也，故有報以反之，若〈豐年〉之『秋冬報』，〈良耜〉之『秋報社稷』是也。慮彼之有來也，故有辟以去之，若〈月令〉之『磔攘』『開冰』，而用桃弧棘矢以辟去不祥是也。」①人們相信經由虔誠的祝禱行為，天神、地祇、人鬼等系統將可助其實現願望，而此祝禱行為背後所存在的心理，即是相信神鬼世界的存在，且其是有情有義的，人民可透過莊嚴肅穆的祭祀禮儀，將願望上達下傳，遂其心願。《禮記・祭義》曰：「禮有五經，莫重於祭」；《左傳》成公十三年記載：「國之大事，在祀與戎。」可見遠在上古時代，祭祀為國家重要制度之一，對此殷人有周詳的祀譜以祭其先公先王，而周王亦以商紂怠於祭祀，藉以攻之。後周公對殷禮因革損益，祭祀類目之眾多，不下殷人，《詩・雲漢》云：「倬彼雲漢，昭回于天。王曰于乎，何辜今之人？天降喪亂，飢饉荐臻。靡神不舉，靡愛斯牲。圭璧既卒，寧莫我聽。旱既大甚，蘊隆蟲蟲。不殄禋祀，自郊徂宮。上下奠瘞，靡神不宗。后稷不克，上帝不臨。」根據詩文記載，周宣王時天下大旱，故周人多方奔走祭祀，已到了「靡神不宗」的地步。然上天與祖先的崇祀，為周人信仰的中心，故兩周銘文多見頌揚先祖，丕顯文武受命，昊天疾威，所見祀典名亦常

與殷商卜辭相同，但與殷人不同的是，周人所信仰的天是理性的、道德的人格天，受祀的先王先公舊臣皆是有功烈於民者，繁複的祭祀禮儀具有尊尊親親的政教作用。

二、神鬼世界

討論周人的祖先崇拜，必先涉及周人的神鬼世界觀。關於死亡，周人認爲天上有一類似人間的朝廷，謂之帝廷或帝所，其主宰者爲上帝，《尚書》與金文習見「上下」一詞，關於其名義，茲引例如下：

《尚書‧堯典》：「光被四表，格于上下。」孔傳：「光，充；格，至也。……其名聞充溢四名，至于天地」

《尚書‧召誥》：「上下勤恤，其曰：我受天命。」孔傳：「言當君臣勤憂敬德，曰我受天命。」

《尚書‧堯典》：「帝曰：疇若予上下草木鳥獸。」孔傳：「上謂山，下謂澤。」

《矢作周公設》：魯天子受厞瀕福，克奔走上下帝無冬令于有周，復追考對。（《集成》4241）

《牆盤》：上帝降懿德大甹，匍有上下，迨受萬邦……天子眉無勼旟祁上下。（《集成》10175）

《五祀釴鐘》：余小子肇嗣先王，配上下。（《集成》358）

《尚書》中「上下」一詞，依孔傳所釋，第一例表示天地，第二例表示君臣，第三例表示山澤，但在金文中，「上下」一詞多以合文出現，上下多指天地、君臣或朝廷，但未見表示山澤者。至於其出現的時間，吳其昌將西周早期《燹作周公殷》的「☰」字形釋作「三帝」②（金文及文獻中並未見「三帝」之詞），然容庚《金文編》卻將此字形分別離析至「上」及「帝」二字之條目下，言其為「上下二字合文」與「帝」字，即以其為「上下帝」，于省吾亦釋作「上下帝」③，而郭沫若解釋道：

> 「上下帝」三字連文作☰，或釋「三帝」，非是。本銘兩三字均作三，三橫等長，與此有別。上帝指天神，下帝指人王。④

郭氏是將「上下」連續下文的「帝」而作「上下帝」，意指天神之首為「上帝」與世間之首的君主為「下帝」。觀《燹作周公殷》銘拓作「☰」，而「上帝」合文可作☰（《天亡殷》）及☰（《史牆盤》），而「帝」多作「☰」，故以為《燹作周公殷》之「☰」可釋為「上下帝」。易言之，周人認為天廷之主宰者為上帝，已故祖先死後將隨侍在帝左右，輔助上帝監佑在世子孫，而周天子為承有天命，德配上帝，代為管理人世的代理人，是為「下帝」。

（一）死亡觀

1.靈魂不滅

周人以爲已故祖先是存在於天，隨侍在帝左右而監佑在世子孫的，如《詩·大雅》記載：

> 〈文王〉：文王在上，於昭于天。周雖舊邦，其命維新。有周不顯，帝命不時。文王陟降，在帝左右。
>
> 〈大明〉：明明在下，赫赫在上。……天監在下，有命既集。⑤

詩文明言文王陪伴在帝左右以監佑在下子民，惟時王戰戰兢兢，德配上帝，方能常保有周，而兩周銅器銘文的記載亦與此類似，如：

> 《㝬毁》：其各前文人，其瀕才帝廷陟降，重恪皇帝大魯令。（《集成》4317）
>
> 《番生毁蓋》：丕顯皇且考，穆穆克哲氒德，嚴在上，廣啟氒孫子于下。（《集成》4326）
>
> 《虢叔旅鐘》：皇考嚴才上，異才下。（《集成》238~242、244）
>
> 《斁狄鐘》：先王其嚴才帝左右。（《集成》49）
>
> 《汈其鐘》：皇且考其嚴才上，數數彙彙，降余大魯福亡昊。（《集成》187~192）
>
> 《秦公毁》：先王其嚴才上。（《集成》4315）

從以上銘文書式「先王其嚴才帝左右」，可知嚴才上的「上」是指上天，因上帝所住的居所稱爲「帝所」、「帝廷」，而這裡

言其嚴在帝左右，故知「上」當指上天，至於「嚴」的意義，從《虢叔旅鐘》來看，嚴與異相對應，異又通翼，《廣雅‧釋詁四》：「翼，輔也。」且見銘文中「嚴才上」之前大多有祈禱的對象，如前文人、皇且考、皇考、先王、皇且考，所以「嚴才上」當非指稱祖先的靈魂，而可釋為威嚴或恭敬貌。其次，周人對先祖的崇敬，除了追孝之外，尚因周人認為上天掌有降德、降喪的權柄，且人死後靈魂不滅而升至於天，在上帝左右，故祖先具有傳達心願至上帝的仲介功能，而其本身亦具有福佑在世子孫的能力，劉雨更指出周人有將文考神尊為上帝的意識，因之言：

> 邢侯毀（《三代》6.54.2）「克奔走上下帝，無終命于有周。」「下帝」當指人間的周王……這種區分上帝下帝，且將文考神尊為上帝的意識，是周人所獨有的，這與殷虛卜辭中殷人上帝的概念不同，與後世人的至上神概念也是不同的。到西周晚期，金文中還出現了「皇帝」一詞……周人以死去的父親為「帝考」，稱死去的父祖為「皇祖帝考」，「皇帝」就是「皇祖帝考」的省稱。……到屬王時，又有「皇上帝」一詞。⑥

周人具有將祖先神地位提昇，尊為上帝的意識，祖先神亦具有一定的權柄職能，故對其祭祀是莊嚴慎重的，而兩周銘文中即多見頌揚先祖者。其次，周人尚以為子孫所作所為將影響先王的憂樂，如西周晚期《毛公鼎》銘作：「告余先王若德，用仰昭皇天𤋮（申）造（格）大命，康寧四國，欲我弗

乍先王憂。」（《集成》2841）

2. 具有超人的能力

周人以爲人死後可成爲天上人間的善神或惡鬼，具有超人的能力，能令信者賴之或生者畏之，如《尙書·金縢》記載周之先王能聽人卜告，而使身體有恙的武王因周公以身代之而得以痊癒。

> 王有疾，弗豫。二公曰：「我其爲王穆卜。」……乃告太王、王季、文王。史乃册祝曰：「惟爾元孫某，遘厲虐疾；若爾三王，是有丕子之責于天，以旦代某之身。予仁若考，能多材多藝，能事鬼神。……今我即命于元龜，爾之許我，我其以璧與珪，歸俟爾命；爾不許我，我乃屏璧與珪。……公歸，乃納册于金縢之匱中。王翼日乃瘳。」⑦

由此篇史官册文可見，身爲周之先王（太王、王季、文王）應有保護在世子孫的責任，尤其是承有上帝之命的天子，而周公願以己身代武王有疾，並親事鬼神，亦見時人不但相信先王可福佑在世子孫，尙可接受子孫的獻享，若先王不同意周公所言，即將獻享的璧與珪藏而不獻。

在世子孫除可向先王祖考祝禱以得其福佑之外，尙見惡鬼可作祟於人，如王充《論衡·解除》云：

> 昔顓頊氏有子三人，生而皆亡，一居江水爲虐鬼，一居若水爲魍魎，一居區隅之間主疫病人。故歲終事畢，驅

逐疫鬼，因以送陳、迎新、內吉也。世相仿效，故有解
除。⑧

周人信鬼修祀，以求福佑，解災除惡，皆是相信鬼神具有超
人能力的明證。

3.鬼魂世界具有秩序階級

周人以為人死後靈魂不滅，具有超人能力以監視在世子
孫，故能令生者畏之或信者賴之。人亡後之鬼魂世界亦具有
秩序階級，此可由死者被安葬時的姿勢、隨葬器物多寡、墳
墓走向等安排看出，如商周時對於人死後的安葬即有一定的
規範，所謂族墓地制度即指對墓葬群在基地內的布局與墓葬
之間相對位置的相關規範，朱鳳瀚言：

族墓地制度即合族而葬的制度，本身是一種特定歷史條
件下的習俗，一種宗教性的社會意識。它是由社會存在
所決定，是當時人們血緣親屬關係的反映，因而族墓地
的布局始終受著人們親屬組織結構的制約。正如鄭玄在
《周禮‧地官‧大司徒》注中解釋「族墳墓」所
言，「族，猶類也。同宗者，生相近，死相迫。」所以對
族墓地的研究，可以比較直接地了解到當時人們之間的
血親關係，特別是人們的親屬組織結構。當然，階級社
會中的族墓地，不僅反映了親屬關係，同時也在一定程
度上受到人們之間的階級與等級關係的影響，這是在研
究過程中不可忽視的。⑨

族墓地制度是血緣關係的一種反映，死者安葬時的安置姿勢、隨葬器物多寡、墓地內的布局與墓葬之間的相對位置，即受死者生前的親屬關係與社會階級所決定。當時貴族家族的墓葬，一般是以近親的幾代親屬相聚居，形成群組的墓葬區，在一群墓葬區又分成幾組的墓葬區，規模大小不一。如以張家坡西區墓地而言，其所屬的貴族家族的規模不大，隨葬的青銅器物少，且無人殉及車馬坑，故其應是僅包含了幾個近親的家族，可能是一個低級的貴族家族，而在墓葬群中呈丁字形墓組者，推測其親屬關係較近，如兄弟、夫妻之屬⑩。由此發掘的墓葬考古資料，可見當時人們相信死後的鬼魂社會具有秩序階級，而此秩序階級乃受死者生前親屬關係與社會階級所制約。

(二) 善神與惡鬼

周人相信人死後靈魂不滅，存在於天或地，故《說文》：「鬼，人有所歸為鬼」，《禮記‧祭義》：「眾生必死，死必歸土，此謂之鬼。」然人死後存在於天地間的靈魂，謂之鬼神，王充《論衡‧論死》卷二十：

> 人死，精神升天，骸骨歸地，故謂之鬼，鬼者，歸也。神者，荒忽無形者也。或說：鬼神，陰陽之名也。陰氣逆物而歸，故謂之鬼；陽氣導物而生，故謂之神。神者，申復無已，終而復始。人用神氣生，其死復歸神氣。陰陽稱鬼神，人死亦稱鬼神。⑪

據王充所言，人死後骸骨歸地謂之鬼，荒忽無形謂之神，或曰鬼神有陰陽之名，此即《禮記·祭義》所言的神鬼氣魄：「氣也者，神之盛也；魄也者，鬼之盛也。……眾生必死，死必歸土，此之謂鬼。骨肉斃于下，陰為野土，其氣發揚于上，為昭明焄蒿悽愴，此百物之精也，神之著也。」魂與魄同時存於生人之中，當其死亡後，魂魄脫離人身，歸於土者而為鬼；當其氣盛大精明時，形成一股強大的氣時，則上升而為神，而此神格的轉化觀念，應與周人相信受祀者對本氏族具有將願望上達天帝的仲介功能與祖先神亦具有部分降福能力相關，故將祖先神格由鬼魂轉化為固定的神祇。

1. 宗廟祭祖

殷人尊神尚鬼⑫，周公則因於殷禮制禮作樂⑬，胡厚宣指出殷人的生活，受制於鬼神信仰的掌握中，因此胡厚宣以為「帝」代表至上權威，具有主宰自然界與人事界的能力，可以統轄風雨雲雷等自然天候變化、農耕與作物收成、城市的建築狀況、戰爭成敗、人世間的各項休咎等諸能力⑭。陳夢家對商「帝」的看法亦大抵與此相同，二人皆同意卜辭中缺乏任何直接獻祭上帝的紀錄，亦無任何禱詞直接上陳於上帝，然而由於祖先是「賓于帝」，在帝左右，因而祖先尚可成為人間的仲介者，協助後代祖孫求得上帝的庇佑。李學勤言：「中國古代在佛道二教興起以前，祭祀儘管遍及天神地祇、人鬼，中心實際是祖先的崇拜。」又言：「中國古時的信仰，一直是以祖先的崇拜作為中心的。這種崇拜源自史前，發展到殷人尚鬼，達到極盛時期。」⑮因此，祭祀祖先一直是商人重要的宗教活動。

　　除了殷商卜辭與歷史典籍所載，兩周青銅器大多爲紀念祖先而作，而宗廟廟數與其祭祀禮儀即是祖先崇拜的一種表現形式。周公繼承殷禮，因革損益，制禮作樂成爲天子庶人皆須遵守的禮儀規範，「賞罰用爵列」⑯，強調道德意識、明德慎罰的觀念，將殷商以來一味訴諸於外在的吉凶禍福轉而內求諸己，「上天無親」，天命的賦予取決於人事作爲，而對祖先的信仰與祭祀，更凸顯了以人爲本，「人本乎祖」的觀念⑰。

　　西周中期以後，宗廟廟數更逐漸形成了天子七廟、諸侯五廟、大夫三廟、士一廟的昭廟制度，不可僭越，其彰顯的意義，誠如林素英所言：（一）樹立報本追遠之對象；（二）發揚尊尊親親之精神；（三）建立親疏有等之倫序⑱，此宗廟禮儀包含了人倫自然血緣關係的差等，此五服九族的倫理關係，自天子以至於庶人，莫不如此，只是庶人無廟而祭於寢⑲，形成貴賤有別的社會價值分野，而故廟的遷毀，更見倫理關係的親疏。然宗廟禮儀亦反映了政治人爲的秩序觀念，其主祭權是貴族家族內部政治地位和權力以及財產繼承的重要標誌，《禮記·中庸》記載：

　　郊社之禮·所以事上帝也；宗廟之禮，所以祀乎其先也。明乎郊社之禮，禘嘗之義，治國其如示諸掌乎？

文武二祧，世世不毀，爲周王的宗廟所獨有，諸侯不得僭越，後者僅能以始封之君作爲始祖，此廟可百世不遷，其餘皆五世而毀，毀廟之祖則藏於祖廟之中。另有些祭祀亦僅及

於天子，如郊天之祭，此無非是將社會價值等級反映於宗教祭祀中，強調階級等差，起著維持社會秩序的作用。

2. 祭鬼

《禮記・祭法》：「大凡生於天地之間者皆曰命，其萬物死皆曰折，人死曰鬼，此五代之所不變也。」人形氣之所生皆稟之於天，因物與人之氣的昏濁不同，故曰折曰鬼，以其人死而仍有各種精神知覺，故立廟以祭之⑳，然殷人先求諸陽，周人先求諸陰，言曰：

> 魂氣歸于天，形魄歸于地，故祭，求諸陰陽之義也。殷人先求諸陽，周人先求諸陰。
>
> 孫希旦集解：魂氣歸於天者，陽也。形魄歸於地者，陰也。故祭祀之義，求諸陰陽而已。……殷人先求諸陽，先作樂而後灌也。周人先求諸陰，先灌而後作樂也。㉑

魂氣者，虛幻的鬼魂；形魄者，實在的體魄形體，祭祀的意義，在於求諸陰陽而已。然在周人觀念中，並非所有死亡的人皆可成為善神（鬼），當其非正常死亡時，魂魄會轉化為惡鬼。《左傳・昭公七年》記載：「人生始化曰魄，既生魄，陽曰魂。用物精多則魂魄強，是以有精爽至於神明。匹夫匹婦，強死，其魂魄猶能馮依於人，以為淫厲。」厲即惡鬼，將會作祟於人，《論衡・解除》云：「昔顓頊氏有子三人，生而皆亡，一居江水為虐鬼，一居若水為魍魎，一居區隅之間主疫病人。故歲終事畢，驅逐疫鬼，因以送陳、迎

新、內吉也。」㉒可見避免惡鬼加害於人的唯一方式是向其
獻祭，故宗廟祭祀中亦有泰厲，公厲、族厲之祭㉓，希望
「鬼有所歸，乃不爲厲。」㉔商人亦視鬼魂有善惡的分別，甲
骨文有云：

> 今夕鬼寧。(《合集》24987)
> 多鬼夢不至禍。(《合集》17451)
> 茲鬼墜在庭。(《合集》7153)

三、祖先的受祀與祭祀禮儀

王國維〈殷卜辭中先王先公續考〉：「商人自大父以上皆
稱曰祖」，「祖者，大父以上諸先王之通稱也」。這表明了祖的
兩層意義，其一是以氏族血緣關係爲基礎的祖先祭祀；其二
是具有政治性質的先王祭祀，即把「大父」以上的諸位先王
也可稱之爲祖。

> 《禮記‧祭法》孔疏：祖，始也，言爲道德之初始，故云
> 祖也；宗，尊也，以有德可尊，故云宗。

周人的祖先祭祀是在祖神配天享祭的基礎上進行的，即肯定
天神的存在，而天命乃是在周代王權的依據的基礎上形成
的，並肯定自己的先祖王公是「有德之君」的情況下施行配
天祭祀的儀典。

（一）祖先的受祀

1. 神格的轉變

《禮記‧祭法》云：「大凡生於天地之間者皆曰命，其萬物死皆曰折，人死曰鬼，此五代之所不變也。」又曰：「庶士、庶人無廟，死曰鬼。」孔疏：「庶士、庶人無廟，祭於寢也。」孫希旦曰：「古祭神祇於壇，祭人鬼於廟。祭人鬼而為壇者，必其廟非己之所當祭，有為為之也。」㉕由此可見，祖先崇拜是人鬼祭祀系統的昇華，其屬性和祭祀者之間，或緣於政治需要，而使某一氏族中的英雄成為突破氏族融合障礙的遠世共祖，受祭者與祭祀者之間並未具有親近的血緣關係。另一種祖先崇拜，則是受祀者與祭祀者之間具有親近的血緣關係，此為祖先崇拜的重要基礎，陳夢家曾為祖先神的神力作過分析，指出高祖遠公大多為祈求風雨和年成的對象。除此之外的近祖先公、先王先妣及一些舊臣神，則對於時王與人民具有作祟的神力，但二者之間的神性又互有交叉的現象。基於人鬼的善性（善鬼）和祭祀者相信其對本氏族具有將願望上達天帝的仲介功能，且其本身亦具有呼風喚雨、祈年、弭兵、遠疾等能力，故其神格也由鬼魂轉化為固定的神祇。

2. 受祀的條件

周人崇祭祖先的對象，並非遍及所有已故先祖的鬼魂，能成為受祀對象乃因其有功於民，《禮記‧祭法》記載：

　　夫聖王之制祭祀也，法施於民則祀之，以死勤事則祀

之，以勞定國則祀之，能禦大菑則祀之，能捍大患則祀之。是故厲山氏之有天下也，其子曰農，能殖百穀。夏之衰也，周棄繼之，故祀以為稷。共工氏之霸九州也，其子曰后土，能平九州，故祀以為社。帝嚳能序星辰以著眾，堯能賞均、刑法以義終，舜勤眾事而野死，鯀鄣鴻水而殛死，禹能脩鯀之功，黃帝正名百物以明民共財，顓頊能脩之，契為司徒而民成，冥勤其官而水死，湯以寬治民而除其虐，文王以文治，武王以武功去民之菑，此皆有功烈於民者也。

根據《禮記》所載，列入國家祭祀的祖先神的基本條件為有功烈於民者，一以法施於民者，如神農、后土、帝嚳、堯、舜、黃帝、顓頊與契之屬㉖；一以死勤事則祀之，如舜、鯀、冥之屬㉗；一以勞定國，如禹之屬；一以能禦大菑，捍大患之屬，如湯及文武之屬㉘。又，據《國語·魯語》記載：

有虞氏禘黃帝而祖顓頊，郊堯而宗舜；夏后氏禘黃帝而祖顓頊，郊鯀而宗禹；商人禘嚳而祖契，郊冥而宗湯；周人禘嚳而郊稷，祖文王而宗武王。幕，能帥顓頊者也，有虞氏報焉；杼，能帥禹者也，夏后氏報焉；上甲微，能帥契者也，商人報焉；高圉、大王，能帥稷者也，周人報焉。凡禘、郊、祖、宗、報，此五者國之典祀也。

列入國家祭祀的祖先神，一為接受有虞氏和夏后氏禘祀的黃帝；商人與周人禘祀的嚳，《禮記‧大傳》：「禮，不王不禘。王者禘其祖之所自出，以其祖配之。」此乃推尋始祖所自出而追祀的遠世共祖。二為接受郊、祖祭祀的祖先神，如有虞氏崇祀的顓頊、堯；夏后氏崇祀的顓頊、鯀；商人崇祀的契、冥；周人崇祀的稷，《禮記‧祭法》孔疏：「祖，始也，言為道德之初始，故云祖也。」此乃追尋各氏族中的有功烈者，尊崇為氏族的始祖。三為接受報祭的先公與稱之為宗的先王，如有虞氏祭祀的幕與舜；夏后氏祭祀的杼與禹；商人祭祀的上甲與湯；周人祭祀的高圉、大王與武王，《禮記‧祭法》：「報，報是報德之祭。」孔疏：「宗，尊也，以有德有尊，故云宗。」此乃崇祀歷史中有功德於氏族的祖先神，以為後世子孫的標竿。

（二）祭祀禮儀

《儀禮》中的〈特牲饋食禮〉、〈少牢饋食禮〉、《禮記‧郊特牲》、《詩》記有古代祭祀祖先的詳細紀錄，「饋食」是指士、大夫宗廟祭祀之禮，其含有的基本儀式為：

1. 設主

「主」是祖先靈魂之所依，周人祭拜的物質實體，《禮記‧曲禮》：「措之廟，立之主。」孔疏：「置於廟立主，使神依之也。」又引《白虎通》：「所以有主者，神無依據，孝子以繼心也。」若軍隊行旅於外則載主以行，《史記‧周本紀》記載武王伐紂，「東觀兵，至於盟津。為文王木主，載以車」；啟征有扈氏誓曰：「用命賞於祖，不用命戮於社。」

又，卜日亦須於祖廟行之，《禮記‧郊特牲》記載：

> 卜郊，受命于祖廟，作龜于禰宮，尊祖親考之義也。
>
> 《禮記集解》：祖廟，始祖之廟。受命于祖廟者，郊天以
> 稷配，故將卜而先告之也。作，灼也。《周禮‧卜
> 師》：「凡卜事，視高，揚火以作龜，致其墨。」作龜于
> 禰宮，就禰廟而卜之也。受命于祖，尊祖之義；作龜于
> 禰，親考之義。㉙

可見周人以其祖先死後靈魂不滅，隨侍在帝左右，福佑後世
子孫。因此，即使羈旅在外，亦有行主隨軍，以示軍國大事
不敢自專，《禮記‧曾子問》云：

> 曾子問曰：「古者師行，必以遷廟主行乎？」孔子
> 曰：「天子巡守，以遷廟主行，載于齊車，言必有尊
> 也。今也取七廟之主以行，則失之矣。」
>
> 《禮記集解》：鄭氏曰：齊車，金路。皇氏侃曰：遷廟
> 主，謂新遷之主。愚謂遷廟主多，莫適載焉，宜奉其近
> 者而載之，故知為新遷廟之主也。……取七廟之主以行
> 者，謂於七廟中取一主以行，非謂並載七廟之主也。㉚
>
> 《禮記‧王制》：天子將出，類乎上帝，宜乎社，造乎
> 禰。諸侯將出，宜乎社，造乎禰。
>
> 孫希旦集解：孔氏曰……皇氏申之云：「行必有主，無則
> 主命載于齊車。今告出，先從卑起，然後至祖，仍取遷
> 主則行。若前至祖，後至禰，是留尊者之命，為不敬

也。若還，則先祖後禰，先應反主祖廟故也。然出告天
地、祖、禰，還惟告廟，不告天地者，《白虎通》
云：『天道無內外，故不復告也。』諸侯將出，謂朝王及
自相朝、盟會、征伐之事也。不得告天，故從社始，亦
載社主也。造乎禰，亦告祖及載主也。」[31]

如此表明此役乃奉先王之命討伐無道，讓師旅士兵有祖先在
天福佑本軍的安心心理，亦可在軍事決策過程或賞罰時，取
得祖先神同意的依據，確保此次戰役的勝利。

2.立尸

祭祀立尸，乃祖先神靈降臨之憑依，可代表祖先繼續接
受在世子孫的祭祀，《禮記‧郊特性》：「尸，神象也。」《禮
記集解》：「鬼神無形，立尸以象之也。」[32]《儀禮‧士虞
禮》：「祝迎尸。」鄭注：「尸，主也。孝子之祭，不見親之形
象，心無所繫，立尸而主意焉。」《禮記‧坊記》：「祭祀之有
尸也，宗廟之有主也，示民有事也。」此對生者而言，除有
一具體物象可寄託其情感外，其異於前述所言之「主」
者，在於「主」藏於宗廟中，是一靜態的物體，與亡者形體
不相像，而「尸」於整個祭祀禮儀中，卻是活動的，為一動
態的人體，宛如「親之形象」，如此可讓生者對於祖先神靈能
事死如事生，履行孝親敬享的行為，誠如《白虎通疏證‧宗
廟》所載：

祭所以有尸者，鬼神聽之無聲，視之無形，升自阼
階，仰視榱桷，俯視几筵，其器存，其人亡；虛無寂

窴，思慕哀傷，無所寫洩，故坐尸而食之，毀損其
饌，欣然若親之飽；尸醉，若神之醉矣。㉝

又如《通典・禮八》所言：

祭所以有尸者，鬼神無形，因尸以節醉飽，孝子之心
也。祝迎尸於門外者，象神從外來也。

尸食似神食，尸醉若神醉，此祭祀不但使死者安之，亦使生
者繼續履行孝親的行為，發揚親親的人倫觀，且尸的設
立，亦關係著周代社會政治和血緣關係的雙重制約。首
先，尸的實際政治地位，必須低於宗廟祭祀的主祭者，形成
明顯等級差別，勿使尸的地位侵損了主祭者的尊嚴。其
次，尸的身分必與宗廟祭祀的天子、諸侯、大夫、士家族有
血緣關係，如《禮記・曲禮》：「禮曰：君子抱孫不抱子，此
言孫可以為王父尸。」又：「為人子者，祭祀不為尸。」《禮
記・祭統》：「子為王父尸，所使為尸者，於祭者，子行
也。」如此皆為取得世次的昭穆一致，鄭注：「孫為王父
尸，以孫與祖昭穆同也。」再者，天子、諸侯、大夫、士的
宗廟祭祀，皆有一定的祭祀禮儀，如象徵祖先神靈降臨的迎
尸活動，無論是天子、諸侯、大夫、士都無主祭者親自迎尸
的記載，如此則使主祭者的尊嚴未受到侵損，亦是政治上的
一種尊尊行為的表現。至於祭祀過程中，尸者之動態，有時
代上的差異，《禮記・郊特性》：「古者尸無事則立，有事而后
坐也。」孫希旦集解：「古者尸無事則立，有事而後坐，謂夏

時也。有事，謂飲食之事也。言此者，以明殷、周以來，尸即無事亦坐，所以有拜妥尸之禮也。」㉞《詩・小雅・楚茨》一詩記載了祭祀活動的全程。

> 《詩・小雅・楚茨》：祝祭于祊，祀事孔明。……工祝致告，徂賚孝孫。……禮儀既備，鐘鼓既戒。孝孫徂位，工祝致告。神具醉止，皇尸載起，鼓鐘送尸，神保聿歸。諸宰君婦，廢徹不遲。諸父兄弟，備言燕私。樂具入奏，以綏後祿。

詩載工祝（太祝，負責致祝詞者）當先祭於廟門之內，後向在場之人致詞，賜福給主祭的孝子賢孫，當各項祭祖儀式完畢後，孝孫（主祭者）回到主祭的位置，工祝向其報告說：神靈都已喝醉，於是敲鐘擊鼓將皇尸送走，撤去餚饌祭品，在場的父老兄弟一起參加家族宴飲，共飲祭酒，同食祭肉，分享祖先所賜予的福祿壽考，起著和睦家族、絡繫情感的目的，而參此合祭的家族成員則有：孝孫——主祭者、君婦——此指天子或諸侯之妻、諸父——主祭者伯父、叔父等長輩、兄弟——同姓的叔伯兄弟。

3.厭祭

祭祀儀典中亦有無尸而僅以飲食餒神者，然成人之喪必有尸以祭之，尸必以孫爲之，由於殤者未成年，無爲人父之道，當亦無孫，故祭殤必以厭祭，《禮記・曾子問》記載：

> 孔子曰：「祭成喪者必有尸，尸必以孫，孫幼則使人抱

之，無孫則取於同姓可也。祭殤必厭，蓋弗成也。祭成
喪而無尸，是殤之也。」……孔子曰：「宗子為殤而
死，庶死弗為後也。其吉祭特牲，祭殤不舉肺，無肵
俎，無玄酒，不告利成，是謂陰厭。凡殤與無後者，祭
於宗子之家，當室之白，尊于東房，是謂陽厭。」

未成年而死或死而無後者，自無孫輩可任尸者，爲彌補此缺
憾，故特立無尸而僅以飲食飫神的厭祭，並以祔廟方式，使
其有宗廟可居，《禮記・喪服小記》：「殤與無後者，從祖祔
食」㉟，使之不致流離失所，乏人供養。另有一種情形，則
是亡者無同昭穆世次之嫡孫或庶孫可任尸者，故取同姓之孫
輩任之，若同姓之孫輩再不可得，則不立尸而祭之。

四、祭祀禮儀的意義

　　人類生前曰魂曰魄，死後則曰鬼曰神，孔穎達曰：「聖王
緣生事死，制其祭祀。存亡既異，別爲立名。改生之魂曰
神，改生之魄曰鬼。」㊱周人相信人死而靈魂不滅，具有超
人的能力，能降禍福佑，令生者畏之或信者賴之，其鬼魂世
界就如同人生前般具有秩序階級，因此安置死者的姿勢、隨
葬器物多寡、墳墓走向、族墓葬群中的相對位置等皆有定
制。觀周人祭祀先祖之儀節、內容、名稱，雖有所因襲，亦
有所變革，或繁、或簡，包羅萬象。然不變者惟祭祀先祖之
儀典綿延不絕。究其原因，在於祭祀先祖蘊涵有人類最原始

的情感需要，追思死者，撫慰生者，是孝道的一種表現形態，而藉此儀節所強調的共同血緣關係，亦有助於政治教化的推行，《禮記・禮運》：「故聖人參於天地，並於鬼神，以治教也。」[37]茲分述如下：

（一）追思死者，撫慰死者

死亡的劇變，使人鬼兩分，驟令生者的情感頓失慰藉，因築宮室宗廟，制立莊嚴的祭祀禮儀以讓生者反古復始，報本追遠，不忘其所生，敬祀其祖考先妣，竭力從事，滿足其情感的需要，故《禮記・祭義》云：

> 聖人以是為未足也，築為宮室，設為宗室，設為宗、祧，以別親疏遠邇，教民反古復始，不忘其所由生也。眾之服自此，故聽且速也。
> 孫希旦集解：反古復始，謂設為祭祀之禮，以追而事之也。聖人以明命鬼神，其名雖尊，而無所以事之之禮，則於情為未足，於是立宗廟，制祀典，使天下之人莫不有以盡其報本追遠之意，而眾莫不服之。蓋鬼神之感人，而人之欲敬事其祖、考，乃出於人心之同然而不容已者，而聖人因而導之，故人莫不服而速於聽命也。[38]

其次，周人認為死亡乃人生必經之路，死後尊名為鬼神，制為尊極之稱，《禮記・祭義》云：

眾生必死，死必歸土，此謂之鬼。骨肉斃于下，陰為野
土。其氣發揚于上，為昭明，焄蒿、悽愴，此百物之精
也，神之著也。因物之精，制為之極，明命鬼神，以為
黔首則，百眾以畏，萬民以服。㉟

人死亡後，必使「鬼有所歸，乃不為厲」㊵，若鬼無所依
歸，則好作祟傷人帶來禍患，故民祀之以求規避災禍。易言
之，祭禮的制定施行，除出自於生者的追思情感外，亦是當
時宗教思想下，一種不得不然的祈安求福、規避災禍的作
法。

(二) 孝道的表現

孝字始見於金文，作一老人以手搭在小孩頭上之狀，表
示小孩扶持不良於行的老人，此孝道可藉由祭祀祖先、銅器
鑄造等行為表現之，亦是周室強調宗法制度的措施，盡孝的
對象是前文人、皇祖神考等已過世的神靈及宗室，《禮記》對
此有諸多闡釋，如：

《禮記·祭義》：祀乎明堂，所以教諸侯之孝也。
《禮記·祭統》：是故君子之教也，外則教之以尊其君
  長，內則教之以孝於其親。是故明君在上，則諸君服
  從；崇事宗廟社稷，則子孫順孝。盡其道，端其義，而
  教生焉！……是故君子之教也，必由其本，順之至
  也，祭其是與！故曰：祭者，教之本也已。
《禮記·祭統》：忠臣以事其君，孝子以事其親，其本一

也。上則順於鬼神，外則順於君長，內則以孝於親，如此之謂備。唯賢者能備，能備然後能祭。是故賢者之祭也，致其誠信，與其忠敬，奉之以物，道之以禮，安之以樂，參之以時，明薦之而已矣，不求其為。

又如《左傳‧桓公六年》記載季梁論「所謂道，忠於民而信於神也」，「聖王先成民而後致力於神」，當人民三時（春、夏、秋）專力赴農事而年收豐碩，則修其五教，親其九族，以之祭祀先祖，則神將降福於民㊶，可見祭祀先祖乃是孝道的表現方式之一。

（三）減少氏族融合的障礙

周人祭祀祖先神的類別中，有追尋始祖所自出而追祀的遠世共祖，如商人與周人皆禘祀的嚳，其主要作用乃藉傳說中能超越氏族的遠世共祖，即始祖或始祖所自出的祖先，以減少氏族融合的障礙，此遠氏共祖或其祖先與統治者所在氏族未必具有接近的血緣關係，可見此祭祀本身的政治考量遠大於親親的人倫觀。

（四）加強共同血緣關係，利宗法、分封制的推行

周人祭祀祖先神的類別中，有追尋各氏族中的有功烈者，而尊崇為氏族的始祖；亦有崇祀歷史中有功德於氏族的先公先王與近祖。此意義即在於上層統治者藉紀念先祖的功德烈績，以加強共同的血緣關係，明確人倫之間的輩分關係，此祭祀因基於政治考量，常為統治者階級所壟斷，成為

維護君權等級制的手段。尤其後者的祭祀對象，是與統治者
所在氏族具有親近血緣關係的先公、先王與近祖，故其除了
政治考量上的「尊尊」外，尚具有慎終追遠，人倫觀中的
「親親」精神。《禮記‧祭禮》：「古者明君必賜爵祿於太
廟，示不敢專。」舉凡天子、諸侯的冊命、賞賜爵祿、告朔
等政治活動，大都在宗廟中舉行，而廟數之制與祭祀禮儀的
等級化，一方面表現了天子、諸侯、大夫、士等的階級差
異，一方面加強了以血緣為紐帶的「親親」、「尊尊」㊷的宗
法制與「封諸侯、建同姓」的分封制，金景芳云：

> 周禮的內容包括兩個方面，一是「親親」，一是「尊
> 尊」。「親親」，就是親其所親，反映這個社會的血緣關係
> 方面。「尊尊」就是尊其所尊，反映這個社會的政治關
> 係，即階級關係方面。在親親和尊尊中，貫徹著嚴格的
> 等級制的原則。所以，從本質上說，禮是周王室維護奴
> 隸制度的工具，憑藉這一工具，他們在庶人以上的範圍
> 內建立起符合統治階級利益和意志的秩序。㊸

此說明了周人的祖先神祭祀，較之天神祭祀更能完遂統治者
心中之所願，在某種程度而言，周代的宗法、分封制度，也
就是周朝統治者以祖先神祭祀的形式，賜命諸侯，以輔
弼、加強王權的一種形式，李向平言：

> 宗法制度在宗教神權形式上的表現，就是由祖神崇拜的
> 活動與儀式，經由宗廟祭祀制度而逐步規範化、系統化

的一種社會制度。它以主持掌握祭祖儀的「宗子」作為
中心，以各社會群體距離始祖的親等遠近來劃分貴賤等
級，並於其中包涵了政權、族權、神權等等階級內
容，雖然在神權意義上，宗法制度的形成過程表現為以
祖神為核心，但是在世俗政治領域裡卻表現為以「宗
子」為中心。㊹

宗法制度的建立是按照等級制度的原則創立起來的一種血緣
組織，嫡長子繼承制是宗法制創建的基礎和核心，其主要目
的，一用以鞏固君權，二用以防止族人覬覦君權，導致國家
不安，而祖先神崇拜的活動與儀式，乃藉由宗廟祭祀制度的
建立而達到加強血緣關係，鞏固宗法制、分封制的施行。

五、結論

殷人尚鬼尊神，周人尊禮尚施，「禮有五經，莫重於
祭」，祭祀為周朝的重要制度之一。早在殷商時代，帝（上
帝）乃作為天上人間的主宰，祖先神則在帝左右，「賓于
帝」，人民的心意不能直接與上帝相通，尚須透過祖先神的仲
介，方能將願望傳遞予帝，助其實現願望，因此祭祀祖先神
一直是中國信仰的中心，況且先公先王近祖舊臣等祖先神亦
具有相當的權能，如令雨、降莫、降禍、授佑、授
年、咎、保佑時王等，此時上帝與祖先神的權能劃分尚未十
分清楚㊺，西周晚期，周人更有以死去的父、祖，稱之為

「帝考」、「皇祖帝考」、「皇上帝」等，是見周人有將文考神尊
爲上帝的意識。

　　周人創造了理性的、具道德性的人格神——天以作爲至上
神，並以「明德愼罰」要求代其管理人世的上天之子——時
王。如此，周王方能配享天命，永保有周。此一方面說明了
周王取得天命的合理化，另一方面則安撫了殷人喪國的失落
心，使得上天與祖先神二分化，強調「德」的重要性，「尊禮
尚施，事鬼神而遠之。」周人對祖先神的崇拜，必須涉及周
人的死亡觀念，當時人認爲已故之祖先是存在於天的，隨侍
在帝左右而監視佑保在世子孫，具有超人的能力，故令信者
賴之或生者畏之。因此，無論是出兵征伐、天旱時潦、周王
有疾、祈求豐年等事，皆得經過典禮儀節向先祖祭祀，祈福
避禍。同時，周人亦以爲鬼魂世界同人生前般具有階級秩
序，故安葬死者時的姿勢、隨葬器物、墳墓走向及墓葬的相
對位置，皆是考據死者生前階級的重要資料。然而，並非所
有死亡的祖先皆有受祀的資格或成爲善神，如未正常而亡者
即成爲惡鬼，作祟於人。而能成爲周宗廟受祀的對象，必須
是有功烈於民者，且不同祭祀類別的主祭者身分，又受其社
會階級所制約，如此可加強共同的血緣關係，有利於宗法制
與分封制的推行，充分表現維護周天子、王室政權的用
心，彰顯尊尊、親親的精神，具有政治教化的功用。

註　釋

① 孫希旦：《禮記集解》（上），臺北：文史哲，1990 年 8 月，頁 723。

② 吳其昌：《金文厤朔疏證》，臺北：臺灣商務印書館，1936 年，卷一，頁 48。

③ 于省吾:〈井侯𣪧考釋〉,臺北:《考古社刊》,1936 年第 4 期,頁 24~25。

④ 郭沫若:《兩周金文辭大系考釋‧周公𣪧》,頁 40。

⑤《詩‧大雅‧大明》為周王朝貴族歌頌自己祖先功德之作。

⑥ 劉雨:〈西周金文中的祭祖禮〉,北京:《考古學報》,1989 年第 4 期,頁 518。

⑦ 屈萬里註譯:《尚書今註今譯》,臺北:臺灣商務印書館,1993 年 2 月,頁 84~85。

⑧〔東漢〕王充撰、蔡鎮楚注譯、周鳳五校閱:《新譯論衡讀本》(下),臺北:三民,1997 年 10 月,頁 1288。

⑨ 朱鳳瀚:《商周家族形態研究》,天津:天津古籍,1990 年 8 月,頁 104。

⑩ 同註⑨,頁 104~105。

⑪ 同註⑧,頁 1060。

⑫《禮記‧表記》:「殷人尊神,率民以事神,先鬼而後禮,先罰而後賞,尊而不親。其民之敝,蕩而不靜,勝而無恥。」孫希旦《禮記集解》(下):「夏忠勝而敝,其失野,救野莫如敬,故殷人承之而尊神,尊神則尚敬也。觀〈盤庚〉之篇,諄諄於先后之降罰,則可以知殷人之先鬼;觀商之《詩》、《書》,皆駿厲而嚴肅,則可以知殷人之先罰。尚鬼神,則馳心於虛無,故其敝也,心意放蕩而不安靜;畏刑罰,則相競於機變,故其敝也,求勝上以苟免,而無愧恥之心。」(頁 1310)

⑬《論語‧為政》:「子曰:周因於殷禮。」

⑭ 胡厚宣:〈殷卜辭中的上帝和王帝〉,北京:《歷史研究》,1959 年第 9 期,頁 24~25。

⑮ 李學勤:《失落的文明》,上海:上海文藝,1997 年,頁 128~129。

⑯ 孫希旦：《禮記集解》（下）：「周之賞罰，不分先後，但以爵位之等為輕重之差也。……呂氏大臨曰：『賞罰用爵列，如刑不上大夫，禮不下庶人，賜君子、小人不同日，命夫、命婦不躬坐獄訟之類。』」（頁 1310）

⑰ 《禮記·郊特牲》。

⑱ 林素英：《古代祭禮中之政教觀》，臺北：文津，1997 年 9 月，頁163~168。

⑲ 《禮記·王制》。

⑳ 孫希旦：《禮記集解》（下），臺北：文史哲，1990 年 8 月，頁 1196。

㉑ 同註①，頁 714。

㉒ 同註⑧。

㉓ 《禮記·祭法》：「王為群姓立七祀：曰司命，曰中霤，……曰泰厲。……諸侯為國立五祀：……曰公厲。……大夫立三祀：曰族厲，曰門，曰行。」孫希旦集解：孔氏云……泰厲，謂古帝王無後者也。此鬼無所依歸。好為民作禍，故祀之。公厲，謂古諸侯無後者。族厲，謂古大夫無後者。族，眾也。大夫無後者眾多，故言「族厲」。（見孫希旦：《禮記集解》（下），頁 1202）

㉔ 《左傳·昭公七年》。

㉕ 同註⑳，頁 1199。

㉖ 如神農能殖百穀故祀之、后土為君掌土，能治九州五土，故祀之以配社、帝嚳能紀星辰序時候，使民休作有期，不失時節，故祀之、堯以天下授舜，封禹、稷之神，官得其人，能賞均平，故祀之、黃帝為物正名，使貴賤分明，得其所也，故祀之、顓頊能脩黃帝之法，故祀之、契為司徒，掌五教，故民之五教得成，故祀之。（參《禮記·祭法》孔疏，見孫希旦《禮記集解》（下），頁 1205）

㉗ 如鯀堵治洪水有微功，故祀之。（參《禮記·祭法》孔疏，見孫希

旦：《禮記集解》（下），頁 1205）

㉘ 如湯流放桀、文武帝之伐紂是也。（參《禮記・祭法》孔疏，見孫希

　　旦：《禮記集解》（下），頁 1205）

㉙ 同註①，頁 691。

㉚ 同註①，頁 524。

㉛ 同註①，頁 330。

㉜ 同註①，頁 720。

㉝ 《白虎通疏證・宗廟》，見《皇清經解續編》，臺北：漢京，頁 6322。

㉞ 同註①，頁 720。

㉟ 同註①，頁 544。

㊱ 《左傳・昭公七年》，孔穎達正義。

㊲ 孫希旦《禮記集解》（上）：「猶《中庸》言『建諸天地，質諸鬼神』之

　　意，言聖人效法於天地鬼神而參擬之，比並之，以求其合也。」（頁

　　604）

㊳ 同註⑳，頁 1220。

㊴ 《禮記・祭義》。

㊵ 《左傳・昭公七年》。

㊶ 楊伯峻《春秋左傳注》（上）：「季梁曰……故奉牲以告曰『博碩肥

　　腯』」，謂民力之普存也，謂其畜之碩大蕃滋也，謂其不疾瘯蠡也，謂其

　　備腯咸有也；奉盛以告曰：『絜粢豐盛』」，謂其三時不害而民和年豐

　　也。奉酒醴以告曰『嘉栗旨酒』，謂其上下皆有嘉德而無違心也。所謂馨

　　香，無讒慝也。故務其三時，修其五教，親其九族，以致其禋祀，於是

　　乎民和而神降之福，故動則有成。」（臺北：洪葉，1993 年 5 月，頁

　　112）

㊷ 《禮記・中庸》：「仁者人也，親親為大。義者宜也，尊賢為大。親親之

殺，尊賢之等，禮所生也。」

㊸金景芳：《中國奴隸社會史》，上海：上海人民，1983 年 7 月，頁 151。

㊹李向平：《王權與神權——周代政治與宗教研究》，遼寧：遼寧教育，1991
年 9 月，頁 92。

㊺陳夢家：《殷虛卜辭綜述》，北京：中華，1988 年。

參考書目

《公羊傳》（十三經注疏本），臺北：藝文印書館，1989 年。

《左傳》（十三經注疏本），臺北：藝文印書館，1989 年。

《尚書》（十三經注疏本），臺北：藝文印書館，1989 年。

《詩經》（十三經注疏本），臺北：藝文印書館，1989 年。

《論語》（十三經注疏本），臺北：藝文印書館，1989 年。

《儀禮》（十三經注疏本），臺北：藝文印書館，1989 年。

《禮記》（十三經注疏本），臺北：藝文印書館，1989 年。

〔東漢〕王充撰、蔡鎮楚注譯、周鳳五校閱：《新譯論衡讀
本》，臺北：三民出版社，1997 年 10 月。

于省吾：〈井侯簋考釋〉，臺北：《考古社刊》，1936 年第 4
期，頁 24~25。

王國維：《觀堂集林》，河北：河北教育出版社，2001 年 11
月。

中國社會科學院考古研究所編輯：《甲骨文合集》（一）～
（十三），北京：中華書局，1979～1982 年。

中國社會科學院考古研究所編輯：《殷周金文集成》（一）～
（十八），上海：中華書局，1984～1987。

中國社會科學院考古研究所編輯：《殷周金文集成釋文》
（一）～（六），香港：香港中文大學中國文化研究
所，2001 年 10 月。

中國社會科學院考古研究所編輯：《甲骨文文編》，北京：中
華書局，1992 年。

古文字詁林編纂委員會：《古文字詁林》（一）～（四），上
海：上海教育出版社，1999 年 12 月~2002 年 12 月。

〔春秋〕左丘明撰、易中天注譯、侯迺慧校閱：《新譯國語讀
本》，臺北：三民書局，1995 年 11 月。

〔漢〕司馬遷撰、〔南朝・宋〕裴駰集解、〔唐〕司馬貞索
隱、〔唐〕張守節正義：《新校本史記三家注》（一）～
（四），臺北：鼎文出版社，1979 年 2 月 2 版。

朱鳳瀚：《商周家族形態研究》，天津：天津古籍出版
社，1990 年 8 月。

李向平：《王權與神權──周代政治與宗教研究》，遼寧：遼寧
教育出版社，1991 年 9 月。

李學勤：《失落的文明》，上海：上海文藝出版社，1997 年。

〔清〕吳其昌：《金文厤朔疏證》，臺北：商務印書館，1936
年。

林素英：《古代生命禮儀中的生死觀──以《禮記》為主的現
代詮釋》，1997 年 8 月。

林素英：《古代祭禮中之政教觀》，臺北：文津出版社，1997
年 9 月。

金景芳：《中國奴隸社會史》，上海：上海人民出版社，1983
年 7 月。

〔清〕孫希旦：《禮記集解》，臺北：文史哲出版社，1990 年 8
　月。

屈萬里註譯：《尚書今註今譯》，臺北：臺灣商務印書
　館，1993 年 2 月。

胡厚宣：〈殷卜辭中的上帝和王帝〉，北京：《歷史研
　究》，1995 年第 9 期。

郭沫若：《兩周金文辭大系考釋》。

國立編譯館主編：《十三經注疏》分段標點，全二十冊（清江
　西南昌府學阮元重刊《十三經注疏附校勘記》為底本），臺
　北：新文豐出版社，2001 年 6 月。

常金倉：《周代祭祀研究》，臺北：文津出版社，1993 年 2
　月。

〔東漢〕許慎撰、〔清〕段玉裁注：《說文解字注》（經韻樓藏
　本），臺北：黎明出版社，1990 年 8 月增訂 7 版。

張鶴泉：《周代祭祀研究》，臺北：文津出版社，1993 年 5
　月。

〔魏〕張揖撰、〔清〕王念孫疏證：《廣雅疏證》，臺北：鼎文
　出版社，1972 年 9 月。

陳夢家：《殷虛卜辭綜述》，北京：中華書局，1988 年。

〔清〕陳立：《白虎通疏證》，《皇清經解續編》，臺北：漢京出
　版社。

楊伯峻：《春秋左傳注》（上下冊，修訂本），臺北：洪葉文化
　事業有限公司，1993 年 5 月。

劉雨：〈西周金文中的祭祖禮〉，北京：《考古學報》，1989 年
　第 4 期。

存亡、興廢與經略

春秋戰國時代陰陽家言的時代意義與象徵

程克雅

摘　要：

　　春秋戰國時代，在典籍的傳述與文化史家的解析中呈現著所謂周文罷弊的評論，禮樂、宗法制度乃至於編戶齊民的封建社會均受時局變異的衝擊。諸侯國間霸主代興，王道陵夷，先秦陰陽家言隨著時異世變與現代考古文物遺存文獻出土，配合多元文化觀點的先秦儒學研究，春秋戰國時代的陰陽家言研究有重新詮釋的價值。

　　本文旨在藉著傳世典籍中的雜儒及黃老、陰陽家言說的考察，輔以新出文物中的陰陽家言，期能重新釐清先秦春秋戰國時代陰陽家思想的脈絡與意義，並就其言論中存亡、興廢等課題，藉由現代文化符號學理論中關於形式符號結構與形上意義的方法論觀點，闡述所謂「跨越疆界的言說／書寫策略」，申論陰陽家言實具有從存亡、興廢等現實因素到經略天下國家的內在義蘊，並從而探究先秦經典所形成的價值體系中，陰陽家言論及其思想的評價與象徵涵義。

關鍵字： 春秋戰國、稷下學、存亡、興廢、陰陽家

一、前言

　　春秋戰國時代的陰陽思想與陰陽學說，一直是令人矚目的研究主題，它沒有特定的典籍，在學派上的歸屬也只能藉著史志回溯；雖然班固所謂「王官之學」有陰陽家的流派，然而陰陽五行之說卻普見各家各派著述之中。代表人物固然以鄒衍最爲著稱，但也沒有著作結集傳世，反而是散見各書中的徵引及史志的傳述。其影響力之深廣，藉由《史記》、《漢書》及《後漢書》中的載記和著錄，「陰陽」、「五德五行」學說不僅相提並論，同時也在漢代思想中形成極大的回響。其範疇由形上學到術數、醫方、雜占、天文、曆法與地理；其主題近取諸身，遠取諸物，可說是在陰陽二元對立的概念與五種物質元素相應基本形式架構之下，重重比附，形成無遠弗屆，無事不賅的世界觀與歷史觀。

　　本文旨在藉著傳世典籍與古佚書中的雜儒及黃老、陰陽家言說的考察，輔以新出文物中的陰陽家言，期能重新釐清先秦春秋戰國時代陰陽家思想的脈絡與意義，並就其言論中存亡、興廢等課題，藉現代文化符號學理論中關於形式符號結構與形上意義結合的方法論觀點，闡述所謂「跨越疆界的言說／書寫策略」，申論陰陽家言實具有從存亡、興廢等現實因素到經略天下國家的內在義蘊，並從而探究先秦經典所形成的價值體系中，陰陽家言論及其思想的評價與象徵涵義。

二、溯源探流：陰陽學說與陰陽家

陰陽家言與陰陽學說在漢代學術史的文獻中形成討論的重點之一，同時也是晚清以來學術史思想史研究的重要主題，本文的探究前提是主張陰陽學說與陰陽家人物、流派與言論是不同的問題，這可以分就范文瀾《與頡剛論五行說的起源》、宮哲兵〈晚周時期五行範疇的邏輯進程〉，徐復觀〈陰陽五行及其有關文獻的研究〉①等的陰陽五行學說溯源探流；以及王夢鷗《鄒衍遺說考》、衛挺生《鄒衍子今考》②等的鄒衍考證與資料彙輯見其一斑。在本文中即就這兩項不同的問題脈絡出發，首先探究從陰陽二分到五德五行相配的現象，以及五德終始與五行相生相勝之說漸次出現的先後序列。其次，再就傳世文獻、古佚書的整理與重輯甄辨，出土文獻相關著說的考察，比對各個不同學派之間採用陰陽學說與陰陽家思想的現象。

(一) 從陰陽二分到五德五行

陰陽概念的區分見於許多古籍之中，但在陰陽家的陰陽學說與一般學派之謂陰陽實需析辨，馮友蘭論陰陽五行家思想對於中國哲學和科學發展的影響，曾有以下的主張：

陰陽五行家思想是一個科學和巫術相混合的體系，陰陽和五行這些概念，本來都是指一些物質的東西。在戰國

時代的陰陽五行家的體系裡，所謂陰陽五行，還保持原
來的意義，就是說，他們所說的五行和陰陽基本上還是
物質性的東西。……鄒衍稱五行為五德，就是五種性
質。……③

馮氏認為陰陽五行的認知是原初人民信仰的一部份，陰陽與
五行結合而仍指一般經驗界所能理解的抽象對稱概念與具體
材質，這一學說在後來陸續益加累增而複雜，從而形成了陰
陽家言與陰陽學說的分別。馮友蘭又謂：

《呂氏春秋》稱五行為五氣。五氣就是具有五種性質的
氣。這五種氣，經常流動運行於世界之中，所以稱為五
行。五行在本質上都是氣。陰陽也都是氣，那就是
說，它們都是物質性的東西。在這個意義下，陰陽五行
的概念，對於中國科學的發展，有很大的影響。……
就中國古代科學發展的歷史來看，陰陽五行的思想對古
代的天文學、醫學、化學的發展都起了一定的影響。古
代的科學家們或者把陰陽和五行看成是具有不同性質的
物質原素，用以說明物質的構成；或者用陰陽五行的相
互作用，說明物質現象間的相互聯繫。……④

陰陽五行的內在圖式在個人上形成醫方養生的原理，在空間
上形成明堂陰陽布設的準則，在時間上形成月令與宜忌的循
環，於是進取諸切身生死，遠取諸萬物消長，成為應世求
生，延祚樂生的思想來源，契合現實環境對治亂世之需，政

治和歷史代變旋成爲陰陽五行思想學說的主要應用課題。馮友蘭指出陰陽五行學說對《呂氏春秋》的影響，晚近學者甚且有人懷疑呂書即爲鄒衍手筆。馮友蘭說：

> 陰陽五行學說對《呂氏春秋》思想體系的形成，起了很大的作用。……據《史記》的〈孟荀列傳〉、〈封禪書〉和李善的《文選・魏都賦注》所載，鄒衍的哲學思想要點有三：一是「深觀陰陽消息」，以陰陽消長說明四時的更替；二是「禨祥度制」，即天瑞天譴說；三是「五德轉移」或稱「終始五德」，以五行相生相勝解釋朝代的興衰。⑤

這樣一來，於是宣告著陰陽家思想的屬性，就漢世的史料來看，可說全歸諸數術類思想，具有實用的濟世之能，侯外廬、張豈之如是認爲：

> 觀察自然現象，用來推測國家命運和個人前途的作法，在古代十分流行，並且出現了不少這類著作。漢代人把這種作法和這類著作叫做術數或數術。《漢書・藝文志》有〈數術略〉，為七略之一，包括了一百一十種著作，二千五百五十八卷，可見數術在先秦思想文化中佔有重要地位。〈數術略〉又把這著作分為天文、歷譜、五行、蓍龜、雜占、刑法六類。其中蓍龜、雜占兩類純屬宗教迷信著作，其它四類著作中包含著天文、曆法、地理等古代科學知識，也與宗教迷信結合在一起。

數術在以上馮友蘭所舉的三種類型中原本是是三居其一，但到了漢代，似乎唯數術占驗爲主，在《漢書・藝文志》的記述中也有相同的陳述：

> 《漢書・藝文志》說：「天文者，序二十八宿，步五星日月，以紀吉凶之象，聖王所以參政也。」「歷譜者，序四時之位，正分至之節，會日月五星之辰，以考寒暑生殺之實。故聖王必正歷數，以定三統服色之制。」「五行者，五帝之形氣也。」「貌、言、視、聽、思心失，而五行之序亂。」「形法者，大舉九州之勢以立城郭室舍形，人及六畜之度數，器物之形容，以求其聲氣貴賤吉凶。」把自然知識和人事吉凶牽合在一起，是數術的特點。……數術之學與陰陽五行學說本來是結合在一起的。蓋數術家陳其數，而陰陽家明其義耳。⑥

陰陽家藉數術以明其義，具體的表現在研究者的推溯中，仍然將之聚於齊國稷下學派，或謂稷下陰陽家，其中則蘊含著對歷史，疆域與世界的不同看法：

> 戰國時出現了一個學派，將陰陽數術思想加以發展，企圖構造世界圖式，以說明世界的整體聯繫，這個學派就是陰陽家，又叫五行家，或陰陽五行家。⑦

戰國時代的稷下陰陽家以數術思想爲主，而明其涵義的說法，是循漢代的學術區劃而來的，在漢代，實際表現數術的

陰陽五行之說是天文學，醫學及刑法，其中皆有五行說的系統在，馮友蘭認爲：

> 司馬遷敘述當時關於天文的知識說：「仰則觀象於天，俯則法類於地。天則有日月，地則有陰陽。天有五星，地有五行。天則有列宿，地則有州域。三光者，陰陽之精，氣「」衍本在地，而聖人統理之」。（《史記・天官書》）這說明，「術數」的「天文」和「五行」是聯繫在一起的。天上的水、火、木、金、土五星，就是「法類」於地上的五行而得名。水、火、木、金、土是「術數」中的「五行」的範疇，也是「術數」中的「天文」的範疇。⑧

《漢書・五行志》中常見關於禍福祥相應的言論，正是五行學說中所重視並盛談的，夏侯勝以《尚書》立爲博士，其家學與學說如下：

> 孝武時，夏侯始昌通五經，善推五行傳，以傳族子夏侯勝，下及許商，皆以教所賢弟子，其傳與劉向同，唯劉歆傳獨異。

本段欲辨向歆兩段傳述的異說，首先關於劉向所傳夏侯之以五行釋《尚書》，班固又謂：

> 貌之不恭，是謂不肅。肅，敬也，內曰恭，外曰敬。人

君行己，體貌不恭，急慢驕蹇，則不能敬萬事，失在狂易，故其咎狂也。上嫚下暴，則陰氣勝，故其罰常雨也。水傷百穀，衣食不足，則姦軌並作，故其極惡也。一曰，民多被刑，或形貌醜惡，亦是也。風俗狂慢，變節易度，則為剝輕奇怪之服，故有服妖。水類動，故有龜孽，於易，巽為雞，雞有冠距文武之貌，不為威儀，貌氣毀，故有雞禍。一曰，水歲雞多死及為怪，亦是也。上失威儀，則下有彊臣害君上者，故有下體生於上之痾。木色青，故有青眚青祥。凡貌傷者病木氣，木氣病則金沴之衝氣相通也。於易，震在東方，為春為木也；兌在西方，為秋為金也；離在南方，為夏為火也；坎在北方，為冬為水也。春與秋，日夜分，寒暑平，是以金木之氣易以相變，故貌傷則致秋陰常雨，言傷則致春陽常旱也。至於冬夏，日夜相反，寒暑殊絕，水火之氣不得相併，故視傷常奧，聽傷常寒者，其氣然也。逆之，其極曰惡；順之，其福曰攸好德。⑨

在這一段之中，陰陽日夜寒暑禍福等相對立的二元概念，與五行架構之下可堪相匹的五體四時干支五色五方與五德以及《周易》中震兌坎離艮巽也都一一相應，乃至於逆反的妖災禍眚，形成一套解說禍福相因象意的並置系統，上由國君，下至臣民；上由天地下至萬物自體，均在這一定的循環相因的系統之內，既有的圖式提供吉凶禍福及存亡續命與否的解說。

但劉歆的說法對於以上的一個隱喻圖式不能相契合，《五

行傳》中又曰：

> 劉歆傳曰：有鱗蟲之孽，羊禍，鼻痾。說以為於天文東
> 方辰為龍星，故為鱗蟲；於易，兌為羊，木為金所
> 病，故致羊禍，與常雨同應。此說非是。春與秋，氣陰
> 陽相敵，木病金盛，故能相并，唯此一事耳。禍與妖痾
> 祥眚同類，不得獨異。

劉歆特指出東方的象義，與前述劉向所作夏侯說傳迹不
同，而班固在五行傳的辨說中顯然是以系統性一致的理由糾
正劉歆突顯東方鱗蟲之孽的說法，以為孽蟲肇致國禍（臣子
篡逆）的事例應同於妖痾祥眚並列同觀。班固的異說抉
擇，也令今人不由聯想到西漢末年新莽篡位之事上，帶進了
以後代現實比附經籍釋義系統的理由。

　　胡化凱與鄺芷人皆曾撰文回顧中國哲學史上的五行思
想，胡化凱將歷來關於五行起源學說的討論區分為六說
⑩；鄺芷人則將之區分為六類：

（1）指五種行為原則，疑為《荀子》所持。

（2）指五種物性，如《尚書·洪範》及周子《太極圖
　　　說》所持。

（3）指人類生活上的五種必須的物質條件，如《左傳》
　　　所持。

（4）為分類學上的五種分類原則，如《呂氏春秋》所
　　　持。

（5）指藉著陰陽二氣之流動而存在的五種「存在形式」，如《白虎通》及《黃帝內經·素問》所持。

（6）指木材（植物）、火炎、泥土、金屬及流水。它們的象徵意義分別為生機興發，活動或變化，孕育或培植，禁制與伏藏。此為蕭吉所持。

以上有關五行的六種意義，除（1）及（3）之外，若把其餘（2）（4）（5）及（6）這四項結合起來，才是陰陽五行思想中五行的完整意義。⑪

就綜合《史記·五行志》與《漢書·五行志》的說法來看，陰陽五行學說是一逐步聚湊而成熟的系統，在系統化的過程中符應於二元對立與五行五事架構的項目一一加入系統中，形成一致的意義；而且時代愈晚，災異與人事牽附的事例就愈多，舉凡《漢書·五行志》中以時事比況災祥，敘明其由的記述，即是在這一原理為基礎上開展而來，趨利避害是人性之常，何況是論及國祚存亡興廢之由？從先秦以來關於經典以至於稷下諸子的談說，有值得一探其學說流衍的必要。

（二）傳世載籍與出土文獻

在傳世古籍中，允推最早見載五行之說的是《尚書·甘誓》：「威侮五行，怠棄三正」，然而世向來目該篇為後出偽書，故《尚書·洪範》即成為最早的五行載記，其內容曰：

箕子乃言曰：「我聞在昔，鯀堙洪水，汩陳其『五

行』：帝乃震怒，不畀洪範九疇，彝倫攸斁。鯀則殛
死，禹乃嗣興，天乃錫禹洪範九疇，彝倫攸敘。……初
一曰五行，次二曰敬用五事，次三曰農用八政，次四曰
協用五紀，次五曰建用皇極，次六曰又用三德，次七曰
明用稽疑，次八曰念用庶徵，次九曰嚮用五福，威用六
極。一、五行：一曰水，二曰火，三曰木，四曰金，五
曰土。水曰潤下，火曰炎上，木曰曲直，金曰從革，土
爰稼穡。潤下作鹹，炎上作苦，曲直作酸，從革作
辛，稼穡作甘。」⑫

《尚書‧甘誓》則云：

有扈氏威侮五行，怠棄三正，天用剿絕其命，今予惟恭
行天之罰。左不攻於左，汝不恭命；右不攻於右，汝不
恭命；御非其馬之正，汝不恭命。用命，賞於祖；弗用
命，戮於社，予則孥戮汝。⑬

以上二項言論，皆可以看出在層次與內容上有時代的差
異，將五行接著天命觀念而言，是較為接近度數機祥的，其
言論時代確有可能較晚出；而前者則不然，只是質樸的敘述
日常事物的歸屬與德行、情性間的配當⑭。

此外，管子書中亦可見陰陽之說，例如《管子‧形勢
解》：

春者，陽氣始上，故萬物生；夏者，陽氣華上，故萬物

長；秋者，陽氣始上，故萬物收；冬者，陽氣華下，故
萬物藏。故春夏生長，秋冬收藏，四時之節也。

至於《管子・四時》亦有謂：

是故陰陽者，天地之大理也；四時者，陰陽之大經
也。刑德者，四時之合也；刑德合於時則生福，詭則生
禍。⑮

這一段論述較易見的是將陰陽五行視爲生滅存亡的循環律
則，而進一步以人事刑德，說明其驗證在人事上的原理。

除了傳世典籍之例外，陳鼓應在《黃帝四經今注今譯》
第三篇〈稱〉之前言中，也揭示其主旨，呈現出土文獻中帶
出陰陽學說的另一脈絡，他說：

本篇即是通過對陰陽、雌雄、動靜、取予、屈伸、隱
顯、實華、強弱、卑高等等矛盾對立轉化關係的論
述，為人們權衡選擇出最正確、最得體、最有效的治國
修身的方案。
篇終整整一大段專論陰陽，初步建立了陰陽體系的框架
為後世陰陽五行理論的最終建立奠定了基礎。⑯

從陳氏的說法可以了解，由現在所易於掌握的文獻，自漢人
的傳述逆推向戰國，甚或春秋之世，可以看到的陰陽思想也
是逐步形成其學說系統，而在陰陽家不過是受到一定的論述

背景影響之下而衍生的學派。陰陽家的衍生與家國的存亡興
廢契機具有密切的關係，例如，《黃帝四經‧稱》篇「善爲國
者，大上無刑」一段，也談到治亂之理與國祚的存續：

> 善為國者，大上無刑，其〔次〕□□，其下鬥果訟
> 果，大下不鬥不訟有不果。□上爭於□，其次爭於
> 明，其下救患禍。「寒時而獨暑，暑時而獨寒」。其生
> 危，以其逆也。……亡國之禍，……（按：以上缺字）
> 不信其□而不信其可也，不可矣。⑰

在內容中次第道出刑法互見並用的主張，陳鼓應就《經法‧
軍政》與《十大經‧五政》篇中有刑法共見與對文之例，參
以《淮南子‧主術》「昔者神農之治天下也，刑措而不用，法
省而不煩，故其化如神」爲最上；其次又如《淮南子‧泰族》
「利賞而勸善，畏刑而不爲非，法令正於上而百姓服於下，此
治之末也」，申述由〈稱〉到《經法》的意旨，是爲《淮南
子》黃老思想中論法制刑罰之設施與正貴國祚存亡機宜，避
免亡國之禍的原理。陳鼓應追溯相近的主張，列舉《荀子‧
性惡》、《荀子‧正論》以及《莊子‧天道》等篇相近的言
論，而後曰：

> 這幾句是說：善於治理國家的，最理想的是不設刑
> 罰，其次才是正定法度，再其次便是在參與天下的競爭
> 和處理國內的獄訟時，態度和行為堅決果斷，……最次
> 的便是競爭、斷案都不能果斷。⑱

在一段註釋文字之中，基本上解釋出以刑法治國次第的說明，但因缺字之故卻跳過了兩段：即「亡國之禍」、「貴□存亡」。以刑法設施舉措攸關乎國祚存亡，治亂與禍福亦繫於是。

同樣含義的論述又可舉《黃帝四經‧經法‧論》來作比較：

> 觀則知死生之國，論則知存亡興壞之所在，……摶則知不失體（是）非之[分]。

這一段也適正印證〈稱〉篇所謂的「不信其是而不信其可也，不可矣；而不信其非而不信其不可也，可矣。」這也正呼應著死生之國與存亡興壞的關鍵所在。黃老思想家的五行論述和陰陽家不同，陳鼓應在《黃帝四經‧稱》篇「寒時而獨暑，暑時而獨寒」之後的註釋，相應於「取予當，立爲聖王，取予不當，流之死亡」，而強調順從自然規律則安則存，違反規律則危則亡的原理。在戰國到漢代以後就逆時取譬的話在五行異之論中常見，陳鼓應以爲「黃老是以天道比況人事；而五行家是用人事附會天意，兩者的取向是不同的」⑲。

至於〈稱〉篇中最主要的一段，環繞陰陽並列之論，曰：

> 凡論必以陰陽□大義。天陽地陰，春陽秋陰，夏陽冬陰，晝陽夜陰。大國陽，小國陰；重國陽，輕國陰。有

事陽而無事陰，信者陽而屈者陰，主陽臣陰，上陽下
陰，男陽女陰，父陽子陰，兄陽弟陰，長陽少陰，貴陽
賤陰，達陽窮陰，取婦姓子陽，有喪陰。制人者陽，制
於人者陰。客陽主人陰，師陽役陰，言陽黑陰，予陽受
陰。諸陽者法天，天貴正；過正曰詭，□□□祭乃
反。諸陰者法地，地之德安徐正靜，柔節先定，善予不
爭。此地之度而雌之節也。⑳

這一段中則以天地陰陽的事理比況人世諸國的強弱，並不蘊
含危機或存滅的判斷，故可以與陰陽家剖析國祚興替消長與
陰陽五行循環的主張區別，這也說明了同樣採取陰陽五行立
說，但在黃老，在稷下陰陽家與其他戰國時代諸子之學而
言，各有不同而亦有交相關涉，可以說是當世普受重視的議
題，茲就春秋戰國之世傳世古籍與古佚書；出土文獻中涉及
陰陽五行學說，在時代的推定⑳與學派上的歸屬，列表如
下：

類別／推定年代	書名／流派歸屬	作者(或編者)	相關記載舉例	備 註
傳世典籍	管子／法家	管仲 645B.C.-?	四時；形勢解	
	晏子／儒家	晏嬰 578~500BC		
	老子／道家	李耳 571B.C.-?		
	莊子／道家	莊周 369B.C.-?	應帝王；天下	
	慎子／法家	慎到 350-275	因循；定分	
	荀子／儒家	荀況 313-238	非十二子	
	韓非子／法家	韓非 280-223	解老；喻老	
	呂氏春秋／儒家	呂不韋?-235BC	審分覽	
	淮南子／道家	劉安 179-122	俶真訓；泰族訓	
古佚書與新出文獻	文子(至德沖虛真經)／道家	辛鈃(東周?-?)	上禮	
	鄒子／陰陽家	鄒衍 345-275	主運，五德終始	
	帛書老子／道家	-- --		
	簡本晏子／儒家	-- --		
	郭店楚簡／――	-- --	太一生水	
	帛書黃帝四經		經法，十大經，稱	
	竹書文子	-- --	慎積陰陽	

在以上繁雜相涉的材料來源中，傳世子書言及陰學說多有互涉，實有先提出相關課題，一一予以對照辨別，則諸子之書中陰陽家言的來源及先後關係，言論的由簡至繁，思想內容亦由質樸而迂怪神秘的進程也就可以循序以解。

三 、存亡之際與併滅相尋

（一）春秋戰國時代存滅國別群像

春秋時代的國族的存滅，多在世卿而斵敵國，但是《史記·太史公自序》也謂聞於董仲舒之言曰：

> 存亡國，繼絕世，補敝起廢，王道之大者也，撥亂世，之正，莫近於《春秋》；《春秋》文成數萬，其指數千，萬物之聚散，皆在《春秋》。《春秋》之中，弒君三十六，亡國五十二，諸侯奔走不得保其社稷者，不可勝數。察其所以，皆失其本矣。㉒

至於戰國時代，既有的宗法封建制度面臨前所未有的崩解，國與國之間詐偽萌生，各國競相以稱王建霸為目的；征伐併滅相尋，遊俠辯士四出逞其才能，而陰陽家主要人物鄒衍也在這一時運中適梁輔梁惠王，相燕事昭王，返齊言於齊宣王。

隨著鄒衍的行蹤所至，其言論甚至為秦王所用，但是以上的了解，至今仍是藉著有限的史傳與書志而得，欲勾勒陰陽家言在危國亂世中所寄寓的存亡，興廢象徵，並進一步看其世界觀和歷史觀，當依戰國時代國與國之間的興替亡滅，以為背景，以襯托陰陽家言的內在意蘊與時代象徵。茲

依楊寬《戰國史料編年輯證》的戰國年代㉓，依滅國順序與
併滅勝負，列表如下：

國別／併滅年代		被何國／人併滅	重要戰役	相關記載	備註
韓	231B.C.	秦滅韓，虜韓王安	內史騰攻韓	《秦簡編年紀》《史記·韓世家》	
趙	229~222B.C.	秦破趙，趙王遷投降；虜代王嘉	邯鄲之役 長平之役 王翦攻趙	《史記·趙世家》《史記·王翦列傳》	228B.C. 滅趙
魏	225B.C.	滅魏，引河灌大梁，城壞王降	王翦子王賁攻魏	《史記·始皇本紀》《史記·六國年表》	
楚	223~224B.C.	滅楚，虜楚王負雛	秦將王翦率六十萬大軍滅楚	《史記·楚世家》《史記·六國年表》	
燕	222B.C.	滅燕，虜燕王喜	王賁攻燕遼東	《戰國策·燕策》《史記·燕世家》	
齊	221B.C.	滅齊，虜齊王建	王賁從燕南攻齊	《史記·始皇本紀》《史記·六國年表》	
秦	221B.C~205B.C.	秦統一中國，以十月為歲首	收天下兵，聚之咸陽，銷為鐘鐻金人十二	《史記·始皇本紀》	

（二）衰亡預言的言說／書寫策略

五德終始說的三種類型中，從禨祥而災異的轉向最受矚
目，這是從《左傳》屢見的妖祥故實，到戰國時代以來形成

前兆預言的發展中與政治思想結合的實例，唐君毅論五德終始說，亦謂：

> 吾今首當論者，為晚周漢唐之際，五德終始說中之帝王
> 受命說之涵義。此說倡自騶衍，而其書已佚。然據〈呂
> 覽〉〈月令〉、《史記·孟子荀卿列傳》、《史記·封禪
> 書》、《大戴禮》、《孔子家語》，及《淮南子》等書，猶可
> 考見其言「五德轉移，符應若茲」（《史記·孟荀列傳》
> 語），「五行相次轉用事」（《史記·封禪書》如淳注語）
> 之大旨。世之學者，類能道之。本吾人之見以觀，此說
> 在根本上為宗教性兼政治性者，乃無疑義。㉔

五德終始說雖由騶衍所提出，但卻未能留有完書傳世，這一
兼具原初宗教與政治原理的學說，反映在〈呂覽〉、〈月令〉
等篇章上時，深具由天文而取代天命的隱喻意味，經由董仲
舒的發揚，在漢代則由度制禨祥發展為災異之說。

《漢書·天文志》中記載甚為詳密的五行與星命相附的符
號系統，在這個符號系統中呈現著興廢的契機，而星命與五
行相配應，隨陰陽順逆的流動，形成存續或衰亡的預言。而
其模式則亦與五行傳的記載如出一轍，所不同的，仍然是由
戰國陰陽家發展而來的陰陽學說，原屬以人事符應於天象星
命的後設解釋，在此時轉變而將天象視為預言式的符徵：

> 填星曰中央，季，夏，土；信也；思，心也，仁義禮智
> 以信為主，貌言視聽以心為正，故四星皆失，填星乃為

之動。填星所居，國吉，未當居而居之，若已去而復還居之，國得土，不乃得女子。當居不居，既已居之，又東西去之，國失土，不乃失女，不有土事，若女之憂。居宿久，國福厚，易，福薄，當居不居；為失填，其下國可伐；得者，不可伐，其贏，為王不寧；縮，有軍不復，一曰：既已居之，又東西去之，其國兇，不可舉事用兵，失次而上一捨三捨，有王命不成，不乃大水；失次而下二捨，有後戚，其歲不復，不乃天裂若地動。㉕

由陰陽而災異說的發展，是戰國以來陰陽家學說影響漢人思想的第一步；這一呈現不僅在董仲舒的《春秋繁露》〈官制象天〉中對於人應於天在德行、情性、氣候、陰陽、善惡等層面的關聯。相感的標舉，也與〈三代質文改制〉中言及五行相生相勝，與國族存滅命運、時世興盛或曠廢。他說：

為生不能為人，為人者，天也，人之人本於天，天亦人之曾祖父也，此人之所以乃上類天也。人之形體，化天數而成；人之血氣，化天志而仁；人之德行，化天理而義；人之好惡，化天之暖清；人之喜怒，化天之寒暑；人之受命，化天之四時；人生有喜怒哀樂之答，春秋冬夏之類也。㉖

天地之符，陰陽之副，常設於身，身猶天也，數與之相參，故命與之相連也。天以終歲之數，成人之身，故小

節三百六十六，副日數也；大節十二分，副月數也；內有五臟，副五行數也；外有四肢，副四時數也；占視占瞑，副晝夜也；占剛占柔，副冬夏也；占哀占樂，副陰陽也；心有計慮，副度數也；行有倫理，副天地也；此皆暗膚著身，與人俱生，比而偶之弇合，於其可數也，副數，不可數者，副類，皆當同而副天一也。是故陳其有形，以著無形者，拘其可數，以著其不可數者，以此言道之亦宜以類相應，猶其形也，以數相中也。今平地注水，去燥就濕；均薪施火，去濕就燥；百物去其所與異，而從其所與同。故氣同則會，聲比則應，其驗皦然也。…美事召美類，惡事召惡類，類之相應而起也，如馬鳴則馬應之，牛鳴則牛應之。帝王之將興也，其美祥亦先見，其將亡也，妖孽亦先見，物故以類相召也…天有陰陽，人亦有陰陽，天地之陰氣起，而人之陰氣應之而起，人之陰氣起，天地之陰氣亦宜應之而起，其道一也。㉗

至若三代質文改制，則是就夏、商、周的政權迭代立論，呈現他賦予改制變道之舉中的興革意蘊，故曰：

冊曰：「三王之教所祖不同，而皆有失，或謂久而不易者道也，意豈異哉？」臣聞夫樂而不亂復而不厭者謂之道；道者萬世亡弊，弊者道之失也。先王之道必有偏而不起之處，故政有眊而不行，舉其偏者以補其弊而已矣。三王之道所祖不同，非其相反，將以捄溢扶衰，所

遭之變然也。故孔子曰：「亡為而治者，其舜虖！」改正朔，易服色，以順天命而已；其餘盡循堯道，何更為哉！故王者有改制之名，亡變道之實。然夏上忠，殷上敬，周上文者，所繼之救，當用此也。㉘

《漢書‧天文志》將星命符應於國變，形成一種以人事附會天象的預言式言說，在政治成敗興廢方面，延伸格言式正面的訓誨，猶如《黃帝四經‧稱》篇，《文子‧上禮》篇言說／書寫策略已經成為過去，《漢書‧天文志》中轉而以五星五方運行的順逆，與人事德行的得失相配印證：

凡五星，歲與填合則為內亂，與辰合則為變謀而更事，與熒惑合則為饑，為旱，與太白合則為白衣之會，為水，太白在南，歲在北，名曰牝牡，年谷大孰。太白在北，歲在南，年或有或亡，熒惑與太白合則為喪，不可舉事用兵；與填合則為憂，主孽卿；與辰合則為北軍，用兵舉事大敗。填與辰合則將有覆軍下師；與太白合則為疾，為內兵，辰與太白合則為變謀，為兵憂。凡歲，熒惑，填，太白四星與辰鬥，皆為戰，兵不在外，皆為內亂。一曰：火與水合為淬，與金合為鑠，不可舉事用兵。土與金合國亡地，與木合則國饑，與水合為雍沮，不可舉事用兵。木與金合鬥，國有內亂，同舍為合，相陵為鬥。二星相近者其殃大，二星相遠者殃無傷也，從七寸以內必之。
凡月食五星，其國皆亡：歲以饑，熒惑以亂，填以

殺，太白強國以戰，辰以女亂，月食大角，王者惡之。

凡五星所聚宿，其國王天下：從歲以義，從熒惑以禮，從填以重，從太白以兵，從辰以法。以法者，以法致天下也。三星若合，是謂驚立絕行，其國外內有兵與喪，民人乏饑，改立王公，四星若合，是謂大湯，其國兵喪並起，君子憂，小人流，五星若合，是謂易行：有德受慶，改立王者，掩有四方，子孫蕃昌；亡德受罰，離其國家，滅其宗廟，百姓離去，被滿四方，五星皆大，其事亦大，皆小，其事亦小也。

凡五星色：皆圜，白為喪為旱，赤中不平為兵，青為憂為水，黑為疾為多死，黃吉皆角，赤犯我城；黃地之爭，白哭泣之聲，青有兵憂，黑水。五星同色，天下匽兵，百姓安寧，歌舞以行，不見災疾，五穀蕃昌。

凡五星，歲，緩則不行，急則過分，逆則占，熒惑，緩則不出，急則不入，違道則占。填，緩則不建，急則過捨，逆則占。太白，緩則不出，急則不入，逆則占。辰，緩則不出，急則不入，非時則占。五星不失行，則年谷豐昌。㉙

由以上的天文人事相應來看，與數術相結合的陰陽五行概念則不但成為吉凶禍福的詮解依據，也與易卦占卜之術相符，形成民間相傳《河圖洛書》的內容：

乾象天，數一，由一五七合成之，五行屬金。
兌象澤，數二，由三五八合成之，五行屬金。

離象火，數三，由三十九合成之，五行屬火。

震象雷，數四，由一十六合成之，五行屬木。

巽象風，數五，由二五七合成之，五行屬木。

坎象水，數六，由四五八成合之，五行屬水。

艮象山，數七，由四十九合成之，五行屬土。

坤象地，數八，由二十六合成之，五行屬土。㉚

唐君毅對五德終始與數字行運配以人事解釋說法，有如下解釋：

為此五德終始之說者，即本之以論天地剖判以來，唐虞夏商周歷代政治之道與制度之代易，以及當今主運符應之所存。然此中五行之次序，究竟為一相剋之次序，或相生之次序，又當今之人王應在天上之何帝，則有不同之說。

順著五行相生或相剋的不同認定，在漢應水德或土德的解釋上有歧異，使得鄒衍說也有兩歧的認定：

如《史記・始皇紀》，謂「秦政剛毅戾深，事皆決於法，然後合於五德之數。」《索隱》注曰：「水主陰，陰刑德。」則秦乃以周為火德，而自謂應水德以勝之。然漢之張蒼，又以漢應水德，以勝周火。賈誼、公孫臣，乃主漢應土德，以勝秦水。此皆本鄒衍之「五行之次，從所不勝，虞土、夏木、殷金、周火」（《淮南子・

齊俗訓》）之說以為論，亦即依五行相剋之次序以為論者
也。然後之劉向，又改而主依五行相生之次序。後漢之
光武，亦信此五德之說，以赤符自稱火德，而繼王莽以
起，謂「天心可革可禪」。此中，以五行之相剋或相生為
序，謂當今之人王，應在天上何帝之德以興，因與實際
上之政治權力之爭，互相夾雜，固多穿鑿附會之論。③

在唐君毅的考察中，並不認為五德終始有必然的生剋關
係，只是說明天下自然事物之間的循環與人事相應，但在漢
人取政治現象以為符應的背景下，五德終始遂在晚出的觀念
中形成了相生或相勝二歧的分野，也改變了鄒衍的原說，帶
進了更多神秘的意味，遂不能免於穿鑿之譏。

四、言而不治：陰陽家言的象徵
意涵

就《史記・田敬仲完世家》與《史記・孟荀列傳》至
〈太史公自序〉中的「論六家要旨」中，可以勾勒出陰陽家言
集於齊國稷下學宮，具有言而不治，縱放談辯的特質之
外，還有道術與治術的作用：

嘗竊觀陰陽之術，大祥而眾忌諱，使人拘而多所畏。然
其序四時之大順，不可失也。……夫陰陽、四時、八
位、十二度、二十四節，各有教令。順之者昌，逆之者

不死則亡，未必然也。故曰：使人拘而多畏。夫春生夏
長、秋收冬藏，此天道之大經也，弗順則無以為天下綱
紀。故曰：四時之大順，不可失也。㉜

再就《漢書》中的陰陽家來看，也有以下的評述：

陰陽家者流，蓋出於羲和之官，敬順昊天，曆象日月星
辰，敬授民時，此其所長也；及拘者為之，則牽於禁
忌，泥於小數，捨人事而任鬼神。㉝

在以上兩段敘述之中，可以分就思想脈絡，陰陽之術，律令
禨祥三方面了解藉由史漢而逆溯戰國時代的陰陽家言，實具
有以下三方面的特質：道法轉關以呈顯思想脈絡的分歧；刑
德並濟以突顯陰陽之術的應用；禮律相協以呼應律令禨祥的
系統性。

（一）道法轉關

在《黃帝四經・稱》篇與《荀子・王制》、《呂氏春秋・審
分覽》、《莊子・應帝王》，乃至《韓非子・解老》、《韓非子・喻
老》與《淮南子・泰族訓》、《淮南子・俶真訓》的對照
中，可以循黃老學說與法家思想互滲；陰陽家與陰陽五行思
想相互的模式試圖解析關於道、法、陰陽三家之間的模糊地
帶；同時也可以看到面對存亡興廢的現象，然在道家與法家
有不同的議論，而陰陽順逆的原理和陰陽家五德終始的應用
仍然充分的沿用在黃老道家與法家式的不同脈絡論說之中。

　　民初學者金受申透過稷下學人與學說的比較，提出混合名法與道法相關的概念，來描述當時的思想，並認爲稷下派是道法之間的樞紐，其中卓犖而受後人注目的即允推慎子與鄒衍，前者善講因循定分；後者則力矯儒墨之拘曲㉞。

(二) 刑德並濟

　　陰陽與刑德並濟，最普遍見於管子書與其同時代子書的言論，自戰國時代以來，這一言論即與陰陽家關係密切，例如《後漢書‧志第十八》五行六，有以下的記載關於「日蝕、日抱、日赤無光、日黃珥、日中黑、虹貫日、月蝕、非其月」。這項關於災變的自然天象之下，有以下事蹟及評論：

> 光武帝建武二年正月甲子朔，日有蝕之。在危八度。日蝕。說曰：「日者，太陽之精，人君之象。君道有虧，為陰所乘，故蝕。蝕者，陽不克也。」其候雜說，漢書五行志著之必矣。儒說諸侯專權，則其應多在日所宿之國。諸象附從，則多為王者事。人君改修其德，則咎害除。是時世祖初興，天下賊亂未除。虛、危，齊也。賊張步擁兵據齊，上遣伏隆諭步，許降，旋復叛稱王，至五年中乃破。《春秋‧漢含孳》曰：「臣子謀，日乃蝕。」《孝經‧鈎命決》曰：「失義不德，白虎不出禁，或逆枉矢射，山崩日蝕。」《管子》曰：「日掌陽，月掌陰，星掌和。陽為德，陰為刑，和為事。是故日蝕，則失德之國惡之；月蝕，則失刑之國惡之；彗星見，則失和之國惡之。是故聖王日蝕則修德，月蝕則修刑，彗星見則修

和。

另一件則是安帝時鄧太后專擅的異象：

安帝永初元年三月二日癸酉，日有蝕之，在胃二度。胃
主廩倉。是時鄧太后專政，去年大水傷稼，倉廩為虛。

顏師古注引古今注曰：「三年三月，日有蝕之。」

五年正月庚辰朔，日有蝕之，在虛八度。正月，王者統
事之正日也。虛，空名也。是時鄧太后攝政，安帝不得
行事，俱不得其正，若王者位虛，故於正月陽不克，示
象也。於是陰預乘陽，故夷狄並為寇害，西邊諸郡皆至
虛空。㉟

陰陽與刑德思想，連帶兵家權謀，形勢往往歸為一類，在列
舉相關典籍著錄時也可見一斑，《漢書・五行志》後附識著錄
有陰陽十六家，其書包括：

太壹兵法一篇。天一兵法三十五篇。神農兵法一篇。黃
帝十六篇。圖三卷。封胡五篇。黃帝臣，依託也。風后
十三篇。圖二卷。黃帝臣，依託也。力牧十五篇。黃帝
臣，依託也。鵊冶子一篇。圖一卷。鬼容區三篇。圖一
卷。黃帝臣，依託也。地典六篇。孟子一篇。東父三十
一篇。師曠八篇。晉平公臣。萇弘十五篇。　周史。別成

子望軍氣六篇。圖三卷。辟兵威勝方七十篇。右陰陽十六家，二百四十九篇，圖十卷。

觀察以上所引，駁雜著不同性質的典籍，例如：兵家，樂律陰陽之書，黃老之學等，同時班固又曰：

陰陽者，順時而發，推刑德，隨斗擊，因五勝，假鬼神而為助者也。

據顏師古注曰：「五勝，五行相勝也。」㊱的說法來看，禨祥度制至此變為災異，並形成具有藉鬼神以嚇阻黎庶，用以為持治亂之柄的陰陽家言，也就成為當時對陰陽家的一般認識了。

(三) 禮律相協

陰陽變化原本是先秦思想中共同的關注主題，孔穎達《周易正義·序》中，釋陰陽變化之理，與器用、生成、景行、教化等並舉疊言。孔穎達說：

蓋以聖人作易，本以垂教，教之所備，本備於有，故〈繫辭〉云：「形而上者謂之道，道即□也；形而下者謂之器，器即有也。故以□言之存乎道體，以有言之存乎器用，以變化言之，存乎其神，以生成言之，存乎其易。以真言之存乎其性，以邪言之存乎其情，以氣言之存乎陰陽，以質言之存乎爻象，以教言之存乎精義，以

人言之，存乎景行。此等是也。」㊲

《周易・繫辭傳》、《禮記・月令》、《呂氏春秋》十二紀中言及
陰陽律則的部份每有相關，這也是四時節氣配以月分陰陽變
化的原理，並滲入陰陽家與儒家月令陰陽思想的共同基
礎。在象數易的系統中，發展出漢易卦氣與月令陰陽關聯的
排比；在〈月令〉篇的解析中，也反映陰陽五行的類比，其
中共同的意旨則在於呈現一自生長至消亡的歷程，在自然界
節氣的運行順逆之間，形成的不同人事現象，與物種的因應
和關聯㊳。

五、疆域想像與空間的超越

(一) 大九州與大一統

鄒衍學說分類一般可以視為三個不同的方面：

> 鄒衍的學說包括天文、地理、歷史三個部分，構成一個
> 閎大的體系。……他的天文知識相當豐富，……被人們
> 稱為「談天衍」。但其具體內容如何，現已無從得知
> 了。……他的地理學說就是「大小九州」說。㊳

《史記・孟子荀卿列傳》中記述的鄒衍學說，提出中國赤
縣神州的概念：

其次騶衍，後孟子。騶衍睹有國者益淫侈，不能尚
德，若大雅整之於身，施及黎庶矣。乃觀陰陽消息而作
怪迂之變，始終、大聖之篇十餘萬言，其語閎大不
經，必先驗小物，推而大之，至於無垠。先序今以上至
黃帝，學者所共術，大並世盛衰，因載其機祥度制，推
而遠之，至天地未生，窈冥不孤考而原也。先列中國各
山大川，通谷禽獸，水土所殖，物類所珍，因而推
之，及海外人之所不能睹，稱引天地剖判以來，五德轉
移，治各有宜，而符應若茲。以為儒者所謂中國者，於
天下乃八十一分居其一分耳。中國名曰赤縣神州，赤縣
神州自有九州，禹之序九州是也，不得州數。中國外如
赤縣神州者九，乃所謂九州也。於是有裨海環之，人民
禽獸莫能相通者，如一區中者，乃為一州。如此者
九，乃有大瀛海環其外，天地之際焉。其術皆此類
也。然要其歸，必止乎仁義節儉，君臣上下六親之
施，始也濫耳。王公大人初見其術，懼然顧化，其後不
能行之。⑩

在春秋戰國時代的政治思想中，屢被提及的往往只有天下
觀，而沒有世界觀；對於疆域的統屬想像中，只有問鼎中原
一統天下，而沒有海外遨遊行旅。在今人葛兆光追溯中國的
空間觀念與世界觀的研究中，即上自鄒衍，下迄利瑪竇，大
九州的觀念確實為陷於征戰的戰國諸子思想另開新猷。

（二）五德終始論與聖王代興隱喻

《史記‧封禪書》對鄒衍的陰陽主運與五德終始論又見特別提稱：

> 自齊威宣王之時，騶子之徒論著終始五德之運，及秦帝而齊人奏之，故始皇采用之。……騶衍以陰陽主運，顯于諸侯，而燕齊海上之方士傳其術不能通，然則怪迂阿諛苟合之徒自此興，不可勝數也。

《史記‧裴駰集解》引如淳曰：「今其書有五德終始。五德各以所勝爲行。秦謂周爲火德，滅火者水，故自謂水德。」《集解》又引如淳曰：「今其書有《主運》。五行相次轉用事，隨方面爲服。」《索隱》案語云：「《主運》是鄒子書篇名也。」④鄒衍的五德終始說，一般而言視爲歷史觀的表述，張豈之認爲：

> 鄒衍的歷史學說「五德終始說」，是一種神秘的歷史循環觀念。它以五德相勝關係說明王朝更替，先後順序為：一、土德，二、木德，三、金德，四、火德，五、水德。水德之後又是土德，開始另一個周期，循環無窮。每一個王朝代表一德，當一個王朝衰落後，必然被代表另一德的王朝取代。而新王朝興起的時候，在天意支配下自然界必定出現某種符應。某個君主認識到符應的含義，便成為受命者，取得統治天下的資

格。他又自覺地效法符應顯示的那一德的性質為新王朝
制訂各種制度。⑫

漢代桓寬《鹽鐵論・論鄒》篇中曾引述桑弘羊論鄒衍志在闡
儒墨，有謂：

> 鄒子疾晚世之儒墨不知天地之弘，昭曠之道，將一曲而
> 欲道九折，守一隅而欲知萬方，猶無法準平而欲知高
> 下，無規矩而欲知方圓也。於是推大聖終始之運，以喻
> 王公列士。

可見鄒衍的學說，在漢代具有相當影響⑬。

今人劉德漢論春秋先秦時代陰陽五行思想及其影響，則
將春秋戰國以來的災異思想系統加以釐清，說明其脈絡。首
先敘述《春秋》成書經過及內容特性；次及三傳在漢代的傳
授情形，並略述兩漢《春秋》學者之生平、思想，而董仲
舒、劉向等大儒於《春秋》學及災異思想之發展關係尤
大，故於其學術思想及其對當時政教興革之貢獻，有詳密的
敘述之外，他對兩漢書五行志中傳述的災異事例脈絡也有注
意，有謂：

> 兩《漢書・五行志》災異事例綜述：計分五行，五
> 事、皇極三大類四十二小項六百七十八例。五行八十
> 例、五事三百六十六例，皇極二百三十二例。其中日食
> 一項一百六十三例，約佔全部災異事例百分之二十

四。以時代言：春秋二百四十二年，一百七十一例，日
食三十六例；西漢二百一十一年二百零九例，日食五十
四例；東漢一百九十六年，二百九十八例，日食七十三
例。從綜合研析中，窺探漢代《春秋》學者因著災異現
象附會人事應驗以勸諫人君，警懼大臣，修德慎職，善
政愛民，因而影響政教興廢的實況。㊹

由以上的事例及作用看，鄒衍及陰陽家思想實挾泥沙而日
下，在漢代時附和於災異的論述，唐君毅對五德終始說，提
出評判，則綜合了《史記》、《漢書》中拘曲的描述，他說：

……以五行之相剋或相生為序，謂當今之人王，應在天
上何帝之德以興，因與實際上之政治權力之爭，互相夾
雜，固多穿鑿附會之論。然觀此數百年之中之帝王，皆
必托諸此五德終始之說，乃能自固其王位，而聚訟之多
又若此；則想見此時代人宗教思想之篤，正無殊於耶穌
降世前後之數百年中之西方人。此時在印度，亦即部派
佛教，與印度各派之宗教哲學大盛之時代。人類東西之
思想之步履，蓋有其不謀而合者在。㊺

由世人對名分權位戀棧的心理看，原意在闢儒墨拘曲的陰陽
家，到了漢代，而依附權勢，把持附會符應之說，遂趨向無
以避免的流弊與附會之譏。

六、結論

在本文主題之下，區分了陰陽家與陰陽學說兩個脈絡的考察，透過溯源探流，陰陽學說與陰陽家的重新了解，可以發現，在春秋戰國時代以來，由於時代積弊，世亂國變頻仍，說士遊俠縱議各國之際，從陰陽二分到五德五行，在陰陽學說方面實呈現一逐步推進的現象；傳世載籍與出土文獻在今日的出現，令過去僅從史傳書志考察春秋戰國時代思想的方案，有了新的對照依據。傳世載籍與出土文獻雖至今未有鄒子完書的出現；但做爲陰陽家的鄒衍，在《史記》與《漢書》中鮮明的形象，迂怪的言論，所帶出的影響力極大的思想系統，隨著他的遊蹤：適梁，相燕，返齊，稷下學宮一時百家爭鳴，議而不治的學風，因應亂世中對存亡之際的焦慮與滅國興廢的契機，令陰陽家言的發展，別有不同於一般思想系統的累增意涵。

存亡之際與併滅相尋的背景，直接促成了春秋戰國時代陰陽家言內容的先驗圖式：存滅國別群像與衰亡預言的言說／書寫策略，將五德終絡之論發揮到上探三代興替，下涉秦漢的政權陵夷，這一背景知識後設爲《史記》，《漢書》的逐步揭示；到目前爲止，並沒有更新的研究能脫離就史漢的敘述中看待陰陽家言，方術術數人物與陰陽學說，在這個向度而言，面對陰陽家言的時代象徵，與其說是放回春秋戰國時代以來的時空背景，不如說是透過《史記》，《漢書》著者

身處集權政治的環境中，對陰陽家及其言說體系中，由道術高遠迂怪的陰陽五行到治術災祥威嚇的符驗之說，所反應的詮釋。

在參究新出竹簡《文子》與《黃帝四經》的文字之後，所謂言而不治：陰陽家言的象徵意涵其實可以有不同於《史記》與《漢書》的詮釋方向：一是：道法轉關，在思想脈絡朝向黃老與陰陽家二分的方向看，前者形成玄理，而後者演為災異之論，道法之際起衰救弊的言論呈現著陰陽學說中的現實關懷；二是刑德並濟，在戰國之際諸子援據陰陽觀念言氣之順逆與國祚興廢，藉者主宰力量的推舉而強調刑德並濟，亂國不道受誅受罰，賢德明君取代舊朝，這也因應著五行五德的循環模式。三是禮律相協，形式的五行系統不斷加入新的內容，所以這一吉凶循環的架構不斷層層拓展，從核心觀念的五德五行五事，繼而應五方五聲，《周易‧八卦》與〈月令〉也加進了配當的內容。

陰陽家言中另一值得矚目的項目，即是在存亡與興廢的觀察中，另外蘊藏著疆域想像與空間超越的經略意涵，所以，藉鄒子提出的大九州言論，與春秋大一統之說值得比較；五德終始論與聖王代興隱喻，也表現了跨越時代範限的價值。陰陽家言在跨越疆界的書寫與言說策略中，留下的衰亡預言，實寓含重生的雄心與契機；赤縣神州的想像，同時也令意在剿滅各國，一統中原的霸業相形見絀。陰陽家言與陰陽學說可以在主要人物未留完書傳世，又旁涉多種學派流別的侷限中，受到史傳的矚目，申闡其說，自有深入人心的影響力和象徵意義。

註　釋

① 范文瀾《與頡剛論五行說的起源》、宮哲兵〈晚周時期五行範疇的邏輯進程〉都被胡化凱納入五行觀念得以產生的基礎中，各備一說，見胡化凱：〈五行起源新探〉，《安徽史學》，1997：1，頁 27~33。及胡化凱：〈五行說——中國古代的符號體系〉，《自然辨證法通訊》，1995：3，頁 48~57。徐復觀〈陰陽五行及其有關文獻的研究〉則透過語源理據及《尚書·洪範》著成時代的考辨，認定陰陽五行屬於五種材質，並不是晚出偽託的附會，亦非神秘思想。

② 王夢鷗：《鄒衍遺說考》，臺北：臺灣商務印書館，1966 年；及衛挺生：《鄒衍子今考》，臺北：中國文化學院華岡出版社，1974 年。王夢鷗、衛挺生分別就人物與學派，形蹤，考察陰陽家鄒子的事燕，趙與齊的歷程中，隨著出仕路線的移動所形成陰陽思想傳布與影響。

③ 馮友蘭：《中國哲學史新編·第二冊》，北京：人民出版社，1998~1999 年，頁 342。

④ 同註③，頁 342~ 344。

⑤ 馮友蘭《中國哲學發展史·秦漢部份》，頁 18。

⑥ 呂思勉《先秦學術概論》，頁 142。

⑦ 張豈之主編：《中國思想史·上冊》，頁 160。

⑧ 同註③，頁 325 。

⑨ 《漢書·五行志》。

⑩ 胡化凱：〈五行起源新探〉，《安徽史學》，1997：1，頁 27~33。又見胡化凱：〈五行說——中國古代的符號體系〉，《自然辨證法通訊》，1995：3，頁 48~57。

⑪ 鄺芷人：《陰陽五行及其體系》，臺北：文津出版社，1992 年 12 月，頁

207

⑫ 《尚書‧洪範》。

⑬ 《尚書‧甘誓》。

⑭ 劉起釪：〈「尚書」的「甘誓」「洪範」兩篇中的「五行」〉，《中國文哲研究通訊》1993：09，頁 1~14。，于省吾在這方面也有所考辨。

⑮ 分見《管子‧形勢解》與《管子‧四時》篇文。

⑯ 陳鼓應在《黃帝四經今注今譯》，頁 410 的前言。

⑰ 同註⑯，頁 458 之注釋。

⑱ 同註⑯，頁 461。

⑲ 同註⑯，頁 464。

⑳ 同註⑯，頁 467。

㉑ 關於戰國時代主陰陽家言及陰陽學說的學者，其年代多有參差，本文除了參考錢穆《先秦諸子繫年》之外，亦參見個別論著而有增改。

㉒ 《史記‧太史公自序》。

㉓ 楊寬：《戰國史料編年輯證》，上海：上海人民出版社，2001 年 11 月。

㉔ 唐君毅：《中國哲學原論‧導論篇》，臺北：臺灣學生書局，1991 年，頁 542。

㉕ 《漢書‧天文志》。

㉖ 董仲舒的《春秋繁露‧官制‧象天》。

㉗ 同註㉖。

㉘ 董仲舒的《春秋繁露‧三代質文改制》。

㉙ 同註㉕。

㉚ 《河圖洛書》的注釋，有清人毛奇齡的研究可參，近人孫國中亦有《河圖洛書解》一書。

㉛ 唐君毅：《中國哲學原論‧導論篇》，臺北：臺灣學生書局，1991 年，頁

540~541。

㉜《史記·太史公自序》司馬談論六家要旨。

㉝劉向、劉歆《漢書·藝文志》。

㉞這一說法可以參見金受申：《稷下派之研究》，臺北：臺灣商務出版社，1971 年，頁 25~29；以及白奚：《稷下學研究——中國古代的思想自由與百家爭鳴》，北京：三聯，1998 年。

㉟《後漢書·志》第十八·五行六之著錄，見《後漢書·集解》90 卷：范曄撰；李賢注；王先謙集解；《續志集解》30 卷，司馬彪撰；劉昭注補；王先謙集解。

㊱見《漢書·五行傳》顏師古注。

㊲見《周易正義》序，頁 4。

㊳這方面以陳美東：〈月令，陰陽家與天文曆法〉，《史林》，2000：3，頁185~195。葛志毅：〈明堂月令考論〉，《求是學刊》，2002：9，頁105~110。蕭放：〈月令記述與王官之時〉，《寶雞文理學院學報》，2001：12，頁 48~54。楊雅麗：〈「禮記·月令」之「令」〉考辨，《西北工業大學學報》，2002：9，頁 27~29 等篇，有詳密的月令與氣候星命徵驗，呈現在相關表格中。

㊴張豈之主編《中國思想史綱》上冊，北京：中國青年出版社，1980（1991 印），頁 161。

㊵《史記·孟子荀卿列傳》。

㊶〈主運〉是鄒子書篇名也，見馬國翰《玉函山房輯佚書·鄒子》。

㊷張豈之主編《中國思想史·上》，頁 162~163。

㊸馮友蘭：《中國哲學史新編》第二冊，頁 339，另外，金受申、白奚等人亦提及這一說法。

㊹劉德漢著：《從兩漢書「五行志」看「春秋」對漢代政教的影響》；臺

北：華正書局，1989：4。

⑮ 唐君毅：《中國哲學原論・導論篇》，臺北：臺灣學生書局，1991 年，頁
542。

參考書目

〔魏〕王弼注；〔唐〕孔穎達疏：《周易正義》九卷，釋文一
卷，臺北：藝文印書館據阮元學海堂重刊宋本十三經注疏
本影印，1965 年三版。

〔漢〕鄭玄注；〔唐〕陸德明音義；〔唐〕賈公彥疏：《周禮正
義》四十二卷，校勘記四十二卷，臺北：藝文印書館據阮
元學海堂重刊宋本十三經注疏本影印，1965 年三版。

〔清〕孫詒讓撰；〔民國〕王文錦，陳玉霞點校：《周禮正
義》，北京：中華，1987 年。

〔漢〕鄭玄注；〔唐〕陸德明音義；〔唐〕孔穎達疏：《禮記正
義》六十三卷，臺北：藝文印書館據阮元學海堂重刊宋本
十三經注疏本影印，1965 年三版。

〔晉〕杜預注；〔唐〕陸德明音義；〔唐〕孔穎達疏：《春秋左
傳注疏》六十卷，校勘記六十卷，臺北：藝文印書館據阮
元學海堂重刊宋本十三經注疏本影印，1965 年三版。

〔西漢〕司馬遷著；〔南北朝〕裴駰集解；〔唐〕司馬貞索
隱；〔唐〕張守節正義：《史記三家註》一百三十卷，臺
北：鼎文書局影印，1980 年臺三版。

〔東漢〕班固撰；〔唐〕顏師古注；〔清〕王先謙補注：《漢書
補注》70 卷，臺北市：藝文印書館據清光緒庚子長沙王氏

校刊本影印，1955 年。

〔南北朝〕范曄撰，〔唐〕李賢校注；王先謙集解：《續志集
　　解》三十卷，司馬彪撰；劉昭注補；王先謙集解：《後漢
　　書》九十卷，臺北：鼎文書局影印，1999 年臺二版。

〔清〕惠棟：《後漢書補注》二十四卷，臺北：藝文印書
　　館，據廣雅書局史學叢書本影本，1965 年。

〔清〕沈欽韓：《後漢書疏證》三十卷，《續修四庫全書‧史
　　部‧正史類》，第 271 冊，上海市：上海古籍，1995 年。

〔清〕林春溥等撰：《竹書紀年八種》二十三卷，臺北：世界
　　書局，1967 年。

〔明〕董說原著；繆文遠訂補：《七國考訂補》十四卷，上
　　海：上海古籍，1987 年。

〔明〕不著撰人：《春秋四傳三十八卷：〈列國東坡圖說〉一
　　卷，〈春秋二十國年表〉一卷，〈諸國興廢說〉一卷》，臺南
　　縣：莊嚴四庫存目叢書春秋類 116~117 冊（據北京大學圖
　　書館藏明嘉靖吉澄刻本影印），1997。

楊寬：《戰國史料編年輯證》，上海：上海人民出版社，2001
　　年 11 月。

童書業：《春秋史》，濟南市：山東大學出版社，1987 年。

〔秦〕呂不韋編纂；〔民國〕陳奇猷校釋：《呂氏春秋校
　　釋》，上海：學林出版社，1984。

〔西漢〕董仲舒撰；〔清〕蘇輿義證，〔民國〕鍾哲點校：《春
　　秋繁露義證》，北京：中華書局，1992 年。

陳鼓應撰：《管子四篇詮釋：稷下道家代表作》，臺北：三民
　　書局，2003 年。

〔清〕王仁俊撰：《管子集注》二十四卷，上海：上海古籍出版社（續修四庫全書·子部·法家類），據據遼寧圖書館藏稿本宋本管子影印，1997 年。

顏昌嶢著，邊仲仁，夏劍欽點校：《管子校釋》二十四卷，長沙：岳麓書社，1996 年。

李萬壽：《晏子春秋全譯》，貴陽市：貴州人民出版社，1993 年。

駢宇騫：《晏子春秋校釋》，北京：書目文獻出版社，1988 年。

駢宇騫：《銀雀山竹簡晏子春秋校釋》，臺北：萬卷樓圖書，2000 年。

王斯睿：《慎子校正》，上海：商務印書館，1935 年。

王寧等編：《評析本白話晏子春秋慎子尹文子》，北京：北京廣播學院，1992 年。

〔東周〕不著撰人：《黃帝四經》，北京：北京出版社，1996 年。

陳鼓應撰：《黃帝四經今註今譯》，臺北：臺灣商務印書館，1995 年。

余明光著：《黃帝四經與黃老思想》，哈爾濱：黑龍江人民出版社，1989 年。

〔東周〕韓非撰；〔民國〕陳奇猷集釋：《韓非子集釋》，臺北：成文出版社，1980 年。

〔周〕舊題老子著；〔民國〕馬敘倫校詁：《老子校詁》，北京：古籍出版社，1956 年。

〔周〕舊題莊周著；〔晉〕郭象注；〔唐〕成玄英疏；〔唐〕陸

德明釋文；〔清〕郭慶藩集釋：《莊子集釋》三十三卷，臺北：世界書局，1990 年。

〔東漢〕桓寬撰；〔民國〕王利器校注：《鹽鐵論校注》十卷，臺北：世界書局，1962 年。

〔周〕舊題辛銒撰；〔民國〕王利器疏義：《文子疏義》，北京：中華書局， 2000 年。

〔周〕舊題辛銒撰；〔民國〕李定生，徐慧君校注：《文子要詮》，上海：復旦大學出版社，1988 年。

馮友蘭：《中國哲學史·第一篇·子學時代》第七章〈戰國時代的諸子百家之言〉，藍燈出版社，1983 年，頁 185~209。

馮友蘭：《中國哲學史新編·第二冊》北京：人民出版社，1998~1999 年。

侯外廬主編：《中國思想通史·陰陽五行思想和易傳思想》，臺北：駱駝出版社，1986 年，頁 645~663。

任繼愈主編：《中國哲學發展史·秦漢部份》，北京：人民出版社，1983 年。

侯外廬主編，張豈之編寫：《中國思想史綱》上冊，北京：中國青年出版社，1980 年（1991 印）。

唐君毅：《中國哲學原論·導論篇》，臺北：臺灣學生書局，1991 年。

鄺芷人撰：《陰陽五行及其體系》，臺北：文津出版社，1992 年 12 月。

李漢三撰：《先秦兩漢之五行學說》，臺北：維新書局，1985 年 4 月。

余心言：《生死存亡》，成都 ： 四川人民出版社 ： 新華書

店，1990 年。

蔣清翊：《緯學源流興廢考》，上海：上海古籍出版社續修四庫全書；184. 經部群經總義類，據上海師範大學圖書館藏稿本影印，1995 年。

林健發，歐陽偉健合編：《中國歷代治亂與興衰》，九龍：粵雅出版社，1986 年。

賴榕祥：《中國歷代治亂興亡史》，臺北：五洲出版社，1981 年。

王夢鷗：《鄒衍遺說考》，臺北：臺灣商務印書館，1966 年。

衛挺生：《鄒衍子今考》，臺北：中國文化學院華岡出版社，1974 年。

劉蔚準，苗潤田：《稷下學史》，北京：中國廣電，1992 年。

白奚：《稷下學研究——中國古代的思想自由與百家爭鳴》，北京：三聯，1998 年。

金受申：《稷下派之研究》，臺北：臺灣商務印書館，1971 年。

胡家聰：《稷下爭鳴與黃老新學》，北京：中國社科，1998 年。

周立昇編注：《稷下七子捃逸》，濟南：齊魯書社，1995 年。

張秉楠輯注：《稷下鉤沈》，上海：上海古籍出版社，1991 年。

〔日〕戶川芳郎著，姜鎮廣譯：《古代中國的思想》，北京：北京大學出版社，1994 年 9 月。

王志民：《稷下散思：齊魯古代文學簡論》，濟南：齊魯書社，2002。

葛兆光：《七世紀之前中國的知識，思想與信仰世界——方術及其思想史意味》（第六節・戰國時代的精英思想和一般知識），上海：復旦大學出版社，1998年。

徐復觀：〈陰陽五行及其有關文獻的研究〉，《中國思想史論集續編》，臺北：時報，1982年，頁41~111。

林麗娥：〈先秦齊國學者考〉〈先秦齊學的主要學派：陰陽學派〉，《先秦齊學考》第四章，臺北：臺灣商務印書館，頁192~195；頁345~358。

胡化凱：〈五行起源新探〉，《安徽史學》，1997：1，頁27~33。

胡化凱：〈五行說——中國古代的符號體系〉，《自然辨證法通訊》，1995：3，頁48~57。

徐傳武：〈坎離水火與陰陽〉，《古籍研究理學刊》，1994：5，頁27。

汪高鑫：〈鄒衍歷史學說述評〉，《遼寧教育學院學報》，2000：7，頁34~37。

李華：〈前兆迷信與鄒衍的五德終始說〉，《山東教育學院學報》，2002：5，頁52~54。

常金倉：〈鄒衍的大九州說考論〉，《管子學刊》，1997：1，頁19~26。

齊姜紅：〈鄒衍的方術思想〉，《管子學刊》，1995：2，頁38~42。

葛兆光：〈古人眼中的中國和世界——從鄒衍到利瑪竇〉

〔周〕鄒衍撰：《鄒子》一卷，《玉函山房輯佚書・子編・陰陽類》（據清同治辛未（十）年（1871）濟南皇華館書局補刻

本影印），臺北：文海出版社，1974 年。

劉起釪：〈「尙書」的「甘誓」「洪範」兩篇中的「五行」〉，《中國文哲研究通訊》，1993：09，頁 1~14。

周天令：〈陰陽五行的衍變及其發展〉，《嘉義農專學報》，1995：11，頁 111~131。

劉殿爵：〈「呂氏春秋」與鄒衍的五行說〉，《中國文哲研究集刊》，1994：03 頁 85~119。

沈順福：〈鄒衍的陰陽五行說的政治內涵〉，《中國文化月刊》，1995：06，頁 71~79。

鄧立先：〈從帛書《易傳》證知孔子說易引用古熟語〉，《周易研究》，1997 年 3 月。

蕭漢明：〈關於易傳的學派與屬性問題——兼評陳鼓應「易經與道家思想」〉，《哲學研究》，1993 年 4 期。

黃寶先：〈易經與稷下學——兼論易傳爲稷下黃老之作〉，《管子學刊》，1994 年 4 期。

陳鼓應：〈從「呂氏春秋」到「淮南子」論道家在秦漢哲學史上的地位〉，《文史哲學報》，2000：06，頁 41~91。

陳松長：〈帛書黃帝書中的刑德觀念〉，《本世紀出土思想文獻與中國古典哲學研究論文集》，臺北：輔仁大學出版社，1999 年 4 月，頁 429~438。

陳松長：〈帛書「繫辭」初探〉，《道家文化研究》第三輯，上海：上海古籍出版社，1992 年，頁 155~164。

陳松長：〈首次公布的珍貴帛書文獻・帛書「繫辭」釋文〉，《道家文化研究》第三輯，上海：上海古籍出版社，1992 年，頁 416~424。

吳九龍：〈簡本兵書的出土及古代戰爭觀管窺〉，《本世紀出土思想文獻與中國古典哲學研究論文集》，臺北：輔仁大學出版社，1999 年 4 月，頁 569~578。

駢宇騫：〈對「晏子春秋」的再認識〉，《本世紀出土思想文獻與中國古典哲學研究論文集》，臺北 ：輔仁大學出版社，1999 年 4 月，頁 549~567。

洪國樑：〈朱右曾「汲冢紀年存真」與王國維「古本竹書紀年輯校」之比較〉，《清學論輯》第三輯，高雄：中山大學清代學術中心，2002 年，頁 283~300。

陳鼓應：〈帛書「繫辭」和帛書「黃帝四經」〉，《道家文化研究》第三輯，上海：上海古籍出版社，1992 年，頁 168~180。

李定生：〈帛書「繫辭傳」與「文子」〉，《道家文化研究》第三輯，上海：上海古籍出版社，1992 年，頁 165~167。

裘錫圭：〈馬王堆帛書「老子」乙本卷前古佚書並非「黃帝四經」〉，《道家文化研究》第三輯，上海：上海古籍出版社，1992 年，頁 249~255。

高兵：〈論陰陽觀念的起源與發展〉，《管子學刊》，1997：3，頁 25~29。

殷善培：〈四庫全書子部術數類圖書著錄評議〉，《淡江大學中文學報》，1997：12，頁 221~239。

葉海煙：〈莊子哲學的「陰陽」概念〉，《宗教哲學》，1997：7，頁 88~100。

劉正：〈陰陽學說溯源〉（正／續），《中華易學》，1995:12;1996:1，頁 24~28。

蕭登福：〈先秦子書所見之陰陽五行說〉，《宗教哲學》，1999：12，頁 15~37。

周雅清：〈董仲舒對陰陽概念的運用〉，《孔孟學報》，1992：9，頁 123~147。

靳之林：〈五行的基礎是陰陽〉，《漢聲雜誌》，1993：10 頁107~117。

崔永東：〈帛書「黃帝四經」中的陰陽刑德思想初探〉，《哲學與文化》，2002：4，頁 342~351，頁 390。

莊萬壽：〈「莊子」與陰陽家〉，《師大學報》（人社），2000：10，頁 1~13。

劉榮賢：〈「莊子‧外雜篇」中「氣」與「陰陽」觀念之發展〉，《暨大學報》，2000：03，頁 1~15。

王明信：〈司馬遷與陰陽家〉，《河北師大學報》，2001：5，頁103~108。

魏宏燦，王啓才：〈「呂氏春秋」對「周易」的繼承及開展〉，《漢中師範學報》（社科），2002：1，頁 49~70。

修建軍：〈「呂氏春秋」與陰陽家〉，《管子學刊》，1995：3，頁 31~34。

黃克劍：〈「周易」經傳與儒道陰陽家學緣探要〉，《中國文化》第十二期，頁 60~80。

陳美東：〈月令，陰陽家與天文曆法〉，《史林》，2000：3，頁185~195。

葛志毅：〈明堂月令考論〉，《求是學刊》，2002：9，頁105~110。

蕭放：〈月令記述與王官之時〉，《寶雞文理學院學

報》，2001：12，頁 48~54。

楊雅麗：〈「禮記・月令」之「令」〉考辨，《西北工業大學學報》，2002：9，頁 27~29。

趙雅麗：〈從慎積道德觀點看竹簡「文子」與傳世本「文子」之思想承繼與發展〉，《管子學刊》，2002：3，頁 68~74。

〔日〕金谷治：〈鄒衍的思想〉，《日本學者論中國哲學史》，臺北：駱駝，1987 年，頁 138~152。

〔日〕山田慶兒：〈空間，分類，範疇〉，《日本學者論中國哲學史》，臺北：駱駝，1987 年，頁 45~96。

方苞生死關懷與生命美典的書寫

以傳、祭文、哀辭、墓表、墓誌銘為視域

林淑貞

摘　要：

本文旨在透過方苞所敘寫的傳、祭文、哀辭、墓表、墓誌銘等文體來考察其對生死關懷與生命美典的書寫。進行理序：一、先論方苞攸關生命文體之書寫，分析各式生死文體之形式義蘊，再指出人物書寫類別及其觀察視域；二、論述方苞生命美典書寫的內容，先從生命關懷分析人物型範，再從生平際遇分析書寫對象之遭逢；三、釐定方苞書寫生命典範之意義與價值；四、重估方苞書寫生命美典之策略。

關鍵字： 方苞、生死關懷、生命美典、文體、墓誌銘、哀辭、祭文、傳記

一、前言

生，不可選擇；死，無可逃避，在天宇地宙中，生死命限，是無所遁逃於天地之間。什麼樣的人世作為，可為型

範？什麼樣的生命風姿，可為生命美典？而什麼樣的關懷，可令生者動容，死者安頓？生命的長度不可更變與選擇，生命的型範，卻可以透過人世的修為，永垂不朽。在一世之中，百齡之內，寓寄逆旅，倏如白駒，榮枯既不可強求，戚戚一生所為何來？汲汲一世，豈能不畏憂思勞役？而熙來攘往的生靈中，每一個存在的生命皆是獨特而殊相的，不僅面目相殊，連生命氣質、道德理想、體貌行為皆各自不同。在勞勞一生中，人，既不可避免客觀環境的偃蹇碰撞，亦不能脫逃於生存的命限，富貴榮祿既不可期、不可求，則什麼樣的生命歷程，可作為人世典範？什麼樣的生命美典，可輝映千古？

中國攸關生死書寫的文體當中，在劉勰《文心雕龍》中即有銘箴、誄碑、哀弔之撰著，吳訥《文章辨體》及徐師曾《文體明辨》亦有傳、哀辭、墓誌銘、行狀、誄、墓碣文文體之辨析，可見，論述各種文體的典籍中，未曾捨棄生死書寫此類文體，在各種選文或總集中，亦未忽略這些文類之遴選。例如姚鼐《古文辭類纂》共有十三類七十四卷，其中相關者有傳狀類（三十七至三十八卷）二卷，碑誌類（三十九卷至五十卷）七卷，哀祭類（七十二卷至七十四卷）三卷，三類合計有十二卷之多，約佔六分之一的比重；曾國藩《經史百家雜鈔》凡十一類，有哀祭（卷十六）一卷，傳誌（卷十七至二十一，含銘、碑、傳、墓表、事略等文類）五卷，二書皆備列這些文體選文，由是可知，各種攸關生命書寫的文類一直被關注著，雖然內容體例容有轉移變更，但是，其重要性未曾自中國的文類中消歇殆盡。

　　一般而言，攸關生命書寫的文類中，依自述與他述來分，大抵可擧分為兩系，一是自己寫自己的自敘、自傳、自祭、自狀文等；一是書寫他人之傳、祭、哀辭、墓表、墓誌銘、碑、行狀、事略、誄、弔文等。前者一定為生前所記所寫，後者雖有生前之書寫，然，多為死後追記死者生前事蹟所寫。自己書寫自己生命歷程，多為表述自己理想抱負，或耿介不阿之性情，或銘記刻骨難忘之事，或書寫自己如何體悟生命，如何看待生死事大，是一種向死亡探尋生命意義之書寫，而書寫他人之生死文體，除多為親朋故舊追思死者所寫，或有懿德足式，或事略足為後世楷模者，皆搦筆為文，以記勳功偉業或奇言異行。基於此，一般被視為為死者歌功頌德的傳、哀辭、墓誌銘、墓表、祭文此類生命書寫的文類，究竟可否觀察出中國人對於生命美典的歌頌？本文擬從方苞書寫的傳、哀辭、墓誌銘、墓表、祭文來觀察其生死關懷及生命美典的書寫。

　　方苞（1668～1749），字靈皋，晚年自號望溪，清江南安慶桐城人，生於康熙七年，卒於乾隆十四年，年八十二歲。三十九歲會試，進士第四名，榜後聞母病，未預殿試而歸，四十四歲因作序戴名世《南山集》而羈刑部十五個月，判刑於死，幸李光地力救，康熙以「戴名世案內，方苞學問，天下莫不聞」赦免。仕宦三十年，歷康、雍、乾三朝，任職文學侍從、武英殿修書總裁、翰林院侍講、內閣學士兼禮部侍郎等職，七十五歲還鄉。方苞以古文義法揭示後學，成桐城文派之初祖，自言「學行繼程朱之後，文章在韓歐之間」。據劉聲木《桐城文學淵源考》卷二所云，其為古

文，取法韓愈，謹嚴簡潔，氣韻深厚，力尚質素，以經學義理爲根柢，尤以言必有物有序爲圭臬，世推爲古文巨擘，爲後世所宗，洵爲知言。方苞精通三禮，惜後世關注者，多集中論其古文義法及其與桐城之關涉，《桐城文學著述考》卷一列有《周官集注》十二卷、《周官辨》一卷、《周官析疑》三十六卷、《考工記析疑》四卷、《喪禮或問》一卷、《儀禮析疑》十七卷、《春秋通論》四卷、《望溪文集》十八卷等，著作宏富，尤以經學著述爲多。

本文考察方苞全集中的生命書寫，以文集爲主，其中包括《方望溪全集》十八卷、《望溪集外文》十卷、《望溪集外文補遺》二卷，凡三十卷，茲將各卷臚列於〈附錄二〉。在此三十卷當中，有關生死書寫之墓表、祭文、哀辭、墓志銘、紀事等作品，幾乎有十四卷之多，比率約二分之一，可謂佔量豐富①，本文擬循著此類文章逆尋方苞對生命美典的觀察②，茲將論述的卷數與內容臚列如次：

〈附錄一〉方苞攸關生命美典書寫之卷數對照表

方苞文集	卷八	傳 15 首
	卷九	紀事
	卷十	墓誌銘 30 首
	卷十一	墓誌銘 20 首
	卷十二	墓表 24 首
	卷十三	墓表 20 首，碑碣 9 首
	卷十六	哀辭 12 首，祭文 8 首
	卷十七	家傳誌表哀辭 15 首
方苞集・集外文	卷六	紀事
	卷七	墓表 4 首，墓誌銘 14 首
	卷八	傳 1
	卷九	哀辭 2 首，祭文 3 首，
集外文補遺	卷一	墓誌銘 4 首，墓表 2 首，哀詞 1 首
集外文補遺	卷一	墓誌銘 4 首，墓表 2 首，哀詞 1 首

　　以上不同文體計有：碑、傳、哀辭、家傳、誌銘、墓表、墓誌銘、祭文、紀事等，除上述諸類文體之外，尚有行狀、墓碑文、墓碣文、誄、弔文之類未備於方苞文中，故不贅述③。

二、方苞攸關生命文體之書寫

（一）各式生死文體之形式義蘊

方苞文集中攸關生命書寫的文體有碑、傳、哀辭、家傳、誌銘、墓表、墓誌銘、祭文、紀事等等，由於不同的文體有不同的體例要求，我們根據劉勰《文心雕龍》、吳訥《文章辨體》、徐師曾《文體明辨》來考察不同文體間的書寫功能與作用性質。

文體不同有如上述，而方苞集中亦針對不同的對象而有不同的書寫內容，以下分析之。

1. 傳

「傳」，從書寫內涵來討論，通常為山林里巷或隱德弗彰或事微而可垂戒後世者，皆為書寫對象，從形式意義來討論，「傳」可分為「有贊」與「無贊」二類，「有贊」者，例如〈孫徵君傳〉，無「贊」者，例如〈白雲先生傳〉、〈左仁傳〉、〈三山林湛傳〉等。從傳主之多寡，又可分為合傳、獨傳及附傳三種，在方苞的書寫當中，「合傳」有〈四君子傳〉寫王源、劉齊、張自超、劉捷等四人，〈二山人傳〉則寫李鍇、石永寧二人，獨傳有〈孫積生傳〉、〈光節婦傳〉等。

從傳主之類型來劃分，大抵可簡分為四類，一是名士奇人，二是達官顯宦，三是節婦烈女，四是方外之士。例如記載名士奇人之奇行偉蹟者，有〈孫徵君傳〉敘寫孫奇逢的性

情，是位「少倜儻，好奇節，而內行篤修，負經世之略，常
欲赫然著功烈而不可強以仕」，方苞加強記述者，以孫奇逢有
經世之略，其質行後學有記，故僅記其學問、性情及出處進
退之態。又例如〈白雲先生傳〉記張怡才學博，獨身寄攝山
僧舍，口不言詩書，學士詞人無所求取之耿介性情。方苞爲
節烈婦女所寫之傳記亦多，例如〈金陵近二支二節婦
傳〉、〈廬江宋氏二貞婦傳〉、〈光節婦傳〉、〈二貞婦傳〉
等。至於記方外人士者有〈蘭谷傳〉、〈沛天上人傳〉等，由
於名士奇人或有人書其論學之書，故方苞刻意與之區隔，以
其行爲卓犖不凡者皆書寫之。

綜言之，傳，以記載一人之事，以忠孝才德之事，或事
蹟雖微，而可爲法戒者，立傳以垂後世，或山林里巷，或有
隱德而弗彰，或有細人而可法，則皆爲之作傳以傳其事，寓
其意，至於傳主之書寫可合傳、獨傳或以附傳方式呈現④。

2. 紀事

「紀事」類，一般可區分爲兩類，一是以記某一事件爲
主，例如有〈記開海口始末〉文，二是以某一人物所發生之
逸事爲主，例如有〈左忠毅公逸事〉、〈高陽孫文正公逸
事〉、〈石齋黃公逸事〉等，此處所論，自是以人物爲主述之
「紀事」爲主，方苞所記，又可分爲四類：一是名士，例如
〈記李默齋實行〉、〈石齋黃公逸事〉等；二是節烈之婦女，例
如〈書萬烈婦某氏事〉、〈西鄰愍烈女〉等；三是市井無名
氏，例如〈逆旅小子〉；四是公卿名宦奇士，例如〈湯司空逸
事〉、〈明禹兵備李公城守死事狀〉、〈記徐司空逸事〉等；其
中所側重的摹寫內容，在於以「事」來記「人」，內容或記其

特殊際遇，或記其卓犖功績，或記其罷官始末，或記其德政者，甚或有方苞自抒遭逢感言者，例如〈敘交〉、〈獄中雜記〉、〈結感錄〉等篇，因方苞曾牽連《南山集》一案，得以洞識人情冷暖，盡抒於焉。

3. 墓誌銘

「墓誌銘」，前後凡有六十八篇，是方苞各種文體中書寫最多者，墓誌銘的書寫功能在於敘寫人物之世系、名字、爵里、行治、卒葬年月，與其子系大略，埋於墓穴中，作爲山河遷變辨識之用。方苞文集中，大抵墓誌銘多爲他人託寫之作，自發性地敘寫較少，且所述大抵皆依體例書寫，採「先文後銘」的方式呈現，先述其世系、事略，再述其親族子孫及葬期，末則附寫「銘」，以韻文總記其生平梗概。至於書寫的人物上自名士、名臣，下至市井男女，或爲名宦親族，或爲鄰里故舊，或爲友朋姻親，皆爲書寫的對象，範圍較廣。

4. 墓表

「墓表」，凡五十二篇，無論有無官職，皆可記錄書寫，體例同於碑碣，是屬於一種鑴刻在墓碑上的文體，與「墓碣」略有不同，「墓碣」是專寫五品以下之官員，至於有銘或無銘皆可。敘寫內容亦是記錄其籍貫、世系、事略、末記其子孫、旁支、卒葬時、地等。觀察方苞所記人物，多爲名士、名宦兼及命婦孺人等。姚鼐《古文辭類纂》中的「碑誌類」，指出：「誌者，識也，或立石墓上，或埋之壙中，古人皆曰誌，爲之銘者，所以識之之辭也。然恐人觀之不詳，故又爲序，世或以石立墓上，曰碑，曰表，埋乃曰誌，及分誌銘二之，獨呼前序曰誌者，皆失其義，蓋自歐陽

公不能辨矣。」指出「誌」，可立墓表上或埋於墓穴中，「銘」之用法與之相同，後世分之，姚氏以爲失義之舉，然，後世皆以此爲用。

5. 哀辭

「哀辭」，凡三十篇，用以寓寄傷悼之情，長短不拘，以傷有德不壽，或幼未成德而敏惠可譽者，方苞書寫體例採「前文後辭」方式爲之，「前文」多爲散體，「後辭」多爲韻體，楚（騷）體亦有之，大抵皆表述一份追思感念之情，所寫對象多爲親朋故舊，以記惓惓難遣之感懷。

6. 祭文

「祭文」，祭奠親友之辭，寓哀傷之情，文體則散、韻、駢儷、楚體、雜言體皆可。姚鼐《古文辭類纂》卷七十二以下爲「哀祭類」，指出最早書寫在《詩經》之中，其云：「詩有頌，風有黃鳥，二子乘舟，皆其原也。楚人之辭至工，後世惟退之介甫而已。」楚人之辭指屈原之作⑤，並推崇後世惟有韓愈、王安石之創作能繼《詩經》有成。方苞所敍寫之祭文大抵以「四言韻文」呈現，表現出整飭簡潔之筆力。

根據上述方苞所採用生死書寫的文體，再參照吳訥《文章辨體》及徐師曾《文體明辨》二書所釐析的各種生命書寫文體，成〈附錄三〉，附於文末，可資參考。

（二）人物書寫類別及其觀察視域

根據上文所述，我們可歸納方苞人物書寫的類別及其觀察人物的觀點。

1. 依書寫對象是否相識，分為識者與不識者二類。

與方苞有交接往來之生平故交者，或因緣偶識者，多爲親人子孫託寫，以記其生平事略或嘉言懿行者。例如：〈巡撫福建都察院右副都御史黃公墓誌錄〉開宗明義即云：「右副都御史黃公既歿之逾年，其子廷桂因李枚臣來請銘」、〈王大來墓誌銘〉乃王蒼平爲其季弟王大來請誌生平。亦有與方苞未識或同爲閭閻之人，聽聞其事蹟，例如〈西鄰愍烈女〉、〈書萬烈婦某氏事〉等，或感其生平事故，自發性的爲文書寫，以爲感念存記。例如〈逆旅小子〉描寫卑微生命，因兄長不悌，致寒冬號寒而身故之事。然而，所記仍以舊識爲多。

2. 依書寫對象是否有職官，分為官員職司、命婦、孺人或親族女子、庶民皂隸二類。

墓誌銘、傳、紀事、哀辭、祭文所寫的對象二類皆有之，例如〈全椒縣教諭甯君墓誌銘〉、〈內閣學士張公夫人成氏墓表〉爲有職司者或命婦所寫，而〈鮑氏姐哀辭〉、〈鮑氏妹哀辭〉、〈亡妻蔡氏哀辭〉等則寫親族而無封誥者。

3. 依書寫對象之性別，分為男性與女性二類。

男性以記名士、名宦、親朋故舊爲多。例如〈萬季野墓表〉、〈兵部尙書法公墓表〉、〈舒子展哀辭〉等。女性書寫對象，或因父蔭或因夫、子貴盛而得以銘記事略，亦有市井小民、婢、嫠等，因事蹟節烈或事誼感人，方苞特別書之，以爲後世楷模者。例如〈彭夫人文〉、〈康烈女傳〉等。

4. 依書寫對象之特質，分為道德成就、事功成就、學術成就三類。

所謂的道德成就，是以德行足為範式者，例如勤奮向上
之野夫，或兄友弟恭、仗義疏財之名士，或重名節、輕死生
之持苦守節或以身殉節之節烈貞女等。或耿介不阿，守恆如
故之有司。例如〈四君子傳〉、〈左仁傳〉、〈白雲先生傳〉
等。所謂的事功成就者，或指仁民愛物之官員，或以身殉國
者，或有功業於親族者，凡有建樹者皆屬之。例如〈兵部尚
書范公墓表〉、〈余處士墓表〉等。所謂的學術成就者，是以
學術生命為主，努力著書，卻又無所求於功名利祿者。例如
〈田間先生墓表〉、〈王處士墓表〉等。

綜言之，方苞書寫人物的時間跨度，橫亙明末清初、鼎
革之際、亂世中的人物事蹟，以及雍乾太平之世，皆為其書
寫的對象。例如〈明故兵部侍郎中劉公墓誌銘〉、〈翰林院掌
院學士兼禮部侍郎湯公墓誌銘〉等皆是。

方苞所書寫的對象，是以「追記」方式留存人物鮮活感
人的事蹟。所謂「追記」書寫的素材來源有二，一是根據書
寫人物之親友故舊所提攝、存記之事蹟予以文字記錄，一是
根據方苞親自交接往來，所憑記下來的事蹟。無論是透過親
友轉述事蹟，或是方苞親自交接往來，其中所面臨的即
是，事實與書寫之間是否有出入，亦即書寫時，可能採擷部
份或是片段式的影像留存，此中即涉及歷史的、事實的真實
性，文學之真，未必是事實之真，但是與生命交感的真誠
性，即是文學所要發揮之處。方苞的書寫策略，即是透過文
字的敘寫，為這些奇人異行、達官顯要、節烈貞婦、為民勞
生的人物找到可供存記、憑弔的事蹟，使這些人物能因書寫
而流傳後世，其意義性，一則是為銘記對象的家族留存真誠

交感的生命歷程，一是敘寫生命美典，作為留傳後世的型範。縱使是受託而寫的墓誌銘，或是哀辭、墓表等，意在表彰事蹟美典，容或有諛辭出現，但是，方苞在書寫時，即是一種策略之運用，因文字可以千秋不朽，即在其流傳性能度越時空限定。同時，我們從方苞敘述的話語來考察，可以知道，以第三人稱的位階來寫傳主，其中即有明顯的「隔」的視角，能從容地、避開矯情的表述，呈現較客觀的書面文字，使覽閱者如面對一則形象鮮明的動畫，一一為我們展示生命美典的歷程，我們亦可在字裡行間，體契每一個生命美典及方苞的生死關懷。然而書寫的過程也必定經由作者揀擇可用素材加以組構而成，是故《自傳契約》（菲力浦・勒熱訥著）中談到敘述話語時指出：「在揭露事實的同時也在掩蓋事實，使事實具有一種禁忌的詩意。」（頁 75）意即敘述時，作者會選擇性地挑選材料作為敘述的素材。職是，我們覽閱方苞所書寫的人物事蹟是經過方苞主觀判定後所呈現出來的內容，與真正的事實是否相符？我們既無法有效驗證，也無須去驗證，文本呈現的樣貌，即是作者刻意留存的部份。方苞曾云：「君之行既無所徵信，而詩易無成書，故屢請而未之諾也。……乃略道其祈嚮及事之眾著於鄉而無所容其偽者，俾碣於阡，以示言之不可苟焉。」（〈黃耕山墓表〉）即能深刻反省書寫人物之徵實及其可信度。

統言之，方苞書寫的人物，從人文空間的跨度觀之，士庶階層、方內方外人物，皆一一含納其中；人物的典範，不僅限於官員職司者，尚有市井小民，或有奇言異行足為典範者，皆一一收攝其中。我們由方苞所書寫的內容，來體察方

苞觀察人物的視點,以知其所建構的生命美典為何?再進行古今生命美典的批判。

三、方苞生命美典書寫內容

(一) 從生命關懷分析人物型範

死亡,可分為三類:一腦死,二心死,三、當記憶和認知程式的實體受傷到不可恢復程度時,即可宣佈死亡來臨。(《理論生死學》,頁 19)此一定義落實在生命現象的表述。既然生命是一種認知程式,那麼,什麼樣的生命表現,是方苞所關注的?什麼樣的生命美典是方苞提攝表揚的?人世一生,必在時空中遊走、挪移、變動並且成長、遭遇串聯成生命的歷程,每一個獨特的生命,皆有其殊異的生命遭逢與歷程,我們根據方苞關懷的人物,由近而遠、由小而大,擘分為數類進行論述。

1. 表彰德行皆美之個人生命典範

每一個獨特的生命,最關懷的或生活的重心即是自己的生存問題,在方苞書寫的人物類型中有重視名節者,有自足性地自我表抒,凡此皆歸屬本類。例如〈書萬烈婦某氏〉寫某氏為江東巨室婢,早寡守貞二十年,會其主人犯罪當與妻子謫戍,其妻求某氏以身代戍,某氏允之,但自充解後,與男主人陸行必異車,水行必異舟,逆旅必異室,其主人戲言何不同寢相處,烈婦察其主人心意不悛,越日,夜中自經

死。是爲守主婢之名份，而守節自經，面對此一烈婦，方苞乃稱讚其：「中道潔身，泥而不淬。」（頁 243）又如〈西鄰憨烈女〉寫某婢之主母與人私通，烈女數切諫，後謀並污之，以死拒，乃杙抉而死，投置東鄰宅後方塘中，後疑獄明查，乃申其冤。又如〈王大來墓誌銘〉寫王某以明道美其身，質行雖美，而無所藉以成，方苞亦書之。又如〈禮部侍郎蔡公墓誌銘〉寫蔡公性淡泊，所得祿賜，半索之族姻知舊，妻子僅免寒飢，敝衣粗食，視窶人或甚焉。或如〈禮部尚書贈太子傅楊公墓誌銘〉寫楊公生介節義事，美行嘉言，不可勝記，而孝德尤著，年踰強仕，父母摩拊如嬰兒。又如〈杜蒼略先生墓誌銘〉寫杜岕，方壯喪妻不娶，所居室漏且穿，木榻敝帷，數十年未嘗易，室中終歲不掃除，有子教授里巷間，窶艱，每日中不得食，男女啼號，客至無水漿，意色間無幾微不自適者，間過戚友，坐有盛衣冠者，即默默去之。

以上所示現的美典有二，一是面對生命苦難所示現的生命韌性，二是豁顯出質行皆美的品格，凡人在面對苦難時，對治的方式有三：一是悲苦無奈、無力抗拒，摧陷在悲情中；二是昂然面對，順應逆境，挺身而出；三是重新創造積極的生命處境，脫困而出。我們看到上面數個典型，寧以生命換取節義之名，或是盡忠告而善導的職責，或是充分表現盈滿豐美的德性以抗拒生命中的困頓偃蹇，凡此，皆是個己生命挺立風姿的典範。

2. 扶姑舅、恤族人以賡續家族生命之典範

在個人偃頓時，或許尚能以一己之力成就生存的憑

藉，但是，如果要堅持爲他人而活，或爲整個家族而奮
鬥，其生命的韌性，恐非常人能承負者，但是，在方苞的書
寫當中，旌揚了許多爲家庭、家族養家活口的嫠婦，其生命
遭逢人世最不堪的際遇，但是，卻能憑一己之力，脫困而
出，使得家庭或家族得以延續命脈，設非有堅忍卓絕之毅
力，恐難成之，例如〈呂九儀妻夏氏〉寫夏氏之夫死於
仇，夏氏將死之，然堂有舅姑，室有二子，父母篤老而無兄
弟，則其死，雖當於義而傷於恩，遂自持門戶，撫姑育
子，使家族能免於難。又如〈謝母王孺人墓誌銘〉寫王孺人
守寡三十六年，與三子一女在家道中落窶艱憂懼中存活，又
積軫鬱，成痼疾二十餘年不瘳，自少而壯而老，未有一日之
恬安，而不以恂愁自苦。又如〈金陵近支二節婦傳〉寫王氏
年十九歸方氏，夫亡數月，孤子載育，教督甚厲；寫鄧氏年
二十四始嫁，夫死撫幼，窶艱而存。〈二貞婦傳〉寫任氏年十
七歸符氏，夫踰年而死，姑楊氏，亦孀，越六月又死，時任
氏僅遺腹一女，而夫之弟妹四人皆孩提，任氏保抱攜持，爲
之母，爲之師，凡二十年。〈高節婦傳〉寫段氏夫死時方十七
歲，有二子，貧無所依，售嫁時物，作板屋於中衢傭居，撫
二子幾二十年，二子長，始能傭屋以居，後長子市販，中年
歿，次子爲小吏，以罪謫遼左，段氏復撫諸孫，又十餘
年，孫發憤成進士，贖其父以歸，而段氏年已九十。凡此皆
爲節婦撫孤之例。又如〈劉古塘墓誌銘〉寫劉氏早喪母，家
貧，母家給田數十畝，少長，覓食自活，以田歸庶弟，既爲
諸生，得時譽，學使者、大府常以重幣延，歲時歸家，解
裝，遇親交，隨手盡，俄而乏絕，飢不餐，晏如。此類皆寫

孝親、撫孤、友悌楷模之典範。

至於疏財仗義，延續家族生命以撫恤族人爲主者，其例亦多。〈白玫玉墓誌銘〉寫白玫玉五世不離居異財，玫玉終世客遊，齎裝皆盡之族姻朋友。〈禮部侍郎魏公墓誌銘〉寫魏方泰襁褓失母，終身哀慕，序譜牒，建宗祠，置祭田，恤族屬孤貧，延及朋友，鄉人式之。〈潘函三墓誌銘〉寫潘蘊洪近歲窘空，數典衣，道逢廢疾窶人，即使持去。嘗遊江西，鄰舟覆，挈其夫婦子女，行千里而致其家。授經齊、魯間，積百金將歸，會大祲，死者相望，惻然出傭力瘞埋，罄其裝。此皆以己力擴及族人或廢疾窶人。

3. 救民倒懸以成就社會生命之典範

例如〈巡撫福建都察右副都御史黃公墓誌銘〉寫杭湖二州連饑，民心搖搖，黃公勸富民分災而禁貧民之群聚要索者，其後又逢海賊鄭盡心聚黨出沒，公刻日獨進，懸賞格得其魁者千金，抵廈門，厲氣巡軍，鄭盡心爲黨密捕。凡此皆爲國爲民之舉。又如〈禮部侍郎蔡公墓誌銘〉寫其議論慷慨，自爲諸生，即以民物爲己任，及從清恪公遊，吏疵民病，言無不盡，政行眾服而莫知其自蔡公。又如〈中議大夫知廣州府事張君墓誌銘〉寫張銅居廣州三年，士民日致薪米果蔬用物，不可抑止，及卒，無親屬在側，時大府已更，群吏憫傷，共棺斂。士民驚呼，群聚而哭之。張君因廉潔自守，家故窮空，其子聞喪，久不能奔，自大府群吏及士民咸出力以御君柩歸其鄉，而以賻之餘屬守土吏買田以給其妻子。爲生民請命者尚有〈安徽布政使李公墓誌銘〉曾調江蘇糧道，弊絕民喜，會淮揚水災，制軍、撫軍於要地多委其拯

濟，遷江蘇按察使，明允無留獄。富商大豪姦私暴露，欲巧
法彌縫，李公復移調，不數月而歿。〈莊復齋墓誌銘〉寫其急
民之病，勤事以死，而無負於君，生不怍於人，死不愧於天
的典範。

以上諸例因社會位階之殊異，而有不同的風範表
現，然，皆以生民為念的型範。

4.開啟學術生命以傳承歷史慧命之典型

方苞亦精撰刻鏤對學術之堅貞執著，或秉持傳承歷史命
脈為己任者之書寫，搦筆和墨，為我們寫下鮮活的典型，例
如〈王生墓誌銘〉寫王兆符慮母老病，又慮年日長，學不
殖，而矻矻於人事叢雜中，是以心力耗竭，形神瘀傷，一發
而不可求藥。又如〈沈編修墓誌銘〉寫沈立夫少好柳文，及
識方苞粗見古人義法，又聞〈周官〉之說，而知其可後
者，奉母以歸，將畢餘力於斯。〈光祿卿呂公墓誌銘〉寫其讀
書青要山凡數十年，所居特室，臨窗設几，坐下二足跡深寸
許，幾穿其磚。〈教授胡君墓誌銘〉寫其口未嘗言學，而叩以
六經、子史奧賾，眾人所難明者，能記辯之。〈李剛主墓誌
銘〉記李塨言語溫然，終日危坐，肅敬而安和，近之者不覺
自斂抑，以崑繩之氣，既老而為剛主屈，以剛主之篤信師
學，以方苞一言而幡然改轍。其志之不欺，與勇於從善，皆
可以為學者典範。

(二) 從生平際遇分析方苞書寫對象之遭逢

從上述方苞關懷、書寫的對象觀之，人世之偃蹇，固所
難逃，而生平之際遇有起有落，反而能豁顯昂揚的生命風

姿。生平際遇，無論是個性使然，或是外在環境遷變，我們根據方苞書寫傳主歷經之人世遇合起伏跌宕，可概述爲下列數種類型。其中，所用之「升」或「降」是指：一、指仕宦之途之變化，或先升後降，或先降後升等類型；二、指經濟景況之變化，指先富後貧或先貧後富等變化。縱軸指仕宦或經濟之貴賤、富貧，橫軸指矢量時間之流移。

第一類型：先升後降型

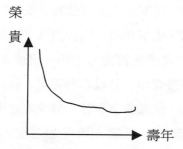

在此類型中有先榮貴，後回歸平凡者，例如〈白雲先生傳〉寫張怡以諸生授錦衣衛，甲申，流賊陷京師，遇賊不屈，久之始歸故里。其妻已前死，獨身寄攝山僧舍，不入城市，鄉人稱白雲先生，躬樵汲，口不言詩書，學士詞人無所求取，四方冠蓋往來，日至茲山，不知山中有是人，即是由榮貴而自甘歸隱山中之例。或如〈四君子傳〉中的劉齊名重太學，然與友閉門修業，孤立行己意，躓而不悔，雖。無爵位，然而學行可祀於鄉之典型。或如孫奇逢曾爲孫承宗幕府，密上書承宗，以軍事疏請入見，魏忠賢大懼，泣御床，阻承宗於中途。後又固辭國子祭酒徵，率子弟躬耕夏峰。又如〈潘涵三墓誌銘〉中所敘寫的潘涵三先富後貧，在貧困典衣渡日之時，凡遇廢疾竇人，亦以助人爲先，不自思

貧苦。或如〈二山人傳〉中的石永寧，己雖貧，益救族人。或如〈余石民哀辭〉敍寫余石民受學載名世，因《南山集》牽連入獄，破家遘疾死獄中，卒前數日猶購宋儒之書，危坐尋覽，顛危之際，不以功利爲離合，垂死務學不怠，能絕偷苟，不以嗜欲爲安宅。

　　這些典範，一、從經濟家世而言，是指原先家世甚佳，後來每況愈下，終至家道中落，究其原因，其一是敍述的主人翁的氣質使然，不善經營，或不事生產。其二是家遭變故，或國家遭逢陞阢變局，致使家道中落。其三是主人翁仗義疏財的特質，散盡千金，濟貧扶弱使然。二、從仕宦遇合而言，先榮貴，後自甘隱淪或貶謫左遷，其面對態度，儼然又可呈現兩種類型，一是怡然自持，一是一蹶不振，或是汲汲營營於瑣碎小事。而方苞所書寫的對象，自然不會是一蹶不振者，或是追逐蠅頭小利者，其所敍寫的對象，自有一番傲骨，能在人世逆流中，展現生命風姿者。例如上述之張怡、劉齊、孫奇逢，皆歷經先榮貴後平凡的歲月，但是卻能怡然自適。此中遭逢雖有升降，然，方苞並不以榮枯爲高標，反而重視其輕榮富、重節義之一面，故對於這些特殊風範者多所刻摹。

　　第二類型：先降後升型

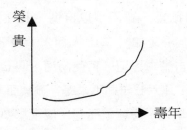

本類型者，家道由衰而盛，所援借的力量是主人翁自己努力
掙取而得，若是貞節婦女則多因夫、子、孫貴盛，或獲取功
名而能聲名聞達於世，逆轉家道，使能有成。例如〈金陵近
支二節婦傳〉中的王氏，年十九歸於方氏，夫亡數月，其子
方生，撫孤成進士，官戶部主事，一生辛勞得償。又如〈高
節婦傳〉寫段氏夫死時年僅十七，無宗親相助，撫二子以
成，長子市販，中年歿，次子為小吏，入罪謫遷遼左；復撫
諸孫，又十餘年，其孫發憤成進士，贖父以歸，方得安享榮
貴。

　　第三類型：起伏跌宕型

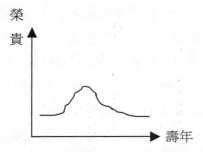

本類型是由衰而盛再由盛而衰，所示現的是人世際遇之波
折，然而不論所遇是平順或是偃蹇，皆須有面對的勇氣。例
如〈四君子傳〉敘寫張自超困舉場幾三十年，未嘗有慍
色，近五十歲始登甲第，後不肯試為吏，又性格明決，不欲
為，眾莫能奪，所欲為，雖困不以自悔，且注金活族人數
百，晚歲家道中落。又如〈二山人傳〉寫李鍇初買田以
耕，授田貧者，曾自請屯黑河，再使南河，賜七品冠帶，後
移家潞，潛心經史，凡六七年鄰里未得一識其面。〈舒子展哀
辭〉寫其父謫戍踰年死，母夔艱黽勉，使就鄰塾，既冠成進

士，入翰林，後爲人所排，十餘年不舉，雖不得意，肆力於
詩，風格近唐人。方苞書寫這些遭逢起伏的人物，自是有抗
衡外在變局之卓異特質，足供後世景仰，在面對危困或變亂
時，不喜不慍，自得自怡。

第四類型：波瀾變化型

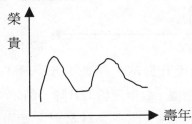

例如〈蘭谷傳〉寫顧溥畹爲顧國藩之子，九歲授四書，十三
歲授易及太極圖，尋遘疾類癲者，捨爲僧，有瘳；十八歲與
冒巢氏詩社。父母未歿，遊必有方，聞喪歸殯葬，即廬墓
側。曾隨師侍輦下注佛經，工訖，請還山，凡十二年成《易
說》二十卷。康熙六十一年冬，入賀萬壽節，聖祖登遐，乃
於城東偏構精舍，貯所注易以授其徒，數年跡不出戶。〈廬江
宋氏二貞婦傳〉寫李氏許字宋嗣熙，聞夫夭亡，不欲生，父
母知不可奪志，許成其志，始納食飲，屏居小樓，凡十四
年，逾三十歸夫家，復以從祖母撫四世七歲之孤以養嗣炎母
曹氏。凡此遭遇起伏波折頻繁，經過大起大落，看待人世的
方式，必異於一般人，同時，其處世的態度與心理亦應有強
力的挫折忍受度，足以面對世變之淪漾。

第五類型：平實型

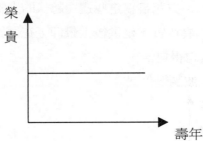

此一類型無所謂隆升衰落，即是不升不降，又可分為三類：一、一生不遇型，故無所謂的升降，例如〈四君子傳〉中的王源，王源年四十餘以家貧父老，始遊京師，傭筆墨，貴人富家病其不習時文。以貧不得不託跡諸公間，常以自鄙，未肯降辭色，或極飲大醉，嘲謔罵譏，諸公陰擯之，一生與世參商，極不快意，五十後葬其親，棄妻子，為汗漫遊，逾六十復歸，往來金陵、淮、揚間，客死山陽。二、貧困無升榮型，例如〈金陵近支二節婦傳〉中的鄧氏獨撫孤子遵衢，而遵衢棲遲里巷間，頗知砥名行，竇艱而志左作善。三、一生榮貴，故無升降之跡，例如〈沛天上人傳〉為京師講經大師，冠蓋往來，即是居處榮貴與尊崇時，能處之若無事者，胸中炯然，語皆有稱量，間及民生利病，並世人物。內府有疑獄、胥吏構陷嚇眾、強吏建閘瀦河村落流漂，皆正言發之。重刻藏經，量材授事，立法程工，有條不紊，故書之。

　　以上所析，為方苞書寫人物之生平遭遇，雖未能概括所有的際遇類型，然，不以榮貴、卑賤定其成就。

　　生命的品格（character）可區分為先天之氣質、性向及後

天之習慣、品格。當人在遭遇外在環境挫折時，往往會呈現其特有的生命品格，此即是人格特質，所謂的人格特質是指：「獨特、具持久性的個人內、外在特性；能夠影響個體在不同情境中的行為。」⑥弗洛伊德曾指出人的生存環境充滿衝突與危機，人格必順著二條路向來完成妥協與調整，一是昇華，一是抑制，前者是調適自己順應新挑戰，期能與社會結構相融相攝；後者以壓抑情性的方式，自現實世界中退縮，避免挫折與碰撞，在方苞的人物書寫當中，我們體察出「昇華」作用對人格的正面提撕，輝耀出人性的光輝，無論個人遭逢榮富、貧賤，或是社會位階榮顯、卑下，或是年壽短長者，方苞對於有卓異的人格特質者，皆有深刻摹寫，其中包括：仗義疏財、豪邁不羈禮法、勤奮向上、守節堅貞等人格特質特別推崇。這些特質反應在生活知能、知識智能、情感知能、甚或是交際往來之態度或是道德修養、人生的職責時皆能挺立風姿，雖然每一個個體生命的對治方式或面對情境自有不同，然而皆能反映出獨特的生命風格。

四、方苞書寫生命典範之意義與價值

　　所謂的生存活動是指為了延續生存所產生的一切活動，是人類天生的本能，在此一自然本能的追求當中，往往會為了物欲及生理欲求之滿足而產生「生物人」的自然衝突，為了轉化此一自然衝突，遂有道德、禮法之設置，因為

有此社會規範，又轉化出倫理價值的觀念。由於有倫理價值的規範及社會的制約功能產生，人勢必在互動的群居生活中形成倫理觀念。而人與人之互動的倫理價值僅是超越物質需求，往上追求情感與安全的需求，在此之外，尚有精神活動與需求，解除人類生存的意義與困惑，所以精神價值的追求是存在活動中的最高標，開發出三個面向，一是宗教信仰的精神價值可以作爲生命的終極關懷，二是哲學思考的精神價值，可以改善、提昇、超越現實世界的限制，提供、嚮往理想價值的觀念，三是藝術創意的精神價值，以藝術性活動提供美育的精神追求。職是，人不僅僅是生理物欲式地生存，尚會關涉到存在的精神思考以及美、善生活的追求與改善⑦。是故人類活動的基礎類型與價值類別，可以簡分爲三種類型，一、生存活動與物質價值，二是生活活動與倫理價值，三是存在活動與精神價值⑧。我們可從〈大學〉揭示三綱八目作爲處世圭臬，其用意即在脫離物質追求及生理欲求，往上推擴出修身、齊家、治國、平天下的理想境域，此中所揭示的是社群與倫常之互動關係；人與自己、人與家人、人與社會，乃至於人與國家天下，此一由親而疏，而近而遠的倫常關係，即在建構親疏等第之不同，而在倫理價值之中，又推展出精神理想的追企，「治、平」是士人終身的理想職志，揭示中國人追求的人生理想與目標，但是，外在客觀環境，未必能與之相應，縱有官職在身，亦未必能順遂心志，常有顛沛流離，席不暇暖的景況。另有一種類型則是不屑科舉之業，自行其是，飄流四方，奔走天涯，浪跡無蹤者，甚或自隱無名，以著述爲業，而又不願聲名流傳於

外，自甘隱淪於山野之中。或有節烈貞婦，爲守節而生，或爲扶持家丁而活，貧困自守，展現生命的韌性與強度。

檢視方苞對於死者之描寫，多以事略爲主，但是，在面對死生之事時，方苞甚少談及生與死的觀念，對於死的態度，抱持接受而未多加闡述的立場。書寫內容以肯定書寫對象的生前嘉言懿行之事蹟爲主，因爲死者的生前行爲，是唯一可供憑弔與追思的印記，摒除這些，只能是空泛的追思想念而已，唯有留存的事蹟才可成爲具體思懷的主體，此所以碑、傳、銘、記、墓表之文側重在生前事蹟之表率，以書寫奇行異言爲主，而祭文、哀辭雖以傷悼爲主，但是仍須以具實的事件爲主導，方能寫出刻骨銘心的感念。

方苞對生命的尊重，不僅僅是榮利富貴者託寫墓誌銘或哀辭，對於市井小民、貞夫烈婦亦表現關懷的慈愍。在位者，能堅持守恆，誠可記載；在野者，能挺立生命風姿，顧盼自雄，亦有可記之事略；至於市井街婦能守一家之忠貞，或持家活口，或正義凜然，亦不乏其人，此皆爲可書寫之典範，夷考其實，方苞記載生命之美典，關懷重心，可撮約爲下列數端。

(一) 發潛德之幽光

方苞曾感慨忠臣義士在家國變故時，常有變節之事，然人之顯晦，以事件之大小而不可強求，方苞慨嘆有居處幽下者，其節行爲人所忽，遂發而爲文，以**發潛德之幽光**，例如〈左仁傳〉云：「因歎自古忠臣義士遭變底節，**載在史策不可勝數，而發揚震動於後人之耳目者，代不數人。蓋其名之顯**

晦，一視所遇之事大小以爲差，而有不可強者焉。至於草野閭巷之人，或志與事幾於聖賢之徒，竟以居下處幽，爲眾人所忽，而其跡遂泯者，蓋不可勝道也。」（《方苞集·卷八》，頁 221）是故方苞所記，未必皆爲豪貴宦達之士，或爲街鄰小婢，或爲逆旅小子，或爲閭里族人，或爲奇絕怪僻之人，所記以事繫於人，冀能將此不爲人知之行誼留存於世。

（二）用力人記，盡職當為

方苞肯定士農工商各有職司，苟能用力於人記，盡職當爲，即是學習，未必一定入庠序方稱爲學。其在〈孫積生傳〉云：「古者秀民皆聚於庠序學校，而周公復設司諫之官，巡問觀察，以辨甿庶之能而可任於國事者。漢氏之隆，孝弟力田與方正賢良相次，其風蓋依古以來。方徵君講學夏峰，自野夫牧豎，以及鄉曲俠客胥商之族，有就見者，必誘進之。良以天下無不可以學可以不學之人，而農工胥商苟能用力於人紀，而盡其職之所當爲，即是，可以謂之學也。」（卷八，頁 225）是故所記人物典型，以其義之所當爲而不辭卻者，皆書之。

（三）旌揚危變婦人之氣節

對於富貴之人旌揚父母，或舉節孝，皆是錦上添花之舉，但是對於家族危變之際，方知婦人之擔荷之重，記衣食、持門戶、撫孤弱，卻以貧竇孤微而未能旌揚，方苞在〈金陵近支二節婦傳〉對於變危之婦人，擔負之重，曾云：「凡天之命或速或淹，而終必同軌，乃道之不變者

也。……二節母無一隴之植，近支無緦、小功之親，母家亦
窶艱，即執德能堅而才不足以記衣食、持門戶，遺孤不知作
何狀矣。居常者不覺，遭危變然後知婦人擔荷之重如此。」
（卷八，頁 227）復次，在〈二貞婦傳〉亦云：「夫嫠之苦身
以勤家，多為其子也，自有任氏，而承夫之義始備焉。婦人
委身於夫，而方氏非生絕其夫，不能守其身以芘其子。是皆
遭事之變而曲得其時義，雖聖賢處此，其道亦無以加焉者
也。凡士之安常履順而自檢其身，與所以施於家者，其事未
若二婦人之艱難也，而乃苟於自恕，非所謂失其本心者與？」
（卷八，頁 230～231）肯定貞婦遭事自持較之士之檢身尤
難。

對於冤獄而死之婦人，亦有相當憐憫之心，在〈高烈婦
傳〉云：「自古婦人之義皆以死而彰，魏氏則既死而猶暗
鬱。易曰：『日中見沫』又曰：『載鬼一車』聖人繫辭以為世
戒，有以也夫！」（卷八，頁 231）指出自古婦人皆因死而彰
其義，然而高烈婦反因死而莫得申其冤，甚可憫焉，故特書
其事。

(四) 嘉揚方外人士之儒行

方苞為傳統儒士，對於方外人士偶有論及，主要以其能
行儒術，利生民，例如〈釋蘭谷傳〉云：「觀其志行術業氣
象，則儒衣冠者多愧矣！故傳其事以告吾儕，又以識先帝陶
冶眾萬，一善不遺，作人之化，蓋及於方外焉。」（卷
八，234）正說明釋蘭谷之志行術業，同於儒家作人之化，特
書其行。又如〈沛天上人傳〉云：「觀上人之篤於人紀，不忘

斯世斯民，而才足以立事如此，皆先聖先賢所諄復而有望於後儒者也，而儒之徒未數數然也。……故專錄其儒行，而推闡佛說以張其師教者，概不著於篇，蓋其徒某某之所譜，具矣。」（卷八，頁 235）所載亦是以「儒」為標準，反映出方苞強烈的儒家性格，並以此尺規丈量天下人之行為標準。

（五）記友之義以駁正世人偏仄

〈結感錄〉記方苞於康熙辛卯冬十月以《南山集》牽連入獄之後，親舊友朋之交接往來事宜，感慨而言：「考之於經，凡諸父諸舅，道同而志相得者，皆名為友；既為友，則有相死之義，有復讎之禮，況急難相先後哉！」例如與白玫玉一見如故，與之語連日夜，至戚某詫焉，方苞笑曰：「假余以急難叩門，其坦相受者，必白君也；執而訴官者，必吾子也。」諸姻戚聞之，皆以為過言；及方苞遭難，戚某果避之若浼，然後信前言之不妄。曾因《南山集》牽連入獄，故而對於人世炎涼感慨遂深，至於相國李光地曾為時所忌，得謗過人，甚有悵觸，知古之君子所以難於用世，而深拒枉尺直尋之議（〈安溪李相國逸事〉，頁 688），故方苞力為其辯。

不同位階的人，在面對生命苦難所示現的生命韌性或對治的方式，容或不同，但是個人情操之堅持及堅貞弘忍之毅力，皆是開發生命的力量與知能，Samuel Smiles 在《品格的力量》中指出，品格是個人和民族的力量泉源，即是正面肯定有品格者之表現張力，我們從方苞所書寫的對象，歸結其品格特質時，可舉分為下列數種型範：

一、辨正是非，不順應時流，表現擇善固執的堅持。

二、改變內在性情，以面對現實的挑戰，或勇於遷善，改正自己偏仄的視野與觀點。

三、逆流中開展出新的進境，使生命活水常新、常注。

這些特殊的生命美典，皆是方苞關懷書寫的對象。

五、方苞書寫生命美典之重估

我們重新審視方苞所書寫人物的價值，可從兩方面省思，一是正面肯定方苞之書寫策略者，二是反面駁斥其所採之視域者，以下分別論述。

（一）肯定方苞書寫生命美典之視域

何謂生命呢？基本上可分為生物與非生物兩大系統說法，第一種是非生物論者主張生命力是由軀體之外的靈魂在運動著，使人體各部位有活力運動，死亡即是被解釋為生命力消逝和靈魂出竅⑨。第二類生物論，主要是從細胞來看待生命，例如史耐登（M. Schleiden，1804～1881）等人於一八三八年提出「細胞是生命的基本結構單元」，肯定生命是由細胞物質組構而成的。其後，由於哲學家和生物學家所持「生命的不可定義性」被肯定，已不再爭辯生命的定義何在，但是大家仍較喜歡用哲學或神學的語言談生命，認為生命有三個基本特質，一、與其餘個體密切關聯、吸引、交往或相反排斥；二、一個內在的完整結構，是一個生物；三、通過不斷努力的自我超越以達更高形式的自我實現或自我改造。是

故生命之存有，不僅是物質結構存有更是超越形軀我，以求自我實現，創造自我的過程中彰顯存有的意義。透過方苞敘寫，可以肯定人格風範之生命美典在於開發生物性的生命以渡越精神生命。

人生最大的命限在於：生不由自己決定，而死亦非自決，但是在時空的命限中，冥冥之歲命雖不可自己掌控，人應如何面對死亡？人會如何面對死亡呢？楊鴻台在《死亡社會學》第六章〈死亡心理〉中指出人對死亡的態度有五種類型：一、恐懼悲觀型，二、順從接受型，三、計畫安排型，四、尋求解脫型，五、坦然豁達型。（上海社會科學院出版社，1997.12，頁 113～114）在這五種類型中，能夠昂首坦然地面對死亡，畢竟非易事，孔子云：「朝聞道，夕死可矣」（《論語·里仁》）；孟子云：「生亦我所欲也，義亦我所欲也，二者不可得兼，舍生而取義者也」。孔孟二聖指出人世存在的意義在於所追求的「道」或「捨生取義」，縱一死猶不悔。袁陽在《生死事大──生死智慧與中國文化》第三章中指出儒家的終極關懷的轉移和世俗理想的建立化解了人類對生死的恐懼（北京：東方出版社，1996.12，頁 63～91）。顏翔林在〈死亡價值追問〉一章中指出孔子以「殺身成仁」為價值，基督教以「善者入天堂」（《死亡美學》，頁 39～46），而靳風林在《窺視生死線──中國死亡文化研究》則指出儒家在道德價值的開拓中超越死亡，道家則對生死命題的審美觀照而能超越死亡，道教文化則在虛幻夢境中求仙運動以達不朽，佛教則從苦難哀歌到極樂涅槃以渡化死亡，是故不同的教義，有不同對治人生的態度，亦有超越死亡的方式。

　　然而，平凡的販夫走卒、閭巷小婦豈能識此大理？他（她）們在面對生命的困境時，或生死抉擇時，能否體會生命的價值與意義？在方苞書寫的人物中，無論是潛隱在庶眾底層的鄰里婢婦、閭閻小民，或是朝廷命官，爲了爭取忠貞節烈之名譽，或以義舉行世，可以放棄自我生命，以完成自我的生命價值，此一自我超越命限的抉擇，是常人所難，而愛國之士、節烈之女、市井之民，皆可爲此而自我犧牲，此一超越生死命限，而能揮灑出一片亮麗光彩，足供世人憑弔，方苞感念此節烈而輕死生之舉，遂爲之留記，這些特殊典範能袪除對死亡的恐懼，而以節烈自存，或爲國，或爲家，或爲個己之名節，皆豁顯其不懼死之心態，他（她）們雖是在世之歲時短減，卻贏得千秋萬世的矚目。

　　除了超越死生，對於摒除貧富貴賤以成就存在價值人物亦持肯定態度，人世榮辱，非一己之力所能操持，但是追求榮富而摒棄貧賤卻是人人之所欲，可是，能超越物質的享受而追求永恆心靈的平穩安頓，卻是常人所難，方苞所記人物之中，有視榮富如敝履，自甘淡泊者，其不以一世榮辱爲榮辱，而能在貧賤中怡然自得，誠非常人所能，值得肯定。復次，對於卓犖行誼以豐潤人世意義人物亦抱持肯定態度，另有表現堅貞卓絕之能力，爲民請命，爲國盡忠者，其存在的價值不僅渡越生活與生存的困限，更能開發更多人存在的意義，其價值自是難能可貴。

(二) 重估方苞生命書寫之視域

　　方苞所論，最爲人詬病者，應是對貞節禮法之重視，其

在〈康烈女傳〉云：「贊曰：六經所著女子以節完者，於詩則衛共姜，於春秋則紀叔姬，外此無有。……昔震川歸有光著論，以謂未嫁死夫，於禮為非，取曾子、孔子所問答『女未廟見而死』之禮以斷。其辭辨矣。雖然，中庸不可能。世之不賊於德者幾何哉？以孔氏之道衡之，女其今之狂獧也與！」（集外文，卷八，頁 761）方苞之論有異於歸有光（1507～1571）之看法，歸氏以為女子未嫁死夫，是為非禮，然而方苞卻旌揚其能成就節義，究竟孔子、曾子之意何在？若以今之女性主義觀之，必大糾其謬，方苞以死守禮法為節義之舉，甚悖於今世，然而方苞所持之義何在？方苞所書之貞節烈女，究竟是悖於倫常或是扼殺情性？詮解者各自有見，然方苞自有一套說法，指出狂狷之舉正在此中，過猶不及皆然。或云：「人之大倫五，以吾所聞見，惟婦死其夫及守貞終世者為多。」（頁 241）正指出當時婦人以死節守貞為常。或如「自古婦人之義皆以死而彰」（頁 231）正說明婦人死而義彰，豈非人倫之悖乎？此亦後世詬訾方苞死守禮法之迂。

事實上，「貞節觀」，「貞」即是品行端正，未嫁而能自守者，「節」即是已嫁從一而終，夫死不再醮者；「烈」即是遇強暴凌辱而能以死相拒、或夫死自盡殉身者。此一貞節觀念在唐代並未形成，當時盛行寡婦再嫁的風氣⑩，至於貞節觀念到何時才興盛呢？此種貞節觀和寡婦守節殉夫，據陳剩勇所云，應是經過一段漫長歷史的演化，宋明理學所謂的「存天理，滅人欲」即是抑制人欲，以應合天理人倫，在明代有意識地提倡貞節觀及寡婦守節之獎勵，故明代婦女自小即被要求謹守婦道，恪守三從四德，在這種文化傳統和社會境域

中，即發展出方苞筆下所刻摹女子的形象，必以節烈自持
⑪，由於明代逐漸興盛此一貞節觀，故歸有光起而逆反
之，在〈貞女論〉開宗明義即言：「女未嫁人，而或為其夫
死，又有終身不改適者，非禮也。」（《震川先生集》卷之三
論議說，頁 58～59）指出「夫女子未有以身許人之道也。」
所謂的「以身許人」即是未嫁而為其夫死，且不改適者；並
指出終身不嫁是乖陰陽之氣，傷天地之和。並援舉《禮記》
曾子與孔子之對答，說明女子未廟見而夫死，女子應如何自
處？孔子說明不遷於祖、不祔於皇姑、不杖、不菲、不
次，當歸葬於女子氏之黨，表示不成婦，不得繫於夫家，故
知「女未嫁而不改適，為其夫死者之無謂也」或有以為不嫁
不適可勵世，歸有光駁斥先王並無此禮，必是後世所言。由
是可知，對於節烈婦女的不能改適，歸有光並不認同。而方
苞在文中一再旌揚守寡嫠婦之堅貞行為，即是明清以來對貞
節觀念的要求。

　　然而，倡導現代女性主義者不禁要問，為什麼女人必得
守此貞節，成就此一家一姓，而壓抑自己？難道女人必得像
兔絲般柔弱地依附於某一姓氏呢？是不是社會的道德觀成為
為吃人的禮教？抑或中國儒家的傳統原本即是為男性結構的
體制，從不為同為「人」類的「女人」設想？事實上，生命
的價值，往往取決於個人對於生命意義的認知，成就別
人，犧牲自己，往往是一種自我價值的肯定，人的生命價值
不在乎其長短，而是在乎如何經營，才能豐厚生命的底
層，在層層疊疊的社會階層中，女人的能見度不高，唯一可
重估生命價值的方式，即是大是大非的抉擇，而那些抱持

「貞、節、烈」態度的女子在社會風氣使然之下，往往會選擇以節烈的方式展示生命的風華。復次，方苞以儒化觀點作爲取捨圭臬，亦值得商榷，方苞對佛道人士之看法，取決於人世作爲，且充滿了對聖賢氣象之追企祈嚮，或是對名士風範表現出無限崇敬之意的態度值得重新省思儒家教化的權衡性。

六、結論

生命從「有」到「無」，無論是販夫走卒、街井小民、閭巷婦女或是位居要津之達官顯貴，乃至於自隱無名的村夫漁樵，當生命消歇殆盡之際，親族必難捨其驟離，或是追思感念其生前行誼，深懼時移事往，一切淪失在歲月之流中，遂以紀念的書寫方式，爲這些感念的親族友朋留下最美的行跡，留下光輝的姿影，供人憑記。或有事誼感人，型範可嘉，方苞亦主動敘寫，以供世人感念憑記。這種書寫，成爲一種紀念性質的文體，其意義原本僅是爲親族留存追念的憑藉，但或有因事蹟動人或貞烈可旌，遂成爲人世型範，永垂不朽。時間終會流逝，記憶終究無法久存，藉由「書寫」留存印象，藉由「書寫」將記憶延展時空的面向，使書寫的意義由親族，而向閱讀者無限地、逐漸地擴大其所映照的光譜。典範之意義，不在時代之今昔遠近，而是存在的意義與價值，方苞以其交接往來的人物爲書寫對象，爲每一個曾經存活過的人物記載他們鮮燦的生命歷程，這些人物雖已成爲

過往，但是，經由文字留存，他們鮮明的形象依然存映在歷史中，成爲我們追企感念的對象，也形成生命美典，永遠映照出人性的光輝。

覽顧方苞攸關生命書寫之文體形式，包括傳、紀事、墓誌銘、墓表、哀辭、祭文等六項，皆遵循前人對文類體式的要求來撰述，其觀察視域、敘寫模式則採用「追憶」方式，以記下傳主的行誼，其書寫的內容，依人物型範分類，凡有：一、表彰德行皆美的個人典型，二、賡續家族生命的型範，三、能救民於倒懸的型範，四、以開發學術生命之型範等四型；從人物生平際遇來分析，則有：先升後降型、先降後升型、起伏跌宕型、波瀾變化型、平實型等五種，這些類型突顯方苞生命書寫之意義與價值在於：一、發潛德之幽光，二、用力人紀，盡職當爲，三、旌揚危變婦人之氣節，四、嘉揚方外人士之儒行，五、記友之義以駁正世人之偏仄，我們若重新省察方苞的書寫視域，一方面可以肯定其對生命價值的書寫，一方面亦可駁斥其對貞女烈婦之過度要求，以及以儒化觀點來衡量世人行爲，似有偏頗。雖則如此，但是，我們在閱讀這些人物典型時，仍可以感受到這些鮮活人物的形象。例如女人以死明志、明節（〈書萬烈婦某氏事〉），或以其生，能撫孤持家，來肯定婦人之生，猶賢其死（〈呂九儀妻夏氏〉），或是貧居陋巷，亦不改其志（〈杜蒼略先生墓誌銘〉），或其行爲輕財重義，飢不得餐，亦不改其志（〈劉古塘墓誌銘〉），或友其弟兄，或嘗遭家禍，獨身當之，流離毒痛幾死而不忍累群弟，難既解，益勤家事，督課子弟（〈記李默齋實行〉），或以鼎革之際，磔於州城外西南隅

大路旁槐樹下，其樹至今尚存，故老過之，猶或為欷歔流涕
（〈明禹州兵備道李公城守死事狀〉）。或無所施於世，而行能
已著於家，雖孤特，不能容物，然不攀宦達，行身端直，以
文學知名（〈王生墓誌銘〉）等等，皆非為達宦巨族而作。

昔人雖遠，然典型猶在，透過方苞簡潔有力的書寫，為
我們留存一個個鮮活的生命影像，這些圖像構成中國庶民階
層中的典範，形成一股潛流，激發人性光輝，映照在歷史斑
駁的長廊中，供我們無限感念與追思。

〈附錄二〉方苞全集卷數對照表

方望溪全集	卷一	讀經 27 首
	卷二	讀子史 28 首
	卷三	論說 14 首
	卷四	序 23 首
	卷五	書後題跋 26 首
	卷六	書 32 首
	卷七	贈送序 20 首，壽序 6 首
	卷八	傳 15 首
	卷九	紀事 9 首
	卷十	墓誌銘 30 首
	卷十一	墓誌銘 20 首
	卷十二	墓表 24 首
	卷十三	墓表 20 首，碑碣 9 首
	卷十四	記 22 首

	卷十五	頌銘 8 首
	卷十六	哀辭 12 首，祭文 8 首
	卷十七	家訓 4 首，家傳誌表哀辭 15 首
	卷十八	雜文 12 首
集外文	卷一	奏劄 9 首
	卷二	奏劄 11 首
	卷三	議 8 首
	卷四	序 21 首，跋 10 首
	卷五	書 26 首
	卷六	紀事 15 首
	卷七	墓表 4 首，墓誌銘 14 首
	卷八	論 1，送序，傳 1，記 1 首，家訓 3 首，雜文 3 首
	卷九	哀辭 2 首，祭文 3 首，銘贊頌 8 首，賦 1 首，詩 15 首
	卷十	尺牘 23 首
集外文補遺	卷一	書後 5 首，書 6 首，送序 2 首，墓誌銘 4 首，墓表 2 首，哀詞 1 首，尺牘 4 首，聞見錄 3 則
	卷二	讀書筆記，史記評語

〈附錄三〉生死書寫文體對照表

文體	吳訥《文章辨體》	徐師曾《文體明辨》
傳	以記載一人之事，以忠孝才德之事，或事蹟雖微，而可爲法戒者，立傳以垂後世。	山林里巷，或有隱德而弗彰，或有細人而可法，則皆爲之作傳以傳其事，寓其意。
哀辭	寓傷悼之情，有長短句及楚體之不同。	以辭遣哀，故謂之哀辭，或以有才而傷其不用，或以有德而痛其不壽。幼未成德，則譽止於察惠，不勝務，則悼加乎膚色。文用韻語。
墓碑	《事祖廣記》指出古者葬有豐碑以窆。秦漢以來，死有功業，則刻于上，稍改用石。晉宋間始稱神道碑，蓋地理家以東南爲神道，碑立其地而名云耳。	唐制五品以上官用之。葬者既爲誌以藏諸幽，又爲碑碣表以揭於外，皆孝子慈孫不忍蔽先德之心也。
墓碣	近世五品以下所用，文與碑同。	五品以下官用之，古者碑之與碣本相通用，後世乃以官階之故，而別其名，其實無大異也。其爲文與碑相類，而有銘無銘，惟人所爲，故其題有曰碣銘，有曰碣頌並序，皆碣體。
墓表	有官無官皆可，敘寫學行德履。	文體與碑碣同，有官無官皆可用。
墓誌銘	埋於壙中，行文嚴謹，敘寫世系、歲月、名字、爵里，以防陵谷遷改。	葬時迷其人世系、名字、爵里、行治、壽年、卒葬年月，與子孫大略，勒石加蓋，埋於壙前三尺地，以爲異時陵谷變遷之防，謂之誌銘。

| 祭文 | 大抵禱神以悔過遷善爲主，祭故舊以道達情意爲尚。 | 祭奠親友之辭。古之祭祀，止於告饗，中世以還，兼讚言行，以寓哀傷之意，其辭有散文，有韻語，有儷語，韻語中又有散文、四言、六言、雜言、騷體、儷體之不同。 |

註 釋

① 本文所使用版本爲《方苞集》（全二冊，上海古籍出版社，1983.5）。在下列的卷數中，攸關「紀事」一類，或有以「事件」爲主，或有以記「人物」遭逢事件爲主，二者迥不相侔，僅以與人物有關之事略爲論述；又，各卷中，有與其他文類合卷者，例如《方苞集集外文》卷八列有論一首、送序三首、傳一首、紀一首、家訓三首、雜文三首等，凡十二篇，而「傳」僅有〈康烈女傳〉一首，亦臚列其中，可見一卷之中列有諸種文體，故卷數之統計、比率之分析僅爲大體估計，非確實之篇數計量。

② 至於其論述禮法、家規，或與生命有關者，例如在〈家訓〉中「制男女之防」、「以禽獸爲防」、「凡來婦者，父母歿，則不得歸寧」，或在〈祠禁〉中指出子孫居喪須守古禮，夫婦僅能白日相見，違者鞭撻，此皆其爲禮而設防，然本文所論以「生死關懷」、「生命美典」爲論述中心，暫時割捨不論，而以上列各類文體爲主。

③ 請參見〈附錄二〉方苞全集卷數對照表。

④ 根據姚鼐《古文辭類纂·序目》中針對「傳狀類」指出：「雖原於史氏，而義不同，劉先生云：『古之爲達官名人傳者，史官職之，文士作

傳，凡為圬者種樹之流而已，其人既稍顯，即不當為之傳，為之行狀，上史氏而已。』余謂先生之言是也。雖然，古之國史立傳，不甚拘品位，所紀事猶詳，又實錄書人臣卒，必撮序其平生賢否，今實錄不紀臣下之事，史館凡仕非賜諡及死事者，不得為傳，乾隆四十年，定一品官乃賜諡，然則史之傳者，亦無幾矣。」由是可知，「史傳」原為達官名人立傳，迨韓、柳以圬者、種樹者為傳，使「史傳」走向「平民化」，迨清朝，在對象上又有特定，成為有品位、實錄之不同，記載內容則以「生平賢否」為判，實際上，在歷史的演進過程中，無論是書寫對象或內容，已逐漸趨向平民化、簡易化，而未必以「賢否」為判。

⑤ 姚鼐：《古文辭類纂》，臺北：世界書局，無出版資料。

⑥ 《人格理論》，臺北：揚智文化，1997，頁 11。原書為 Dune Schultz, Sydney Ellen Schultz 著，陳正文譯。

⑦ 陳秉璋、陳信木合著：《價值社會學》，臺北：桂冠圖書股份有限公司，1990.8）第十七章〈價值觀念的來源及其形成過程〉，頁 275~287。

⑧ 陳秉璋、陳信木合著：《價值社會學》，臺北：桂冠圖書股份有限公司，1990.8，第十八章〈人類活動的基礎類型及其所促成的基本價值類別與特質〉，頁 289~298。

⑨ 《理論生死學》，臺北：五南圖書，1999.9，第一章，頁 8~13。

⑩ 根據《新唐書・公主表》所記載，公主寡居再嫁者有二十多人，其中兩嫁者有二十三人，三嫁者有四人，可見當時風氣。轉引自〈理學「貞節觀」、寡婦再嫁與民間社會——明代南方地區寡婦再嫁現象之考察〉，陳剩勇著：《史林》，2001 年第二期，頁 22~43。

⑪ 同註⑩。

參考書目暨期刊

一、書目

〔美〕馬斯洛等著，林方主編：《人的潛能和價值：人本主義
　　心理學譯文集》，北京：華夏出版社，1987：9 三刷。

Duane Schultz、Sydney Ellen Schultz 著，陳正文譯：《人格理
　　論，臺北：揚智文化公司，1997：6。

恩斯特‧卡西勒著，甘陽譯：《人論：人類文化哲學導
　　引》，臺北：桂冠圖書公司，1997：11 四刷。

王陽著：《小說藝術形式分析：敘事學研究》，北京：華夏出
　　版社，2002：3。

〔美〕A.馬塞勒等著，任鷹等譯：《文化與自我──東西方人的
　　透視》，浙江人民出版社，1988：6。

〔明〕吳納，于北山校點：《文章辨體》，北京：人民文學出版
　　社，1998：5。

〔明〕徐師曾著，羅根澤校點：《文體明辨》，北京：人民文學
　　出版社，1998：5。（與《文章辨體》合刊）

劉季高校點：《方苞集》二冊，上海古籍出版社，1983：5。

袁陽：《生死事大──生死智慧與中國文化》北京：東方出版
　　社，1996：12。

齊格蒙‧包曼著，陳正國譯：《生與死的雙重變奏──人類生
　　命策略的社會學詮釋》臺北：東大圖書公司，1997：4。

尉遲淦主編：《生死學概論》，臺北：五南圖書公
　　司，2000：3。

徐中玉主編，本原‧教化編：（中國古代文藝理論專題資料叢

刊），中國社會科學出版社，1997：2。

〔法〕菲力浦‧勒熱訥著，楊國政譯：《自傳契約》，北京：三
　　聯書店　2001.10

楊鴻台：《死亡社會學》，上海社會科學院出版
　　社，1997：12。

顏翔林：《死亡美學》，上海：學林出版社，1998：10。

張分田著：《亦主亦奴──中國古代官僚的社會人格》，杭
　　州：浙江人民出版社，2001：1。

Samuel Smiles 著，劉曙光、宋景堂、劉志明譯：《品格的力
　　量》，臺北：立緒文化事業公司，2001：2。

〔美〕斯蒂芬‧歐文著，鄭學勤譯：《追憶》，上海古籍出版
　　社，1990：10。

陶在樸：《理論生死學》，臺北：五南圖書公司，1999：9。

李建盛：《理解事件與文本意義──文學詮釋學》，上海譯文出
　　版社，2002：3。

章啓群：《意義的本體論──哲學詮釋學》，上海譯文出版
　　社，2002：3。

歸有光著，周本淳點校：《震川先生集》，上海：上海古籍出
　　版社，1981：9。

靳風林：《窺視生死線──中國死亡文化研究》，北京：中央民
　　族大學出版社，1999

韓震、孟鳴歧著：《歷史‧理解‧意義──歷史詮釋學》，上海
　　譯文出版社，2002：3。

Risieri Frondizi 著，黃藿譯：《價值是什麼：價值學導論》，臺
　　北：聯經出版公司，1986：2 再版。

陳秉璋、陳信木合著：《價值社會學》，臺北：桂冠圖書公
　司，1990：8。

〔美〕悉尼・喬拉德等著，劉勁等譯：《健康人格：人本主義
　心理學觀》，北京：華夏出版社，1990：8。

二、期刊

陳剩勇：〈理學「貞節觀」、寡婦再嫁與民間社會——明代南方
　地區寡婦再嫁現象之考察〉，《史林》，2001 年第二期，頁
　22~43。

鍾慧玲：〈「詩經」中女性角色期待的探討〉，《中國文化月
　刊》，頁 88~109

熊賢關：〈儒家傳統中的婦女觀〉，《哲學雜誌》第二十四
　期，1998：5。

郁達夫《沉淪》的情、欲與死亡

張政偉

摘　要：

《沉淪》中，郁達夫藉由「欲」與「情」轉換企圖，表達了其對「欲」與「情」融合為一、和諧共成的個體生命理想。但是，「欲」與「情」在心靈天平上的比重並非等量齊觀的。《沉淪》的三篇小說中，郁達夫對個體生命的基本思考是：在情與欲的糾葛中，情的追求較欲更有優先性，且更為多樣。

我們進一步探視《沉淪》中的「死亡」意義，可說主角們趨向「死亡」之路的原因，並非「欲」不滿足，而是「情」的落空所致。尤其當心中感情空白處完全被「欲」所充滿填補，此時，個體只是感官接收「欲」的工具，生命的意義將蕩然無存，以「死亡」作其結束，正可說是對這種無「情」有「欲」的悲哀生命的否定。在《沉淪》中，主角們對「欲」與「情」的轉換，都是失敗的，故精神上的貧苦依舊無法獲得解決，造成個體生命意義的失落，而只能走向毀滅。

關鍵字：郁達夫、沉淪、銀灰色的死、南遷、情欲、死亡、現代文學、啟蒙文學

一、前言

郁達夫（1896～1945）原名郁文，浙江富陽人。他的一生幾乎就是一篇傳奇故事。他年輕時就在文壇上取得大名，成爲當時新銳而前衛的作家。最爲人所熟知的則是他與蘇杭著名美女王映霞的愛情故事，他們由熱戀至步上婚姻之路，最後卻峰迴路轉地以破滅落幕，其間曲折多端，不但在當時成爲人們談論的焦點，至今仍吸引許多藝文界人士的目光①。他在抗日戰爭期間遠赴南洋，從事敵後情報工作。沉痛的是在抗戰勝利後，他卻被日本憲兵殺害，棄屍於荒野②。這悲壯的結局讓他在歷史的定位上令人肅然起敬，頂著「民族英雄」的光環，讓他的文學作品在兩岸曾經有過的道德整肅年代，卻依然可以廣爲流傳。

由於郁達夫作品對於追求性欲的描寫毫不避諱，所以某些評論家對於郁達夫並無好感③。也有學者認爲郁達夫的小說在文學史上不但有傳承的地位，且具有前衛色彩④。

郁達夫曾經在一篇文學理論論文中提到：

性欲和死，是人生的兩大根本問題，所以以這兩者為材料的作品，其偏愛價值比一般其他的作品更大。俄國的小說，差不多沒有一篇不講戀愛和死，所以我們見到俄國的小說，就想翻開來讀。⑤

郁達夫認爲「性欲」、「戀愛」和「死」的主題，是人生根本的大問題，所以能讓讀者會產生濃厚的閱讀興趣。在郁達夫的小說中，我們的確可以檢視出他對「性欲」與「死」寫作主題的「偏愛」。不過在郁達夫的創作生涯裡，以「性欲」與「死」爲寫作主題的小說，幾乎集中在三十一歲以前⑥。尤其是他的成名作品，也是他第一本短篇小說集《沉淪》，幾乎可謂以「性欲」與「死亡」作爲寫作主軸。本書於民國十年出版，收有〈銀灰色的死〉〈沉淪〉〈南遷〉三篇小說。出版後非但風行一時，暢銷程度堪稱歷久不衰，至民國十八年已印行十一版⑦。《沉淪》不僅是郁達夫早期小說創作的代表，也是他最爲人所知的小說集，在中國小說史上具有重要的開創性地位⑧。本論文即以本書爲研究對象，探討《沉淪》所收三篇小說的「情」、「欲」與「死亡」的關係⑨。

二、《沉淪》的情節簡介

(一)〈銀灰色的死〉

〈銀灰色的死〉是一篇重要的小說，論者以爲本篇的成就讓郁達夫成爲從中國傳統文學到現代文學過渡的關鍵人物⑩。描寫一個在日本求學的青年，因遠在中國等待自己學成歸來的妻子過世，改變整個生活形態，藉由酒精麻痺自己，開始過著頹廢墮落的生活⑪。雖然青年日日沉浸在酒色之中，但是，生理欲望的追求與酒精的麻痺，並不能模糊情

感失落所帶來的傷痛。當青年看到同學們紛紛回家過年假，反照自己只能孤獨地於異域啃蝕寂寞時，發出了沉重的自語：

他們都回家去了，他們都是有家庭的人。Oh，home！Sweet home！⑫

家庭的情感是青年在異鄉求學的重要精神支柱，但是妻子的驟逝讓青年的感情無所寄託。此處的獨語表達出青年對家庭情感失落的自憐。

婚戒象徵著青年與妻子的情感，但是青年多日花天酒地的耗費過鉅，而拿去典當⑬。典當戒指並非割裂過去情感，但卻象徵著青年向欲望屈服。青年極度渴望情感的支持，於是他將情感的寄託投映在酒館的女侍靜兒身上⑭。他常對靜兒訴說著他對亡妻的感情。靜兒雖然對待青年極好，更有若有似無的情意，但是因靜兒已與他人立下婚約，使得青年最後情感的寄託落空了。青年竟有種被遺棄的感覺，於是在精神上與她絕交了。在青年心中，這種精神上的絕交，如同失戀一般，又是另一種情感上的落空。對於已失去一段真摯情感的青年而言，心靈的空虛與寂寞無疑地又加深了⑮。

青年將自己喜愛的書籍典當，希望能買一些禮物送給靜兒。青年到日本的目的是為了求學，但是現今卻將書籍典當，代表了青年已放棄了追求人生的目標與自我抱負。將所有的期許與希望，轉向情感的強烈追求。但是見到了靜

兒，終究只是滿懷自傷自憐的情緒埋頭痛飲⑯。青年看到靜兒難過的樣子，雖在情感上有些許復仇的快意，但是在實際上，青年對情感的追求依然是落了空，他仍然無法重新擁有一段真摯美好的感情，他仍舊是一個沒有任何感情支撐的孤獨者。

最後青年踉蹌地自靜兒家奔出，無意識地信步走至一所女子醫學專門學校前，倒地身亡。文末附有一張告示，表示「因不知死者姓名住址，故爲代付火葬」⑰。這張冰冷的佈告，不僅宣告一個青年的死亡而已，它更顯示一個身在異鄉，無人聞問的孤獨者的悲哀。

(二)〈沉淪〉

〈沉淪〉是《沉淪》中最受人注意的小說。本篇描寫一個身在日本的中國留學生，其內心的激烈衝突與掙扎的過程。這位青年有著早熟卻空虛的心靈，渴望著能有情感來填補這種心靈上的空虛寂寞。他起初自我安慰，認爲大自然是他在異域唯一的依靠，可以填補內心深處的一切情感空白⑱。一個人若能將情感寄託於山水月林之間，與天地泯然相混，固然是一種極高的境界。但是，青年內心深處所渴望的情感，卻是現實人生才可能給予的，自然終究不能是青年內心情感寄託的歸依。青年會如此說，實是爲與人世情感割離作遁詞，它所反映的是一種極爲深沉的悲哀。故青年在自欺欺人後，「覺得自家可憐起來，好像有萬千哀怨，橫亙在胸中」⑲，他終究自知心靈所欠缺的、所渴望的情感，並非自然或書本詩集所能給予或填補的。

自此，青年內心便在追求情感與割裂情感的矛盾中掙扎。在學校的群體生活中，青年的孤獨感更爲強烈，因爲在他眼中，每位同學對他而言只是一個個冰冷的絕緣體，沒有人可以與他作心靈上的溝通與交流，沒有人可以了解他憂鬱與苦悶。青年並非刻意與他人作情感上的絕緣，他很感激有同學願與他交談，也非常渴望與他人交往，獲得真摯的友情，但是青年總是無法敞開心靈⑳。這並非青年的高傲，而是因爲彼此的心靈差異過鉅。

青年也渴望愛情，就算是正欺凌中國的日本的女子，他也希望能由她們身上獲得愛情。但是，青年總是卑怯地退縮，不敢去追求，以至時時處於懊悔中㉑。

青年對愛情的極度渴望，可由其邂逅那兩位日本女孩而不敢追求的當天的日記中看出：

> 知識我也不要，名譽我也不要，我只要一個安慰我體諒我的「心」！從這一副心腸裡生出來的同情！從同情而來的愛情！我所要求的就是愛情！若有一個美人，能理解我的苦楚，她要我死，我也肯的。若有一個婦人，無論她是美是醜，能真心真意的愛我，我也願意爲她死的。㉒

青年要求的並非只是一個能滿足他性欲的女人，他所追求的是一個能夠了解他內心憂鬱痛楚的，能夠真心真意對待他的異性。真摯的愛情在他心靈天平的份量是和寶貴的生命等量齊觀的。但是，實際上青年對愛情的追求卻因自我的否

定與怯懦的退縮，以及與他人心靈差距過大而永遠不可能獲
得。

於是，在青年心理情感無法獲得充實的情況下，青年只
能在晚間一個人在被窩裡犯下原始的罪，以滿足生理的欲
望。但是，早上起來，卻又想起「從小服膺的身體髮膚不敢
毀傷的聖訓」而「深自痛毀」㉓。在這種掙扎下，青年愈來
愈顯神經質了。

青年自我阻絕與異鄉人建立友情與愛情的機會，於
是，他走向中國同學們。但是，青年渴望將情感宣洩，卻也
害怕內心的隱密為他人所知，在處於這種矛盾之中，慢慢地
青年與同為留學生的中國友人們疏離、決裂了。青年否定了
所有友情的來源，甚至將他們視為仇敵。至此，青年在異鄉
已尋覓不到任何的友情，真正成為人群中孑然一身的孤獨
者㉔。

此時現在，青年只能將情感全數寄託在房東女兒的身上
㉕。最後，在無法獲得房東女兒情感的情況下，青年只好偷
窺房東女兒入浴，以滿足生理欲望。

青年最後的感情支柱是遠在中國的家庭，尤其是一向照
顧、栽培他的長兄。但是，青年竟因細故斷絕了這種情感
㉖。至此，青年已割裂了所有對人的感情，他所剩下的，就
只有絕對的寂寞與孤獨。

於是，青年只能絕望的追求生理欲望的滿足，到妓館沉
淪於聲色之中。但是，青年卻覺得侍女歧視他：

狗才！俗物！你們都敢來欺侮我麼？復仇，復仇，我總

要復你們的仇。世間那裡有真心的女子！那侍女的負心東西，你竟敢把我丟了麼？罷了罷了，我再也不愛女人了，我再也不愛女人了。我就愛我的祖國，我就把我的祖國當作了情人吧！㉗

青年的悲哀在於將最後的情與欲寄託在侍女身上，但是在遭受自以為的挫折之後，青年對愛情追求的失望達到最高點，於是，爆發出絕對不再追求愛情的吶喊。青年決定要將所有的感情，寄託在對國家之愛上。但是，正如青年自殺時的最後遺言：

祖國呀祖國！我的死是你害我的！你快富起來！強起來吧！你還有許多兒女在那裡受苦呢！

積弱不振、暴政肆虐的中國，要如何使青年投入情感呢？青年無法愛自己的國家，使得其心靈成為一個沒有任何感情存在支撐空殼，恍若行屍走肉。青年最後唯有走上自我毀滅之途。

(三)〈南遷〉

〈南遷〉是《沉淪》第三篇小說，敘述一個在日本的中國留學生，因身體虛弱而至房州養病所發生的故事。郁達夫以第三者的敘事觀點，描寫這位青年生長在一個有缺憾的家庭，從小缺少了父母之愛，導致青年成為一個憂鬱厭世的人。到日本求學之後，青年離開了唯一愛他的祖母，在異鄉

獨自的生活 ㉘ 。

　　青年在將進大學之時，受房東義女 M 的誘惑，而陷入了欲望的陷阱。但是，青年對 M 並非只有單純的生理欲望，他將感情深深的投入。當 M 的情人 W 回來時，青年竟覺憤怒與嫉妒，便離開了。青年並非是因生理欲望不能獲得滿足而離開，而是其對女人感情的憧憬被踐踏了。

　　後來，青年在房州養病時遇見了 O，他對 O 不但懷有純潔高尚的感情，也有原始的欲望。但是，青年始終沒有向她表白心意。

　　青年心中的苦悶，可由其在教會裡的講演可知：

> 最後還有一種精神上貧苦的人，就是有純潔的心的人。這一種人抱了純潔的精神，想來愛人愛物，但是因為社會的因習，國民的慣俗，國際的偏見的緣故，就不能完全作成耶穌的愛，在這一種人的精神上，不得不感受一種無窮的貧苦。㉙

青年就是這種精神上貧苦的人，雖然自認心靈純潔，也想要去愛人，與他人做感情上的溝通與交流，但是身在異域的外在因素影響，使得他無法去釋放他的感情，是以心靈是空虛的、精神是貧苦的。值得注意的是，青年在演說之後，因彼此理念不同，而與友人 K 君與 B 君分道揚鑣。對想要「愛人」的青年來說，他又失去了一種情感。

　　O 是「與純潔的心的主人相類的，就是肉體上有了疾病，雖然知道神的意思是如何，耶穌的愛是如何，然而總不

能去做的一種人」⑳，所以青年無法自她的身上獲得愛情。

　　最後結局是，這兩個可憐的、孤獨的、精神上貧苦的男女，雙雙臥病在醫院，生命垂危。

　　我們大致歸納出這三篇小說的情節模式：主角渴望「情感」的支持，但是卻不斷地割裂或喪失情感的聯繫。在情感的追求與失落中，欲望逐漸滲蝕甚至替代對情感的需求。情感支撐逐漸喪失，欲望卻不斷的累積，到最後走向死亡之途。

三、由「情」、「欲」到「死亡」的思考

　　有些學者以為《沉淪》的最大意義直接發掘「性欲」，呼喚人性的回歸，以擊破當時傳統僵化的束縛，顯然極具「反抗」意義。這種說法太過平板，會讓人感覺僅是為郁達夫對「性欲」的描寫開脫而說㉛。有學者在民族主義的大纛下，以為《沉淪》乃是對國家富強的期待，深具愛國情操㉜。這樣的說法或許是震懾於郁達夫是民族英雄的崇高地位。但是我們相信絕大多數讀者是看不出《沉淪》有什麼「愛國」的味道。

　　郁達夫曾經說過：「『文學作品，都是作家的自敘傳』這一句話，是千真萬確的！」㉝所以有學者以為郁達夫的小說有強烈的自傳性質，於是由其生平著手，將「作者」與「文本」作緊緻的結合㉞。以這種角度研究郁達夫的學者不算少

數，有的甚至擴張到用心理學進行剖析，乃至於驚悚地稱《沉淪》可視爲精神分析學派上的「心理圖例」㉟！不過我們必須提示的是，郁達夫也曾說過：「並不是主人公的一舉一動，完完全全是我自己過去的生活！」㊱

郁達夫在一篇文論中提到：

> 表現人生，務須拿住人生最重要的處所，描寫苦悶，專在描寫比性的苦悶還要重大的生的苦悶，因爲性欲不就是生的全部。人的一生，在男女的性交之外，重要的事情還不知有多少。㊲

於是有學者由「生的苦悶」與「性的苦悶」的角度切入，以爲《沉淪》的寫作主題就是表達這兩種「苦悶」㊳。不過我們以爲這樣的解讀雖然有相當的詮釋效力，不過稍嫌粗略。對於《沉淪》人物爲何由性欲的追求陷至自我毀滅之處，以兩種「苦悶」進行解釋，太過簡單化了。

我們以爲《沉淪》中不僅是「性的苦悶」，其中還包含對「情」的追求，兩者的糾雜與小說人物步入「死亡」有密切的關係。

郁達夫在一篇文學理論論述中，表達對「情」與「欲」在自然生命中的地位的看法：

> 種種的情欲中間，最強而有力，直接動搖我們的內部生命的，是愛欲之情。諸本能之中，對我們的生命最危險而同時也最重要的，是性的本能。戀愛，性慾，結婚這

三重難關，實在是我們人類的宿命的三種死的循環舞蹈（the linked dance of death）。㊷

郁達夫將「結婚」、「戀愛」（愛欲之情）與「性慾」（性的本能）視為人生三重難關。「戀愛」與「性慾」是內部生命的發動、本能，而「婚姻」是社會機制，是否能將「婚姻」與其他兩者並列，顯然還有些疑問。不過郁達夫在此表達出同屬於內部生命意向的「情」與「欲」，是可以區分出來。不過由於兩者同樣出自於生命個體，且具有強烈撼動能力。

李歐梵對《沉淪》的觀察是：

> 他的第一本小說集裡的小說〈沉淪〉、〈南遷〉、〈銀灰色的死〉由於用前所未有的坦率筆觸描寫了「墮落的性行為」而轟動一時。但是郁達夫早期小說的一個更重要的特點在於渴望感情得到滿足，性愛的挫折則成為這種追求中的一種「疑病症式的」表現。㊵

此處將「情」與「欲」分開，說出《沉淪》的重心在描寫「情感」的追求，而非「欲」的苦悶，沉溺於性愛只是主角追求情感的病態表現。本文大致同意這個論點，但是不認為「欲」是「疑病症式」的表現。

我們先就〈沉淪〉進行討論。郁達夫曾說明這篇小說寫作的主題：

> 〈沉淪〉是描寫著一個病的青年的心理，也可以說是青年

憂鬱病（Hypochondria）的解剖，裡邊也帶著敘著現代
人的苦悶——便是性的要求與靈肉的衝突——但是我的描
寫是失敗了。④

郁達夫似乎認爲〈沉淪〉中青年走向死亡，是「憂鬱病」的
緣故，其中重要的苦悶是「性的要求」與「靈肉的衝突」。但
我們要理解的是，造成這種「憂鬱病」的原因是什麼？是否
僅是「性的要求」不滿足與「靈肉的衝突」，造成青年結束生
命的悲劇？

　　仔細分析小說中的描寫可發現，〈沉淪〉所表達的個體心
靈掙扎的過程中，「情」與「欲」的追求成爲一主體，而成爲
困擾其生命的主要探索與思考。

　　青年身處異鄉，雖想要將所有的感情需求寄託在大自然
之中，但是，其精神上的所需要情感卻是現實人生才可能給
予的，換言之，青年心靈的強度並不足以將所有的、不同種
類的情感轉換爲對大自然的依戀。青年對情感的渴望與需求
是極其強烈的，他想要友情的慰藉，但卻因彼此的心靈差距
過大，而無法相容，連中國同學的友情他也無法接受。他最
想要的是異性愛情與關懷，但是因爲自己卑怯的心理作
祟，而無法獲得。而毫無理智的斷絕了親情，等於是割裂其
心中最後的感情支撐。我們可以發現，〈沉淪〉中的青年，逐
漸的將各種「情」的依賴與需求一一切斷，致使其心靈對情
感的需求越來越大，其精神也越來越空虛。在青年逐步斷絕
「情」的過程中，與此同時進行的是對「欲」的追求的加
深。青年自慰至偷窺，到最後在妓院滿足肉欲，這一步步走

向追求生理欲望滿足的過程，就是一種「沉淪」，一種生命的陷溺。

因此，青年的「憂鬱病」產生的主要原因是情感的空虛。「性的要求」不滿足並不能解釋悲劇發生的原因，至最後一刻，青年已在妓院滿足了生理欲望，然卻立刻走向「死亡」之途。真正造成青年結束生命的悲劇，是一種「憂鬱病」，一種追求情感卻得不到填補的空虛與失落。在青年的心中，個體沒有情感支撐，是空虛落寞的心靈。當青年只以欲望完全代替精神上的情感需求時，正顯出個體生命的蒼白，此時，個體生命已無存在意義，等同於「死亡」。

〈沉淪〉展現出對「情」、「欲」與「死亡」的思考，與《沉淪》另外兩篇小說是一致的。郁達夫所追求的「情」，最重要的異性愛情，但絕對不僅止於此，其他各種情感，諸如友情、親情、家國之情等，皆是心靈所需。相信只要有任何一種情感獲得充分滿足，便足以使心靈獲得支撐，而延續生命的強度。所以《沉淪》中主角們的「苦悶」，即在於對「情」的追求不能滿足，以至於對心靈無任何具有強度的支撐。而對「性欲」的追求，其投射出的最終目的，亦是在「情」的獲得，而非單純地滿足於生理欲望。「欲」的追求不僅僅是反映對「情」的渴望，其中更有經由「欲」的滿足，而填補心靈中「情」的空虛的企圖與期待。但是，畢竟「欲」與「情」是兩種不同質層的需求，所以想要由「欲」的滿足到「情」的獲得，是需要經由昇華與轉換的過程。如果昇華與轉換的過程不順利，則「欲」永遠只是「欲」，不能超

脫至「情」之質層，只能滿足生理的需求，而無法填補心靈上的空虛。

《沉淪》中，郁達夫藉由「欲」與「情」轉換企圖，表達了其對「欲」與「情」融合為一、和諧共成的個體生命理想。但是，「欲」與「情」在心靈天平上的比重並非等量齊觀的。《沉淪》的三篇小說中，郁達夫對個體生命的基本思考是：在情與欲的糾葛中，情的追求較欲更有優先性，且更為多樣。

郁達夫的小說〈遲桂花〉的描寫，更以另一個角度，印證以上對「欲」與「情」關係的說明。〈遲桂花〉這篇小說透露出郁達夫作品中少有的圓滿、幸福的意識。作家對朋友的妹妹，產生了生理欲望上的邪念衝動，但是，女孩的天真無邪，遏止了作家欲望的橫流發展。於是，作家將這種生理欲望，轉換成兄妹之情。由「欲」到「情」的昇華，作者經歷了一個掙扎交戰的心路歷程。轉換成功後，作家並不覺有所缺憾，反而更滿意這種形式質層的感情㊷。由於作家已超脫了「欲」的羈絆，轉向更高層次、更具有安定心靈力量的「情」，故最後的結局，當然是喜樂而幸福的。

我們進一步探視《沉淪》中的「死亡」意義，可說主角們趨向「死亡」之路的原因，並非「欲」不滿足，而是「情」的落空所致。尤其當心中感情空白處完全被「欲」所充滿填補，此時，個體只是感官接收「欲」的工具，生命的意義將蕩然無存，以「死亡」作其結束，正可說是對這種無「情」有「欲」的悲哀生命的否定。在《沉淪》中，主角們對「欲」與「情」的轉換，都是失敗的，故精神上的貧苦依舊無

法獲得解決，造成個體生命意義的失落，而只能走向毀滅
㊸。

英國學者佛斯特（Edward Morgan Forster，1879～1970）
曾經對以死亡作爲結局小說提出寫作技巧上的分析：

> 小說家在處理死亡上就大大地受益於實際觀察，而處理
> 方法的多樣性也顯示死亡甚合小說家的口味。小說家之
> 所以如此，原因是死亡可以簡潔整齊的結束一本小
> 說。另一個較不明顯的原因是，在他寫作的過程中，他
> 發現從已知寫到未知比從未知的出生寫到已知容易。㊹

在此，我們必須先否定郁達夫小說中以「死亡」作爲結
尾，是如佛斯特所言爲寫作技巧的一種，甚至只是爲了讓寫
作更簡單一些。

我們認爲面對像郁達夫這樣完全將個性以及自我的審
視，將自己對生命的體認與思考，毫無保留的在作品中忠實
呈顯的作家而言㊺，其「死亡」並非僅是藝術技巧的展
現，而是整體意圖之一環㊻。

「死亡」是生命的終結，人世所有追求與欲望的結束。黑
格爾認爲希臘人最初對死不感到畏懼與恐怖，是由於不理解
死的基本意義。「但是等到主體性變成精神本身的自覺性因而
獲得無限的重要性的時候，死所含的否定就成爲對這種高尚
而重要的主體性的否定」㊼。郁達夫在《沉淪》中的結局用
「死亡」作結，所呈顯的就是這種對主體精神與個體生命的否

定性。本文的討論，亦是以這種觀點來設定郁達夫心中對
「死亡」的體察。

郁達夫對「死亡」的處理，可表現完整而堅持的藝術
性，更深一層說，它突出了自我主體，更深沉地探索個體生
命。我們可在《沉淪》中主角步向「死亡」發現，「死亡」是
一種內在自我的抗議，消失是普遍的悲哀，生命的蒼白。它
所代表的不單是對生命的否定，更是一種對純潔心靈追求的
肯定。對郁達夫來說，「死亡」並非因為生理上肉體毀滅才悲
哀，而是精神上的灰滅，這才是「死亡」的痛楚所在㊽。由
另一面視之，郁達夫的「欲」與「死亡」的描寫，並非世人
所批評的「頹廢」，他反而體顯出一種對內在生命的積極要
求，一種對「情」的追求與正視。

四、結論

由《沉淪》的三篇小說中，可以看出郁達夫對個體生命
的基本思考是：在情與欲的糾葛中，情的追求較欲更有優先
性，個體靈魂如果只有「欲」的佔據，而無「情」的支
撐，則生命無存在的價值與意義。〈沉淪〉、〈銀灰色的
死〉、〈南遷〉所呈現的「死亡」終結，可看出在「情」與
「欲」的糾結中，個體的心靈如果只是充滿了「欲」，則精神
將是死寂灰滅，這種生命的蒼白，是個體生命最大的悲
哀。郁達夫絕非世人膚淺印象中的頹廢派作家，事實上追求
「欲」的背後，隱藏著對「情」深切的依戀。

　　在中國過去文學中「死亡」的意識流露，最令人動容的是屈原。屈原在文學作品中呈顯的「死亡」，具有極高的藝術性。《離騷》「知死之不可讓，願勿愛兮」，這是一種精神的超脫，人性的昂揚、價值的實現，對信念的執著與堅持，皆是令人動容的呈顯。郁達夫作品中的「死亡」，雖不如屈原的正氣昂揚，勇猛精進，但是，若只以悲哀的結束視之，則會忽視了其死亡否定意義的背後，所要求的正是自然生命與道德生命的積極發皇，而非沉淪墮落的欲望生命展現。

註　釋

① 目前坊間流傳以郁達夫與王映霞戀情為主題的專著約有：劉心皇：《郁達夫的愛情悲劇》（臺中：晨星出版社，1986 年）、桑逢康：《郁達夫王映霞戀愛的悲劇》（臺北：百川出版社，1988）《郁達夫與王映霞》（石家莊：花山文藝出版社，1993）、桑逢康：《郁達夫、王映霞》（北京：中國青年出版社，1995）、郭文友：《楊花如雪雪如煙：郁達夫情史》（四川：人民出版社，1996）、潘寧東、袁瓊瓊：《多情累美人：郁達夫、王映霞的時代苦戀》（臺北：聯經出版社，2000）。至於期刊論文、報刊雜誌的論述更是不勝枚舉。

② 郁達夫的屍體於 1945 年 9 月 17 日在印度尼西亞的蘇門達臘島武吉丁宣附近的荒野被發現，由於死因不明，在當時引起諸多猜測。後來由日本學者鈴木正夫經過二十多年的調查，確定郁達夫在抗戰勝利後兩週被日本憲兵所誘殺。可參見劉心皇：〈郁達夫之死的新發現〉，《中外雜誌》第 264 期（1989 年 2 月），頁 107~110。

③ 蘇雪林：「像他很坦白地暴露自己的醜行，甚至暴露他母親的——如他母親酗酒、兇狠、瘋狂——對於擅自偽飾和富於倫理觀念的中國人自然覺

得是很新奇的。若捫去這些，他的作品還有什麼？恐怕什麼都沒有。有人罵他的文學是『賣淫文學』實不為過。」（《中國二三十年代作家》，臺北：純文學出版社，1983 年，頁 320~321）至今仍有學者對郁達夫的作品抱持類似看法，如謝靜〈論郁達夫沉淪的病態描寫〉，《華北電力大學學報》第 2 期（1999 年），頁 69~72。

④ 馬森：〈從寫實主義到現代主義：論郁達夫小說的傳承地位〉，《成功大學學報》第 32 卷，1997 年，頁 29~42。該文以為郁達夫的作品具有寫實主義與浪漫主義的兩種成分，在文學傳承上成為從寫實主義過渡到現代主義的一座重要橋樑，下開以後「內視小說」的先河。

⑤ 郁達夫：〈文藝鑑賞上的偏愛價值〉，《郁達夫全集》，杭州：浙江文藝出版社，1992 年，第 5 卷（《文論》），頁 91。本書共 12 冊，以下簡稱《全集》。

⑥ 王孝廉：「王映霞之前，也就是三十一歲前的郁達夫文學，是〈雪夜〉、〈沉淪〉、〈蔦蘿〉、〈寒灰〉等所見的性欲與死亡結合的主題。和王映霞結婚以後，郁達夫的小說創作因為性欲和情愛得到落實而逐漸乾涸枯竭。」（〈沉淪與流轉：三十歲以前郁達夫的色、欲與性〉，《聯合文學》第 6 卷第 10 期，頁 130）

⑦ 陳子善：〈郁達夫生平繫年〉，「1921 年（辛酉民國十年）26 歲」條，收於《全集》，第 12 卷（《日記》），頁 501。

⑧ 據張堂錡言《沉淪》是「現代文學史上第一本個人短篇小說集」。見氏著：〈中國現代小說中的成長意識——以郁達夫、丁玲、巴金作品為例〉，《幼獅文藝》第 558 期（2000 年 6 月），頁 72。

⑨ 上述引文中，郁達夫將「性欲」與「戀愛」混為一處，似乎這兩者之間可以劃上等號。但是，在郁達夫的作品中，我們可以發現，其實這兩者是截然有分的。為了討論方便起見，我們先將「性欲」與「戀愛」作一

劃分。「性欲」只是「欲」的一種，「欲」這一質層，它是源於個體的生理欲望與要求而產生的，如性本能之欲望與衝動、對物質的要求與追求等等。「戀愛」是「情」的一種，而「情」這一質層，它是屬於個體的心理對情感的要求，如友情、親情、愛情、家國之愛等等。

⑩〔加〕米切爾・伊根：〈郁達夫：傳統文學與現代文學的過渡〉，收入賈植芳主編：《中國現代文學的主潮》，上海：復旦大學出版社，1990年，頁 245~261。

⑪ 郁達夫：「他近來的生活狀態，比從前大有不同的地方。自從十月底到如今，兩個月的中間，他每晨夜顛倒的，到各處酒館裏去喝酒。東京的酒館，當壚的大約都是十七八歲的少婦，他雖然知道她們是想騙他的金錢，所以肯同他鬧，同他玩的。」〔〈銀灰色的死〉，《全集》第 1 卷（《小說》），頁 2〕

⑫ 郁達夫：〈銀灰色的死〉，頁 12。

⑬ 郁達夫：「他的亡妻的最後的紀念物，只質了一百六十元錢，用不上半個月，如今卻只有五元錢了。『亡妻呀亡妻，你饒了我吧！』他凄涼了一陣，慚愧了一陣，終究還不得不想到他目下的緊急的事情上去。」（〈銀灰色的死〉，頁 7）

⑭「有時候他的亡妻的面貌，竟會同靜兒的混到一處來。」（〈銀灰色的死〉，頁 8）

⑮ 郁達夫：「同靜兒絕交之後，他覺得更加哀傷更加孤寂了。」（同註⑭）

⑯ 郁達夫：「他心裡的悲哀的情調，正不知從那裡說起才好，他一邊好像是對於靜兒已經復了仇，一邊又好像是在那裡哀悼自家的樣子。」（〈銀灰色的死〉，頁 13）

⑰ 同註⑫，頁 16。

⑱ 郁達夫：「只有這大自然，這終古常新的蒼空皓日，這晚夏的微風，這

初秋的清氣，還是你的朋友，還是你的慈母，還是你的情人，你再也不
必到世上去與那些輕薄的男女共處去，你就在這大自然的懷裡，這純樸
的鄉間終老了吧。」〔〈沉淪〉，《全集》第 1 卷（《小說》），頁 18~19〕

⑲ 郁達夫：〈沉淪〉，頁 19。

⑳ 郁達夫：「上課的時候，他雖然坐在全班同學的中間，然而總覺得孤獨
的很；在稠人廣眾之中，感得的這種孤獨，倒比一個人在冷清的地
方，感得的那種孤獨，還更難受。……他的同學中的好事者。有時候也
有人向他說笑的，他心裡雖然非常感激，想同那一個人談幾句知心的
話，然而口中總說不出什麼話來；所以有幾個解他的意的人，也不得不
同他疏遠了。」（〈沉淪〉，頁 22~23）

㉑ 郁達夫：「既要後悔，何以當時你又沒有那樣的膽量？不同她們去講一
句話？」（〈沉淪〉，頁 24）

㉒ 同註⑲，頁 26。

㉓ 同註⑲，頁 34。

㉔ 郁達夫：「他的幾個中國朋友，因此都說他是染了神經病了。他聽了這
話之後，對了那幾個中國同學，也同對日本學生一樣，起了一種復仇的
心。……因此他同他幾個同胞，竟宛然成了兩家仇敵。」（〈沉淪〉，頁
37）

㉕ 郁達夫：「他交游離絕之後，孤冷得幾乎到將死的地步，幸而他住的旅
館裡，還有一個主人的女兒，可以牽引他的心，否則他真只能自殺了。」
（同註㉔）

㉖ 郁達夫：「他自家想想看，他便是世界上最不幸的人了。其實這一次的
決裂，是發始於他的。同室操戈，事更勝於他姓之相爭。自此之後他恨
他的兄長竟同蛇蠍一樣。」（〈沉淪〉，頁 44）

㉗ 同註⑲，頁 52。

㉘ 郁達夫:「他的家庭裡只有祖母是愛他的。伊人的母親,因為他的父親死得太早,所以竟變成了一個半男半女的性格,他自小的時候她就不知愛他,所以他漸漸的變成了一個厭世憂鬱的人。到日本之後,他的性格竟愈趨愈怪了。」〔〈南遷〉,《全集》第 1 卷(《小說》),頁 78〕

㉙ 郁達夫:〈南遷〉,頁 117。

㉚ 同註㉙。

㉛ 如郝亦民:〈生命的湧動與沉淪——郁達夫小說性愛主題的人文意義〉,《河北學刊》1997 年 2 月,頁 58~60。陳望衡:〈沉淪與救贖——試論郁達夫小說中的情欲描寫〉,《浙江大學學報》第 10 卷第 1 期(1996 年 3 月),頁 83~88。侯友云:〈生的焦灼——郁達夫小說中的任誕分析〉,《荊門技術學院學報》第 17 卷第 2 期(2002 年 3 月),頁 36~40。張魯高:〈沉淪者:心靈化的情慾渴望〉,《徐州教育學院學報》第 15 卷第 2 期(2000 年 6 月),頁 38~42。黃裔:〈郁達夫小說:呼喚人性的復歸〉,頁 4~8。王宏民:〈郁達夫小說中性愛描寫的雙重解讀〉,《常州技術師範學院學報》第 7 卷第 3 期(2000 年 9 月),頁 87~89。

㉜ 如白新生:「作品中『他』和作者寄希望於國家的富強,有著積極的反抗,也夾雜著非現實的超脫,因而也還就一個人文主義者、真正愛國主義者郁達夫。」〔〈沉淪的風格透視〉,《陝西師範大學學報》第 30 卷專輯(2001 年 5 月),頁 14〕

㉝ 郁達夫:〈五六年來創作生涯的回顧〉。

㉞ 如侯運華〈論郁達夫的悲劇生命意識〉,《殷都學刊》第 3 期(1996 年),頁 34~37、78。高雪晚:〈毀滅性的生命體驗與自覺追求——論郁達夫小說創作中的情緒走向〉,《河北學刊》,第 21 卷第 3 期(2001 年 5 月),頁 56~59。

㉟ 唐君國:〈從沉淪看郁達夫早期創作與弗氏精神分析學的暗和〉,《重慶教育學院學報》,第 13 卷第 2 期(2000 年 6 月),頁 63~66、92。

㊱ 郁達夫:〈茫茫夜發表之後〉。馬森曾經指出用「真實作者」的角度去考察郁達夫的小說會有其侷限性,我們必須注意到其小說所欲展現的「隱含作者」、「第二自我」。見馬森:〈內視與自剖〉,《國魂》第 614 期(1997 年 1 月),頁 89~94。

㊲ 郁達夫:〈關於小說的話〉,《全集》第五卷(《文論》),頁 526。

㊳ 請參閱張洲平:〈心靈絕叫與生命律動的情緒印記──郁達夫小說性欲、情欲描寫的心理探尋〉,《浙江大學學報》1994 年第 2 期,頁 34~38。柳應明:〈沉淪、放逐與逃亡──論郁達夫自敘小說的主人公形象〉,《鹽城工學院學報》2002 年第 1 期,頁 13~16。

㊴ 郁達夫:〈戲劇論〉,《全集》第 5 卷(《文論》),頁 266。

㊵ 李歐梵:〈文學潮流(一):追求現代性(1895~1927)〉,收入〔美〕費正清主編,《劍橋中華民國史》,上海:上海人民出版社,1991 年,第 1 部,第 9 章,頁 517。

㊶ 郁達夫:〈沉淪自序〉,《全集》第 5 卷(《文論》),頁 20。

㊷ 周昌龍師:「在情愛面前,肉欲其實並不能肆意為虐。男女間的真情,倫理的赤情甚至朋友間的的摯情,都能轉肉欲為理欲,達至與大自然融一的人生至境。這樣,通過情與欲的統一,郁達夫指出了倫理之我與自然之我統一的可能性,為新倫理的塑造提供了一個藝術性的思考方向。」〔〈從五四反禮教思潮看郁達夫作品中的倫理認同問題〉,收入《語文、情性、義理──中國文學的多層面探討國際學術會議論文集》,臺北:國立臺灣大學,1996 年,頁 503〕

㊸ 溫越:「郁達夫小說死亡意識是棄世的表面下,含有戀世求生之意,是用死亡來觀照現實惡劣的生存處境。意在表達對理想生活的渴慕。」

〔〈郁達夫小說死亡意識的文化價值〉，《新東方》第 11 卷第 5 期（2002 年 8 月），頁 61〕溫越：「作為他自戕成因的孤獨感、屈辱感和悔罪欲可說都是性苦悶造成的結果。所以，應該說性苦悶是《沉淪》中『他』實行自戕的根本原因。」〔〈郁達夫小說死亡意識的型態及其歷史文化探因〉，《西北師大學報》第 37 卷第 6 期（2000 年 11 月），頁 82〕。本文以為《沉淪》的「死亡意識」觀照出對「情」的渴望，是內部生命的積極需求，並非僅是尋求「生存處境」、「理想生活」的滿足。也由於對「情」需求落空，而導致自我毀滅，並非是「性苦悶」的問題。

㊹ 〔英〕佛斯特著、李文彬譯：《小說面面觀》，臺北：志文出版社，1995 年，重排修訂版，第三章「人物」，頁 73。

㊺ 郁達夫承認《沉淪》是他當時所有情感的反映，沒有任何的隱藏或修飾，其言：「寫《沉淪》的時候，在感情上是一點兒也沒有勉強的影子映著的；我只覺得不得不寫，又覺得只能照那麼地寫，什麼技巧不技巧，詞句不詞句，都一概不管。」〔〈懺余獨白〉，《全集》第五卷（《文論》），頁 542〕陳平原以為「五四作家」群（包含郁達夫）創作的共通點是「發揮個性」、「表現自己」，表達出對自我的審視。請參閱陳平原：《中國小說敘事模式的轉變》，臺北：久大文化，1990 年，第 3 章，頁 96~97。

㊻ 李惠：「追求憂鬱、傷感，注重悲劇效果的審美情趣是郁達夫偏愛死亡題材的根本原因。」〔〈論郁達夫對死亡題材的偏愛〉，《徐州教育學院學報》第 17 卷第 1 期（2002 年 3 月），頁 30〕本文以為這種看法尚須斟酌。

㊼ 黑格爾：《美學》，北京：商務印書館，1979 年，第 2 卷，頁 280~281。

㊽ 郁達夫：「肉體未死以前的精神消滅的悲哀，卻是比地獄中最大的極刑，還要難受。」〔〈全集自序〉，《全集》第 5 卷（《文論》），頁 235〕

❖
輯
三

生命存在／生命情境

明代中期蘇州園林空間的書寫

文人生命情境的投射

邵曼珣

摘　要：

　　本文主要討論兩個問題：一是明代中期園林與隱逸觀念，蘇州文人園林在數量及品味上一直居全國之冠，而文人的園林生活更上承中國傳統的隱逸生活而來，不過隱逸的觀念在明代中期以後有顯著的變化，首先是「隱逸」人口增加，普遍成為一種社會身分的表徵如山人，於是隱逸變得庸俗化。二是園林是日常起居生活活動的空間，而我們的身體「相涉於環境之中」，與世間的空間形構成一個整體的「情境存有」，故當外在環境起了變化，我們的身體立即也會跟著起變化。因此探討明代蘇州文人園林空間書寫中，如何表現主體生命的存有情境，藉現象學學者梅洛龐蒂對「身體─主體」與情境的空間之「動態辯證關係」的說明作為一種「先行的」理論，以分析明代蘇州園林中文人生命情境如何投射於外在物上。

關鍵詞：蘇州文人　園林　隱逸　空間　情境

一、中國園林的「歷時性」發展

在中國最早出現的接近「園林」概念的建築是周朝的「靈臺」(《詩經‧大雅‧靈臺》篇云:「經始靈臺,經之營之」),此外還有靈囿(「王在靈囿,麀鹿攸伏」)、靈沼(「王在靈沼,于牣魚躍」)、苑林等①。這些「上古園林」的建置,大致與上古人民的原始信仰有關,他們對自然界許多事物都懷著畏懼的心理,導致有所謂的「自然崇拜」。而「靈臺」建築的孤立與高聳形式,是對想像中神山的模仿而來的,「臺」是天神居住的地方,世間的統治者只有建臺而登之,才可以親承其旨意。「靈沼」則是上古人們對水神以及祖先神崇拜的象徵。而「苑囿」則是象徵神的威靈,表現在對草木鳥獸的佔有和役使上。上古園林除了是自然崇拜信仰的模擬之外,其最大價值是人們對於宇宙特徵,以及人在宇宙中的位置等問題的表現②。

原始崇拜的觀念直到秦漢園林中仍有顯著的表現。不過春秋以後,園林由「娛神」的作用趨向於「娛人」的作用,這個時期出現的園林有楚之章華臺、吳之姑蘇臺、晉之銅鞮宮等屬於規模巨大的宮苑建築,其作用多半是作為供人遊賞嬉戲的場所③。到了秦漢時期皇家園林是以統一完整的建築格局作為其帝國的象徵,例如漢武帝的上林苑就是漢家天子威儀的象徵。東漢以後,高臺建築沒落,繼之而起的是樓閣。樓閣之初興,曾極力追摹築土高臺,其功用本來只是

為仙人提供居所，但此時築樓臺是為了要把神仙請下來作朋友。

到了魏晉時期，皇家園林的規模及氣勢已無法與漢代相比，其園林本身漸漸發展成一個包容著宮苑、文人園林、寺院園林、郊野園林的綜合體系。這個時期的「文人園林」興起，文人集團在社會生活各領域中地位愈來愈重要，而士大夫的主體意識也開始覺醒。對士大夫而言「出」（入仕）與「處」（隱逸），是人生最重要的問題。在動亂的時代裡，沒有理想的仕宦環境，士人轉而追求個人生活的閒適，於是「隱逸」的風氣興盛起來。此時對隱逸環境的要求與傳統的隱逸環境也有不同：例如漢代隱者多蓬門篳戶，甚至岩居穴處，布衣不完，疏食不飽，相當窮陋，基本上是循著儒家顏回等人簞食瓢飲，居陋巷而不改其志的處約生活；然而東漢中期以後，隱逸環境開始改變，如張衡〈歸田賦〉中的描述：

> 遊都邑以永久，無明略以佐時。……諒天道之微昧，追漁父以同嬉。……於是仲春令月，時和氣清，原隰鬱茂，百草滋榮。於焉逍遙，聊以娛情。爾乃龍吟方澤，虎嘯山丘，仰飛纖繳，俯釣長流。……極般遊之至樂，雖日夕而忘劬。……（《文選》卷 15）

回歸田園的生活不一定要把自己弄得窮困簡陋，東漢仲長統對隱逸的園居景象有更清楚的描述：

常以為凡游帝王者，欲以立身揚名耳，而名不常存，人生易滅，優游偃仰，可以自娛。欲卜居清曠，以樂其志。論之曰：「使居有良田廣宅，背山臨流，溝池環匝，竹木周布，場圃築前，果園樹後。」（《後漢書·仲長統傳》）

要優游偃仰，過卜居的生活，一樣可以精細的營建一個居住的空間，園林佈置可以兼有居住、遊賞和農耕營生等多種功能。此後隱逸的生活空間成為幽人雅士個人品味的一種展現，而這種品味正是文人內在心象的一種外向投射，是個人生命情境的具體表現。

東晉時期玄學代替了經學成為一種顯學，玄學以崇尚「自然」為宗旨，文人的審美意識由兩漢的崇尚宏衍巨麗，逐漸轉移到追求清真自然，形成了重意象、重風骨、重氣韻的審美風尚，而山水詩、田園詩和山水畫相繼產生，自然山水是一個審美的對象，這個客觀的對象逐漸成為文人體玄識遠，寄託情懷的中介。於是為了滿足士大夫的「林泉之志」，可居、可遊的自然山水園林開始崛起。而東晉士人普遍存在的名教與自然的衝突，則在士人園林的文化內涵上得到一種平衡。

魏晉南北朝士人園林是要通過自然山水、林野某一片段盡可能真切的模仿，表現出士大夫藉此將自己融入無窮宇宙的意趣。東晉和南朝士人園林常利用東南地區的自然條件大興「構石」之風，於是許多世族名士多選擇於江南一帶建園，如謝靈運「移籍會稽，修營別業，傍山帶江，盡幽居之

美」(《宋書‧謝靈運傳》)。在此同時,士大夫們開始對於狹小空間內表現獨特的趣味以及如何將自然山水含籠於一方小天地中,特別感到興趣。盛唐時士人園林在空間藝術上更是以「以小觀大」來營造園林景觀。白居易詩云:「君住安邑里,左右車徒喧。竹藥閉深院,琴樽開小軒。誰知市南地,轉作壺中天。……」④中唐以後,「壺中天地」的境界,成了士人園林最普遍、最基本的追求。

中國傳統木結構的建築一直到唐代都顯示一種雄健渾厚的風格,到宋代建築卻轉變為普遍追求一種柔美精雅的形象。宋代「園林小品」之豐富是前所未有的,所謂園林小品是指庭園建築中的花石、基座、室內外盆景、金魚缸、池欄、鋪地、柱礎、楹聯、匾額等附屬藝術品⑤,而這種精緻藝術品的點綴與布置也延續到明清園林的布置中。

蘇州園林的歷時性發展

私家園林「盛在明清,勝在江南」,薈萃在蘇州。蘇州早在春秋時代,吳王闔閭及夫差就在此建築苑囿、離宮,根據《吳越春秋》記載,闔閭「立射臺於安里,華池在平昌,南城宮在長樂。……晝游蘇臺,射於鷗陂,馳於游臺,興樂石城,走犬長洲」。又據《述異記》云:「吳王夫差築姑蘇臺,三年乃成。周環詰屈,橫五里,崇飾土木,殫耗人力,宮妓千人。……又於宮中作靈館、館娃閣,銅鋪玉檻,宮之欄楯,皆珠玉飾之。」⑥據傳今靈巖山頂上的花園是館娃宮遺址,山上有琴臺,又有響屧廊(以梗梓藉其地,西施行則有聲,故名之),另有西施洞、硯池、玩月池

等，而虎丘則是吳王另一個行宮。這可能是蘇州最早有「皇家園林」的記載。

漢代吳王劉濞也在蘇州建造範圍極大的長洲茂苑。東晉顧闢疆所築的「闢疆園」是目前文獻記載中江南最早的文人山水園林，其「池館林泉之勝，號吳中第一」。當時名士王子敬自會稽經吳，曾逕自造訪闢疆園，因態度傲慢被顧氏驅逐出門⑦。唐時此園歸吳人任晦所有，李白有詩詠之曰：「竹暗闢疆園，前聞富修竹，後說紛怪石，風煙慘無主，載祀將六百。……不知情景在，盡付任君宅。」唐代蘇州為雄州，是棉糧主要產區，蘇州自此開始繁華，當時盛況「人稠過揚府，坊鬧半長安」（白居易詩），不過蘇州當時的私家園林，見之記載的僅有任氏園了。五代廣陵王錢元璙在蘇州營建兩座名園：南園與東莊。宋代蘇州經濟更為昌盛，錢氏所築之南園，到了北宋時詩人王禹偁為長洲主簿，常攜客醉飲於此，嘗有詩曰：「天子優賢是有唐，鏡湖恩賜賀知章。他年我若功成後，乞與南園作醉鄉。」東莊，一稱東墅，錢氏苦心經營三十年，極園池之賞。園主文奉跨白騾披鶴氅，緩步花徑，或泛舟池中，客與往來，頗有東晉名士之雅度。宋時蘇州的文人園林大致有兩種基本格局：一是在真山真水的基礎上略加點綴，隨形相勢，為莊園別墅式的建構，代表的是范成大的石湖別墅、趙節齋的消夏灣千株園。另一種雖因勢利導，但大都有主題園名及抒情色彩很濃的園景題名，這類園林近城靠宅，是可以終年涉足的私人園宅，代表的是蘇舜欽的滄浪亭、朱長文的樂圃等⑧。元代造園疊石藝術有更大的進展，名畫家親自參與造園，如蘇州名園獅子林，就是元

代天如禪師與畫家倪雲林等人合作建造的。

明清時期的蘇州是「花柳繁華地，溫柔富貴鄉」，吸引大批官僚文人來此營建私人園宅。《吳風錄》記載：「吳中富豪，競以湖石築山寺奇峰隱洞，鑿峭嵌空爲絕妙」，「雖閭閻下戶，亦飾小山盆島爲玩」。明代蘇州文人園多達二百七十一處，清代共有一百三十處。當時的名園有：明御史王獻臣（字敬止，號槐雨）棄官歸吳後築「拙政園」，其好友文徵明曾參與設計此園。王鏊在洞庭東山的招隱園，其子王延喆爲其父歸老所築的怡老園。閶門內桃花塢唐寅的唐家園，又稱六如別業。清代有尤侗歸田所葺的亦園，清初顧雲美在虎丘建雲陽草堂，爲虎丘園第中最負盛名的。

明清時期蘇州文人園林的建造，均有文人及書畫家參與設計，例如明代蘇州畫家周秉忠（時臣）爲徐泰設計「留園」。吳江的計成，從小愛好遊歷名山勝水，中年後一直從事造園藝術活動，著有《園治》一書。文徵明曾孫文震亨是造園名家，著有《長物志》論述古典園林藝術特色，其購置改造蘇州高師巷馮氏廢園，名爲「香草垞」；其兄文震孟的藥圃（今名藝圃），更是明代文人園林的傑作之一。

二、中國園林的作用

上古的靈臺、靈沼、苑囿等建築，其目的是古人在原始的自然崇拜信仰之下，爲了愉悅祖神，以爲在此可以上承天庭，接收到神的旨意，這個空間具有宗教上的意義，是屬於

一種「神聖空間」的作用，彷如西方的教堂或聖壇，人們在此可以受到天啓。如以巫覡信仰爲主的楚國文化，正是鮮明的保留這種原始文化的痕跡，在屈原《楚辭·九歌》中有「作歌樂鼓舞，以樂諸神」，又如〈湘夫人〉篇有：「築室兮水中，葺之兮荷蓋。蓀壁兮紫壇，播芳椒兮成堂。」這是一個佈滿香花香草唯美浪漫的空間，居住在這裡的主人就是迷濛縹緲的湘水女神，在空間上是屬於女性的空間，更是一個虛擬的空間，也是現實生活中巫師祭祀的神聖空間。春秋以後各國諸侯競修宮室苑臺，其目的一方面是逸樂遊宴之用，一方面也是爲了宣示國力，展現威權的政治目的。

到了漢代的皇家苑囿的形制更爲擴大，如上林苑、通天臺、柏梁臺等。「臺」，《釋名》云：「臺者，持也。言築土堅高，能自勝持也。」築土疊石爲臺，臺要高而平，目的是可以登臨眺望。登臨眺望可以盡收遠近之景，眼睛視覺的範圍也因此可以向無限的遠處延伸。高臺上的王者可以「監視」或「凝視」臣民，這就是米契爾·福科（Michel Foucault）所說的「政治的身體」（political body）。福科把「實質的身體」（physical body）想像成「政治的身體」，因爲身體結合權力，形成政治的身體。如果擁有權力的政治身體，便可以制約其他沒有權力的身體。再者任何的空間透過政治身體的運作，空間便與權力結合。用這個制度審視身體運作下的空間，則可理解到，擁有權力的身體，可以將權力引伸到身體所存在的空間中，同樣的，權力也可以引伸到身體的感覺器官中，身體的感覺也同樣擁有權力，則如同視覺，擁有權力的不同身體（典獄官、醫生、政治家）的凝視（gaze）可以

代表著監視、關心或政治上的關愛等，因此這種權力的存在，及身體上的感覺有了新的詮釋。除了視覺之外，其他的感覺器官在附以某種權力後，例如維多利亞女王時期的封爵儀式，是以手的觸摸來表示權力的授與，都是代表政治身體的延伸⑨。漢代園林一方面作爲皇室游獵之用，一方面更是極力彰顯帝國的氣魄。皇家園林在恢弘的規模之下，實際上它是一個「政治空間」，更蘊藏著王者權力向天下人宣示的作用。

士人園林與隱逸關係

到了南北朝王侯、外戚競相修園，「於帝族王侯，外戚公主，擅山海之富，居川林之饒，爭修園宅，互相誇競」⑩這一類的貴冑園林造園是爲了「誇競」，因此園林是對外開放的，形成公眾共享園林的情景，這也是私家園林「公園化」的趨向⑪。佛教在東漢末年傳入中國，六朝時佛教興盛，於是出現大量的佛寺，而且這些佛寺大都座落在巨型園林之中。根據佛典記載諸佛多在園林中說道、誦經，甚至滅度而園林幽靜的氣氛利於淨心修行，是以佛寺多有園林之故。寺院園林除了景致清幽之外，同時也提供房舍賓館招待遊客，所以

> 京邑士子，至於良辰美日，修沐告歸，徵友命朋，來由此寺。雷車接軫，羽蓋成蔭。或置酒林泉，題詩花圃，折藕浮瓜，以爲興適。⑫

　　不論是私家園林或是佛寺園林幾乎都是對外開放遊覽的，因此漸漸形成中國的「樂遊文化」。

　　唐代最著名的大型公共園林是長安城內的曲江樂遊園⑬。每至春天，上至皇帝貴戚，下至庶民百姓皆成群結隊往長安東南的樂遊園或其他私人園林去遊賞宴飲，我們可從詩人作品中看出樂遊園之盛，如杜甫有〈樂遊園歌〉、〈曲江二首〉、〈曲江對酒〉；白居易有〈登樂遊園望〉、〈曲江早春〉；元稹〈和樂天秋題曲江〉；劉禹錫〈曲江春望〉；盧綸〈曲江春望〉；張祜有〈登樂遊原〉；李商隱〈樂遊原〉等。樂遊園中的曲江是人工引灌而成的水景，也是此大型園林中最重要的遊賞中心，甚至進士及第的士人們都會在此舉行著名的「曲江宴」。大型公園是提供民眾宴遊的場所，此外文人士子也有修築個人的私家園林，例如白居易本身可算是一位造園家，他「壺中天地」的園宅主張，正是後來文人園林的一種精神根據。其有詩云：「大隱住朝市，小隱入丘樊，丘樊太冷落，朝市太喧囂。不如作中隱，隱在留司間。似出復似處，非忙亦非閒。不勞心與力，又免飢與寒。……」⑭詩中大隱、中隱、小隱的界定，對後來的隱逸文化影響頗為深遠，尤其是「中隱」的觀念，更是普遍為士大夫們所接受，如北宋蘇軾遊西湖時云：「未成小隱聊中隱，可得長閒勝暫閒。」⑮龔宗元取其意作「中隱堂」，而范成大曾說：「中隱堂前人意好」⑯；葉清臣有小隱堂、蔣堂有隱圃等，都是直接取其「隱」之類型而為園名，其中更是明顯的標示著園主對自己「隱逸」型態的表達。這也是為何一談到中國園林總離不開「隱逸」主題的系統。園林發展至明清，其經營的

意象仍不離隱逸傳統，所不同的是明代的隱逸觀念已大不同於傳統。而且園林本身已經是一種專業的空間設計，不論是「治園」或「賞園」都有一套成熟的理論發展。

三、明人隱逸觀念之改變

(一) 隱於朝市，市隱於園

明代蘇州文人的隱逸觀念，與宋代流行的「中隱」不同，宋人張孝祥曾說：「小隱即居山，大隱即居廛。」⑰明人就是轉向「大隱」的型態。明代文人「隱居」的態度，不是中國隱逸傳統的「遺世而獨立」，也不再是個人生命底層對存在情境的疏離。「隱」只是存在文人意識中一種美感的、理想的生活型態，是文人在凡塵俗世所企求的生活。

都穆嘗分析「隱」的類型，其說：

隱一也，昔之人謂有天隱、有地隱、有人隱、有名隱、又有所謂充隱、通隱、士隱，其說各異。天隱者無往而不適，如嚴子陵之類是也。地隱者避地而隱，如伯夷、太公之類是也。人隱者蹤跡混俗，不異眾人，如東方朔之類是也。名隱者不求名而隱，如劉遺民之類是也。他如晉皇甫希之人稱充隱，梁何點人稱通隱，唐唐暢為江西從事不親公務，人稱仕隱。然予觀白樂天詩云「大隱在朝市，小隱在北樊。不如作中隱，隱在留司

間。」則隱又有三者。⑱

此處提到幾種隱的類型，其分類標準並不明確，大致而言都穆所說的「隱」，應該是以一種心境作爲判斷，是一種疏離人情、疏離世事，但非疏離環境的「隱」居。中國傳統文人中隱於田園或漁樵山水，是名士、高士的隱者型態。白居易所說的大隱於朝市，則是蘇州文人最爲樂道與遵行者。

(二)「隱逸」庸俗化

「隱」在明代出現了新的意義，由生活空間的隱居，轉向或隱於市、或號稱「心隱」，明代「山人」所說的隱，正是如此。

山人之稱就其字面義應是山中之人，所謂山中之人多爲漁樵隱者，或鍾鼎山林之人。這類人物本是中國隱逸傳統中的高士，然在明代中葉以後民間突然出現許多山人，「山人之名本重，如李鄴侯僅得此稱。不意數十年來，出游無籍輩，以詩卷遍贄達官，亦謂之山人，始於嘉靖之初年，盛於今上之近歲」⑲。所謂山人，並不住在山中，反而是奔走公卿之門，「下則廁食客之班，上則飾隱居之號，借士大夫以爲利」。萬曆以後這些人數量又極多，自視爲隱者，自居爲高士、才子、名士，故形成一種時代之特色，也是明代隱逸傳統之新變，只不過這種變化，是一種趨向於世俗化的轉變，爲了廁食公卿之間，藉山人之形象，以提高自己的地位。

王世貞云：「四十年前山人出外，僅一吳擴。……其後臨

清繼之，名最重；吳縣繼之；鄞縣又繼之名重，又所獲亦皆
不貲。今盡大地間皆山人，不必皆能詩，而應之者力多不
繼。……士大夫罷官、武弁不得志、太學諸生不獲薦，亦自
附於山人，以暫實其橐，而吳中尤甚。……」⑳吳擴昆山人
（1555~1568），為一介布衣，嘗遊覽武夷、匡盧等勝地，挾其
所作詩卷，在嘉靖年間，遊走於縉紳之間，諸人亦樂與之
遊。之後則有謝茂秦（1499~1573，臨清人）、鄭若庸
（1518~1576，昆山人）等山人，亦遊走公卿之門㉑。在正
德、嘉靖以前，山人「猶頗存宋元說部遺意」。隆慶、萬曆以
後，運趨末造，「山人盡述眉公，矯言幽尚，或清談放誕，學
晉宋而不成，或綺言浮華，沿齊梁而加甚，著書記既易，人
競操觚，小品日增，卮言疊煽，求其卓然蟬蛻於流俗者，十
不二三」㉒。

士大夫與山人結交的原因，據謝肇淛詢問前輩朋友的結
果是：

> 先達如李本寧、馮開之兩先生，俱喜與山人交，其仕之
> 屢躓，頗亦由此。余嘗私問兩公，曰先生之才高出此曹
> 萬萬倍，何賴於彼而惑暱之？則曰此輩以文墨餬口四
> 方，非講借游揚，則力槁死矣，稍與周旋，俾得自
> 振，亦菩薩善度法也。……近日與馬仲良交最狎，其座
> 中山人每盈席。余始細扣之，且述李馮二公語果確
> 否？仲良曰亦有之。但其愛憐亦有因：此輩率多儇巧善
> 迎意旨，其曲體善承有倚門斷袖所不逮者，宜仕紳溺之
> 不悔也。然則弇州譏其罵坐，反為所欺矣。弇州先生與

> 王文肅書有云：近日風俗愈澆，健兒之能譁伍者，青衿
> 之能捲堂者，山人之能罵坐者，則上官即畏而奉之如驕
> 子矣。㉓

山人原以隱者自居，士大夫與之交往，原是山人墨客，相互
標榜。山人借士大夫以爲利，士大夫亦借以爲名。其後則演
變爲，有些山人儇巧善迎人意，而得仕紳憐愛，竟有將其視
爲男寵般的對待，於是「惟近世一種山人目不識丁而剽竊時
譽，傲岸於王公貴人之門，使酒罵坐，貪財好色，武斷健
訟，反嚙負恩，使人望而畏之」㉔。

（三）戀物──隱者生命投射於物

至此，明代山人與古代隱者的隱逸觀念已經有很大的不
同：除了隱山林與居市朝之分、棄富貴與求名利之別外，此
時山人、名士主張隱居者要寄情於某物。古代隱者寄情於山
水，多因爲不得志於世之故。明代隱者特別強調寄情於
物，甚至成爲「戀物癖」，許多人號稱花隱、蔬隱、酒隱、懶
隱等等。尤其在晚明，文人將生命投向一個外物，如
茶、酒、花、書，乃至以金錢爲性命，以酣歌做道場，消磨
在女人身上，放浪於山水之間，都是主體沒入對象，消蝕於
此，爲物所役，就是它生命的價值之所在。所以他們自稱其
是有癖、有病，「嵇康之鍛也、武子之馬也、陸羽之茶也、米
顛之石也、倪雲林之潔也，皆以癖而寄其磊傀儁逸之氣者
也」㉕。名士、山人需要羅致長物，「羅天地瑣碎雜細之物於
几席之上」，例如欣賞鐘鼎彝器、窯玉古玩、文房器皿、書

畫、琴瑟、雕刻、焚香、品茗、蒔花、藝竹之類。這些都是
消閑，而且是生活中的加法。爲了增加生活趣味。所以名
士、山人雖以隱爲名，其實乃是隱者精神的大逆轉，是隱逸
傳統在歷史發展過程中出現的「異化」現象。異化後的山人
隱士，不但形成消閑清賞之風，轉簡樸生活爲休閑寄趣，更
可能由此發展出一種放縱的生活美學來㉖。

　　明代文人將生命投射在外物上，作爲情慾的一種釋放
的，強調「玩物喪志」的情況，恐怕是晚明文人生活的形
貌。這種情況在明中葉雖稍見端倪，但還不至於偏狂。例如
文人對事物的鑑賞，以及對景物的情感投射方面，可從沈
周、唐寅、文徵明等相互唱詠花開、傷弔花落詩來談，「唐子
畏居桃花庵軒前庭半畝，多種牡丹花。開時邀文徵仲、祝枝
山賦詩，浮白其下，彌朝浹夕。有時大叫慟哭至花落，遣小
伻一一細拾，盛以錦囊，葬於藥欄東畔，作落花詩送之，寅
和沈石田韻三十首」㉗。文人詠物之作，借物言志的情形不
多，但卻是個人對物的真摯眷戀之情，或是純粹的美感觀
賞。

　　明代山人的現象，說明隱逸觀念已經有了改變，官員致
仕退隱於鄉里，築屋置園，也名之爲隱。蘇州文人的隱逸觀
念，表現在他們園林宅第的設計上，強調「心隱」，或大隱於
朝市，其實是不離人群的隱居，蘇州文苑中的文人，購置園
林爲的是邀朋友遊賞，若是在深山野嶺怎會有人造訪？我們
從他們選擇的購屋地點，可以肯定的是，文人並不希望離群
索居。但在文人意識中，「隱逸」是一種高雅的理想，是一種
美感，兩者折衷後，在自己的園林中隱藏著自然的山水風

貌，所謂的「借景」、「引景」，在方寸間重新擬塑山林野趣。例如「姚元白造市隱園，請教於顧東橋，東橋曰：『多栽樹少建屋』，故市隱園最有疏野之趣」㉘。文徵明時常流連於好友王敬止的「拙政園」，其在蘇州園林中是以野趣見長。造園為何強調疏野之趣？因為中國隱逸傳統中田園、山林的漁樵之隱，一直是隱者所嚮往的。謝肇淛理想中的居住環境是「竹樓數間負山臨水，疏松脩竹，詰屈委蛇，怪石落落，不拘位置，藏書萬卷，其中長几軟榻，一香一茗，同心良友閒日過從，坐臥笑談隨意所適，不營衣食不問米鹽，不敘寒喧，不言朝市丘壑，涯分於斯極矣」㉙。

自稱「江南第一才子」的唐寅（字子畏，1470~1526，吳縣人）在科場弊案後，益自放廢，縱酒落魄。作品中充滿佛家思想，「日占千閒忙箇甚？天明萬事又相牽。不如自學安身法，便是來參沒眼禪」㉚。不過他一直沒有隱居的念頭，築室桃花塢是在蘇州的金閶門外，曾作〈桃花菴歌〉：「桃花塢裡桃花菴，桃花菴裡桃花仙，桃花仙人種桃樹，又摘桃花換酒錢。酒醒只在花前坐，酒醉還來花下眠。半醒半醉日復日，花落花開年復年。但願老死花酒間，不願鞠躬車馬前。車塵馬足貴者趣，酒盞花枝貧者緣。若將富貴比貧者，一在平地一在天。若將貧賤比車馬，他得驅馳我得閒。別人笑我忒風顛，我笑他人看不穿，不見五陵豪傑墓，無花無酒鋤作田。」㉛雖然家無擔石，而客常滿座。風流文采，照映江左。從他寄給朋友郭雲帆的詩中可以看出，唐寅喜歡住在蘇州，他說：「我住蘇州君住杭，蘇杭自古號天堂。東西只隔路三百，日夜那知醉幾場？保叔塔將湖影

浸，館娃宮把麝臍相。只消兩地堪行樂，若到他鄉沒主
張。」㉜

四、明代蘇州文人園林的空間書寫

(一) 空間的定義

「空間」，可透過不同的進路加以詮釋，當透過物理性質
的進路去掌握時，它是一個「自然」的「科學世界」，也就是
由長、寬、高三維向度所形成的一個具有立體感的「物理空
間」。若從康德的「先驗」原則去掌握時，則空間變成一個人
在世存有的「感性條件」，有了它，人的存在及各種活動才可
能，這個「空間」是先於「經驗」而存在的㉝。Susanne
Langer 曾經指出：現實世界的「空間」是沒有實際形狀
的，即使在科學上，「空間」也只有邏輯形式，只有空間的關
係而沒有具體的空間整體。例如我們所謂的「繪畫空間」，只
存在於視覺經驗中，是畫家經由選擇組織建構創造出來的
「虛幻空間」（virtual space）㉞。虛幻空間是思維意象的投影
（the images of thought），融入了思想與感情㉟。

中國文人園林空間則是創設出來的空間，它是依主體人
之活動意義來創造的，空間的分隔與景點布置雖極力模仿自
然，但其一草一木都蘊含了設計者主體意識之投射。以「人
文主義地理學」（Humanistic Geography）的定義來看，園林
不只是點線面的「外在性」空間而已，更是一種「存在空

間」。

> 所謂「存在空間」須由「內在」的「主體性」來貞定展
> 顯，所以此空間的內蘊，不是幾何的點線面之「外在
> 性」就可以涵括。當然，此亦非指謂「存在空間」無幾
> 何之點線面構成。乃是說「存在空間」是依此空間內
> 「主體人」之意義活動和創造而形塑建構，若抽離掉人之
> 意義活動創造，則外緣的幾何性將無「存有性」價值可
> 言。㊱

園林如同中國畫一樣以「意境」為主，尤其文人山水園林更
是以主體生命存在感受為表現，陳從周說：「造園之理，與一
切藝術無不息息相通。故余曾謂明代之園林，與當時之文
學、藝術、戲曲，同一思想感情，而以不同形式出現之。」
㊲園林空間的存有價值在於它是一種「情境」的表現。現象
學大師梅洛龐蒂提出所謂「情境之哲學」，其對於「情境的分
析」又被稱為「存在的分析」。這是一套新的空間觀，讓空間
不離開人的主觀心境，使空間具有人的建構能力。

> 所謂「情境」，是指人類所具體生活、具體行動的這個
> 「世界空間」，指人與各種外在環境的關涉性，這個環境
> 包括他人、自然及各種人文環境等。亦即人的「情境」
> 是一個兼含人心靈活動及外物相參相融的關係。馬林
> （Merleau）說：「我們常常使用『情境』這一個意義，來
> 說明我們自己和他人之間的內在『交互性』。」「情境」

一詞並不只有說明人我或者人與環境的「外在關係」而
已，它同時能展示人我間更深一層的內在「交互性」。㊳

梅氏的說法相較於其他哲學家對「空間」的定義而言，是兼
顧外在與心靈互動現象的解釋。在空間的外在意義上，「情
境」與地點（location）、與地方（place）是不一樣的，與
「位置之空間性」也是不盡相同的。不管是位置、地點或地
方，這些詞皆僅指涉到「外在環境」而已；只描述了外在事
物和對象等，在一個空間的場域，卻不能說明人內在的心靈
活動㊴。園林若只談空間布置的構造形制，一樣無法說明園
主或遊園者的內在心靈活動。

　　梅氏認為我們存在的這個「現象之身」，與全體環境形成
一個相與相參的世界，使得人的存在，便是一個情境的存
在。而身體的在世存有，是一個具體的投企（projection），不
是虛無的。而身體的空間性，就是情境的空間性。這個情境
也正指出人與世界的關係，是一個「動態的辯證關係」。身體
具有主動的「創新性」，使得「身體——主體」不斷的與現存
世界，形構為具有一個內在性的關係。「情境」本兼含人的
「身體」及世界的「空間」，故情境的變化，也影響到空間的
變化（見該書頁 34）。梅氏這套情境哲學的分析，用以解釋
中國園林與人的關係，似乎頗有相和之處。中國園林的空間
就是園主人的情感思想之表現，故造園名家計成曾說：「三分
匠，七分主人。」文人園林空間就是文人個人生命情境的外
在投射。

（二）蘇州園林空間書寫方式——視覺經驗

明清時期蘇州園林之盛，冠於天下。遊賞園林是蘇州文人生活中很重要的一部份，它是呼朋引伴的社交活動場所；也是個人消解孤獨時的慰藉。關於描述園林的作品，便成了文人作品中一個重要的主題。

園林空間的書寫可以有許多感知的方式：視覺的（如觀覽園中空間）、嗅覺的（如林木花草的氣味）、觸覺的（品鑑）等。此中以視覺的感知是最常見的描述，在明代中期的蘇州文人作品中這一類的書寫方式是最常見的。

明代中期蘇州文苑文集中經常提到的園林有：吳寬的「東莊」；沈周在相城的「有竹居」；文徵明的「停雲館」或「西齋」；唐寅的「桃花菴」（六如別業）以及「夢墨亭」；王鏊的「真適園」和「怡老園」；楊循吉（楊儀部）宅；錢孔周的「西園」；湯子重的「小隱堂」；陳以可的「姚城別業」位在陳湖或稱東湖；孫山人（太初）在承天寺掛單；南濠王守、王寵的溪樓；伍君求的「雁村草堂」；顧榮夫園池；陳道復的「西齋」；以及無錫華雲的「劍光閣」等。

第一種園林空間的書寫背景是退隱型的。文人致力於科舉功名，一旦仕宦，許多官員便在家鄉或另覓富庶地方，購置土地園宅，作為致仕後歸隱之所，地方關係（指的是與地方官吏及當地耆宿大老）互動良好，那麼退休後仍享有崇高的社會地位。當時在吳中、金陵、松江、杭州等地文風昌盛，是許多江南官員購置田產的最佳選擇。明人文集中也常見到描述購產置園，以及經營園宅的作品。

　　沈周（字石田，1426~1509，長洲人）歸隱後耕讀於相里城，購得廢棄的寺院，經營自己的園居生活，有詩說明市隱園居之樂：

> 空閒佛地許儒居，敢謂行窩且貯書。老子不妨歌十畝，小兒還可就三餘。西鄰機杼勤堪勸，東圃耰鋤拙未疏。更喜五溪環合處，閉門花柳似村墟。⑩

蘇州文人的休閒生活中，園林的經營佈置是他們生活的另一項重心。閒居時蒔花弄草，修砌屋舍或灑掃庭園，都是日常的工作。「治園以娛生」恐是當時蘇州文人流行的生活經營方式。

　　蘇州園林大都是私人園林，園地規模並不廣大，空間私密性不夠，所以與鄰人隔牆遙呼也時有所見⑪，沈周在園中可以見到西鄰織布，東鄰耰鋤。「久矣居畎畝，邈如遺世人。地靜習雖陋，野意還自真。怡怡晨夕間，言笑諧四鄰。……」⑫沈周居住於畎畝間，雖自言有野意真趣，但是從鄰居相往還談笑看來，其居處也不是偏僻之地。高枕晏眠，讀書抄書閒適的生活，只需要小矮茅屋，疏竹清窗即是沈周所滿足的生活空間，「顛毛脫盡野僧如，世好都歸一嬾除。欲博晏眠高著枕，圖便老眼大抄書。屋須矮小茅須厚，窗要清虛竹要疏。心與陶翁有相得，時歌吾亦愛吾廬」⑬。沈周歸隱後，當時名人折節與之內交者更多，如：

> 自部使者郡縣大夫皆見賓禮，縉紳東西行過吳，及後學

> 好事者日造其廬而請焉。……其別業名雨竹居。每黎明
> 門未闢舟已塞港矣。先生固喜客至門，相與讙笑詠
> 歌，出古圖書器物，模撫品題酬對終日不厭。……先生
> 高致絕人，而和易近物，販夫牧豎持紙來索，不見難
> 色。或未償作求題以售，亦樂然應之。……無不購求其
> 蹟，以為珍玩，風流文翰照映一時。㊹

欣賞鐘鼎彝器、古圖書器物，模撫品題酬對終日不厭，這些
都是消閑，也是一種寄情於物，不過此時的文人戀物尚未成
癖，他們個人生命情懷是在朋友情誼的交往中消解，文人集
團的群體意識使他們的生命得有安慰之處。園林成為文人聚
會的場所，在精緻的空間布置之下，「遊園」是凝聚朋友的一
種方式，在互相觀賞園林的同時，正在進行一種「品味」的
對話。

「市隱」，在明代蘇州文人生活中是一種常見的隱居的型
態，如沈周〈市隱〉一文云：

> 莫言嘉遯獨終南，即此城中住亦甘。……壺公涸世無人
> 識，周令移文好自慚。酷愛林泉圖上見，生嫌官府酒邊
> 談。經車過馬常無數，掃地焚香日載三。……時來卜肆
> 聽論易，偶見鄰家問養蠶。為報山公休薦答，只今雙鬢
> 已毿毿。（頁 661）

居住在城中，隱者之所以與一般俗人不同者，在於其心
態，在於其對林泉之志的嚮往，門前車馬雖然經過無數，也

不妨其「心隱」。

蘇州文人在園林宅第的空間敘述上，基本排列與其畫法相通，其空間的感覺在於高遠、平遠和深遠三種原則，沒有透視的焦點，視線是上下左右的流動。

> 我愛君家春水船，江湖已賦卜居篇。不憑寸地可作屋，儘住清粼無稅錢。涼月蕩人簷影下，晚波跳夢枕屏前。便從畫舫齋中看，鸂鶒鸂鷘相對眠。㊺

例如沈周的〈春水船〉：家在水船上，從現實來看不需繳稅。居住的空間包容天地，上有涼月含攏入屋，下有水波搖蕩入夢，視覺上先有上下的縱觀，再來視線向前延伸，是一種平遠之境。

吳寬（號匏翁，1434~1504，長洲人）退隱後購得的姚氏園池，又名「東莊」，古名東墅，在蘇州門內，吳寬父子經營數十年而成的莊園。沈周曾取東莊幾個主要景點，繪製〈東莊圖冊〉共二十四幅㊻，並有詩云：「小小園池儘自清，不曾誇大命新名。看花看竹多佳客，竹與追陪花送迎。」㊼吳氏園宅沒有特別標立的園名，宅中只以花、竹為主，在此常與當地文人舉行「花會」活動。不過園中景點卻幾乎以陶淵明的〈歸去來辭〉為意，其中「成趣亭」沈周有詩云：

> 舊聞淮上尚書府，別作陶翁成趣園。三匝菊松迂引遲，兩交梧竹暗通門。亭分啼鳥邊頭座，人倒飛華裡許尊。莫信平原誇富貴，只憑幽雅繼兒孫。㊽

陶淵明的隱居生活形態，是蘇州文人刻意追求與模仿，在園林的命名上有不少以〈歸去來辭〉的文句作爲題園立名之根據。成趣園是吳寬的園宅，成趣園以松菊作爲迂徑，空間上是一個迂曲的設計。打掃園林是文人日常工作，也是生活情趣所在，「蚤起治園晚始歸，黃昏蝙蝠滿堂飛。人家夜例開門睡，甚矣先生併去扉」⑭。園林生活一切工作親力親爲，打掃庭園可以花整日時間，而鄉居淳樸可以連門扉都棄而不置。庭園佈置是文人美感的表現。邀集友人遊賞園林，也是對生活美學的一種心得交換。但是也有人住在山林之間，門庭車馬如龍，身隱而心未隱者：

> 結屋青林下，移家綠水傍，古苔留晚照，殘菊帶秋光，……主人非隱逸，莫怪馬蹄忙。⑮

王鏊（1450~1524，吳縣人）官至少傅、文淵閣大學士，致仕後歸隱吳中家鄉，他在洞庭東山建造招隱園，購園名「且適園」。其大兒子王延喆在城內吳趨坊爲其父歸老所築的怡老園，王鏊在此歸老倘佯二十年。

> 太湖之東有閑田焉，南望包山數里，而近北望吳城百里。……於是乎迺購屋買田，且畊且讀，既又闢其後爲園，雜蒔花木以爲觀。……因名其園曰且適。予於世無所好，獨觀山水、園林、花竹、魚鳥，……昔官京師作園焉曰小適，今自內閣告歸又作園焉曰真適。……若吾弟則豈真適乎是哉？其亦暫寓乎此者也，……。⑯

蘇州文人購園為宅，其園第的命名也可以看出主人的性情與
懷抱，王鏊京師為官時，曾有園名曰「小適」，回鄉後置宅名
為「真適園」，這些正可看出王鏊求「適」的欲念，「適」乃
一種自在與安頓，也有一種滿足的意義。「閒」與「適」是蘇
州文人生活中最常見的追求境界。歸隱生活連飲食也別具鄉
野村味，〈和（禾蜀）秫飯〉「平生翰苑詩書腹，此日野人藜
莧腸。金谷萍虀殊可厭，蕪亭麥飯略相當。煎湯未用呼鶯
粟，貯廩惟堪與鶴糧。若說菜根風味好，小園多有不須
行。」⑫

> 題詩昨日送殘春，桃李陰陰入夏新。風動漸驚紅落
> 莫，雨餘猶愛碧嶙峋。敢期事業同夔蒍，且可壺觴飲白
> 申。獨有江湖憂未歇，北來消息苦難真。⑬

王鏊是蘇州文人中的官宦典型，王鏊的怡老園退隱生
活，是傳統典型的仕宦生活模式，也是一般士子所欲追隨的
模式，年輕時身處魏闕學優而仕，年老後功成身退。文徵明
對真適園的描述如下：

> 太湖石：「幽人家太湖，湖潯富奇石。疊石作層巖，開門
> 見蒼碧。逍遙無所營，居然有真適。卻笑牛奇章，千里
> 為物役。」
> 款月臺：「幽人何所適？日暮臨高臺。清風吹泬寥，啣杯
> 遲月來。庾公興不淺，況此謫仙才。山空露華白，顧影
> 重徘徊。」⑭

名爲「款月」，款待月亮，視月爲友，將月做了擬人的比喻，又提到東晉名士庾亮及李白等邀月的風流雅事，可見魏晉人物的生活是他們所嚮往的。從其詠園林生活之樂，可知這些文人胸中無經國營世的抱負，最常見的是在園林山水中徜徉，花樹草石的生機與生趣便足以自娛了。「幽人」是幽居之人，即隱者是也。

第二種是以追求田園生活爲存在情境的類型如，文徵明（字徵仲，1470~1559，長洲人）參與設計的「拙政園」，是蘇州文苑中最有名的私人園林。其中有齋名爲「停雲館」，乃是徵明與朋友燕集雅座之所。「山館無人午篆殘，便閒經日不簪冠。時憑茗椀驅沈困，聊有書編適燕歡。……」⑤⑤文徵明對自己的山齋景色以及園林植物的欣賞是相當細緻的。如〈齋前小山穢翳久矣，家兄召工治之剪薙一新殊覺秀爽，晚晴獨坐，誦王臨川「掃石出古色，洗松納空光」之句因以爲韻賦小詩十首〉⑤⑥，其中：

> 道人淡無營，坐撫松下石。埋盆作小池，便有江湖
> 適。微風一以搖，波光亂寒碧。（之二）
> 疊石不及尋，空凌勢無極。客至兩忘言，相對湌秀
> 色。簷鳥窺人嫌，人起鳥下食。（之五）

詩中可見園林中小山、疊石、盆栽、花卉，每一處都足以使人流連忘返，所以文徵明說：「幽人如有得，獨坐倚朱閣。巖岫杳以開，松風互相答。此樂須自知，叩門應不納。」（之八）園中世界是文人閒賞之源，而「會心非在遠，悠然水竹

中」（同上）獨具清閒清賞之美。文人生活最引人入勝者是既不離塵囂，可以時與友人相往來，又不離自然，能享受山林之境，欲兼顧兩者只有建造園林，引自然山水入方寸之地。

文徵明寫給其好友陳以可的詩中，可見蘇州文人集團在園林空間的意境設計上，他們對田園耕讀生活的審美取向。

> 築室姚江上，陳湖東復東。舊諳風俗厚，近喜歲年豐。晚醉茅柴酒，朝羹踏地菘。村居今已習，那復念城中？
> 甲第城中好，何如小隱家？剪茅苫屋角，引蔓束籬笆。社動喧村鼓，場乾響稻枷。誰言田舍苦，隨分有年華。（之二）
> 散步蒲為屬，端居衲御風。觀儺逐鄰里，築圃課兒童。誰識佳公子，真成田舍翁。只應吟興在，時復走詩筒。（之六）
> ……省事無官擾，勤身歲有秋。有時攜短策，尋壑更經丘。……渾家得醉飽，時事更休論！……自和田園詠，閒修種樹書。…時有東鄰叟，攜壺慰索居。㊼

文人隱居田村，又以農事耕作自得其樂，時與鄰叟村夫飲酒相慰，另外還有一個特別的心境是，選擇園居是半隱居的生活狀態，其中更蘊含了對自己這一生功業的期許以不復存在，只有寄望於子孫，所以在園居中仍以督課兒童為一要事。文徵明亦有這一類的心境：

堂前笑展晬盤時，漫說終身視一持。我已蹉跎無復
望，試陳書卷卜吾兒。

吾家積德亦云稠，不易生兒到歲周。印綬干戈非敢
冀，百年聊欲紹箕裘。⑱

蘇州文人大都參與科舉考試，即使「棄舉業」的文人也多半
是在幾次科舉失敗後才毅然放棄。所以「科舉」有如魔咒般
束縛這些文人，科考功名似乎是一種與生俱來必須要去實踐
的責任，是為了光宗耀祖，鞏固書香家世的。屢試不第，也
不影響其名聲，自己若已蹉跎，則把希望寄在子孫身上。文
徵明對其子就抱著這般寄託。

文徵明〈人日停雲館小集〉其序曰：「書畫作『乙丑人日
友人朱君性甫、吳君次明、錢君孔周、門生陳淳、淳弟
津，集余停雲館談讌甚歡，輒賦小詩樂客。是日期不至者邢
君麗文、朱君守中、中塾賓閣朵蘭』。」詩云：

新年便覺景光遲，猶有餘寒宿敝帷。寂寞一杯人日
雨，風流千載草堂詩。花枝未動臨佳節，菜飯相淹亦勝
期。春草到今深幾許？小山南畔草痕知。（卷八，頁
169）

此詩有畫，即〈人日詩畫圖卷〉（上海博物館藏），此圖繪於
乙丑（西元 1505 年）人日（正月初七）與友人朱性甫、吳次
（一作沇）明、錢孔周、門生陳淳（道復）、淳弟津，聚會於
停雲館的情景。徵明當年 36 歲⑲，畫面的中心茅齋數椽，數

人圍桌暢談，正是表現文人雅集的主題。類似主題還有文徵
明的〈真賞齋銘〉：

> 真賞齋者吾友華中父氏藏書之室也。中父端靖喜學，尤
> 喜古法書圖畫，古金石刻及鼎彝器物。家本溫厚，簞簟
> 所入，可以裕欲，而於聲色服用，一不留意，而惟圖史
> 之癖。精鑒博識，得之心而寓於目。……金江南收藏之
> 家，豈無富於君者，然而真贋雜出，精駁間存，不過夸
> 視文物，取悅俗目耳。此米海岳所謂「資力有餘，假耳
> 目於人意作摽表」者。……知所好矣，而賞則未也。陳
> 列撫摩，揚榷探竟，知所賞矣，而或不出於性真。必如
> 歐陽子之於金石，米老之於圖書，斯無間然。……（補
> 遺卷 21，頁 1303）

文徵明有〈真賞齋圖〉：此圖是一幅園林小景。堂書屋中，賓
主對品畫論文，旁有侍童相伴，還有客從堤上來聚。草堂周
圍檜梧覆陰，假山湖石數塊，屋後種竹一片，湖水曲折遠
去，環境異常幽雅，寫出文人雅集的清興。款署：「嘉靖己酉
（嘉靖二十八年，西元 1549 年），徵明爲華君中甫寫〈真賞齋
圖〉，時年八十。」華中甫即華夏，係文徵明好友，爲當時著
名書畫鑑賞家，真賞齋爲其收藏書畫圖書之室⑩。

　　唐寅的屋舍是「矮屋」，而且都有清溪環繞。屋舍除了景
觀的清幽外，還不離生計的經營，故住屋旁邊還有菜園農田
等。然而文人之居室與村野農家的差別，是在布置景物的的
雅俗之別，同樣是農耕之家，隱者之居植有牆角的梅花，梅

花是文人生命情境的一種投射。牆角的梅花就是隱居此地「佚材」的化身。

> 十月心齋戒為開，偷閒先訪戴逵來。清溪詰曲頻迴棹，矮屋虛明淺送杯。生計城東三畝菜，吟懷牆角一株梅。棟樑榱桷俱收盡，此地何緣有佚材！⑥

明清以來隱者漸多，許多以山人自稱，逞此名目卻附炎於卿相之家，結果使得中國歷來具有清高象徵的隱者形象，日趨於世俗化。隱逸原是士人在出／處之間的價值抉擇，它是一種面對社會化生存情境的內在矛盾表現，在出處之際總是有一個「出」或「仕」的選擇前提，「處」與「不仕」多半是與文人對自我處境情境的覺察與世俗社會的不相容後的一種對抗的精神表現。但是這種隱逸傳統，在明代有一些變化，例如當時有所謂的「假山人」現象，不過本文，我們看看那些真心想過隱逸生活的人，他們的隱逸觀念與隱居的生活形態，也大大的不同於傳統的隱逸型態。文徵明詩云：

> 獨坐茆簷靜，澄懷道味長。年光付書卷，幽事續鑪香。……蕭閒習成懶，不是賽將迎。⑥

蘇州文人生活上常呈現一種閒散的美感，「幽人娛寂境，燕坐詠歌長。……閒情消世事，野色送秋光。」⑥而且這種閒散已經成了習慣。文氏的隱逸生活描述，多半是一種閒散

的、自足的。「消閒」原是隱者所要追求的生活，因爲傳統隱
者多半是堅持某種理想而在現實生活中受挫，又必須以超越
的方式使自己心靈得到安頓，相對於世事的忙擾，清閒就是
最好的轉化方式。不過對於明代蘇州文人而言，他們與現實
社會的對抗性沒有那麼尖銳，內心在出處之間的掙扎也不是
相當強烈，因爲整個明代士人雖在努力求取功名，但功名只
是一種目標性的追求，功名背後原本要經世濟民的抱負，不
在那麼強烈的具有使命感，明代文化整體呈現的是一種「陰
柔」的風格，它在政治功績上已不復漢唐帝國般的大氣
象。至少我們在繁華富庶爲全國之冠的蘇州文人身上是看不
出有什麼強烈的、建設性的、積極的政治主張。

　　第三種園林類型，是其本身就是蘇州的世族富室，如顧
源，字清甫，號丹泉，世爲都城鉅族。其「日涉園」之勝甲
於闤闠。當時許多文人仕紳在此遊園流連，詩文唱詠。取名
「日涉園」乃含藏著陶淵明「園日涉以成趣」的意旨，不過日
涉的重點應該是在遊者身上，此園「趣味」的生成是以每日
沈浸其中才能體會，個人主體生命與存在空間需要互爲感
應。內有成趣堂、翠虛亭、駐鶴山房、登懷閣、印玉池
等。其中設以三代彝鼎，庭下珍石奇花，皆世所希觀。太史
石亭陳公贈之以詩云：「……建業繁華古稱絕，十二宮城開綺
陌，棨戟高門卿相家，山池曲樹神仙宅，六朝家世舊風
流，猶說山南顧虎頭。……」清甫素性高雅，自幼無紈綺之
習，厭與俗人接對。入耽圖史，出愛山水畫，師小米書
法，後人競以重價購之，遂與古人抗衡。中年皈依釋教，日
究內典，更號寶幢居士，恆與名德老宿相依，杜門掃軌，治

淨室甚精，題曰四松方丈……有時散步城南諸寺及棲霞、牛首，惟飯僧齋會而已，城市幾無清甫之跡矣⑭。

祝允明（字希哲，1460~1526，長洲人）嘗爲構築園第之事苦惱許久，曾花數年時間想要營建宅園可惜事皆未成，有詩云：「開口欲棲山，經營一畝難。扞楊嗔斫伐，放竹惜蘭殘。部伍何煩屢，迂遲不爲慳。不知辛亥歲，可許祝公閒。」⑮「懷星堂」是祝氏的園宅，曾有記云：「懷星堂在蘇州闔閭子城中之乾隅日華里襲美街，有明逸士祝允明之所作也。清嘉左抱，吳趨右擁，面控邑公之室，背倚能仁之刹，斯其表環，尤有襟密，則西接旃林王中書空室家，以宅三寶者也，南臨樂圃朱秘書屬淵孝，以樓雙高者也。……宣德中曾爲先外王父柱國大學士尙書武功公之所芟。……嘉靖俶落，余自南粵還履丘園乃歸於我焉。於是存先廬以繫思，築新樓而萃衆。……」⑯懷星堂位置原是祝允明外祖父徐有貞的宅第，左右鄰居都是當時名宦。直到嘉靖年間，允明辭官回鄉後才又購置回來，也是爲紀念先人之意。

（三）空間是文人生命的投射（園居生活——模擬身分之遊戲）

明代中葉後期，蘇州文人如顧璘、陳魯南、金子有子坤等，園居生活描述更時屢有所見。陳沂（字魯南，1469~1538，上元人）的園宅名爲「樂休園」，有〈樂休園十一贊〉⑰，其中有齋名「遂初齋」和「拘虛館」，描寫拘虛館：「有館有館，尋尺不盈。局彼四壁，涵虛小明。井坎有龜，牖隙有蠅。誨以納約，即此性靈。匪我云耄，乃覝厥

成。」陳沂的文集中頗多以「遂初齋」爲題之作。如〈遂初齋四首〉68：

「僻巷離囂俗，孤栖近老禪。門開修竹裏，徑掃落花前。留客清宵坐，攤書白日眠。養生無善術，飲酒自年年。」（之二）「吾愛吾廬好，偏宜老去安。藤床隨意設，花徑逐時看。翻怴朝餐後，烹茶午夢殘。見人殊懶慢，散髮竹皮冠。」（之四）還有專為齋居生活寫實的詩，如〈齋中十二事〉。69

顧璘與陳沂同在京師爲官，退隱後亦築室吳中，有詩與陳沂唱和〈幽居十二詠和魯南〉70。顧璘（字華玉，號東橋，1476~1545，上元人）〈松塢草堂記〉是寫築室於先人之廬墓旁的事由：「我顧氏蘇人也。自曾大父府君始葬金陵石岡之南，今四世矣！其山自石岡崒立……余乃遷故廬其上，以修祀事，以托隱棲。……余每來居之，情有所屬，戀戀不能去，題曰松塢草堂，懷先澤也。……」71顧氏在吳中是地方大族，華玉兄弟眾多，其從父弟顧琛（英玉，1489~1553，爲河南副使）及其弟舜玉、名玉（顧瑭），園居生活相互唱和，「小園泉石占清華，竹塢松堂靜不譁。懸薄護寒藏橘實，曲池褉水灌蘭芽。緇衣老衲時求飯，紗帽幽人共煮茶。門外東風搖五柳，居鄰閒擬似陶家」72。顧華玉爲南京刑部尚書，辭官後構「息園」，以待四方之客，「每張讌必用教坊樂工，以箏琶佐觴，最喜小樂工楊彬。處承平全盛之世，享園林鐘鼓之樂，江左風流，迄今猶推爲領袖」73。曾

自作〈息園記〉：

> 東橋子築園居是之後，袤五十武廣半損，之中取纖徑通
> 步，餘盡蒔植以延叢縛修竹，後挺嘉木，前列周除，芳
> 卉美草，期四時可娛。嘗曰疊山鬱樹負物性而損天
> 趣，顧絕意不為。……作載酒亭以待夫問奇來憩者；東
> 有小軒曰促膝，諸故人至，解帶密坐，談農圃醫藥之
> 事。恒至移日相向為緣，率室居則掩視納息存吾元
> 和，起則觀童子理圖史之帙，時寄雅抱合而名之曰息
> 園。其南乃有廣圃連數十頃，頗雜池沼屋廬其中，達於
> 清溪，非盡顧氏有。……居人多蒔蔬養魚雜冶生業，或
> 星散居，皆有徑可往。……與二三子曳履周遊，無異深
> 林窮谷之趣，此又鄉鄰所以息我者，與夫息之義止
> 也。……⑭

〈載酒亭記〉更能看出文人園居耕讀的情況：「東橋子學
圃多暇，時有好事之賓，命駕載酒款於息園，討論古文奇
字，辨義析疑，日樂其趣。……乃結竹覆茅作亭西隅，以展
游息。未知所名，客有遺俞紫芝小篆，載酒亭額者，若指楊
子雲問奇事，適與意會遂揭之楣。……」⑮顧璘退隱後學
圃。他與王欽佩、陳魯南交誼最深，互相往來唱和，園林生
活的描述是常見主題。「黃閣朱樓橜太淸，江山襟帶舊神
京。開園更擬閒居賦，近市非干大隱名。聊養孤豚供菽
水，尙勞群雀戀柴荊。薰爐藥竈真餘物，和伴狂夫過此生」
⑯。〈宗伯嚴公枉駕草堂惠詩因謝〉「寂寞山人宅，能勞長者

尋。烹葵同薄飯，刻竹動高吟。草藉星辰履，雲諧鸞鶴心。寄言泉石畔，曾見幾華簪」⑦。這些蘇州文人置園後，養豚植椒，與朋友只談農圃醫藥之事，純然享受田園生活。

想要模仿村野農夫、漁樵牧者，刻意擺脫自身的階級，投入另一種身分的生活。當下模仿，甚至「假裝」自己就是農夫，其實這未嘗不是文人之間流行的一種遊戲，蒔蔬、養魚、雜治生業，是消閒的生活方式，在消閒中轉換身分，這種假裝也是一種樂趣。

對遊戲「只是一種假裝」的意識，絕不妨礙遊戲者以最大的嚴肅來從事遊戲，即帶著一種入迷，並至少是暫時完全排除了那種使人困惑的「只是」意識。任何遊戲在任何時刻都能完全把遊戲者席捲而去。遊戲與嚴肅之間的對立總是變動的。……遊戲可以上升到美和崇高的層面而把嚴肅遠遠的拋在下面。

遊戲在形式上的特徵，幾乎都強調它的無功利性（disinterestedness）。……遊戲成了一般生活的陪襯、補充和事實上的組成部份。⑦⑧

蘇州文人遊園時只是純然欣賞，惟有躬身治園，才有「遊戲」性質的體認。

遊戲是在某一個時空限制內「演完」（play out）的，它包含著自己的過程與意義。……人一旦開始遊戲，遊戲

就做為一種嶄新的心靈創造而保留下來，即成為記憶所
儲存的一件珍品。它被傳播，它形成傳統，它可以在任
何時候被重複。…在幾乎所有較高的遊戲形式中，重複
與變化的因素（正如詩歌或樂曲中的迭句一樣）就像織
物中的經線和緯線。（前揭書，頁 12）

顧璘是內閣大臣退仕，又是金陵的世家富室，是中國傳統社
會中的菁英階級、有閒階級，對他而言，偶爾身分的轉
換，是他擺脫原有生活模式及社會地位，而在某一個時空限
制內「演完」的遊戲，對文人來說是一種嶄新的精神狀
態，視他們為生活所儲藏的記憶珍品。

在多數蘇州文人的閒居生活中，表現的安樂富足，不汲
汲於營生的灑然生活，容易令人忽略了，有些文人在生活上
的清苦。金子有、子坤兄弟在蘇州文人群中生活上是較為艱
苦的，居住草堂為風雨所破，得靠朋友資助修葺〈草堂為風
雨所破謝諸君修葺〉詩云：「……霖潦積累月，深巷無人
行。我屋四五間，半為風雨傾。雖無求安心，頗懷昏墊
情。良友篤高誼，為我載經營。編蓬既已飾，土階亦已
平。圖書滿案間，花竹倚前楹。蕭條揚子宅，聊以樂吾
生。」⑦草堂雖簡陋，然圖書滿案，花竹倚前，文人亦甘之
如飴。金氏草屋簡陋卻是清曠怡情，「抱僻愛丘壑，緣崖築幽
居。雖無堰埡工，清曠情可舒。陶子樂容膝，諸公甘草
廬。達人貴適意，豈必輪奐俱。……朋徒時枉臨，命僕具園
蔬。一觴自斟酌，清言常晏如。悟彼蟪蟀吟，逍遙百慮袪」
⑧。金氏兄弟面對生活的態度，是傳統文人面對困境的消解

方式。置諸於歷史中也許不特別，但是在明代蘇州繁榮的奢靡生活場域裡，他們自有獨特之處。金子坤〈幽居〉一詩，正是其心境寫照：「老去成疏嬾，詩書性獨偏。閒看楊子賦，細讀馬蹏篇。綠水緣垂釣，青山忽在前。不愁金錯罄，時有賣文錢。」⑧①

上文論述明代隱逸傳統的異化，以及山人、隱士的俗世化行徑。雖然這些山人充斥於世，但當時還是有些真正的隱士。例如邢量字用理，長洲人，「隱居葑門，以醫卜自給，狷介不取，與人無將迎，足跡不出里門，……敝屋三間，青苔滿壁，拆鐺敗席，蕭然如野僧，長日或不舉火，客至相與清坐而已」⑧②。邢用理是當時少數的隱者之一，不過他也不是選擇山林隱居，而是住在蘇州葑門，少與人往來，正是「市隱」的典型。張萱在《西園見聞錄》中將其歸類爲「畸人」類型。

明代中葉後期，在隆慶、萬曆之間，文人的生活型態開始又有一些轉變。有些文人開始傾向於個人化的生活，較少參與文人聚會，不善與人逢迎。喜蝸居在自己家園天地中。而且個人化傾向愈加鮮明，這是晚明強調個人色彩及自我中心意識之前的轉變及過渡，何良俊的《四友齋叢說》常將明代中期的幾位名士文人生活態度，尤其是文徵明等人，與當時的生活現象作比較。可看出其處於世代價值觀念交替的尷尬時代。

何良俊，華亭人，性情疏曠不喜與人交，自謂只與王維、莊子、白樂天爲友，故名其居室爲「四友齋」。自家園林是他個人寄情所在，也是其文思靈感之源。

> 四友齋者何子宴息處也。四友云者：王摩詰、莊子、白
> 樂天與何子而四也。……蓋何子之與此三人者友也。……人
> 戌冬自蘇州來居之。何子性放曠，每日挾一冊，命童子
> 提胡床坐樹下，視蒼頭鋤地種蔬，則一日快暢。何子為
> 文章有一題，日尋水數十次行，且行且思，皆俟其自
> 來，思偶不屬，輒置去不欲竭思，竭思則氣索也。明日
> 復尋水行，俟有成文在腹，遂操觚書之，未嘗即據案占
> 綴。故在南京與蘇州，甫入宅即鑿池種蔬，城內居雖有
> 喬木數章，前疊石為山，比士大夫家甲第不能百之
> 一，然頗幽適，但無隙地，可池可蔬，何子弗樂
> 也。……⑧

他自言只與古人為友，因為「當世正不必交」，而且「聞世人
言都不甚解」。何氏的孤僻性情，與當世不容，也不見容於
世，何以如此？萬曆時，運趨末造，朝廷的內閣權位之爭在
張居正死後，越演越烈，上至內閣官員，下至布衣文人結黨
營私，朋友知交不見性情。所謂名士山人多矯言幽尚，或清
談放誕，或綺言浮華，士風更形下墮。曾云：「良俊志意不
立，混跡樵採，為州閭所詆毀，為親黨所擯棄，是以杜門掃
軌，絕不與世人為侶。……良俊林澤之性，聞世人語都不甚
解，一聞鳥語，便悠然會心，故自分此生永與世絕，但優游
任適，以畢餘年耳。」⑧可與鳥語，不甚解人語。性情樂於
與山林禽鳥接觸，又自以古人為友，而此種山林絕俗之
性，又是文人自以為得意處。顯然當時有一種普遍的意

識，引導著某些人以不事生產，不汲利於功名，不應酬人際，是爲清逸脫俗的雅士。而越是與世絕俗，則越有慕名訪求謁見的人，當然名聲也就越發響亮。這種特殊的「處士」心態（特稱爲處士以別於隱士及山人），以及世俗之慕名行徑都是使這種高塵絕俗者越來越受重視。

何氏又說：「家畜周秦彝鼎數種，法書數籤，古今名畫百餘軸。……每晨起，盥櫛了當，輒散帙讀道書一二卷，自瀹鼎煮陽羨鬥品，連啜三四甌。有時撫弄鼎彝，展玩卷冊，倦則暫起行散林中，既而群鳥畢集，相和數百許，……逡巡如此便了一日，自以爲有生之樂過此不復有。」⑮收藏鼎彝、法書時而摩撫展玩，或烹瀹茶品，或林間散步，文人之性情全部寄託在園林中。明中葉時蘇州文人的情誼以及文人之間相互依存的社會網絡關係，此時已難見盛況。在孤寂而無知音的生活中，可與鳥言語，卻聽不懂世人之言。文人生命已經投向於外物，寄情於物。甚至沈迷於物相中，自以成癡成癖爲一種文人的品相。晚明文人的生命情態，在此以見端倪。

五、結論

園林是屋舍的一種擴大和延伸，中國士人對於宇宙與天人關係的感知是由屋舍開始。宗白華曾說，門與窗（戶與牖）是屋舍的表徵，從而發展出一種窗框觀看的方式：「中國詩人多愛從窗戶、庭階，詞人尤愛從簾、屏、欄杆、鏡以吐

納世界景物。我們有『天地爲廬』的宇宙觀。……中國這種
移遠就近，由近知遠的空間意識，已經成爲我們宇宙觀的特
色了。」⑯以窗框爲視覺的起點，不論是「借景」或「因
景」，都是園林藝術中一種觀看的方式，這種以建築物爲依據
的感知方式有一個重要的特質，就是以「我」爲中心，將一
切收納到這個屋舍中，也可以說是以屋舍代表自我。

> 人的「空間性」是「自我中心」的。整個世界，透過人
> 的「自我中心」的作用，自古以來就已被「中心化」。因
> 此「家」是空間的中心，「市政廳廣場」是空間的中
> 心，「廟口」是空間的中心。⑰

西方人觀看所存在的空間時總是站在固定地點，由固定
角度來透視現實空間，視線是落在無窮遠處。對這無窮空間
的態度是朝向追尋的、控制的、冒險的和探索的，其結果往
往是興起主體生命的徬徨不安或是對宇宙空間在探求與控制
上的慾望無法滿足。中國人在面對存在空間的無限時，我們
往往將向外放逸的慾望轉向向內追求，在精神上取得消
解。園林是具體的空間環境，但是園林不是「自然環境」，而
是一個極力模仿自然、師法自然的人爲創設的環境。以壺中
天地的觀念，欲以小窺大，園林的一方天地，可以安放「自
我」的生命情境。這個空間是主體生命的「存在空間」，而且
主體之存有意義幾乎是在這樣一個存在情境中被彰顯出來。
明代園林建構者上承傳統隱逸、田園詩人，選擇一樓止
盤桓之地，主體心靈可在一方空間中與大自然往返周旋。隨

著月起日落、花謝鳥鳴的自然景觀，體現物我相安的和諧境界，而園林建構者則在挹攬山林湖水勝景之餘，更要引水注沼、疊石爲山，強調以主體意識開顯自然面貌，建構新的空間內容，並且藉由園林景點的命名、吟詠、書寫等活動，賦與內省式的象徵意涵，這種園林文學活動隨著園林藝術的精緻發展，在明清以展現十分鮮明的特質。

我們的身體「相涉於環境之中」，與世間的空間形構成一個整體的「情境存有」，故當外在環境起了變化，我們的身體立即也會跟著起變化。無論是向外去遊覽山川大澤，或是回歸於田野郊園，無論在應接的過程裡，大自然的物色變化是興發幽思感懷，或者提供心靈的憩息，在中國文學的傳統裡，生命主體對空間的體認與回應，始終是十分動人的課題。

註　釋

① 李允鉌說：「中國最早最大的園就是三千年前周文王的位於長安以西四十二里，方圓七十里的『靈臺靈沼』。」（見《華夏意匠——中國古典建築設計原理分析》，頁130）

② 王毅：《園林與中國文化》第一編〈中國古典園林發展要略〉，上海：上海人民出版社，1991年7月2刷，頁3~32。

③ 王毅：《園林與中國文化》，頁34~38。

④ 白居易：〈酬吳七見寄〉，《白居易集》卷六。

⑤ 王毅：《園林與中國文化》，頁160~172。又宋代文人園林是一大研究主題，非本論文所要處理範圍，故此從略。

⑥ 《太平廣記》卷236引《述異記》。

⑦ 事見《世說新語‧簡傲》篇:「王子敬自會稽經吳,聞顧辟疆有名園,先不識主人,徑往其家。值顧方集賓友酣燕,而王遊歷既畢,指揮好惡,旁若無人。顧勃然不堪,……便驅其左右出門。王獨在輿上,回轉顧望,左右移時不至,然後令送著門外,怡然不屑。」,引自徐震堮著:《世說新語校箋》,臺北:文史哲出版社,1985 年 7 月,頁 416。

⑧ 曹林娣:《姑蘇園林與中國文化》,〈第一章姑蘇園林藝術發展的文化軌跡〉,臺北:萬卷樓圖書有限公司,1993 年 12 月,頁 5~12。

⑨ 此處福科的身體論述觀念引用陳其澎:〈身體與空間:一個以身體經驗為取向的空間研究〉,《設計學報》第 1 卷第 1 期。

⑩ 楊衒之:《洛陽伽藍記》卷 4〈城西〉,臺北:廣文書局,1960。

⑪ 侯迺慧:《唐宋時期的公園文化》,臺北:東大圖書,1997,頁 12~15。

⑫ 楊衒之:《洛陽伽藍記》卷 4〈寶光寺〉。

⑬ 樂遊原是一個大範圍的公園,包含曲江以及周邊的杏園、芙蓉園等地區。

⑭ 白居易:〈中隱〉,《白居易集》卷 22。

⑮ 蘇軾:〈六月二十七日望湖樓醉書五絕〉之五,《蘇軾詩集》卷 7。

⑯ 范成大:〈減字木蘭花〉,《范石湖集‧石湖詞》。

⑰ 張孝祥:《于湖居士文集》卷 4 四部叢刊,上海商務印書館影印宋刊本。

⑱ 都穆:《聽雨紀談》,頁 592。

⑲ 沈德符:〈山人名號〉《萬曆野獲編》卷 23,頁 1543。(見《筆記小說大觀》15 編,臺北:新興書局,1976)。「山人」一詞,唐代時用以稱巫覡者;後唐莊宗后父劉叟以醫卜自稱山人;南宋講學盛時,主其教者亦稱山長,故元尚沿之。又金元口俗凡掌禮儐相亦稱山人。

⑳ 王世貞:《觚不觚錄》,叢書集成新編,第 85 冊,頁 408。

㉑ 見附錄一,頁 17。

㉒ 《四庫全書》子部雜家類存目九·〈「續說郛」提要〉，頁 1123。

㉓ 沈德符：《萬曆野獲編》卷 23〈山人〉，頁 4197。

㉔ 同註⑰。

㉕ 袁宏道：《瓶史》，叢書集成新編，第 50 冊，臺北：新文豐出版社。

㉖ 龔鵬程：〈異化的放縱生活美〉，《飲食男女生活美學》，臺北：立緒文化
　　事業公司，1998，頁 244~250。

㉗ 唐寅，《唐伯虎集》軼事卷 3，頁 9。

㉘ 周暉：〈市隱園〉，《金陵瑣事》，《筆記小說大觀》16 編，臺北：新興書
　　局，1978，頁 143。

㉙ 謝肇淛：《五雜俎》卷 14，事部二。

㉚ 唐寅：〈獨宿〉卷 2，同註㉗書，頁 26。

㉛ 唐寅：卷 1，同註㉗書，頁 3。

㉜ 唐寅：〈寄郭雲帆〉卷 2，同註㉗書，頁 15。

㉝ 鄭金川：《梅洛龐蒂的美學》，臺北：遠流出版公司，1993，頁 29。

㉞ 劉大基等譯：《情感與形式》，臺北：商鼎文化出版社，1991
　　年，Susanne K. Langer 著 *Feeling and Form: A Theory of Art*。

㉟ 滕守堯譯：《視覺思維——審美直覺心理學》，北京：光明日報出版
　　社，1987 年，Rudolf Arnheim 著 *Visual Thinking*。

㊱ 潘朝陽：〈現象地理學——存在空間的一個詮釋〉，《中國地理學會會刊》
　　第 19 期，1991 年 7 月，頁 74。

㊲ 陳從周：《說園》，上海：同濟大學出版社，1994 年第 4 刷，頁 53。

㊳ 鄭金川：《梅洛龐蒂的美學》，臺北：遠流出版公司，1993，頁 31。

㊴ 同註㊳，頁 32~33。

㊵ 沈周：〈買得城東廢尼地〉卷 3·寺觀，《石田詩選》，頁 595。

㊶ 可參見〈姑蘇繁華圖〉

㊷ 沈周：〈田家詠〉卷5〈述懷〉，同註㊵書，頁627。

㊸ 沈周：〈閒居〉卷3〈居室〉，同註㊵書，頁588。

㊹ 張萱：《西園見聞錄》，《明代傳記叢刊》，臺北：明文書局，頁487。

㊺ 沈周：〈春水船〉(軒名)，卷三〈居室〉，同註㊵書，頁593。

㊻ 東莊圖冊現今只剩二十一幅，現為南京博物院收藏。

㊼ 沈周：〈和吳匏庵姚氏園池四絕〉之四，卷2〈山川〉，同註㊵書，頁580。

㊽ 沈周：〈成趣亭〉卷3〈居室〉，同註㊵書，頁591。

㊾ 沈周：〈和吳匏庵姚氏園池四絕〉之二，卷2〈山川〉，同註㊵書，頁580。

㊿ 吳寬：〈次韻啟南訪玉汝不遇〉卷1，《匏翁家藏集》，頁10。

(51) 王鏊：〈且適園記〉卷16，《震澤集》，頁304。

(52) 王鏊：《震澤集》，卷3，頁157。

(53) 王鏊：〈諸友飲怡老園分韻得春字〉卷七，同註(51)書，頁224。

(54) 文徵明：〈柱國王先生真適園十六詠〉，《文徵明集》卷二，頁23。

(55) 文徵明：〈停雲館燕坐有懷昌國〉卷7，同註(54)書，頁143。

(56) 文徵明：同註(54)書，卷1，頁19。

(57) 文徵明：〈陳以可近歲築室陳湖，專理農業，時以詩見寄，誇其所得，比來秋成當益樂，輒賦秋晚田家樂事十首寄之〉，同註(54)書。

(58) 文徵明：〈兒子睟日口占二絕〉，同註(54)書，頁386。

(59) 張雷：《中國繪畫全集》第13卷(明4)，圖版說明第8幅，頁2，浙江人民美術出版社，2000年6月第1版。

(60) 張雷：《中國繪畫全集》第13卷(明4)，圖版說明第38幅，頁12，浙江人民美術出版社，2000年6月第1版。此圖藏於上海博物館。

(61) 王鏊：〈過子畏別業〉，卷五，同註(51)書，頁193。

⑥ 文徵明：〈獨坐〉，同註⑤書，頁 103。

⑥ 文徵明：〈題畫〉，同註⑤書，頁 103。

⑥ 同註⑭，頁 521。

⑥ 祝允明：〈數年欲營園不就，今歲又已半夏，悵然生感〉，《祝氏詩文集》，頁 240。

⑥ 祝允明：〈懷星堂記〉，《懷星堂集》，頁 663。

⑥ 《陳沂文集‧雜著》卷 11，

⑥ 陳沂：《拘虛後集》卷 1，頁 959。

⑥ 陳沂：《後集》卷 3，頁 968。

⑦ 顧璘：《山中集》卷 1，頁 177。

⑦ 顧璘：《息園存稿‧文》卷 4，頁 497。

⑦ 顧璘：〈和舜玉春日偶題〉，《山中集》卷 1，頁 183。

⑦ 錢謙益：《列朝詩人小傳》「顧璘」，頁 379。

⑦ 顧璘：《息園存稿‧文》卷 4，頁 498。

⑦ 同註⑭，頁 500。

⑦ 顧璘：〈閒居四首〉之二，《山中集》卷 1，頁 183。

⑦ 顧璘：《山中集》卷 1，頁 176。

⑦ 約翰‧胡伊青加，《人：遊戲者》，頁 11。

⑦ 金子坤：《金子坤集》，叢書集成續編，116 冊，臺北：新文豐出版社，1989，頁 451。

⑧ 金子坤：〈塘中亭子初成〉，同註⑦書，頁 450。

⑧ 同註⑦，頁 457。

⑧ 同註⑭，頁 509。

⑧ 何良俊：〈四友齋記〉，《何翰林集》卷 15。

⑧ 何良俊：〈與方子瞻書〉，同註⑧書卷 18。

⑧ 何良俊：〈書屏示客〉，同註⑧書卷 16。

⑧ 宗白華：〈中國詩畫中所表現的空間意識〉，《美學與意境》，臺北：淑馨
出版社，1989 年，頁 278。

⑧ 潘朝陽：〈現象地理學——存在空間的一個詮釋〉，頁 77。

參考書目

文徵明：《文徵明集》，周道振輯校，上海：上海古籍出版
社，1987。

王世貞：《弇州四部稿》，四庫明人文集叢刊，上海：上海古
籍出版社，1991。

王鏊：《震澤集》，四庫明人文集叢刊，上海：上海古籍出版
社，1991。

何良俊：《何翰林集》，明代藝術家彙刊續集，臺北：中央圖
書館，1971。

吳寬：《匏翁家藏集》，四庫全書本，1255 冊，臺灣商務印書
館，1983。

沈周：《石田詩選》，四庫全書本，1249 冊，臺灣商務印書
館，1983。

唐寅：《唐伯虎集》，北京：北京中國書店，1985。

祝允明：《祝氏詩文集》，明代藝術家集彙刊續集，臺北：國
立中央圖書館編印，1971。

祝允明：《懷星堂集》，四庫全書本，1260 冊，臺北：臺灣商
務印書館，1983。

陳沂：《拘虛集》，叢書集成續編，第 113 冊，臺北：臺

北：新文豐出版社，1989。

顧璘：《顧華玉集》，四庫全書本，1263 冊，臺北：臺灣商務
　　印書館，1983。

何良俊：《四友齋叢說》，筆記小說大觀 15 編，臺北：新興書
　　局，1977。

沈周：《石田雜記》，叢書集成新編，第 87 冊（文學類），臺
　　北：新文豐出版社，1985。

沈德符：《萬曆野獲編》，《筆記小說大觀》15 編，臺北：新
　　興書局，1976。

周暉：《金陵瑣事》，《筆記小說大觀》16 編，臺北：新興書
　　局，1978

張萱：《西園見聞錄》，明代傳記叢刊，臺北：明文書
　　局，1991。

都穆：《都公談纂》，叢書集成新編，第 87 冊（文學類），臺
　　北：新文豐出版社，1985。

都穆：《聽雨紀談》，叢書集成新編，第 87 冊（文學類），臺
　　北：新文豐出版社，1985。

謝肇淛：《五雜俎》，《筆記小說大觀》8 編，臺北：新興書
　　局，1979。

鄭金川：《梅洛龐蒂的美學》，臺北：遠流出版公
　　司，1993，頁 29。

滕守堯譯：《視覺思維──審美直覺心理學》，北京：光明日報
　　出版社，1987 年，Rudolf Arnheim 著，*Visual Thinking*。

龔鵬程：《飲食男女生活美學》，臺北：立緒文化事業公
　　司，1998。

王毅：《園林與中國文化》，上海人民出版社，1991 年 7 月 2 刷。

曹林娣：《姑蘇園林與中國文化》，臺北：萬卷樓圖書有限公司，1993 年 12 月。

侯迺慧：《唐宋時期的公園文化》，臺北：東大圖書，1997。

陳其澎：〈身體與空間：一個以身體經驗爲取向的空間研究〉，《設計學報》第 1 卷第 1 期。

潘朝陽：〈現象地理學——存在空間的一個詮釋〉，《中國地理學會會刊》，第 19 期，1991 年 7 月。

存在感受與歷史解釋

論顧頡剛《古史辨自序》

丁亞傑

摘 要:

　　顧頡剛提出「層累地造成中國古史」而名揚中國近代史學界，從其《古史辨自序》可以得知這一理論形成的根源，源自於顧頡剛幼年時聆聽家人講故事，因而領悟到故事會變遷；及就讀北京大學預科時經常在校外聽戲，也領悟到戲劇也會變遷；逮閱讀胡適〈水滸傳考證〉，終於將故事、戲劇與小說結合，探索三者敘事部份的規律與變化，並以之研究中國上古史。這一過程，與顧頡剛日常生活密邇相關，也基於同一原因，顧頡剛重解孔子、質疑經典、批判漢儒，目的在於重新解釋中國傳統文化，導出未來發展的方向。

關鍵字: 古史辨、顧頡剛、自我陳述、故事

一、緒論

　　考察中國的自傳性寫作，有「自序」、「自傳」、「自定年譜」等諸種，如果暫時不討論其中的體式之異、內容之別，略可以「自我書寫」或「自我陳述」統稱這一類作品

①。早在唐代，劉知幾（唐高宗龍朔元年—唐玄宗開元九年，661～721）對此類作品，即有自覺性的反省：

> 蓋作者自序，其流出於中古乎？案屈原《離騷經》，其首章上陳士族，下列祖考，先述厥生，次顯名字。自敘發跡，實基於此。降及司馬相如，始以自敘為傳。然其所敘者，但記自少及長，立身行事而已。逮於祖先所出，則蔑爾無聞。至馬遷，又徵三閭之故事，放文園之近作，模楷二家，勒成一卷。於是揚雄遵其舊轍，班固酌其餘波，自敘之篇，實煩於代。雖屬辭有異，而茲體無易。②

《離騷》確是自我書寫，但屈原（周顯王二十六年？～周赧王三十八年？前 343？～前 277？）、敘述者與作品中的主角是否同一，尚有爭議；司馬相如（漢文帝初元元年——漢景帝元狩六年，前 179～前 117）〈自敘〉今已不存；不論是作者抑或體式，無可爭論者正是司馬遷（漢景帝中元五年—漢昭帝始元元年，前 145～前 86）〈太史公自序〉。但〈太史公自序〉並非全為自述，相反的，介紹《史記》全書內容才是主要部份。

　　依據劉知幾的認知，序傳之體的體例是上陳士族、下列祖考、先述厥生、次顯名字。亦即先人遺緒與平生志業，兩不可缺。所以才說屬辭有異，茲體無易，形成一標準格式。至於實際的操作標準，其一是：

> 夫自敘而言家世，固當以揚名顯親為主，苟無其人，闕
> 之可也。③

其二是：

> 然自敘之為義也，苟能隱己之短，稱其所長，斯言不
> 謬，即為實錄。④

可見誇飾先人功業乃至扭曲作者行為表現，應是自敘的通
病，因此缺而不錄或是避己之短，成為寫作的規範。然而缺
而不錄，猶可稱實錄，避己之短，則是選擇性的書寫，豈可
稱為實錄？這就觸及自我書寫作品的真實性問題。自序原本
附於書後，陳述身世生平之外，重在介紹書籍撰作動機、全
書結構、體例、內容大要；自傳則單獨成篇，敘述生平行
事、學術思想；自定年譜則將生平行事、學術思想等按年月
排定。此時，個人對生命的感受、對世界的感受，居於關鍵
地位。以「我」為敘述核心，觀照世界——無論是外在世界抑
或內在世界，從而建構一個有關我的故事。於是回憶、選
擇、刪汰、陳述形成自我書寫的建構過程。而意義則是這一
過程中隱而不顯的決定力量。亦即何者須寫，何者不須
寫，須寫的部份又應如何寫等，為作者所認知的意義所決
定，讀者僅能根據作者設定的意義閱讀。是以問題在意
義，而不在真實。只要呈顯作者所欲表達的意義，是否能反
映作者全部真實的人生，或許不是這麼重要。

　　無論何種形式或內容的自我書寫，均存在一共同的特

徵：回顧以往，或者說是回顧自我的歷史。此時「敘述我」
與「真實我」分離，前者觀照後者，形成以我觀我的特殊景
象。就在此時，意義才開始展開：

> 意義並非出現在我們意識流內之某種經驗的根本性
> 質，而是行動者以當前的一種反省態度，注視著過去經
> 驗並加以詮釋的結果。換言之，只要我們生活在行為
> 中，並指向這些行為的對象，這些行為就不具任何意
> 義。而只有當我們視它們為已完全被劃定範圍的過去經
> 驗時，也就是只有在回顧時，它們才會變成有意義。唯
> 有那些能夠超越實在性並被回憶的經驗，以及那些能夠
> 被探究其構成過程的經驗，才是具有主觀意義的經
> 驗。⑤

回顧並反省過去的經驗，才能理解我是誰，我在做什麼，我
這麼做有什麼價值等一連串的問題。就此而論，敘述或書
寫，正是人文學科價值所在，生命的意義，就在敘寫中實
踐。就讀者而言，閱讀他人的敘寫，則是意義開啓的第一步
⑥。至於其方法是：

> 個體作為歷史的存在而體驗到歷史實在，個體的自我意
> 識和自己心靈過程的體驗以及他個人的生命感，形成他
> 理解歷史和社會的根本性前提。⑦

顧頡剛（1893～1980）曾撰寫《古史辨自序》，性質類似中國

傳統自敘傳，即自我書寫，本文寫作目的就在分析顧頡剛的
生命感及其如何理解所從出的歷史與社會。

二、顧頡剛《古史辨自序》的構成

顧頡剛這一篇自序寫於 1926 年，嚴格而言，是「古史辨
第一冊自序」，《古史辨》總計出七冊，顧頡剛本人主編其中
第一、二、三、五冊，羅根澤（1900～1960）主編第四、六
冊，呂思勉（1884～1957）、童書業（1908～1968）主編第七
冊。每一冊均有序，但以第一冊的序篇幅最長，且是顧頡剛
生平自述，其餘均屬純粹書序性質。表列如下：

冊別	編成年代	主要內容	主編者	序文
一	民國 15 年	辨偽基本理論	顧頡剛	顧頡剛自序
二	民國 19 年	討論孔子地位與秦漢思想	顧頡剛	顧頡剛自序
三	民國 20 年	易、詩專題研究	顧頡剛	顧頡剛自序
四	民國 22 年	諸子叢考	羅根澤	顧頡剛自序 羅根澤自序
五	民國 23 年	漢代經學思想與陰陽五行流衍	顧頡剛	劉節（1901～1977）序 顧頡剛自序
六	民國 25 年	諸子續考	羅根澤	馮友蘭（1895～1992）序 張西堂（1901～1960）序 羅根澤自序
七	民國 30 年	古代神話與傳說	童書業 呂思勉	楊寬序 呂思勉自序 童書業自序

直至 1979 年顧頡剛對這篇序仍難以忘懷：

> 我寫了一篇六萬字的《自序》，說明了我研究古史的方法
> 和我所以有這些見解的原因。這篇序實足寫了兩個
> 月，是我一生中寫得最長最暢的文章之一。海闊天空地
> 把我心中要說的話都說出了。寫完之後，使我自覺很痛
> 快。⑧

《古史辨》第一冊甫出版，一年內即再版二十次，竟然使得以
顧頡剛為首組織而成的「樸社」（即「景山書社」）經濟基礎
得以奠定，堪稱中國出版史異數。然而如果不是於 1923 年顧
頡剛發表〈與錢玄同先生論古史書〉提出「層累地造成中國
古史」說轟動一時，有多少讀者會關注到其所寫接近自傳的
自序⑨？陳平原即曾深刻的指出：「表面上，自述生平，是人
人俱有的權力；三教九流，男女老少，均可寫作並出版自
傳。可實際上，自傳是一種最不平等的文體。傳主、譜主的
功名業績，對自傳、自定年譜的價值認定及傳播範圍，均起
決定性作用。」⑩顧頡剛所以感暢快，讀者所以感興趣
者，大概都集中在研究古史的方法及有此見解的原因。

　　如果與西方自述相比，中國自述缺乏生命的內在反
省，陳平原即云：「現代中國學者的自述，其基本立場並非向
上帝懺悔，也不是與朋友對話，更不是自己同自己的內心對
話，而是對後代說話。」⑪日本學者川合康三也指出：「中國
的自傳中，一般缺少懺悔、告白那樣自我批判的性質。」⑫
並將中國傳統自傳頗具創意的類分為「與眾不同的我——書籍

序言中的自傳」、「希望那樣的我——五柳先生型自傳」、「死者
眼中的我——自撰墓誌銘」，顧頡剛《自序》約略可以第一種
當之。

在撰寫《自序》之前，顧頡剛曾有〈我的研究古史的計
畫〉，分為六個學程，表列如下：

學程	起迄年代	研讀範圍	備考
第一學程	民國十四年至十九年	讀魏晉以前史書	
第二學程	民國二十年至二十二年	作春秋戰國秦漢經籍考	
第三學程	民國二十三年	依據考定的經籍的時代和地域抽出古史料排比起來，以見一時代或一地域對古代的觀念，並說明其承前啓後的關係。	
第四學程	民國二十四年至二十六年	研究古器物學	
第五學程	民國二十七年至二十九年	研究民俗學	
第六學程	民國三十年至三十四年	把以前十六年中所得的古史材料重新整理，著成專書。	

此文寫於民國十三年八月二十六日，已預定此後二十年的研
究計畫。無論今日，即使是當時；也無論他人，即使是本
人，也都懷疑此計畫的可行性。顧頡剛近乎天真的說：

若以為天地之間不妨有此一人，或進而說這是應當做
的，那末，請大家給我一點幫助。幫助的方法有二
種：積極的是供給我一個適於研究的境地，消極的是無

論什麼事情都不要責望我做。我並不是不識抬舉，專想
規避社會上的責任，實在我只有這一點精力，我願意做
的這件事情，已經夠消耗我全部的精力了。⑬

這種天真是建立在對自己學術研究價值的絕對自信，認爲層
累的造成中國古史，可以改變對中國歷史的解釋，這已經隱
含了從解釋世界躍至改變世界的過程，即中國傳統文化價值
體系的巨大變動，所以才要求別人「幫助」他。事實上層累
的造成中國古史，只是理論的提煉，初步的構思已於 1921 年
提出：

戰國的孔子，便可根據了《易傳》、《禮記》等去做；漢
代的孔子，便可根據了《公羊傳》、《春秋繁露》、《史
記》、緯書等去做。至於孔子的本身，拆開了各代的裝
點，看還有什麼。如果沒有什麼，就不必同他本身做
史。⑭

顧頡剛認爲後人對孔子的認知，只是各代的裝點，這與層累
的造成中國古史，實有異曲同工之妙，我們可以將之更換爲
「層累的造成孔子」說。既然孔子是後人形塑而成，孔子本人
在如此推導下，「沒有什麼」自是必然的結論。這就引出了顧
頡剛理論的危險性：一切歷史既是後代所建構造成，推溯到
歷史本源，除了空虛渾沌之外，不存在任何其他事物，從而
喪失歷史的價值。整個文化傳統，最終被徹底顛覆。顧頡剛
說法在當時固然有錢玄同（1887～1939）、胡適等極力表

彰，但也遭致劉掞藜（？～？）、柳詒徵（1880～1956）等人
猛烈攻擊，可以從這個角度觀察⑮。

至 1926 年，顧頡剛實踐他所說的目標，發表〈春秋時的
孔子和漢代的孔子〉，結論是：

> 春秋時的孔子是君子，戰國的孔子是聖人，西漢時的孔
> 子是教主，東漢後的孔子又成了聖人，到了現在又快要
> 成為君子了。孔子成為君子，並不是薄待他，這是他的
> 真相，這是他自己願意做的。⑯

依據顧頡剛的理論，君子與聖人、教主，都可說是後人所造
成──君子說當然也可說是顧頡剛所造成，判定何者是真
相，還可繼續論辯。至於孔子願意做君子，更是想當然耳的
推論。所以傅斯年（1896～1950）指出孔子：「大約只是半個
君子，而半個另是別的。」⑰更重要的是無論是君子、教主
抑或聖人，是歷代詮釋的結果，我們自能爭論孔子其人的定
位，但是否定全部傳統詮釋，無異於否定文化傳承。如與
「系譜學」比較，系譜學作者一反傳統歷史自故紙堆中尋找
「本源」、「起點」的作法，恰相反的，他把本源設在「現
在」，倒果為因，然後再行重建其過去。更進一步說，「現
在」是一個不斷遞變的單位，也必定含有不同的意義因
素，策動我們自歷史中發掘種種被遺忘的譜系來⑱。準此而
論，顧頡剛頗有解構的味道。

這一具有實踐性的學術旨趣，在《自序》中隨處可見
⑲。

三、日常生活與學問生活

顧頡剛曾說：

> 我讀別人做的書籍時，最喜歡看他們帶有傳記性的序
> 跋，因為看了可以了解這一部書和這一種主張的由
> 來，從此可以判定它們在歷史上佔有的地位。[20]

劉知幾《史通·序傳》僅規範個人傳記體例；顧頡剛所
說，其實是立基於傳統而有所開展，在研究文本之前，先行
閱讀作者生平傳記，藉以理解整部作品價值定位[21]。不僅是
看別人作品，顧頡剛對自己學術主張的由來，也有很清楚的
自覺：

> 老實說，我所以有這種主張之故，原是由于我的時
> 勢，我的個性，我的境遇的湊合而來。[22]

整篇《自序》，就在分析自己個性才能、個人求學歷程、清代
學術特色，目標均是回答其何以提出中國的古史觀這一答
案。這一「問題」與「答案」的模式，並非去理解他人的心
中的問題與敘寫的答案，而是自己回答本身所提出的問
題，是以《自序》的問題，就在答案之中，我們須從中逆探
其問題意識[23]。

(一) 日常生活——學問的形成

　　顧頡剛八歲時，其父命讀《左傳》，極感興味，讀了一半，祖父卻認為《詩經》、《禮記》生字多，應趁幼時記憶，以免日後記不清，所以命其讀此二書。教讀的老先生又是其祖父的朋友，對其特別嚴厲，《詩經》背誦不出，「戒尺便在我的頭上亂打」。顧頡剛於讀完《詩經》後，終於要求續讀《左傳》，先生命其講解「華督殺孔父」後，大為讚賞：「這個小孩記性雖不好，悟性卻好。」但顧頡剛卻認為：「我雖承蒙他獎讚，但已做了他的教育法的犧牲了。」㉔從此之後，顧頡剛對教師充滿極度的不信任：

> 我覺得這些教員對於所教的功課並沒有心得，他們只會隨順了教科書的字句而敷衍。教科書的字句我既已看得懂，又何勞他們費力解釋。況且教科書上錯誤的地方，他們也不能加以修正。㉕

私塾及中小學的正規教育是負面影響，其學問的基礎，來自家庭的教養：

> 我的祖父一生喜歡金石和小學，終日的工作只是鉤模古銘，椎拓古器，或替人家書寫篆隸的屏聯。我父和我叔則喜治文學和史學。……我自己最感興味的是文學，其次是經學（直到後來纔知道我所愛好的經學也即是史學）。㉖

更多的是來自其本人的自學與天分，約在十四、十五歲讀高等小學時；

> 曾經生了兩個月的病，病中以石印本《二十二子》和《漢魏叢書》自遣，使我對於古書得到一個浮淺的印象。㉗

至十六、十七歲進中學堂，託人到上海購置《國粹學報》：

> 翻讀之下，頗驚駭劉申叔、章太炎諸先生的博洽，但是他們的專門色彩太濃重了，有許多地方是看不懂的。……它給與我一個清楚的提示，就是過去的中國學問界裡是有這許多紛歧的派別的。㉘

同時喜愛購買書籍，經常到蘇州觀前街與書店掌櫃往來，討教版本知識，並進而研究目錄學：

> 《四庫總目》、《彙刻書目》、《書目答問》一類書，那時都翻得熟極了。㉙

無論是《二十二子》、《漢魏叢書》、《四庫全書總目》、《書目答問》，抑或章太炎（1869～1936）、劉師培（1884～1919）的著作，即使時至今日，大學中文系學生是否能翻讀，也大有疑問。顧頡剛以中學生之資，即接觸這些書籍，除了天分，實在很難有其它解釋。

（二）故事──從日常生活中獲得的研究方法

然而顧頡剛引以自傲的研究方法──故事，卻不是僅靠天分就可得到，在幼時即常聽祖父母、家中老僕人講故事，祖父並為其講解蘇州市街的匾額、牌樓的歷史，從而得知：

> 凡是眼前所見的東西都是慢慢累積起來的，不是在古代已盡有，也不是到了現在剛有。這是使我畢生受用的。⑳

這自是顧頡剛事後的回憶，這一回憶即前述在行為導向對象本身之時，並不具有意義；而是行為結束之後，反省此一行為，意義才能產生。其次是閱讀《左傳》的經驗：

> 我讀著非常感受興趣，髣髴已置身于春秋時的社會中了。從此魯隱公和鄭莊公一班人的影子長在我腦海裡活躍。

故事與歷史，構成顧頡剛初步的知識，而這兩者其實是一體的兩面，就其功能而論，故事的世界在開啓意義，生命的意義無窮無盡，所以我們需要無窮的故事；歷史的世界何嘗不然，我們不斷的詮釋歷史，正因我們要不斷的追求意義。如此才能貞定我們在世的價值。如果文化是對人類生命過程提供解釋系統，協助人們應付生命的困境的努力，我們可以再追問文化具體存在的樣貌，其中的一種答案是文化就存在於

各種敘事類型——當然含括故事與歷史㉛。顧頡剛青少年時讀《詩經》所以感到痛苦，除了教師個人風格外，缺少歷史趣味也是主要原因。讀《周易》亦然。至於《尚書》，文句雖古奧，但勉強能讀懂：

> 對春秋以前的社會狀況得到了一點粗疏的認識，非常高興。㉜

由此可以略窺顧頡剛讀書方向及對經典的態度。

1913 年二十一歲，考入北京大學預科，在北京的環境中，成為戲迷，上午上課，下午根本不請假，固定去看戲。顧頡剛也自承荒唐，然而：

> 萬想不到我竟會在這荒唐的生活中得到一注學問上的收穫（這注收穫直到了近數年方因辨論古史而明白承受）。㉝

這是因為：

> 故事是會得變遷的。㉞

而且漸漸領會到：

> 我看了兩年多的戲，惟一的成績便是認識了這些故事的性質和格局，知道雖是無稽之談，原也有它無稽的法

則。㉟

　故事會變遷並有其法則，已初步建構了認知方法，只是此時限於欣賞戲曲，還未意識到可以用來研究古史。

　　1915 年讀康有爲（1858～1927）《孔子改制考》，認爲康有爲所指上古事茫昧無稽，極爲愜心饜理，所列諸子託古改制事實，是一部戰國學術史㊱。康有爲自不在證明古史茫昧無稽，而是說明古史爲孔子所託，孔子所以託古，意在改制立法。所以康有爲的基本理論結構是「創教—改制—託古」，創教是建立宗旨，改制是最高目的，託古是方法取徑。與顧頡剛欲考定古史真僞，相差何止千里。康有爲推尊孔子爲制法之王，是以孔子爲斷限，其前爲草昧未開時期，屬於自然時間；其後才是文化開創時期，屬於人文時間。這又與顧頡剛矢志追尋孔子真相，大相逕庭㊲。此時故事的變遷與法則，與康有爲託古改制說，顧頡剛尚未結合，處於各自發展階段。

　　1917 年，胡適回國，在北京大學開設中國哲學史，拋開唐虞夏商，逕從周宣王講起，給予顧頡剛極大的衝擊，與《孔子改制考》配合，加強了上古史「靠不住」的觀念，但還未想到如何可以推翻靠不住的上古史㊳。亦即有目標、有對象，卻缺少方法理論，以架構整體研究。1918 年因元配生病，導致神經衰弱，休學返鄉，未久元配去世，顧頡剛以搜集歌謠自遣：

　　　很奇怪的，搜集的結果使我知道歌謠也和小說戲劇中的

故事一樣，會得隨時隨地變化。同是一首歌，兩個人唱
著便有不同。就是一個人唱的歌，也許有把一首分成大
同小異的兩首的。有的歌，因為形式的改變，以至連意
義也隨著改變了。㊷

至此故事才有完整的內涵：戲劇、小說、歌謠中的敘事成
分；同時也發現三者敘事部份有共同規律：隨時空變
化。1920 年胡適〈水滸傳考證〉附於上海亞東出版社標點本
《水滸傳》前出版，顧頡剛讀後終於尋得研究古史的方法：

同時又想起本年春間，適之先生在《建設》上發表的辯
論井田的文字，方法正和《水滸》的考證一樣，可見研
究古史也儘可以應用研究故事的方法。㊸

胡適〈水滸傳考證〉要點如下：《水滸傳》是南宋到明朝中
葉，四百年「梁山泊故事」的結晶。南宋水滸故事發生的原
因是朝廷偏安，政治腐敗，所以想望英雄、崇拜草澤。元朝
水滸故事發達的原因是希望草澤英雄推翻異族政府。明代有
三個版本：明初藉其發揮宿怨，故寫宋江平定四寇後反被政
府陷害；明朝中葉作者藉其發揮宿怨，成為反抗政府的
書；明末流賊倡亂，所以金聖歎（明萬曆三十六年～順治十
八年。1608～1661）評本深惡宋江。清代則有續傳的作
品：雁宕山樵（？～？）身歷明亡之痛，故其《水滸後
傳》，極力描寫南渡前後奸臣誤國的罪狀；俞萬春（乾隆五十
九年～道光二十九年，1794～1849）則身處於嘉慶、道光遍

地匪亂之時，故其《蕩寇志》──《結水滸傳》，欲區分盜賊忠義之辨④。

以簡易表格圖示如下：

原始文本（南宋）	不斷改變的文本（元、明、清）
梁山泊故事	水滸傳各種故事及版本

不斷改變的文本包含修飾、刪除、增加、改編、接續等，這其中的關鍵是「讀者」──此處不指單純的閱讀人，而是指讀後修潤、增刪、編續的「作者」。〈水滸傳考證〉所以能影響一時，就在於突破了文本是固定不變的預設。

如與二十世紀中後期興起的接受美學比較：「文學的歷史是一種美學接受與生產的過程，這個過程要通過接受的讀者、反思的批評家和再創作的作家將作品現實化才能進行。」②作品現實化之後，才能再閱讀或再創作，這與讀者所處歷史及文化背景相關，由於處在不同的情境，所以對作品的解釋與評價也會不同。胡適於〈水滸傳考證〉結論也指出：「這種種不同的時代發生不同的文學見解，也發生種種不同的文學作物。」③以故事的方法研究古史，兩相對勘：故事有一基本文本，一如古史有一基本傳說；故事經後人增刪改編，一如古史傳說經後人增刪改編；故事經後人改編，是因時代不同，一如古史經後人改編，是因時代需求。胡適的〈水滸傳考證〉幾乎與顧頡剛故事理論全面接軌。

顧頡剛接著用「角色」具體操作此一研究方法：

> 我們只要用了角色的眼光去看古史中的人物，便可以明
> 白堯舜們和桀紂們所以成了兩極端的品性，做出兩極端
> 的行為的緣故，也就可以領會他們所受的頌譽和詆毀的
> 積累的層次。㊹

「歷史人物」在讀者閱讀的過程中，自會加入讀者的評價，而
有若干的失真之處，然而真實性大於虛構性；但「戲劇角
色」純粹由編者創造，再由演員演出，虛構性大於真實
性。角色置於故事前後脈絡中，會有不同的功能。將歷史人
物視爲角色，人物的歷史真實逐漸消失，代之而起的是廣義
的讀者所賦與的文化功能。角色是在演出，所以如此演
出，是讀者所塑造。堯舜既是角色，即爲讀者所塑造，愈後
代的讀者塑造得愈是完備，終於從堯舜地位的研究建立了
「古史是層累地造成的，發生的次序和排列的系統恰是一個反
背」的古史研究規律㊺。並確定了：

> 用故事的眼光解釋古史構成的原因。㊻

堯舜既是故事所構成，故事又是讀者不斷建構而成，根據顧
頡剛的理論，是依照讀者的需求建構而成，這一故事本身當
然不具神聖性，於是堯舜傳統的神聖性格開始瓦解。何止是
堯舜的傳統，影響會及於整個傳統。此一理論的其前提是：

> 我的惟一的宗旨，是要依據了各時代的時勢來解釋各時
> 代的傳說中的古史。㊼

「傳說中的古史」與「古史」有很大的差別，已預設古史不可相信，而是傳說造成，此即顧頡剛對待古史的基本態度，疑古之疑，就在此處顯現。這與胡適所說不同時代有不同文學見解，若合符節。顧頡剛本欲藉著考定古史還原歷史真相，但其考定古史的方法理論卻來自文學想像。歷史真實與文學想像，在此結合㊽，並且很具體的指出這是讀者所造成：

> 研究孟姜女故事的結果，使我親切知道一件故事雖是微小，但一樣隨順了文化中心而遷流，承受了各地的時勢和風俗而改變，憑藉了民眾的情感和想像而發展。㊾

讀者又因其所處時間、空間，所接受風俗，而發展相同故事的不同情節。顧頡剛所創立的故事研究法，有相當完整的一套理論。敘事變化、敘事演變的規律，角色塑造、角色形成的原因，讀者詮釋、讀者詮釋的背景，一一論及。無怪顧頡剛會很自信的說：「我固然說不上有什麼學問，但我敢說我有了新方法了。」㊿

這一新方法，破除了傳統的價值體系：故事是文化符號系統，有被結構的意義框架（能指），也有社會功能框架（所指）(51)。就故事本身而論，被結構的意義框架本就是虛擬而成，並不威脅讀者對其意義的接受而產生的社會功能。但古史被視爲故事，古史故事的結構又被發現是虛擬而成，此時就已威脅到了古史爲信史的地位。能指已被指出不可信，所指何能產生功能？顧頡剛承認故事的發展結構及其功能，但

以此分析古史，則是以逆向操作的方式，拆解了古史。

　　顧頡剛對孔子的研究，前已論及，再以 1928 年 10 月 2 日所撰寫〈春秋研究課旨趣書〉爲例說明。顧頡剛將之分爲「春秋本經」、「春秋三傳」、「經的春秋」、「史的春秋」四項子題授課，其中「經的春秋」目標是：「把從前人用了聖人製作的眼光解釋《春秋》的話，依著時代去排列次序，看出在各個的時代之下，孔子作《春秋》的心理和書法的規則是怎樣的不同，怎樣的變遷。」⑫這是以故事研究經典的標準例證，在此方法下，經典—《春秋》已失去了神聖性格，此種神聖性格表現在作者的神聖及內容的神聖。孔子作《春秋》既是後人裝點，作者與內容的神聖性就同時消失。至於《春秋》學，則是各時代學者解釋累積而成，有其心理背景與變遷規則。至於其餘三項，導出兩種研究方向：一是文獻學，研究經典作者、成書、流傳；一是史學：研究經典所記載的歷史事件，重在考定事件真偽，探討事件發展。經學家所重視的歷史事件象徵的意義刻意被忽略，甚至被否定。不必顧頡剛的極力宣揚，經由此方法理論與邏輯的推導，經學必然會變爲史學，成爲史學研究的對象，而非學者的信仰對象與行爲的依據。

　　一直到主編《古史辨》第三冊時，顧頡剛對《周易》、《詩經》才有研究論文發表，而且依然採取故事角度分析。《周易》是占卜之書，卦爻辭是歷史故事；《詩經》是民間歌謠，意義簡單；及至《春秋》，則是史官所作，目的在記事，並無微言大義⑬。經典的神聖性完全消失。

（三）告求——治學的困境

顧頡剛的古史研究方法——故事，固然來自日常生活，或者說日常生活給予其意想不到的影響，然而對日常生活，也有不斷的抱怨，甚或認爲日常生活已影響其學術研究。顧頡剛歸納生活上的痛苦有四項：

> 我生平最可悲的事情是時間浪費和社會上對於我的不了解的責望。
> 我的第二項痛苦是常識的不足和方法的不熟練。
> 我的第三件痛苦是生計的艱窘。
> 我的第四件痛苦是生活的枯燥。⑭

其實最大的問題就是生計的困窘，其次才是學術訓練的不足，而後者可以憑顧頡剛個人的努力而達至所設定的目標，這可從〈我的研究古史的計畫〉見出。問題是達成此一目標的社會背景從何而來。1921 年於北京大學哲學系畢業，任北大圖書館編目，並兼國學研究所助教，又兼大學預科國文講師。其結果卻是：「在學問興趣極濃厚的時候，我怎能再爲他人分去時間。勉強上了幾堂課，改了幾本卷子，頭便像刀劈了一樣的痛，我耐不住了，只得辭職。」專力於助教工作。1922 年因祖母病重，返回蘇州，由胡適介紹至商務印書館編《中學本國史教科書》，預支酬金，以爲生計。但於1923 年顧頡剛又辭職：「我不是教育家，便不應該編教科書，館中未嘗許我作專門的研究，又如何教我作無本的著

述。」於是又回北大國研所任職⑤。如若不是顧頡剛的才學
爲人激賞，這如同兒戲般的工作態度，大概很難令人容忍。

日常生活對顧頡剛而言，可說是一刀的兩面，一方面啓
發學術研究，一方面限制學術研究。而其給予的回報，其一
是工作態度的任性，其一卻是學術研究的專注。顧頡剛或許
沒有想到，抱怨最多的日常生活，卻是學術動力的來源。

四、求真與致用

既然專注學術研究，顧頡剛很清楚的區分求真與致用的
異同：

> 所以在應用上雖是該作有用與無用的區別，但在學問上
> 則只當問真不真，不當問用不用。學問固然可以應
> 用，但應用只是學問的自然的結果，而不是著手做學問
> 時的目的⑤。

1915 年於北京大學預科中，因病休學返家，整理清代學者著
述爲《清代著述考》，對清代學者有很深的體會：

> 我愛好他們治學方法的精密，愛好他們的搜尋證據的勤
> 苦，愛好他們的實事求是而不想致用的精神⑤。

且指出清代學風最大的特色就在脫離應用的束縛，這一講法

當然有問題，清代學者仍未忘記「通經致用」此一觀念，無論經今古文學皆然⑧。顧頡剛是以其對清代學者的體會，斷定清代學風，而這一體會，其實是源自其對學術研究的專注而來。日常生活對學術生活的干擾，致使其歆羨清代學者，以為清代學者實事求是，不求致用。事實上，通經致用何止是清代學者為然，中國傳統學者大約皆如此。學術研究的目的不限於解決學術問題，更重要的是在解決現實人生問題。

　　顧頡剛於北大預科畢業後，選擇哲學系就讀，目的就是想解決宇宙人生問題，但最後發現：「最高的原理，原是藏在上帝的櫃子裡，永不會公布給人瞧的。」所以放棄此一路向。這可說明顧頡剛甚至是古史辨派對形上學的態度，未必是沒有能力，而是缺乏興趣，至於缺乏興趣的原因，與實證態度有關：「幻想的與造物者游，還不及科學家的憑了實證，以窮年累月之力知道些慊的真事物。」⑨清代乾嘉樸學就不以形上探究為目標，顧頡剛名其讀書團體為「樸社」，目標即在上接清代學風，命名與自我期望，由此可清楚見出。

　　至其本人雖認同求真的精神，不以致用為目標，但傳統士大夫的經世性格，仍然給予其深刻的影響。這一影響則從個人延伸至國家：

　　　我的心中一向有一個歷史問題，渴想借此得一解決，即
　　　把這個問題作為編纂通史的骨幹。這個問題即是：中國
　　　民族是否確衰老，抑尚在少壯？⑩

這顯然是實用的問題，顧頡剛也清楚自知，所以又說：

> 我在研究別的問題時，都不願與實用發生關係；惟有這
> 一個問題，卻希望供給政治家，教育家，社會改造家的
> 參攷，而獲得一點效果。⑥

然而這兩者真能涇渭分明？論學時的自覺，並不能保證治學
時的自覺。針對前述問題的答案，顧頡剛的回答是：

> 戰國時，我國的文化固然為了許多民族的新結合而非常
> 壯健，但到了漢代以後，便因君主的專制和儒教的壟
> 斷，把它弄得死氣沉沉了。⑥

一般的情況是：「如果現況從某種意義來看，是令人不滿意
的，那麼過去就提供了能夠重構現在的模式，使其能令人滿
意。過去的日子被界定為往日的美好時光，社會應該像過去
那樣。」⑥顧頡剛卻是反向思考，現狀令人不滿意，都是過
去所造成。強烈的民族主義，導致否定傳統文化：

> （漢族）的文化雖是衰老，但託了專制時代「禮不下庶
> 人」的福，教育沒有普及，這衰老的文化並沒有和民眾
> 發生多大的關係。⑥

從時代而論，是否定漢代以降的文化，這可以說明顧頡剛為
何專力於上古史；從學派而論，是否定儒家學術，這可以說

明顧頡剛何以指出儒家經典並無神聖性；從階層而論，是否定貴族階層，這可以說明顧頡剛何以探索民間故事、信仰與歌謠。存在感受與歷史解釋於此已混合爲一。

五、結論

從「故事」對顧頡剛的啓發及後續的發展，約略可知這一方法的獲得，是由其傳記情境所決定，顧頡剛將故事置於其所界定的文化脈絡中，並以此組織知識系統，某些要素被納入，另一些要素則被排除㊄。所以整個傳統爲顧頡剛重新構組，而呈現新貌。能衝擊其時的學術界，且不斷開拓新的議題，正是這個原因。傳統之所以能強加於人，是因爲大多數人缺乏想像力，對一個具有獨創性想像力的人，感受到現行傳統深刻的缺陷，並力圖彌補那種缺陷，即會造成傳統重大的變化㊅。或者說是因視角的轉變，而看到了傳統另一面相。故事人人會聽，甚至大多數人也會講，但以之結合古史考證，並創發層累造成說，就不是大多數人所能爲之。以此而論，顧頡剛與其說是考證之功，不如說是發揮想像力到極致，再配合深湛考證功力，從而形成其所諦造之中國古史的世界。

註 釋

① 郭登峰（？～？）將中國傳統自述區分爲單篇獨立的自序、附於著作的自序、自傳、自作墓誌銘、書牘體的自序、辭賦體與詩歌體的自敘、哀

祭體雜記體及附於圖畫中的自敘、自狀自訟與自贊，並選文示例，極為詳盡，頗便取用，見《歷代自敘傳文鈔》，臺北：文星書店，1965 年 1 月。自傳與回憶錄、小說、詩及其他形式個人文學的區別，可參見菲力浦・勒熱訥（Philippe Lejeune）撰，楊國政譯：《自傳契約》，北京：三聯書店，2001 年 10 月 ，第一章〈定義〉，頁 1~28。陳平原即以「自我陳述」統稱自序、自傳、自定年譜等自述性作品，見《中國現代學術之建立——以章太炎、胡適之為中心》，北京：北京大學出版社，1998 年 2 月，第九章〈現代中國學者的自我陳述〉，頁 404~456。

② 劉知幾：《史通・序傳》，浦起龍（清康熙十八年～？，1679～？）：《史通通釋》本，臺北：里仁書局，1980 年 9 月，頁 256~257。

③ 同註②，頁 257。

④ 同註②，頁 257。

⑤ 舒茲（Alfred Schutz，1899～1959）撰，盧嵐蘭譯：《舒茲論文集第一冊》（*Collected Papers Vol.1:The Problem of Social Reality*），臺北：桂冠圖書公司，2002 年 6 月，第九章〈多重現實〉，頁 235~281，引文見頁 238。

⑥ 敘事學試圖回答為什麼人類需要故事：是因為我們需要故事以檢驗不同的自我和學會在現實世界中找到我們的位置，並且在那個位置上演好我們的角色。人類講故事的能力是男人和女人在其周圍共同建立一個有意義有秩序的世界的一個方面，我們用小說研究，創造出人類生活的意義。見 Frank Lentricchia & Thomas McLaughlin 編，張京媛等譯：《文學批評術語》（*Critical Terms for Literary Study*），香港：牛津大學出版社，1994 年，〈敘事〉，頁 87~107，引文見頁 91。自我書寫或許不是敘事虛構作品，但兩相對照，即可理解閱讀他人生平經驗的重要性。

⑦ 見韓震、孟鳴歧撰：《歷史、理解、意義——歷史詮釋學》，上海：上海

譯文出版社，2002 年 3 月，第一章〈歷史詮釋的歷史〉，頁 1~40，引文係狄爾泰（Wilhelm Dilthey，1833~1911）語，見頁 11。

⑧ 顧頡剛：〈我是怎樣編寫古史辨的〉，楊揚、陳引馳、傅傑編選：《大師自述》，香港：三聯書店，2000 年 7 月，頁 96~122，引文見頁 115。

⑨ 〈與錢玄同先生論古史書〉原刊載於 1923 年 5 月 6 日《讀書雜誌》第九期，後收錄於《古史辨》，臺北：明倫出版社，1970 年 1 月重印，第一冊，頁 59~66。據顧頡剛敘述，胡適（1891~1962）在北京辦《努力》，每週出一張，《讀書雜誌》每月出一張，附於《努力》發行。《努力》論政，《讀書雜誌》論學，見顧頡剛：〈我是怎樣編寫古史辨的〉，《大師自述》，頁 111。

⑩ 陳平原：《中國現代學術之建立──以章太炎、胡適之為中心》，北京：北京大學出版社，1998 年 2 月第九章〈現代中國學者的自我陳述〉，頁 407。

⑪ 同註⑩，頁 434。

⑫ 川合康三撰，蔡毅譯：《中國的自傳文學》，北京：中央編譯出版社，1999 年 4 月，第一章〈自傳在中國〉，頁 1~13，引文見頁 3。

⑬ 顧頡剛：〈我的研究古史的計畫〉，《古史辨》第一冊，頁 211~217，引文見頁 217。

⑭ 顧頡剛：〈論偽史及辨偽叢刊書〉，《古史辨》第一冊，頁 20~22，引文見頁 22。

⑮ 劉掞藜、柳詒徵的文章，俱收入《古史辨》第一冊。

⑯ 顧頡剛：〈春秋時的孔子和漢代的孔子〉，《古史辨》第二冊，頁 130~139，引文見頁 139。

⑰ 傅斯年：〈評春秋時的孔子和漢代的孔子〉，《古史辨》第二冊，頁 139~141，引文見頁 140。

⑱ 王德威：〈「考掘學」與「宗譜學」〉，米歇・傅柯（Michel Foucault, 1926~1984）撰，王德威譯：《知識的考掘》，臺北：麥田出版社，2001 年 1 月，「導讀二」，頁 39~66，引述見頁 57。

⑲ 哈伯馬斯（J. Habermas）分析三種知識取向：經驗性——分析性科學的探究蘊涵一種技術性的認知興趣，歷史——詮釋性科學的探究蘊涵實踐性的認知興趣，批判取向的科學蘊涵解放性的認知與興趣，見〈知識與人類興趣〉（*Knowledge and Human Interests*），黃瑞祺：《批判理論與現代社會》，臺北：巨流圖書公司，1986 年 11 月增訂一版，頁 136~138，引文見頁 137。顧頡剛近於歷史——詮釋性路向。

⑳ 顧頡剛：〈自序〉，《古史辨》第一冊，頁 4。

㉑ 如與西方二十世紀初葉興起的「新批評」派互勘，更可見出兩者差異，新批評派重視文本研究，作者只是隱藏於文本之後，可參考趙毅衡編選：《新批評文集》，天津：百花文藝出版社，2001 年 9 月，「引言」，頁 1~132。

㉒ 同註⑳。

㉓ 另參考柯靈烏（R.G.Collingwood, 1889~1943）撰，陳明福譯：《柯靈烏自傳》，臺北：故鄉出版社，1985 年 3 月，第五章〈問題與答案〉，頁 43~55。〈太史公自序〉自傳部份約五分之一，〈古史辨自序〉計一〇三頁，介紹《古史辨》內容僅有四頁，其餘全屬自傳，兩者差距甚大，也可見出顧頡剛寫作〈自序〉的用意。

㉔ 同註⑳，頁 7，8。

㉕ 同註⑳，頁 12~13。又類似的指責見同書頁 11，73，85，92。

㉖ 同註⑳，頁 15。

㉗ 同註⑳，頁 13。

㉘ 同註⑳，頁 13。

㉙ 同註⑳，頁 15。

㉚ 同註⑳，頁 6。

㉛ 丹尼爾‧貝爾（Daniel Bell）撰，趙一凡等譯：《資本主義的文化矛盾》（*The Cultural Contradictions of Capitalism*），臺北：桂冠圖書公司，1991年 4 月，參考「一九七八年再版前言」，頁 1~24，引述見頁 5。史蒂文‧科恩（Steven Cohan）、琳達‧夏爾斯（Linda M. Shires）撰：《講故事—對敘事虛構作品的理論分析》（*Telling Stories a Theoretical Analysis of Narrative Fiction*），臺北：駱駝出版社，1997 年 9 月，參考第一章〈語言理論〉，頁 1~22，引述見頁 1。並參考⑥所引文。

㉜ 同註⑳，頁 6，14。

㉝ 同註⑳，頁 19。

㉞ 同註⑳，頁 22。

㉟ 同註⑳，頁 22。

㊱ 同註⑳，頁 26。

㊲ 見康有為：《孔子改制考》，北京：中華書局，1988 年 3 月。又康有為何以力陳孔子託古改制，參考丁亞傑：《清末民初公羊學研究——皮錫瑞、廖平、康有為》，臺北：萬卷樓圖書公司，2002 年 3 月，第五章〈聖人崇拜〉，頁 221~271，託古改制見頁 261~267。

㊳ 同註⑳，頁 36。

㊴ 同註⑳，頁 37。

㊵ 同註⑳，頁 40。

㊶ 胡適：〈水滸傳考證〉，《胡適文存》，臺北：遠流出版公司，1988 年 9月，第一集，第三卷，頁 61~109。

㊷ 見張汝倫：《意義的探究——當代西方釋義學》，臺北：谷風出版社，1988 年 5 月，第七章〈釋義學和文學〉，頁 196~229，引文係姚斯

（H.R.Jauss）語，頁 214。

㊸同註㊶，頁 108。但是胡適的方法卻未必是從西方借用而來，於 1921 年
所作〈紅樓夢考證〉一文中，曾指責研究者走錯道路，不搜集作者、時
代、版本等材料，卻搜羅零碎史事附會，是為附會，而非考證，見《胡
適文存》，第一集，第三卷，頁 141~188，引述見頁 141。與二十世紀以
來重視文本的方向不類，但考證的結論卻有神合之處。

㊹ 同註⑳，頁 41。

㊺ 同註⑳，頁 52。

㊻ 同註⑳，頁 61。

㊼ 同註⑳，頁 61。

㊽ 新歷史主義就強調文學想像對歷史敘述的影響，見羅伊・克拉瑪
（Lloyd S. Krmaer）撰：〈文學、批評與歷史想像：懷特與拉卡頗的文學
挑戰〉，林・亨特（Lynn Hunt）編，江政寬譯：《新文化史》（*The New
Cultural History*），臺北：麥田出版社，2002 年 4 月，頁 147~185。

㊾ 同註⑳，頁 68。又此說成為日後「神話分化說」的張本。楊寬分中國古
代文化為東西二系，東為殷、東夷、淮夷、徐戎、楚、郯、秦、趙
等，西系為周、羌、戎、蜀等，各民族都有其神話傳說，民族相混，神
話也漸相雜，中國古史傳說即在商周之世，東西二系神話的分化與融合
而成。見《中國上古史導論》，《古史辨》第七冊，頁 65~421，有關神話
分化的理論建構見頁 65~119。託古改制、層累造成與神話分化，應是清
末民初由傳統而來的方法意識。

㊿ 同註⑳，頁 78。

51 史蒂文・科恩（Steven Cohan）、琳達・夏爾斯（Linda M. Shires）
撰，張方譯：《講故事——對敘事虛構作品的理論分析》（*Telling Stories a
Theoretical Analysis of Narrative Fiction*），第三章〈敘事的結構：故

事〉，頁 55~90，引述見頁 86。

㉒ 顧潮：《顧頡剛年譜》，北京：中國社會科學出版社，1993 年，頁 161。

㉓ 參考丁亞傑下列諸文：〈顧頡剛詩經研究方法論〉，《元培學報》第四期，頁 117~131，1997 年 12 月；〈顧頡剛經學研究——易學〉，《孔孟學報》第七十三期，頁 33~50，1997 年 3 月；〈顧頡剛春秋學初探〉，《中央大學人文學報》第二十三期，頁 69~96，2001 年 6 月。

㉔ 同註⑳，頁 85，91，96，97。

㉕ 同註⑳，頁 50，55。

㉖ 同註⑳，頁 25。

㉗ 同註⑳，頁 29。

㉘ 同註⑳，頁 77。清代學者經世致用理想，可參見漆永祥：《乾嘉考據學研究》，北京：中國社會科出版社，1999 年 12 月，第八章〈乾嘉考據學思想〉，頁 210~245，相關部份見頁 241~245。

㉙ 同註⑳，頁 33~35。顧頡剛曾反駁理學思想：既說性善情惡，又說性未發情已發，於是善只在未發，一旦發出，即成為惡，如此天下並無見諸行事的善。駁斥清晰明快，並非沒有能力從事形上思辨。

㉚ 同註⑳，頁 89。

㉛ 同註⑳，頁 90。

㉜ 同註⑳，頁 89。

㉝ 艾瑞克‧霍布斯邦（Eric. J. Hobsbawn）撰，黃煜文譯：《論歷史》（On History），臺北：麥田出版社，2002 年 8 月，第三章〈關於當代社會，歷史能告訴我們什麼？〉，頁 58~76，引文見頁 60。

㉞ 同註⑳，頁 90

㉟ 舒茲（Alfred Schutz）撰，盧嵐蘭譯：《舒茲論文集第一冊》（Collected Papers Vol.1:The Problem of Social Reality），第一章〈人類行動的常識詮

釋與科學詮釋〉，頁 25~70，參考頁 30~31 及該書「導論」頁 3~4。

⑥ 愛德華‧希爾斯（Edward Shils）撰，傅鏗、呂樂譯：《論傳統》
（*Tradition*），臺北：桂冠圖書公司，1992 年 5 月，第五章〈傳統為什麼
會變遷：內部因素〉，頁 263~295，引述見頁 281，282。

參考書目

顧頡剛：《古史辨》，臺北：明倫出版社，1970 年 1 月重印。

顧潮：《顧頡剛年譜》，北京：中國社會科學出版社，1993
年。

顧頡剛：〈我是怎樣編寫古史辨的〉，楊揚、陳引馳、傅傑編
選：《大師自述》，香港：三聯書店，2000 年 7 月。

郭登峰：《歷代自敘傳文鈔》，臺北：文星書店，1965 年 1
月。

陳平原：《中國現代學術之建立──以章太炎、胡適之為中
心》，北京：北京大學出版社，1998 年 2 月。

劉知幾：《史通》，浦起龍：《史通通釋》本，臺北：里仁書
局，1980 年 9 月。

柯靈烏（R.G.Collingwood）撰，陳明福譯：《柯靈烏自
傳》，臺北：故鄉出版社，1985 年 3 月。

菲力浦‧勒熱訥（Philippe Lejeune）撰，楊國政譯：《自傳契
約》，北京：三聯書店，2001 年 10 月。

川合康三撰，蔡毅譯：《中國的自傳文學》，北京：中央編譯
出版社，1999 年 4 月。

丁亞傑：《清末民初公羊學研究──皮錫瑞、廖平、康有

爲》，臺北：萬卷樓圖書公司，2002 年 3 月。

楊寬：《中國上古史導論》，《古史辨》第七冊。

漆永祥：《乾嘉考據學研究》，北京：中國社會科出版
社，1999 年 12 月。

韓震、孟鳴歧：《歷史、理解、意義——歷史詮釋學》，上
海：上海譯文出版社，2002 年 3 月。

艾瑞克・霍布斯邦（Eric.J. Hobsbawn）撰，黃煜文譯：《論歷
史》（*On History*），臺北：麥田出版社，2002 年 8 月。

林・亨特（Lynn Hunt）編，江政寬譯：《新文化史》（*The
New Cultural History*），臺北：麥田出版社，2002 年 4 月。

米歇・傅柯（Michel Foucault）撰，王德威譯：《知識的考
掘》，臺北：麥田出版社，2001 年 1 月。

張汝倫：《意義的探究——當代西方釋義學》，臺北：谷風出版
社，1988 年 5 月。

舒茲（Alfred Schutz，1899～1959）撰，盧嵐蘭譯：《舒茲論
文集第一冊》（*Collected Papers Vol.1：The Problem of Social
Reality*），臺北：桂冠圖書公司，2002 年 6 月。

黃瑞祺：《批判理論與現代社會》，臺北：巨流圖書公
司，1986 年 11 月增訂一版。

趙毅衡編選：《新批評文集》，天津：百花文藝出版社，2001
年 9 月。

Frank Lentricchia & Thomas McLaughlin 編，張京媛等譯：《文
學批評術語》（*Critical Terms for Literary Study*），香港：牛
津大學出版社，1994 年。

史蒂文・科恩（Steven Cohan）、琳達・夏爾斯（Linda M.

Shires）撰，張方譯：《講故事——對敘事虛構作品的理論分析》（ *Telling Stories: a Theoretical Analysis of Narrative Fiction* ），臺北：駱駝出版社，1997 年 9 月。

丹尼爾‧貝爾（Daniel Bell）撰，趙一凡等譯：《資本主義的文化矛盾》（ *The Cultural Contradictions of Capitalism* ），臺北：桂冠圖書公司，1991 年 4 月。

胡適：《胡適文存》，臺北：遠流出版公司，1988 年 9 月。

論兩部現代戲劇中李秀成
生命歷程的描寫

余蕙靜

摘 要：

　　本文以抗戰時期陽翰笙的《李秀成之死》（1937 年）與歐陽予倩《忠王李秀成》（1941 年）兩部現代戲劇為討論文本，主要分析兩位劇作家在刻劃李秀成一生重要的生命歷程中，反映出創作者的何種觀點，並進一步追溯該種觀點之所以形成之因，及檢討其表達的適切性。

關鍵字：陽翰笙、歐陽予倩、李秀成、歷史劇、寫實主義

一、前言

　　李秀成是清末太平天國後期的中心人物，有關他的一生，記錄在正式檔案的資料極少，尤其太平天國於同治三年（1864）政權覆亡以後，其文獻被毀滅殆盡，國內搜求不易。雖然在民初至三〇年代，陸續有一些描寫太平天國史料的書籍問世，但這些書的共同缺陷均是參據的真實文獻非常有限①，同時幾乎都是針對太平天國的戰況所作的分析，不

見對於人物的述評。

　　三○年代末至四○年代中期，學界研究太平天國史事考訂有明顯的成就，郭廷以、蕭一山、簡又文、羅爾綱等人出版了太平天國頒行的曆法及典章制度的著作，並且重新修訂了前一時期史事粗略的部份，堪稱研究太平天國史開創的學者，其中羅爾綱更自始專注於李秀成「自述」的注釋，由於李秀成在南京陷落，突圍被俘之後，在湘軍的陣營中曾寫下親筆供狀，供狀最初經曾國藩改正、刪削、重編謄清後，呈奏給清廷，即為清宮檔案中的「官牘本」。民國二十五年（1936）北京大學曾影印九如堂刻本《李秀成供》，雖然研究太平天國的學者都知道該本已遭曾國藩所更改，但基於無法得見「真跡本」的情況下，一般對李秀成的了解，根據的仍是半信半疑的「官牘本」。三十三年（1944）三月，廣西通志館因編纂省志，搜集太平天國史料，於是派與曾國藩曾孫曾昭樺有舊識的呂集義前往了解李秀成自述原稿的情況。礙於曾家規定不可外借，呂集義將北大刊印的《李秀成供》攜帶至曾家與原稿進行校勘，並拍下十張照片，呂將校勘本攜至桂林交與廣西通志館，館方人員因鑑於自述原稿中李秀成有許多「自污」之詞，主張出版與再做考訂等兩方意見不一，而對日戰事已禍及湘、桂，該事遂被擱置。一九五○年羅爾綱據呂集義的校勘資料出版考證箋注，一九六○年呂氏重新整理出版，由廣西僮族自治區人民出版社出版，然而李秀成的「真跡本」一直到民國五十一年（1962），才由曾國藩的嫡孫曾約農捐贈給當時臺灣的故宮博物院，世界書局並將之影印出版。所以三○年代末至四○年代初，劇作家所據以

撰寫李秀成的資料，被俘自述的部份應以二十五年北大《李秀成供狀》為主。

　　李秀成的真筆供狀隱藏了約一百年之久，再加上他在太平天國的重要地位，因之對於他的論斷相對地便有著極大的解釋空間，在清人資料中對太平天國的起事者多以「匪」稱之，到了民國，有些學者卻認為這是一樁革命事業的壯舉，特別中共標榜農民運動，因之視李秀成為起義英雄。抗戰時期，因為時空環境的關係，現代戲劇甚為發達，加以中國淪陷區日人及國民政府所在均有劇本檢查，劇作家如果運用歷史故事來影射社會事件及思想宣傳，受到的風險則可降至最低，歷史劇逐得以大行其道。當時中共為了抨擊國民政府「攘外必先安內」的策略，也曾借助太平天國做為戲劇素材，目的即在呼籲群眾共同抗日，國共合作，並視所有外國勢力為侵略者，唯有揭竿而起才有真正民主和平的未來，職是之故，歷史人物紛紛成為劇作家鼓舞人心的範本模樣，民國二十六年（1937）陽翰笙創作的現代劇《李秀成之死》及三十一年（1942）歐陽予倩《忠王李秀成》就是在這樣時空背景下的產物。本文主要透過以上兩劇②對於李秀成的描寫，探討劇作家如何詮釋歷史人物的功過是非，並嘗試對劇作家的做法做出評價。

二、論抗戰時期兩部現代戲劇中的李秀成

（一）兩部劇作的創作背景及寫作動機

1. 陽翰笙寫作該劇的時空背景及動機

陽翰笙，原名繼修，清光緒二十八年（1902）十一月出生於四川省高縣，民國十三年（1924）到中共主持的上海大學社會系就讀，同年加入中國社會主義青年團，次年轉入中國共產黨。國共第一次合作時陽翰笙到廣東，擔任黃埔軍校政治部工作。十六年（1927），國共合作破裂，陽翰笙奉中共黨部指示，到上海參加由中共主導的文藝社團「創造社」，從此開始文藝生涯。

十七年（1928）至二十二（1933）年間，陽翰笙一方面從事左藝文翼運動的領導工作，先後擔任中共成立的「左聯」、「文總」黨團書記和中共中央上海文委會書記，一方面創作大量小說，內容傾向描寫工農的苦難和反抗，宣傳階級鬥爭。後投身電影劇本撰寫，仍以暴露社會黑暗生活為主。二十六年（1937）九月，國共第二次合作，陽翰笙受中共黨中央委派，擔任國民政府軍事委員會政治部第三廳主任秘書，文化工作委員會副主任，以及文協理事、劇協常務理事等職務，舞臺劇的創作成為此一時期的主要活動，本文所要探討的《李秀成之死》為其二十六年的劇作。全劇描寫太

平天國最後兩年，封爲忠王的李秀成身處內外險惡的政治環境中的寫照。由於陽翰笙屬中共黨員，從事文藝活動即帶有左派思想的色彩，他主張「無產階級的文藝運動應該和無產階級的革命運動合流」③，因此陽翰笙提到創作該劇時也聲稱「像李這樣一個人物，自極低地位升至極高，成爲太平天國之大政治家、大軍事家，以一身繫太平天國上下之安危，處事公正，德行超群，而在太平一朝真沒有一個人比他得上。…………因此，我個人對於第一次大革命中，最光輝燦爛的貧農出身的這個革命領袖，實在感到非常大的興趣」④。明白肯定李秀成出身微賤，貧農起家，參與革命的意義。其次，陽翰笙創作《李秀成之死》一劇正值國民政府尚未發佈對日全面抗戰，繼續第五次對中共進行圍剿時刻，毛澤東於此時提出「抗日民族統一戰線」的口號，以對抗國民政府「攘外必先安內」的原則，陽翰笙創作該劇的動機也包含有抵制國民政府的政策在內，他說因爲國民政府「把曾國藩當成是他們的救命恩人，五體投地地來崇拜的」，所以「寫了李秀成這個光輝的形象來同曾國藩這個大漢奸對立」⑤，希望「讚揚太平天國反帝反封建的英勇鬥爭，藉以譴責國民黨反動派的反共反人民的賣國投降政策」⑥。

同時，中國現代戲劇中歷史劇的創作在二、三○年代已經開始，至對日抗戰時達到高峰，由於中國部份地區被日軍佔領，國民政府統治地區國共檯面下的彼此角力，也實施劇本檢查政策，歷史劇的撰寫可以避免觸碰一些當局的忌諱，比較能夠順利的上演；再者，日寇當前，全民抗戰，許多劇作家也紛紛從歷史人物中尋找民族英雄，做爲劇作中的

主人翁，企圖借以喚起國人民族意識，共同抗敵，當時歷史劇作的取材以戰國史和太平天國史為最多⑦，這些劇作以古喻今、借古諷今，宣傳團結抗敵，歌頌愛國主義，斥責投降變節的賣國者，用歷史人物精神激勵當時的觀眾，《李秀成之死》一劇也不例外，當時陽翰笙接受訪問時就表示《李秀成之死》這個劇本與對日抗戰有積極的關係，因為他認為，當時太平軍中守城的數十萬戰士，在曾國藩上清廷的奏摺裡，記載著不是戰死便是自焚而死，並沒有一個投降者，這種「偉大堅貞的民族精神，這樣英勇的悲壯犧牲，是值得我們今日每一個人學習的」⑧。今天重新審視太平天國的歷史，雖然失敗，但失敗的很英烈悲壯，所以陽翰笙以劇本方式表彰李秀成部眾的民族精神與英勇犧牲，以砥礪正陷於浴血抗戰的中國軍民。

陽翰笙在以上種種時空背景因素之下撰寫了現代歷史話劇《李秀成之死》，其刻劃人物的技巧風格及藝術創作的價值評估，則有待下一步的分析了解。

2. 歐陽予倩寫作該劇的時空背景及動機

歐陽予倩，原名立袁，號南杰，筆名春柳，生於湖南瀏陽縣的一個書香門第，童年即愛好中國傳統戲曲，並有家學淵源，具深厚文學基礎。光緒二十八年（1902），東渡日本求學，先後進入成城中學、明治大學商科、早稻田大學文科就讀。三十三年（1907），在東京觀賞中國留日學生所組成的現代戲劇社團「春柳社」的公演後，加入該社，不久，「春柳社」舉行第二次公演《黑奴籲天錄》，歐陽予倩得以擔綱演出，此後開展其一生從事中國戲劇的改革運動。

宣統二年（1910），歐陽予倩自日本輟學回國，開始積極
參與戲劇活動。民國元年（1912），在上海加入「新劇同志
會」，一面演出新劇，一面學唱京劇青衣。後至長沙自己組織
「文社」，被軍閥查禁。三年（1914），重返上海，先後入「春
柳劇場」、「民鳴社」等文明戲班，五年（1916）春，搭班演
出京劇，在笑舞臺、新舞臺等劇院掛頭牌旦角。這個時期他
所寫的劇本大多取材於小說筆記的內容，同時又因為劇團演
出頻繁，礙於時間緊迫，所寫的劇本有時也不免在拼湊中上
場。民國八年（1919），歐陽予倩應張謇之邀，至南通負責辦
理「南通伶工學社」和「更俗劇場」。此時他的編劇素材已轉
向描寫社會事件。十年（1921），在上海參與組織「民眾戲劇
社」，次年又加入上海戲劇協社，積極推動現代戲劇的發
展。十五年（1926）至十六年（1927）間，歐陽予倩為上海
的新民影片公司撰寫電影劇本，並於此時受田漢之邀，到南
京籌辦「國民劇場」。不久，南京陷入戰局，「國民劇場」經
營了一個月即告解散。歐陽予倩在是年冬，加入田漢主辦的
「南國社」，同時也成為田漢所組「南國藝術學院」戲劇系系
主任，致力於戲劇教育。十七年（1928）冬，他應廣州桂系
將領李濟琛之邀，到廣州籌建廣東戲劇研究所。十八年
（1929）三月，桂系部隊與國民政府軍開戰，六月為國民政府
軍討平，歸順中央。九月，再度宣佈獨立，戰事持續到十九
年（1930）七月，才告結束。然而二十年（1931）五月，又
因「湯山事件」三度宣佈獨立，一直到當年九月東北發生
「九一八」事變，才以和平解決方式落幕。歐陽予倩處於戰事
連年的廣州，不辭辛勞地指導戲劇系師生從事演劇技巧的精

進，卻仍然不得不於是年十月，離開其一手經營的學校，取
道香港，轉赴上海，繼續從事戲劇編導生涯。上海發生「淞
滬事變」後，他出國考察戲劇，訪問法、蘇、英、德等
國，於二十二年（1933）十月回國，應當時駐守福建的第十
九路軍將領陳銘樞之邀，至福建擔任其幕下文教委員，未料
是年十一月，陳銘樞等成立「中華共和國人民政府」，宣佈脫
離國民政府，發動所謂「閩變」。二十三年（1934）一月中
旬，閩變被國民政府軍平定，歐陽予倩從福建往日本避
難，半年後再回到上海。二十六年（1937）政府全面抗
戰，歐陽予倩在上海組織「中華京劇團」，從事電影、戲劇界
救亡活動。二十七年（1938），他應馬君武之邀，到桂林主持
改革桂劇計畫，整頓桂劇劇團，管理廣西省立藝術館，擔任
館長兼戲劇部主任，在當地創辦話劇、桂劇、實驗劇團和廣
西第一所桂劇學校，在此期間，歐陽予倩寫下有名的歷史劇
《忠王李秀成》。

　　四〇年代之前，中國長期陷入軍閥割據，國共內戰，歐
陽予倩以個人的能力，為推展戲劇改革四處奔走，徒有才
華，卻受限於沒有適當的組織以提供其施展的空間，多次依
附的贊助團體往往又都是眼光短淺的政客軍閥，注重的只是
侵吞地盤，據地為王；自組的劇團不是礙於經費拮据，無法
長期生存；便是屢屢遭受當權者的打壓，不得不宣告解
散。歐陽予倩進入桂林之後，停留時間較長（1938~1944
年），桂系部隊向來對當時國民政府的認同度不高，時而獨
立，時而歸附。抗戰伊始，廣西身處大後方，得以避免與日
軍第一線正面作戰的機會，桂系軍隊遂把持地盤，趁機自

肥，壯大自己勢力，歐陽予倩在這段時間寫下許多諷刺時事
的劇本，揭露社會不公、影射破壞團結，在〈《忠王李秀成》
弁言〉裡他說道自己的創作動機，純粹是「想多寫出一些堅
強誠實忠義的人物，鼓勵氣節，爲動搖、浮薄、奸滑的分子
痛下針砭」⑨。至於爲什麼會選定這樣一個失敗的王朝，歐
陽予倩的的觀點是從失敗所得的教訓與經驗，通常較成功來
得多，而處於艱困中的受難者如仍能始終如一的堅持個人操
守，則更值得讀者學習與稱讚。他撰寫《忠王李秀成》一
劇，就是肯定那些爲革命犧牲奉獻的堅強國民，凡屬兩面三
刀、可左可右的投機分子，則給予唾棄與貶斥。由於他本身
糟通新、舊劇的表演基礎，又能導戲，善於處理中國戲曲在
舞臺呈現時的美學特徵及把握劇場觀眾心理，所以他所執導
的劇本，口碑極佳，以《忠王李秀成》爲例，民國三十年
（1941）在桂林寫成，隨即公演，由國立劇校高材生黃海飾演
主角，當時桂林人口只有六、七萬，《忠王李秀成》卻連演十
四天，總共二十三場，場場滿座，觀眾達三萬人次以上，可
謂十分成功。

(二) 兩部劇作的結構及人物分析

1. 兩劇的結構表現

就兩部劇作的結構來看，《李秀成之死》主要動作乃在刻
劃李死前所要完成的事，《忠王李秀成》則是突顯李秀成表達
一片忠誠的決心，兩劇均以多線式故事穿插進行，主題都在
表彰李秀成人格的偉大，基於民族氣節，寧死不屈的精
神。在《李秀成之死》一劇的結構中，第一幕陽翰笙先以兵

士的過場戲開場，緊接著著墨於李秀成身陷幾股掣軸的勢力當中，李試圖力挽狂瀾，個個疏導，正當看似一一即將解決之際，李秀成所面對唯一最大的衝突與壓力的對象洪秀全的出現，陽翰笙以李的不得不妥協做爲第一場落幕的結束。第二幕以討論天京是戰或守做爲全幕的焦點，這一幕的起伏手法安排與第一幕幾乎無甚差別，李在袍澤的不同聲浪內心衝突節節上升，陽翰笙以天京百姓的勸諫，李做出決定，替第二幕的衝突畫下休止符，算是衝突的結束。然而看似做出了決定卻是危機四伏的開始，第三幕接續前幕的結尾，先引伸出天王已死，李決定死守的困境，李的危機上升；後一度以軍民一心爲困境的危機解危，前段劇情所塑造出的緊張態勢至此似乎已趨和緩，然而戰況轉壞，李面臨的危機再度升高，最後親信出城另謀他法，親舅背離，李秀成的危機至此又到達另一個高潮。第四幕一開始則以農民的過場戲交代李突圍出城的經過，第三幕結尾的高潮至此轉爲低潮，但是這樣的低潮其實是暗藏另一個危機的高潮開端，李秀成與農民不同的意見隱含李的危機又不斷的攀升，最後被活捉生俘，使得本幕的劇情達到又一個高潮。值得一提的是，第五幕就劇名而言，應該是劇作者所設定的全劇主要高潮，其他都是爲了推向劇終高潮而呈現的次要高潮，然而整幕劇情的安排卻無甚起伏，看不到高低交錯的節奏變化，劇情單一地以直線進行方式向前推進，全場只見李秀成一人縱橫台上，以慷慨激昂的陳詞將對方個個駁斥，完全看不到承接前幕終結時邁向主要高潮所可以塑造出來的震撼效果，假如不是建立在觀眾當時把劇中人物投射到現實生活的移情作

用，劇情在一開始時就已經看到劇作者所要預設的結局，所
謂曲折、懸疑、緊張等種種戲劇張力在本幕根本無從發
揮，尤其最後李以大段罵詞結束全劇，足足大概要佔據舞臺
十多分鐘的時間，陽翰笙在受訪時聲稱這是挑戰戲劇演員的
功力，真正的事實卻正好是陽氏觸犯了編劇者創作的一大禁
忌。

　　歐陽予倩《忠王李秀成》一劇最主要高潮在第三幕，這
是一般編劇常用的手法，以李秀成與家人、李秀成與部
眾、以及李秀成與天朝官員三股線索交錯進行，一步步推向
第三幕的劇情。第一幕戲中劇作者即將李秀成置於危機四伏
的關係中，第二幕的劇情乃延續前一幕戲的衝突點繼續推
進，第三幕寫的精彩生動，在時間的長度上也掌控的恰到好
處，戲劇張力在本幕也得到充分發揮，李秀成終於在幾番波
折後見到洪秀全，李一片忠心爲國遭遇到最大的挫敗，後兩
幕的次高潮及收尾則略顯冗長，尤其第五幕李一家的一一殉
難，可再加以裁剪，在緊湊度上會更精簡。

2. 陽翰笙對李秀成的人物刻劃

　　陽翰笙與歐陽予倩兩人各自撰寫的李秀成的戲劇，主題
都在強調全民一致抗戰，李秀成既是兩劇中的主角，因之兩
人對李的描寫技巧，則是本節所要探討的內容。陽翰笙所作
《李秀成之死》爲五幕劇，時間自太平天國十二年（清穆宗同
治元年，1862）六月，李秀成第二次進軍松江起始，至太平
天國十四年六月（同治三年，1864），湘軍攻破南京，李秀成
出亡被俘處死爲止，強調太平天國後期，李秀成獨撐天朝殘
局的情形。全劇一開始，陽翰笙即將李秀成在松江之役中所

面臨的幾股掣肘勢力——如天朝中信心動搖分子的分裂（如
宋永祺）、外人勢力的干涉、以及洪秀全對其不信任的關
係，完全呈現在觀眾眼前，李秀成堅決久戰的心態，破除宋
永祺、外國勢力意圖對其可能的影響，唯獨天王命令回京使
其不得不從，首幕戲點出了李秀成之所以為忠王之「忠」的
人格特質，也與本劇最終幕李被生擒後自刎預留伏筆。第二
幕是全劇中作者唯一表現李秀成對天京是戰或守猶豫不決的
地方，最後李秀成在天京百姓盼望其守天京的請求下，答應
死守天京。

第三幕先由李秀成所屬兵丁口中說出天王已死，李秀成
孤臣死守的困境，接著作者以軍民一心，描寫天京城內士兵
同仇敵愾，擁護忠王誓死守城的決心。中間穿插清兵被
俘，李秀成對戰俘曉以民族大義，此後天京戰況變壞，李秀
成部將黃公俊出城與曾國藩商議，妻舅宋永祺逃走，李秀成
陷入孤力無援。本幕呈現的李秀成，擁有絕對的民心士
氣，即使敵人當前，也有容人的雅量。

第四幕開始作者省略了天朝內部的權力鬥爭，以及城破
危亡的描述，當時天京已被清兵攻破，李秀成倉皇出走至荒
山，遇農民相助，但因拒絕剃髮偽裝，被一農民報與清軍所
獲。

第五幕李秀成在清營中嚴斥清軍勸降，暗場交代天京百
姓擁護李秀成所做出立牌位、不賣貨物給清軍、及集體引火
自焚之事件，後李秀成對降清者曉以民族大義後自刎而死。

綜觀以上所述，可知李秀成在本劇從頭至尾，均與其統
領兵丁及天京百姓關係相始終，他是「把李個人與群眾這兩

點集中起來寫的」。在第一幕戲裡他敘述太平朝的上上下下如何希望李回來守城。第二幕寫李在城上親自指揮，從天兵和民眾的苦鬥生活上表現李秀成的偉大。第三幕在潤西村的農民身上反映出他們對李的愛護和擁戴。陽翰笙說明了這一點是他寫本劇所使用的藝術技巧，為的是希望從這些方面去表現李所具備革命英雄的氣質，及天京百姓支持領導人所呈現的革命情感，同時他宣稱在技術盡量避免了一般的技巧，「努力採取寫實主義的手法」，目的是希望「從這個手法上去發掘歷史的真實，表現這個革命英雄和革命的群眾」⑩。

　　李秀成是燒炭工人出身，他手下的兵士及老百姓都屬農民，正符合所謂「工農兵」的群眾，「把李個人與群眾這兩點集中起來寫」，寫的就是貧農不滿政府揭竿而起的社會抗議，陽翰笙並強調他的寫劇技巧是建立在現實主義的基礎之上而加以發揮的，而且盡可能「用這個手法去發掘歷史真實」⑪，在這裡，陽翰笙所謂「歷史的現實主義手法」，意即從真實的歷史事件中去敘述李秀成的一生，在本劇中，李秀成大段的對白表現了作者所要突出的形象，例如第一幕李秀成痛斥英人馬丁的合作建議，說他們是「趁火打劫！只要稍微有點骨氣的中國人，都絕不會把自己祖國的河山當成禮品來換掉人家的『幫助』的！」並且宣誓「中國是中國人的中國，天下是中國人的天下，誰要想來搶佔我們一尺一寸的江山，我們太平軍就得把他們消滅個一乾二淨」。在第二幕試圖喚醒妻子對洋人寄予幫助的幻夢，其抵禦外來侵略的凜然正義，表現出民族英雄的典範。其次，李秀成在劇中處處

對清軍曉以民族大義，他要清兵不要忘記大家同是漢人，呼籲清兵應把手上的武器，拿來對付蹂躪漢人的滿人，不要認賊作父，陽翰笙借李秀成之口，把曾國藩、左宗棠、李鴻章等幫助滿清的漢臣比附於明末降將吳三桂、洪承疇，說他們是漢奸，是出賣民族的罪人。李秀成更痛心天朝內部的分裂，他對部將說「一個真正的戰士，所最怕的倒並不是敵人給你的打擊，卻是自己人在你的身後拚命拉著你的胳膊，不讓你前進！」（第三幕）此外，陽翰笙在本劇中也花了許多篇幅交代農民與李秀成之間的互動，以及李秀成兵士之間的對話。以群眾對清軍俘虜的仇視，對照太平軍的寬大為懷，表面上雖然寫的是百姓，實際上是透過百姓側寫李秀成人格的偉大，李贏得軍心民心，因此遭到當權者的嫉恨，在自己人互相傾軋之下，終於給了敵人生擒活捉的機會。

3. 歐陽予倩對李秀成的人物刻劃

　　《忠王李秀成》一劇比陽翰笙的《李秀成之死》在時間點上早了半年，從曾國荃圍困天京，李秀成率部血戰蘇杭開始，最後也是結束於太平天國覆亡，李秀成出走被執。全劇共分為五幕，首幕第一場以暗場內傳李秀成將勝利與民共享的詔書，第二幕透過李秀成部眾口中說明南京天朝內部的不合，在一片勝利當中隱含即將到來的危機發生。接著李秀成上場，作者以李與陳坤書對洋人看法的討論、交辦屬下對難民的處理，以及對待清官俘虜林福祥的態度，表現出李秀成堅持民族大義、愛民如子、以及寬待漢族弟兄的人格。此時傳來英王需要李秀成支援廬州，天王派使者催促李秀成回京，李秀成的危機化暗為明。第三場整個場景的時間只有一

個晚上，這一幕寫盡了李秀成與洪仁發之間的衝突，洪要求李秀成回京、調派部下陳坤書守蘇州，洪仁發並挑撥李秀成部將陳坤書與童容海之間的關係。李秀成請家人隨天使進京取得天王信任，並安慰部將對於陳坤書封王的不滿。陳坤書的大力提拔，成為第二幕與李秀成衝突的導火線，陳坤書終於在檯面上直接與李秀成不合，拂袖而去。部將譚紹洸傳來天朝排斥李秀成的內幕消息，童容海也在此時出走，又，英王寡不敵眾遇俘被殺，李秀成陷入孤立無援，此時天朝再派詔書召其回京，洪秀全在詔書中明言懷疑李秀成不回京乃有反叛之心，李見狀遂束裝回京。

　　第三幕分為兩個部份，前半部是李秀成回京兩個月後，先面臨天京諸王排擠，再來是與天王洪秀全之間的理念不合。第四幕則描寫天京諸王企圖使出種種手段打擊李秀全，此時蘇州失陷，城內糧絕，然而李秀成表明與城共存亡決心。第五幕第一場李秀成家屬一一殉難，李因拒絕剃髮為鄉民出賣，第二場李秀成不接受清軍勸降，最後一場以暗場交代李秀成被處決，田順與鄉民一同誓言為其復仇。

　　不同於陽翰笙的劇作，歐陽予倩所撰寫的這部戲，把李秀成的特質透過部屬與上層勢力兩方的互動顯現出來，主要突出天朝傾滅，李秀成的被殺，與天朝內部人事不合，李秀成無法見容於諸王有關。但是與陽翰笙《李秀成之死》一劇相同的是，兩人對於李秀成形象的塑造，大多以兩種方式來呈現：第一是所謂用說的，亦即主要角色所使用的話語給予觀眾對他的直接印象；其次是經由其他角色在舞臺上對李秀成反應的說辭，成為在李秀成出現之前觀眾對他的了解基

礎，較少由外表的動作以了解其內心的動機，由此可以看出
兩人不約而同的都將戲劇當作是一種教育社會的力量，為的
是要使觀眾更能明白劇作家所要表達的思想。陽翰笙創作戲
劇的宗旨為「國防戲劇」，理由是「唯有那在推動並執行神
聖的民族革命戰爭的任務周圍，能夠動員全體中國人民的思
想感情、意志的戲劇，方是我們迫切需要的『國防戲劇』」
⑫。歐陽予倩對於歷史劇的認知，也同意歷史劇「並不是布
置一個夢境似的迷宮，而是要使觀眾因過去的事跡聯想到目
前的情況，這就是所謂『反映現實』」⑬，不僅要「反映現
實」，更重要的是必須「要把過去的奮鬥的事蹟作現代鬥爭
的參考。尤其是要用古人的鬥爭情緒鼓勵現代人的向上。所
謂反映現實和影射現實，不過是一部份的作用」⑭。李秀成
在進攻上海時與清廷李鴻章及英人軍隊正面作戰，李秀成是
理想的「民族英雄」代言人，他的說白成了劇作家的代言
人，為的是能夠動員全體中國人民抵抗外侮的思想情感，劇
中所有人物都只為了印證李秀成偉大的人格，相較之餘遂顯
得形象模糊，不具特色。

（三）論兩部劇作的意義評價

1. 對所謂寫實主義戲劇的誤認

陽翰笙自述他撰寫《李秀成之死》一劇採用的是「寫實
主義的手法」，「用歷史的現實主義手法，來描繪《忠王李
秀成之死》這個戲」。他當時所認為的「寫實主義」，與劇場
中真正的寫實主義是不同的，早在一八五〇年時，法國藝術
界首先出現一個明顯的寫實主義運動，這些提倡運動的人認

為劇作家必須力求對現實世界作忠實的描述，以呈現出真實的世界，而非理想化的世界，供人們對於自身的環境做出深刻的省思。初期歐洲提倡寫實主義的劇作家因為關注社會問題，直接反映於劇作內容，往往淪為說教的宣傳品，而後經過不斷地修正，以十九世紀挪威劇作家易卜生的理論可為代表，他堅信戲劇應該要啟發觀眾對事物討論的空間，而非只是提供視聽娛樂的活動而已，所以他特別強調戲劇的主題必須要能刺激人們去思想與檢討。易卜生的劇作常用暗喻與影射的方法來表達他的觀念，以取代直接的敘述，同時也不對他在劇中所提的問題借助角色對白予以明白的解答，易氏塑造人物特徵往往以行動顯示其風格，避免許多不自然的情節設計，由已有的情況邏輯一步步地發展故事過程，每個角色的特性透過其來有自，並且是生活化的語言行動表現出來，使得觀眾覺得舞臺上的人物就如同日常生活真實的人物一樣，易氏的主張成為後來寫實主義劇作者共同的理念，所以真正的寫實主義作品，是要對描寫的人事物盡量做到客觀與冷靜的陳述，而非劇作者主觀感覺的投射。

反觀陽翰笙與歐陽予倩所寫的兩部劇作，李秀成忠義的性格分別從環繞在他四周圍的人物口中、從天朝諸王挑撥離間的行為、從李秀成對人事物的處理上彰顯出來，在兩劇中，各個人物忠奸判然，善惡分明，李秀成雖然周旋於眾多人物之間，實則不過與兩種類型的角色打交道，不免予人類型化的感覺，所以連歐陽予倩自己也覺得「這篇戲用人似乎太多，戲也略嫌過長」，承認除李秀成外，「其他許多次要角色，未及一一刻劃」⑮，當時上演時的劇評也針對這一點

做出呼應，韋昌英、黃今兩人在民國三十年十月十五日《文藝生活》第 1 卷第 2 期發表〈讀《忠王李秀成》‧其一〉一文，批評歐陽予倩「並不把人物性格的刻劃放在第一位」，因為只強調全劇的氣氛，所以「我們在劇中，除李秀成一個外，很難找到一個完全活現的性格」⑯。

　　六年後，歐陽予倩應臺灣「新中國劇社」之邀，來臺導演三部戲之後回到上海，發表〈三個戲〉於《文藝春秋》，其中就其改寫阿英《海國英雄》一劇為《鄭成功》，再次談及他對於歷史戲的看法，他否定歷史人物神話化的表現手法：

> 描寫歷史人物也和描寫現代人物一樣，要他像「人」，像那個時代活生生的「人」。無論他是如何偉大，絕不宜使之神化。所以他有優點必極力表彰，有弱點也無須強為辯護。而且有些人物，因為一二弱點的點明，更能把優點鮮明地襯托出來。⑰

如果我們以上述這段論點回過頭來重新檢視兩部李秀成的戲劇，可以發現劇作者對於李秀成的所謂優點大加發揮，但是缺點卻盡量輕輕放過，無怪乎以今日眼光視之，兩劇不脫宣傳李個人形象魅力的色彩。

2. 所謂選取歷史事件，並未完全根據史實

　　陽翰笙認為他所創作的劇作取材是「發掘歷史真實」，真實歷史中的李秀成如何？據《忠王李秀成自述校補本》（以下簡稱《自述》）中所言，李秀成提及洪秀全起兵，天朝內部人事發展，以及天朝與清軍洋將的戰鬥實況，最後附帶所及他

對曾國藩的《招降十要》以及反省天國敗亡的《天朝十誤》，一般史家對李秀成的了解，多自這篇重要的自白書而來，李秀成在《自述》裡，說明了他最初依附於太平軍的緣由：

> 西王在我家近村居住，傳令凡拜上帝之人不必畏逃，同家食飯，何必逃乎！我家寒苦，有食不逃。臨行營之時，凡是拜過上帝之人，房屋俱要放火燒之。寒家無食之故而從他也。鄉下之人，不知遠路，行百十里外，不悉回頭，後又有追兵，而何不畏？一路由大黎上永安，打破永安，即在和池屯紮數月。……⑱

> 自幼生在廣西梧州府藤縣寧鳳鄉五十七都長恭里新旺村人氏。父李世高【獨生李秀成、弟李明成二人。家】母陸氏。【在家孤寒無食，種地耕山幫工就食，守分安貧，自幼時八、九、十間，隨舅父讀書，家貧不能多讀，幫工各塾，具一週知。來在天朝，蒙師教訓，可悉天文。…………在家時知，自幼在道光二十六、七、八年間，有天王自東省花縣上來廣西平南、梧州、武宣各等縣，教人敬拜上帝。……自拜上帝之後，廣西賊峰（烽）四起，年年賊盜分（紛）張，一出賊之大頭目陳亞貴、張加（嘉）祥、大頭楊（羊）、山豬箭、糯米四、劉四各賊首，連年賊惡，劫當鋪，搶城池，上下未亭（停），鄉人見過，人家自後不驚。後見拜上帝兵馬到來，是拜上帝之人具（俱）不他逃矣。故又被團練之

逼，故而迷迷而來。】⑲

可知他參與天軍隊伍的動機並沒有明確的政治目標或是宗教
信仰，李秀成與清軍應戰，善待俘虜，排斥洋人勢力協
助，天朝諸王掣肘，在《自述》中也一一提及，兩劇中有關
這一部份的情節，在史實的真確性上是沒有問題的，比較有
所出入的是李秀成在天京城破出走後的描寫，兩劇都以農民
主動的保護，僅因李堅不剃髮，才被識破被俘，被俘後矢不
投降，故而慘遭殺害完結，在《自述》中卻與兩劇的內容有
很大的不同，據《自述》所言：

> 我命該絕，身上帶有珠寶，用綢紗帶捆帶在身，不知此
> 日如此心迷，到破廟停息，遂將珍珠寶物弔在樹下，我
> 欲寬身乘涼，不意民家尋到，見人眾到來，我二、三人
> 驚亂而逃，忘記取拾此物。此百姓追我，問：「爾身有
> 錢，交過與我，我不要爾性命。」我那時忙逃，亦不能
> 行。百姓追近身見我，知我是忠王，各大齊跪下，俱各
> 流涕，追我下山腳，隨步而行，仍回荒山頂上。我見百
> 姓如此，有救我之心，自願回破廟處所將此珍珠寶物以
> 酬其情。不意此民追我上前而去，在後又有民眾來此廟
> 中，將我之寶物拾去。我同此民回來，不見此物。眾百
> 姓勸我薙髮頭，我心不願。渠云：「不肯薙頭，不能送
> 爾。」百姓又是苦求。我對百姓言曰：「我為大臣，國破
> 主亡，若不能出，被獲解送大清帥營，我亦不能復
> 活。若果有命，能逃出去，亦難以對我官軍。」不肯薙

也。民逼薙頭多言，後依其言，薙去些鬍者，因此之由
也。然後那幫百姓蜜（密）藏於我。那幫百姓得我寶
物，民家見利而爭，帶我這幫百姓，去問那幫百姓，兩
欲分用。那幫百姓云：「【爾問我分此物，】此物天朝大
頭目方有，【如（余）外別無。】爾問我分此物，爾必獲
此頭目。」【云言該百姓帶我，心有私忌，】兩家並
爭，因此我藏不住，（曾國藩在此加「遂」字）被【兩國
（個）奸民】拿獲（「兩國奸民」曾國藩改作「曾帥追
兵」），解送前來。今禁囚籠，蒙九帥恩給飯食，中堂駕
由皖而來，我心悔未及，是以將國中一切供呈。……我
願將部下兩岸陸續收全投降，而酬高厚，以對大清皇
上，以贖舊日之罪。若我主在邦，我為此事，又聽我兵
害民，皆我之罪也。……若我有此本事，仍鎖在禁，容
我寫信付去，我可在皖省居中好辦兩岸（曾國藩在此增
「之事，請示中堂意下如何」。）⑳

上述內容為民國二十五年（1936）北京大學影印九如堂刻本
《李秀成供》，呂集義對照曾國藩後人所藏忠王李秀成親筆原
稿校勘則為上述【】符號內文字，呂所校對後出版之《忠王
李秀成自述校補本》為一九六一年十一月，儘管呂書出版較
後，然而更動的篇幅不算很多，特別是李秀成最後希望替曾
國藩收拾太平軍殘餘部眾，卻是《李秀成供》與忠王李秀成
親筆原稿兩文所共有，亦即在陽翰笙、歐陽予倩兩人寫劇
時，國內當時已有的李秀成供狀資料雖不甚完整，然已知李
秀成並未詰難曾國藩等民族大義，儘管李秀成在《自述》中

最後所表現出來的態度究竟是乞降亦或僞降，中國大陸的學者仍有爭辯，然而李本人之所以被清軍活捉，有極大一部原因是農民互相爭「賞」，生擒後也未如兩劇中所形容，怒斥清軍的招降。劇作家的選材，固然有其用個人用心之處，同時戲劇的表演，也不一定要忠於歷史的資料，但兩位劇作家口口聲聲表示自己的創作都是基於史實，便不見得有說服力了。

三、結論

陽翰笙在創作本劇之前，曾經在刊物上提及他對於創作戲劇的幾個觀點，分別爲結構、目的、技巧、主題、人物、情調等方面，諸如：沒有鬥爭，便沒有戲劇，他主張「如果我們的戲劇作品中，看不見鬥爭，看不見矛盾，看不見衝突，那我們是很難保證這一劇作的成功的」[21]，他並就撰寫劇作說明，主題的安排不可貪多，貪多就會一無所得；劇情的結構和穿插上，只要能夠無傷主題而又能夠增強劇力，不妨是可以多加運用的。同時劇中的人物，不論大小，必須各自有各自的作用，「都得捲入對立中的任何一方，用行動用鬥爭來表現自己的」。劇中悲喜情調要統一，背景要「能夠與劇中人物所出現的時間地點以及該人物的社會出身都要顯得很真確很調和才對」[22]。

揆諸以上各點，回過頭來重新檢視《李秀成之死》一劇，本劇的「鬥爭」、「矛盾」與「衝突」，該劇在技巧上的安

排大致都沒有多大的問題，五幕劇的結構大都能掌握得緊湊得當，特別筆者認為陽翰笙在交代李秀成士兵互動的陪襯過場戲寫得十分生動，成功地運用了中國傳統戲曲中配角「插科打諢」的手法，陽氏出身中共黨員，長期處身於農民群眾運動中，自然有其親身生活的體認。歐陽予倩當時已是資深的戲劇工作者，具有導、表演的基礎，他所撰寫的《忠王李秀成》，啟用了許多電影及中國傳統戲曲中的表達方法，因之該劇雖然時間較長，公演時仍大受歡迎，唯兩劇共同的問題即是急欲將現實環境的現況硬套在歷史過往的陳跡裡，劇作者的思想意念透過所挑選的古人形貌重現於舞臺，藉以指導觀眾對於歷史的解讀，並進一步引發其對於現實環境做出劇作者預設的立場動作，歐陽予倩本人十分反對幕表戲的游談無根及文明戲流於宣傳演說，但是現代戲劇引進中國自始即兼負著啟蒙教育的重責大任，「載道」理念在中國大環境的演變及政治生態的消長中抵消了「藝術至上」等其他理論的發展空間，三、四〇年代的現代劇在現今中國大陸一片肯定其為「寫實主義」的最高表現之際，實則一窺究竟即可了解，大多是仍是披著「寫實主義」的外衣，劇中角色不過是劇作者操控的發言傀儡，《李秀成之死》與《忠王李秀成》即是明顯的例子，兩劇中的李秀成反映出的是陽翰笙與歐陽予倩所希望的李秀成，在兩岸戲劇界漸漸甩脫意識型態包袱的今天，期盼能有新的李秀成戲劇的出現，對於處在時代將變未變之際的歷史人物，我們也許能多一層深刻的解讀。

註　釋

① 夏春濤：〈中國大陸太平天國史研究述評〉，《近代中國史研究通訊》第二十三期，民國八十六年三月，頁 66。

② 本論文所討論兩劇出處分別為《李秀成之死》，《陽翰笙劇作集》（上卷），北京：中國戲劇出版社，1982 年，頁 103~205；《忠王李秀成》，《歐陽予倩文集》（第一卷），北京：中國戲劇出版社，1980 年，213~334。

③ 陽翰笙：〈普洛文藝大眾化的問題〉，原載《拓荒者》第 1 卷第 4、5 期合刊（1930 年 5 月）；本處轉引自董健、陳白塵主編：《中國現代戲劇史稿》，北京：中國戲劇出版社，頁 488。

④ 唐納：〈「關於李秀成之死」——與劇作者陽翰笙的談話〉，原載於《抗戰戲劇》1938 年第 2 卷第 4、5 期；後收入《陽翰笙劇作集》（上卷），北京：新華書店，1982 年，頁 208。

⑤ 陽翰笙：〈「陽翰笙劇作選」後記〉，原載於《陽翰笙劇作選》，人民文學出版社 1956 年版；後收入《陽翰笙劇作集》（下卷），北京：新華書店，1982 年，頁 474。

⑥ 陽翰笙：〈「陽翰笙選集」戲劇集自序〉，《陽翰笙劇作集》（下卷），北京：新華書店，1982 年，頁 494~495。

⑦ 陳白塵、董健主編：《中國現代戲劇史稿》，北京：中國戲劇出版社，1989 年，頁 464。

⑧ 同註④，頁 209。

⑨ 歐陽予倩：〈「忠王李秀成」弁言〉，原載 1941 年 5 月 30 日桂林《大公報》《文藝》副刊第 32 期；本處引自《歐陽予倩研究資料》，北京：中國戲劇出版社，1989 年，頁 161。

⑩ 同註③。

⑪ 同註④，頁 208。

⑫ 陽翰笙：〈編劇雜談〉，原載《電影‧戲劇》第 1 卷第 3 期，1936 年 12 月 10 日；本處轉引自《陽翰笙劇作集》（下卷），北京：新華書店，1982 年，頁 470。

⑬ 歐陽予倩：〈「忠王李秀成」自序〉，原載 1941 年 10 月 15 日《文藝生活》第 1 卷第 2 期；後收入《歐陽予倩研究資料》，北京：新華書店，1989 年，頁 164。

⑭ 同註⑬，頁 164~165。

⑮ 同註⑬，頁 165。

⑯ 韋昌英、黃今：〈讀「忠王李秀成」‧其一〉，原載 1941 年 10 月 15 日《文藝生活》第 1 卷第 2 期；本處見前引書，頁 403~404。

⑰ 歐陽予倩：〈三個戲〉，原載 1947 年 7 月 15 日《文藝春秋》第 5 卷第 1 期；本處引同註 11，頁 329~330。

⑱ 廣西僮族自治區通誌館：《忠王李秀成校補本》，廣西：僮族自治區人民出版社，1961 年，頁 7，粗黑括弧部份為筆者所加，以突顯其與劇作情節不同處。

⑲ 同註⑱，頁 14~15。

⑳ 同註⑱，頁 110~113。

㉑ 同註⑫，頁 469。

㉒ 同註⑫，頁 472。

附錄一：《李秀成之死》一劇各幕內容：

第一幕：太平天國十二年（西元一八六二年）六月五日
幾個士兵開場

　　　　宋永祺的恐懼。

　　　　宋永祺與李秀成對現況的態度對立（顯示出李秀成
　　　　　　的對大局的篤定）。

　　　　外國士兵與李秀成態度的對立。

　　　　和洪秀全派來的莫士葵極力欲其回天京（南京）態
　　　　　　度的衝突。

第二幕：太平天國十三年（一八六三年）。

　　　　宋永祺對天京戰況的憂慮，引起忠王娘的疑慮。

　　　　李秀成與部下討論是否應讓城而走。

　　　　與忠王娘討論情勢、駁斥外國勢力援助。

　　　　李秀成與諸將討論戰況應急之道。

　　　　黃公俊：主張與李鴻章、曾國藩談。

　　　　宋永祺：與外國勢力談。

　　　　李秀成：仍然堅持（忠王與天王的爭執乃由群眾口
　　　　　　中說出，真正由忠王口中說出的是他對天京是戰
　　　　　　是守的掙扎）。

　　　　眾人齊上，要求李秀成殺敵，不要棄守天京，李秀
　　　　　　成陷於兩難後，最後做出死守天京的決定。

第三幕：太平天國十四年（一八六四年）五月

　　　　幾個士兵開場，由士兵口中說出天王已死，忠王目
　　　　　　前的困境。

軍士守城，描寫天京城內士兵同仇敵愾，擁護忠王
　　誓死守城的決心。

清兵被俘，李秀成對清兵曉以民族大義。

李秀成與士兵同守天京戰況。

　（至此由喜轉憂，戰況變壞）

戰況緊急，黃公俊主張找曾國藩兄弟曉以大義，遭
　　忠王娘反對，李秀成忍痛成全，此時傳出宋永祺
　　逃走。

第四幕：太平天國十四年（一八六四年）六月初六日──天
　　　　京城破之夜。

金陵城外澗西村荒山上農民支持太平天國，反對清
　　廷的做法（農民蔣老爹愛戴忠王的話）。

蔣金生逃命歸來，跟家鄉農民訴說天京被清兵攻
　　破，忠王突圍，保護幼主出走，蔣金生保護忠王
　　娘，李秀成出現該村，夫婦相聚，李秀成仍對天
　　國抱有希望，得到農民的支持。

農民蔣老爹希望李秀成剃髮梳辮，便於偽裝，被李
　　秀成嚴詞拒絕，李秀成被農民陶大尋獲，交與清
　　官蕭孚四。

第五幕：太平天國十四年（一八六四年）六月二十四日深夜
　　　　蕭孚四問林福祥李秀成被俘情景，蕭說李秀成供狀
　　　　中大罵清廷清官蕭孚四，透露南京城老百姓爲忠
　　　　王立牌位，不賣貨物給清軍。

蕭派林做說李秀成投降的說客，林爲難；原想利用
　　被俘的黃公俊也做此事，被斷然拒絕。

　　　　　林福祥與李秀成面對面，林的無奈，李的堅決。後
　　　　　傳出百姓群體引火自焚，李秀成在此幕中有大量
　　　　　的對白。李自刎而死。

附錄二：《忠王李秀成》一劇各幕內容：

|第一幕|

第一場　太平天國十一年十二月
　　　　由內傳達李秀成將勝利與民同享旨意。
第二場　李秀成二次克復杭州的時候。
　　　　譚紹光與程檢點先上場，透過對話說明天朝內部不
　　　　　合。
　　　　童容海與陳坤書先後上場。
　　　　李秀成上場，對付洋人的觀念與陳坤書不同。
　　　　李秀成交代部屬照顧難民的糧食與賑災。
　　　　李秀成對待俘虜的清官林福祥態度。
　　　　英王傳來消息，要李秀成支援廬州，李秀成決定奪
　　　　　回安慶。
　　　　天王派使者前來，眾人猜疑。
第三場　當天晚上
　　　　洪仁發與李秀成對是否回天京起爭執，後李秀成以
　　　　　親弟與母親、妻、子進京守衛，洪才放心。洪向
　　　　　李秀成建議陳坤書守蘇州，為李秀成所拒絕。
　　　　洪私下與陳坤書商議，以謀反恫嚇陳坤書留在李秀

成身邊為洪秀全監視，並離間陳坤書與童容海的
關係。

洪仁發挑撥童容海與天朝關係。

譚紹光、陸順德、程檢點等人就天朝目前的人事局
面討論。

陳坤書封為擁王，引起眾將不滿，譚紹洸慫恿李秀
成造反。李秀成心知肚明，但仍不願造反。只安
撫眾將的心。

李秀成安撫家人隨同天使進京，妻子不信任天
王，母親無異議，並安慰李秀成要忠於天朝。

第二幕

老百姓求見李秀成，控訴無錢無糧，經李秀成查證，是擁王
陳坤書所吞沒。

詔書傳李秀成進京，李尚在猶豫，因想留守松江。

李秀成傳陳坤書私吞民糧之事，兩人起衝突，李秀成本意予
以制裁，陳坤書不理會拂袖而去。就在此時，天京詔書又
到，催促李秀成回京。

貴舅宋永祺來見，訴說天京情況。

譚紹洸求見，訴說天京腐敗，李秀成遭排斥情形。天京嚴重
缺糧。但李秀成仍然堅持先取安慶。

童容海帶兵出走。

黃文金來報英王被殺。

天京詔書又到，再度催李秀成回京，黃文金以英王之鑑勸李
秀成不可回京，因此次詔書提到天王對李秀成不回京覺得

他有異心，基於這個理由，李秀成有所顧忌而只好回京。

第三幕

隔第二幕的兩個月，地點在天京的求賢殿。

李秀成回天京三天，贊王、安王、福王故意讓李秀成無法得
見天王洪秀全，尚書莫士葵亦不予轉奏，甚至清兵開炮亦
謊稱天國軍對試炮，天朝處處充滿著欺上瞞下，李秀成無
奈，只得擊動登聞鼓，求見洪秀全。

洪秀全出場，與李秀成的君臣對話。李秀成與洪秀全的對話
主題有：

1. 先奪取安慶，2. 洪秀全御駕親征，3. 放棄天京、遷都江
西、奪取武漢，4. 天京無糧。洪秀全駁斥甜露可食，李秀
成無反駁機會。

第四幕

蘇州失陷，天京失陷。

南京忠王府

李秀成部下賴文洪向李報告南京城內天朝種種不守紀律的情
形。

陳得風再度寫信與李秀成招降，被天王府諸王栽贓其有通敵
之嫌。

宋永祺被帶進衙門，

透過賴文洪說出諸王的野心

賴文洪向李秀成提出三個建議，分別為投降、另外建立國
家，以及出走，均為李秀成所拒絕。李秀成表明城在人

在，城亡人亡的決心。

陸德順來報蘇州失陷，譚紹洸殉職。

李秀成要家屬有心理準備，自己將家中倉庫米糧發放予老百
姓。正在處理這些事務時，傳來天王洪秀全服毒自盡，諸
王出走消息。

第五幕

第一場　李世賢陪同李母逃至江寧方山，李母跳崖自盡，宋
　　　　妃抱幼子逃亡，後將幼子交與田順帶走，與李秀
　　　　成相遇。

　　　　宋妃請李秀成先逃，自己卻自刎而死。

　　　　李秀成遇見鄉民，鄉民勸李秀成剃髮，為李秀成所
　　　　拒絕。

　　　　鄉民王三青出賣李秀成，為眾鄉民打死洩憤。

第二場　清軍蕭孚四率降將陳得風等本欲勸降李秀成，反被
　　　　李秀成所痛罵。

第三場　以暗場交代李秀成被處決，田順與鄉民一同誓言復
　　　　仇。

參考書目

陽翰笙：《李秀成之死》，《陽翰笙劇作集》（上卷），北京：中
　　國戲劇出版社，1982 年，頁 103~205。

歐陽予倩：《忠王李秀成》，《歐陽予倩文集》（第一卷），北
　　京：中國戲劇出版社，1980 年，頁 213~334。

夏春濤：〈中國大陸太平天國史研究述評〉，《近代中國史研究通訊》，第二十三期（民國八十六年三月），頁66~78。

董健、陳白塵主編：《中國現代戲劇史稿》，北京：中國戲劇出版社。

唐納：〈「關於李秀成之死」——與劇作者陽翰笙的談話〉，《陽翰笙劇作集》（上卷），北京：新華書店，1982年，頁206~210。

陽翰笙：〈「陽翰笙劇作選」後記〉，《陽翰笙劇作集》（下卷），北京：新華書店，1982年，頁474~475。

吳若、賈亦棣所合著《中國話劇史》，臺北：文建會：民國74年，頁32。

歐陽予倩：〈「忠王李秀成」弁言〉，《歐陽予倩研究資料》，北京：中國戲劇出版社，1989年，頁161~162。

歐陽予倩：〈「忠王李秀成」自序〉，《歐陽予倩研究資料》，北京：新華書店，1989年，頁163~167。

歐陽予倩：〈三個戲〉，《歐陽予倩研究資料》，北京：新華書店，1989年，頁329~330。

廣西僮族自治區通誌館：《忠王李秀成校補本》，廣西：僮族自治區人民出版社，1961年。

陽翰笙：〈編劇雜談〉，《陽翰笙劇作集》（下卷），北京：新華書店，1982年，頁469~473。

國族生命／個人生命

紅尾魴魚游向那？

論《詩經‧汝墳》的歷代詮釋所蘊含的家／國矛盾

車行健

摘　要：

〈汝墳〉是《詩經‧周南》中的一篇。現代學者雖頗有新解，不過傳統學者對此詩的理解卻一直放在「思婦」、「父母家庭」與「為王室服役」這些含意上。但歷代詮釋者對此詩最後一章「魴魚赬尾，王室如燬。雖則如燬，父母孔邇」卻有種種不同的詮釋，其中的關鍵就在詮釋者對該詩所蘊含的「為王室行役與否」的課題所顯露出的反應。這些詮釋有的認為〈汝墳〉婦人鼓勵其夫戮力從公，不以私害公，不以家事辭王事（如《毛詩序》、陳奐）；有的則認為王政暴虐，而父母又近在身邊，所以其夫不得不去服役（如《魯詩》、鄭玄、孔穎達）；也有的則主張父母甚迫近飢寒之憂，所以其夫應出仕或服役（《韓詩》）；還有的甚至從〈汝墳〉婦人主觀的想法出發，認為她不希望其夫出去服役，選擇留在父母身邊（馬瑞辰、程俊英與蔣見元）。

這幾種不同的反應所呈現的對比效果頗令人感到興味，而這也不免使人對這些歷代詮釋者詮釋此詩時之心靈意識狀態感到好奇。對這些問題的探究不但有助於理解該詩之具體內涵，而且更提供了認識這些儒家經典詮釋者之整體心靈意識及價值觀的機會。因為這些歷代詮釋者在詮釋經典的過程中，往往會與他們當時所身處

的歷史文化情境有所感通呼應，從而與他們對經典的理解結合在一起，最終進入他們對經典的詮釋中。而他們的這些理解與詮釋又反過來影響、形塑了當時及後世的學術文化思想，形成中國文化傳統及價值觀的一部份。由此可知，對歷代經典詮釋者之所詮釋內容所做的反省與研究，其重要性與價值有時並不比詮釋者直接詮釋經典本身來得遜色。

關鍵字：《詩經》、〈汝墳〉、經典詮釋、公／私衝突

> 遵彼汝墳，伐其條枚。未見君子，怒如調飢。
>
> 遵彼汝墳，伐其條肆。既見君子，不我遐棄。
>
> 魴魚赬尾，王室如燬。雖則如燬，父母孔邇。

一、前言

〈汝墳〉是《詩經・周南》中的一篇，現代學者雖頗有新解①，不過傳統學者對此詩之理解基本上皆不脫離思婦思念在外行役的丈夫的範圍，雖然強調的方向與重點略有不同，然而「思婦」、「父母家庭」與「為王室服役」這些含意卻是各家詮釋都沒有忽略的，由此可知，這首詩主要是在處理一個人在面臨為國家服役的義務與個人家庭親情相衝突的兩難局面時，他究竟要如何抉擇與自處的問題。不過這首詩的主人翁並不是征夫行人本身（即詩中所謂的「君子」），而

是其妻子或情人，藉由她的口吻，該詩間接傳達了其良人行役在外的困苦狀況。詩文本身並不曲折，也不費解。不過歷代詮釋者對此詩最後一章「魴魚赬尾，王室如燬。雖則如燬，父母孔邇」卻做出種種不同的分歧詮釋，這現象本身頗令人感到興味。其中問題的關鍵發生在詮釋者對該詩所蘊含的「為王室服役與否」的課題所顯露出的反應，正是因為歷代詮釋者面對這個課題產生多種不同的反應（即詮釋），由此構成了此詩在歷代詮釋史中最大的歧異。

所謂「為王室服役與否」這個課題轉換成現代的語言，即是一個公民或國民是否要為公家盡義務。公家大體指的就是國家、政府或社會等公部門，在古代就是指王室、朝廷或封建領主等。而所盡的義務則包括了諸如服役、納稅等，在中國古代則還包括各種勞動（多是無償），甚至出仕為君王服務本身也是盡義務的一種方式②。事實上，這個課題本身就帶有倫理學與生命哲學的嚴肅意味，著實考驗了歷代詮釋者的心靈與智慧。他們基於其所身處的時代背景、所接受的學術傳統，及本身所具有的獨立思維能力與具體的存在感受，在透過閱讀與詮釋該詩時而掌握到該課題，且進一步從中感應到詩中所揭示出的存在狀況。他們對此詩所做出的詮釋，實際上也就代表了他們對此課題所做出的反應，如果能將歷代詮釋者的詮釋意見歸納成幾種主要的反應，再把這幾種主要的反應視作幾個可能的選項，則也許不妨把歷代詮釋者對此詩所做的詮釋看做是某種型式的「民意調查」或「問卷調查」，從中可以觀察到人們對這個具體的存在處境所做的反應。這種觀察本身或許無法改變既存的處境，但終究

還是可以對即將或可能面臨類似處境的人們，在從事行動或
判斷抉擇之際，提供哪怕只是微不足道的參考。

二、歷代學者對此詩之詮釋

漢代學者劉向（公元前 77～6）所編輯的《列女傳》曾
對此詩的「本事」提供了一段完整的說明，其云：

> 周南之妻者，周南大夫之妻也。大夫受命平治水土，過
> 時不來，妻恐其懈於王事，蓋與其鄰人陳素所與大夫
> 言。國家多難，惟勉強之，無有譴怒，遺父母憂。昔舜
> 耕於歷山，漁於雷澤，陶於河濱，非舜之事而舜為之
> 者，為養父母也。家貧親老，不擇官而仕。親操井
> 臼，不擇妻而娶。故父母在，當與時小同，無虧大
> 義，不罹患害而已。夫鳳鳥不離於罻羅，麒麟不入於陷
> 穽，蛟龍不及於枯澤。鳥獸之智，猶知避害，而況於人
> 乎？生於亂世，不得道理而迫於暴虐，不得行義，然而
> 仕者，為父母在故也。乃作詩曰：「魴魚頳尾，王室如
> 毀。雖則如毀，父母孔邇。」蓋不得已也。君子以是知
> 周南之妻而能匡夫也。③

這段說解被王先謙（1842～1917）收錄在《詩三家義集疏》
中④，且王氏根據劉向的《詩》學淵源，將《列女傳》這段
說解判定為「《魯詩》」之說⑤。

　　《列女傳》中所根據的《魯詩》之說對此詩的闡釋有兩個重點：第一，藉由周南大夫之妻爲其夫設想的心思，強調這位大夫因爲生於亂世，迫於暴虐，因此爲了避免當局的譴怒，所以惟有戮力從公。第二，周南大夫之妻也希望其夫須顧及「父母在」的情況，爲了不「遺父母憂」，他還是不得不出仕，爲國家奉獻。雖然這兩個考慮的角度略有不同，不過有一共同點卻是非常明顯的，那就是周南大夫並不是那麼主動樂意的爲公家服務，相反的，他是在一個無法充分按照自己自由意志的情況下，被動的且不情願的去盡他的義務。這段說解中的一句「蓋不得已也」的輕輕歎息，充分將詩中人物（大夫及其妻）的苦衷與無奈之情狀表露出來。

　　《魯詩》闡釋此詩的兩個重點在漢人的其他解《詩》系統中都可見到，如《韓詩》系統的《韓敘》釋〈汝墳〉之詩義云：「辭家也。」⑥而同屬《韓詩》系統的《薛君章句》則對〈汝墳〉之卒章是如此詮釋的，其云：

> 言魴魚勞則尾赤，君子勞苦則顏色變。以王室政教如烈火矣，猶觸冒而仕者，以父母甚迫近飢寒之憂，爲此祿仕。⑦

《韓敘》和《薛君章句》分別強調了「辭家」及「祿仕」的意思，由此可知，《韓詩》系統在看待〈汝墳〉時，確實有偏重「士人爲父母出仕而替公家服務」之義的傾向，也就是前述《魯詩》詮說的第二個重點。而這種傾向又對漢代士人的實際生活及行爲舉止造成了實質的影響。范曄（398～445）在

《後漢書‧周磐傳》中就記載了這樣一個令人動容的故事：

> 周磐……好禮有行，非典謨不言，諸儒宗之。居貧養
> 母，儉薄不充。嘗誦《詩》至〈汝墳〉之章，慨然而
> 歎，乃解韋帶，就孝廉之舉。⑧

事實上，無論是《韓詩》之說的「辭家祿仕」或周磐的誦
〈汝墳〉而解韋帶，基本上都是合乎先秦儒家孝道的表現。孟
子所謂的「三不孝」之說，其中一項就包含了「家貧親
老，不爲祿仕」⑨。所以爲了奉養雙親，士人是應當積極出
仕的，而且在曾子看來，還更應該「不擇官而仕」⑩。不過
先秦儒家強調盡孝道的方式是鼓勵士人出仕，以謀取較優沃
的生活條件來奉養父母，但〈汝墳〉詩中大夫妻子鼓勵其夫
出仕的情況除了上述意含之外，在《魯詩》的說解系統中又
較《韓詩》之說多出了「不遺父母憂」的意思。一方面要解
決父母的飢寒之憂，另外一方面也要免除父母因自己不服役
而遭致當局譴怒之憂。這種來自雙重壓力而不得不「仕」的
情狀往往是最令人無可奈何的。

　　除了《韓詩》系統側重從「辭家祿仕以奉養父母」的角
度來對〈汝墳〉進行詮解外，東漢「習《韓詩》，兼通
《齊》、《魯》，最後治《毛詩》」的鄭玄（127～200）在其《毛
詩箋》中⑪，亦曾分別對此詩之「遵彼汝墳，伐其條
枚」、「魴魚赬尾，王室如燬」及「雖則如燬，父母孔邇」等
句做了如下的詮釋：

◎伐薪於汝水之側，非婦人之事，以言己之君子賢者而
　處勤勞之職，亦非其事。
◎君子仕於亂世，其顏色瘦病，如魚勞則尾赤，所以然
　者，畏王室之酷烈，是時紂存。
◎辟此勤勞之處，或時得罪，父母甚近，當念之，以免
　於害，不能為疏遠者計也。⑫

詩中的主人公究竟生在什麼亂世？而周南大夫所畏迫之「暴
虐」的來源又為何？這些在《列女傳》所保存的《魯詩》之
說中並沒有講的很具體。相較之下，鄭玄箋釋此詩時便清楚
的點出了詩中一切是發生在「紂存」之時，因而使詩中的時
代背景頓時明朗顯豁，而詩中主人公的痛苦根源也有了著
落。唐代孔穎達（574~648）的《毛詩正義》復申釋《鄭箋》
之意，強調了王室酷烈暴虐的可能後果，以此威迫詩中之周
南大夫「勉力從役」，其云：

言今王室之酷烈，雖則如火，當勉力從役，無得逃
避。若其避之，或時得罪，父母甚近，當自思念，以免
於害，無得死亡，罪及父母，所謂勉之以正也。⑬

由上可知，漢唐人對此詩的詮釋彷彿充滿了無助認命的氣
氛，不但詩中人物當下的生活和處境是難以煎熬的，同時也
似乎暗示著他們未來的命運和前途是暗淡而悲觀的。但弔詭
的是，此詩畢竟是收錄在所謂的〈周南〉「正風」中⑭，其理
安在？

　　宋人從《毛詩序》強調的「文王之化」、「道化行也」的角度得到啓發⑮，從而讀出了與漢唐經師迥然不同的樂觀的氣氛，如歐陽修（1007～1072）《詩本義》對〈汝墳〉的本義是如此詮說的：

> 周南大夫之妻出見循汝水之墳以伐薪者，為勞役之事，念己君子以國事奔走于外者，其勤勞亦可知，思之欲見，如飢者之思食爾。其下章云「既見君子，不我遐棄」者，謂君子以事畢來歸，雖不我遠去，我亦不敢偷安其私，故卒章則復勉之云：魚勞則尾赤，今王室酷烈如火之將焚，紂雖如此，而周南父母之邦自當宣力勤其國事，以圖安爾。⑯

歐陽修以爲紂領導的商王室雖酷烈如火，但詩中的周南大夫卻在周文王英明的治理之下，故身爲國家領導階層中的一員（大夫），在自己的父母之邦中仍應當爲國事盡心盡力。歐陽修不但將此詩卒章中的「父母孔邇」之「父母」釋爲「周南父母之邦」，而且又將周南大夫身處之政治環境轉移到文王統治之區域，恐懼酷政和擔憂父母的因素都已不存在了，而且又身逢明君，因此即使爲國事奔走在外是一件辛苦的差事，但相信這位食君俸祿的大夫在外奔走時的心情應是愉悅且充實的，至少也不應該感到無奈或痛苦。

　　稍晚的蘇轍（1039～1112）在《詩集傳》中則有稍不同於歐陽修的詮釋，其云：

文王三分天下有其二，以事紂，周德雖廣，而紂之虐如
將焚焉。民之被其害者如魚之勞於水也。然而有文王以
為之父母，可以無久病矣。雖婦人而知文王之可歸，此
所謂道化行也。⑰

南宋朱熹（1130～1200）的《詩集傳》亦循著蘇轍之說而更
詳細，云：

是時文王三分天下有其二，而率商之叛國以事紂，故汝
墳之人猶以文王之命供紂之役。其家人見其勤苦而勞之
曰：汝之勞既如此，而王室之政方酷烈而未已。雖其酷
烈而未已，然文王之德如父母然，望之甚近，亦可以忘
其勞矣。此〈序〉所謂婦人能閔其君子，猶勉之以正
者。蓋曰：雖其別離之久，思念之深，而其所以相告語
者，猶有尊君親上之意，而無情愛狎昵之私，則其德澤
之深，風化之美，皆可見矣。⑱

因為擁有天下三分之二的文王仍然事奉紂王，所以還是很多
人民蒙受其害，當然也包括了〈汝墳〉婦人之夫。但即使在
這樣一個受苦受難的情況中，整個大環境還不是那麼令人悲
觀絕望的。就蘇說而言，被人民視作父母的文王之存在燃起
了眾人的希望，他們相信只要歸向文王，尋求他的庇護與慰
藉，那麼他們的苦痛就將不會一直持續下去。即使一位婦人
女子也有這樣深刻而正確的體認，蘇轍認為，這就是文王之
道化行的效果。而就朱說而言，文王的德化如同慈愛的父母

一般，可以使人民忘卻爲紂服役的辛勞，而〈汝墳〉之婦人也充分感受到文王的教化，所以雖然能憐憫其夫的勞苦，但並不沈溺在男女情愛中，還是會勸勉其夫服膺尊君親上的正確觀念，戮力從公。

清代中葉的陳奐（1786～1863）同樣是遵照《毛詩序》的詮釋，拋棄漢唐其他經師用負面思維的方式來爲此詩染上悲觀無奈的色彩，而改用樂觀積極的正面態度來看待此詩，結果得出來這樣的詮釋內容，其云：

> 〈四牡傳〉云：「文王率諸侯撫叛國而朝聘乎紂。」故汝墳之國近在典治南方之中，其時婦人亦被文王之化，知君子之勤勞，猶勉其仕於紂朝，是文王之化行也。君子不以私害公，不以家事辭王事。⑲

「不以私害公，不以家事辭王事」顯然是陳奐發揮《毛詩序》「勉之以正」的意涵，而這也很清楚的點出當面臨私事與公事、家事與國事間發生矛盾衝突時，選擇《毛詩序》的詮釋立場的學者們對這問題的想法和態度⑳。

不論是漢唐的魯、韓、鄭、孔之說，或遵循發揮《毛詩序》的詮說系統，他們皆一致地認爲〈汝墳〉詩中的君子之妻應該努力勸說其夫爲王室服役，不論是基於主動樂意的態度，或被動不情願的心緒。但身處清代中葉的馬瑞辰（1782～1853）卻對君子之妻的態度有截然不同的觀察，在《毛詩傳箋通釋》中他說道：

細繹詩意，蓋幸君子從役而歸，而恐其復往從役之
辭。首章追溯其未歸之前也，二章幸其歸也，三章恐其
復從役也。蓋王政酷烈，大夫不敢告勞，雖暫歸，復將
從役，又有棄我之虞。不言憂其棄我，而言父母，《序》
所謂「勉之以正」也。言雖畏王室而遠從行役，獨不念
父母之甚邇乎。古者「遠之事君，邇之事父」，詩所以言
「孔邇」也。㉑

當代學者程俊英與蔣見元的《詩經注析》中對此詩也做了類
似的詮釋，其謂此詩末章：

後二句意為：雖然王政暴虐，徭役不斷，你難道不想想
近在身邊的父母也需要贍養嗎？……此章是詩人設想丈
夫回家之後怎樣勸他不要再去服役的話。㉒

馬、程與蔣諸氏從詩人（汝墳）婦人的角度設想，希望他的
丈夫（即君子）不要再離家出去服役，而將她拋棄。她滿心
盼望她的丈夫能留下來，待在她身邊。但她也深知，害怕王
政酷烈的丈夫並不會聽從她的勸告，於是她設想提醒她丈
夫，即使不顧念我，但也不能不顧念近在咫尺的家中父
母，畢竟「遠之事君，邇之事父」也是孔門的教訓，馬瑞辰
以此來詮釋《毛詩序》所謂的「勉之以正」。表面看來，馬與
程、蔣諸氏在針對私人情感與國家事務，亦即家事與國事或
所謂的私領域與公領域相衝突時，他們的詮釋訴諸私領域的
夫妻之情或家庭生活，而非公領域的國家事務，這點恰與陳

奐所主張的「不以私害公，不以家事辭王事」的立場截然相反。但往深層來看，馬、程與蔣的詮釋其實是從詩中呈現的情感去貼進這位思念丈夫妻子的心靈，由她主觀的想法出發，設想如何讓她的丈夫不要再去服役，頗有唐人詩句「悔教夫婿覓封侯」的味道。但主觀的設想並不等同於客觀的現實，也不一定能改變現實本身。所以當〈汝墳〉婦人做如此設想時，不表示她或她丈夫就能抗拒去服役的事實，反而有時候愈是主觀的想法愈代表在現實上實現的可能就愈低，而這也許就是詩人在經歷一再挫折與失望之後所僅能做的心理慰藉。以此來看的話，馬與程、蔣諸氏對此詩做這樣的詮釋，其所反映出當時人民身受酷政之慘毒，其強烈與深刻的程度並不一定亞於其他做贊成服役的詮解。

三、歷代詮解所蘊含的相關問題

上節所討論的歷代詮解在具有豐富內容的中國《詩經》詮釋史中，就如同在一鍋鮮湯中舀了一小勺，所遺者仍甚多。然舀一勺亦足以嚐其味，論者仍可從其中體察歷代諸家詮說之差異、特色及其中所蘊含的深刻問題。僅就上述所論列者，不難讓人感到其中諸家的詮釋差異甚大。而其中的關鍵就在於此詩的最後一章，亦即解詩者在面對「王室如燬」（國事、公領域）與「父母孔邇」（家事、私領域）這兩項價值抉擇互相衝突時，他們所下的判斷產生了紛歧不一的狀況，這之間又可分成兩個層次來探討。首先，解詩者站在

〈汝墳〉婦人的立場來思考，當他的丈夫（君子）在面對「爲王室服役，而必須離家出去」與「留在父母身邊，不用離家出去」這兩個互相衝突的選項時，她會希望或贊成其夫「去」或「不去」？上述歷代詮解對這個問題所做的詮釋上的抉擇呈現出兩極化的現象，也就是這兩種選項都有學者選擇，大多數歷代詮解是主張前者的，而馬瑞辰和程俊英、蔣見元的詮釋則是主張後者。其次，主張「去服役」的詮釋，其理由又爲何？歷代詮解對此問題有三個主要的思考面向，此即勉之以正，不以私害公（《毛詩序》、歐、蘇、朱等宋儒及清儒陳奐等）、畏懼酷政（《魯詩》、鄭玄與《孔疏》）與擔憂父母（《韓詩》）。這些說法可以整理如下：

1. 〈汝墳〉婦人鼓勵其夫去服役，認為這是合乎正道的表現（勉之以正），甚至主張「不以私害公」。（《毛詩序》、歐、蘇、朱等宋儒及清儒陳奐等）

2. 〈汝墳〉婦人贊成其夫去服役，因為王政暴虐，畏懼酷政，為了不遺父母憂，故不敢不去。（《魯詩》、鄭玄與孔穎達）

3. 〈汝墳〉婦人贊成其夫去服役，因為家貧親老，父母甚迫近飢寒之憂，故不得不去。（《韓詩》）

4. 〈汝墳〉婦人不願其夫去服役。（馬瑞辰與程俊英、蔣見元）

比較這幾種說法可以得到下述幾項觀察，第一：由《毛詩序》所發展出的詮釋系統皆一致肯定人民爲國家服役的正當

性與必要性，即使這個國家的統治者暴虐如紂，但接受文王教化的百姓還是應該義無反顧的爲其盡義役。畢竟還沒有改朝換代，連文王也都仍接受商紂的號令，「冠雖敝，必加於首；履雖新，必關於足。何者，上下之分也。」正如同漢初在景帝面前與儒者轅固生辯論的黃生所言的：「今桀紂雖失道，然君上也；湯武雖聖，臣下也。」㉓不但國家（包含朝廷或政府）的威嚴與君主的名分是不容挑戰的，而且當面臨國家君主與個人家庭在價值或利益上發生衝突時，前者仍是凌駕一切的。問題是這種要求人民無私的爲國家君王犧牲奉獻的精神（如中國共產黨所提倡的「雷鋒精神」），卻是建立在不合人情與扭曲人性的基礎上，其效力與持續性著實令人懷疑。

第二，後面三種詮說皆一致的吐露出人民因爲迫於外在政治的壓力，而不得不鼓勵其夫爲國家服役，或藉由幻想其夫可以不去服役的無奈心聲。其實從詩人身處的《詩經》時代來看，這首詩中所描述的壓力來源就是國家所施諸人民身上的沉重負擔。誠如高亨（1900～1986）所觀察的，產生《詩經》的周代封建時代，人民對領主須盡地租、貢物及徭役的義務㉔。即使〈汝墳〉詩中的君子不是一般人民，而是中下層貴族階級（大夫或士），他們一樣也須承荷著王室沉重的負擔。以士階層而言，高亨指出：「大領主加到士階層的徭役剝削，也很繁重，凡有大的徭役如出征、守邊、到遠方去等他們都免不掉。」㉕若按《列女傳》的說法，〈汝墳〉婦人的丈夫是周南大夫，但他也一樣奉派去「平治水土」，其辛勞不難想見。

　　就做為與《詩經》時代最接近的漢代解《詩》者而言，他們絕大多數皆朝這個方向去做詮釋㉖，可見這或許是其時的通識，而這些漢人的詮說又影響到後人繼續持此方向去做詮釋。漢代經師們之所以會不約而同的朝此方向去詮釋，應當與漢人所身處的社會結構與孕育《詩經》之周代封建社會相去並不太遠，有著密切的關係，也因此他們猶能保持對周代封建社會的鮮明印象與親切感受。這或許可解釋這些漢代經師在看待〈汝墳〉詩中人物在面對統治者施加在其身上無休止的賦役之壓力時，他們會選擇強調詩中人物實際感受到的痛苦的方向來加以詮釋。

　　第三，後三說對詩中當事人面對為王室服役的抉擇困境之詮釋時，除了依然保留了外在政治壓力的因素之外，還加進了父母及夫妻之情的家庭因素，使得此詩呈現出「國家與家庭」、「國法與親情」或「公與私」矛盾衝突的巨大張力。如果壓力僅來自於公領域，且由個人獨自承受，這對當事人而言，其痛苦與掙扎的程度或許還不會強烈到令人無法忍受的程度。但當這壓力有可能轉向施加於自己的家庭（父母、妻小）時，這種痛苦與掙扎的程度實遠遠超越上述個人的狀況。〈汝墳〉這首詩並沒有正面的描述詩中被迫服役的君子的心理狀態，致使讀者無從窺探其真實的內心世界。相反的，詩中的種種情緒、願望等心理狀態之顯露，皆是這位在外服役的君子之妻所表達出來的。由於她長期待在家庭之中，日夜盼望著丈夫的歸來，所以她的渴望與訴求反而更真實、強烈的呈顯出與國家王室之意志相違背的家庭親情之意志。但這種公／私領域之意志相衝突的局面，在詩人那個時

代並不一定會上升到對抗的程度，當然在〈汝墳〉詩中也不見任何蹤跡。在那個群體意志（國家、朝廷、王室或階級等）絕對壓過個人意志的時代，詩中最後也應是無可奈何的屈服現實環境，〈汝墳〉婦人還是不得不強顏歡笑，收拾起自己的低落情緒，去跟自己的丈夫寬言慰解，鼓勵他繼續去為王室服役，因為即使不為我本人著想，也當為你年邁的父母著想吧！詩中強烈的張力導向詩中人物最終的失望與無奈的悲劇。

四、引申的思考

歷來關於〈汝墳〉的各種詮說，皆有其特色與理據，但上述後三說的詮釋將詩中可能蘊含的家／國衝突的張力予以揭示出來，從而使此詩所富含的深切情感得以激盪在讀者心中，相較前述第一說之詮釋，確實更來得深刻精彩。然而本文無意判定何種詮釋較正確，或何種詮釋較符合作者或作品原意。不過若每一種詮釋都代表或反映了詮釋者面對該詩處境時所可能興發的反應，如此一來，即不免使人對這些歷代詮釋者詮釋此詩時之心靈意識狀態感到好奇。舉例來說：為何鄭玄面臨此詩情境時會有如此驚恐與無可奈何的感覺？又為何馬瑞辰會勇敢的主張拒絕暴虐的王室，而選擇留在父母身邊？而在國與家、忠與孝難以兩全的情況下，陳奐為何會堅持做出「君子不以私害公，不以家事辭王事」的詮釋抉擇，仍然以公領域的奉獻為重，而主張君子應盡忠報國？

　　這些問題不見得可以有確切的解答。而從嚴格方法學的角度來看，做爲客觀學術研究之一環的經典詮釋，詮釋者對經典內容的詮釋不一定都與他們的出身背景、個人經歷遭遇及其所信仰服膺的教義學理或價值系統相一致，也就是說，他們心靈或意識所擁有的種種不一定就會投射或反映在他們的經典詮釋內容中，因此不涉及自我意識的客觀詮釋還是有可能存在的。回到鄭玄、馬瑞辰、陳奐等人的情況來看，他們在從事《詩經》詮釋（包含〈汝墳〉）的當下，他們腦海中所浮現的想法的確不見得就會與其生平特殊遭遇關聯在一起。不過，話雖如此，但是人做爲一個存在體，終究是與其所生存之環境與歷史文化傳統分不開的，所以一個經典詮釋者所詮釋的經典內容還是有可能與其存在的意識產生關聯的，而且這種關聯也並非只是詮釋者單向的接受其外在環境與歷史文化傳統的影響，亦即，詮釋者在詮釋經典的過程中與他們當時所身處的歷史文化情境有所感通呼應，從而與他們對經典的理解結合在一起，最終進入他們對經典的詮釋中。但詮釋者的活動絕不僅止於此單向的影響，事實上當詮釋者對經典做了某種理解與詮釋之後，其理解與詮釋的內容也會融入整個經典詮釋史中，且亦會反過來持續地影響、形塑了當時及後世的學術文化思想，形成歷史文化傳統及價值觀的一部份，甚至對人類生存的環境亦可能會造成影響。簡單來說，經典詮釋者所詮釋的內容也會反向的「回饋」給他所生存的環境及歷史文化傳統。由此可知，對歷代經典詮釋者之所詮釋內容所做的反省與研究，亦有相當的價值與意義，有時甚至並不比詮釋者直接詮釋經典本身來得遜色。因

此，研究者做上述這種提問應當還是有其價值與意義的，而對這些問題的探究適可以做為認識這些經典詮釋者之整體心靈意識及價值觀的最佳途徑。

回到詩中所據以起興的這隻因疲勞而使得其尾部變得鮮紅的魴魚，不禁令人好奇：在它所身處的混濁不堪，且又騷動不已的江湖中，它究竟要游向何處？而它又能游向那裡？

註 釋

① 如聞一多（1899~1946）、陳炳良（1935~）等人從「男女性愛」的角度來詮釋，頗受學界矚目。聞氏有多文涉及於此，如〈高唐神女傳說之分析〉、〈說魚〉、〈詩經通義甲〉、〈詩經通義乙〉、〈風詩類鈔甲〉及〈風詩類鈔乙〉等（分別見於《聞一多全集》，第3冊、第4冊。）陳氏之說則見於〈說汝墳〉一文（收入氏撰《神話禮儀文學》，臺北：聯經出版事業公司，1986年增訂再版）。

② 如《論語·微子篇》載子路勸告荷蓧丈人出仕之語曰：「不仕無義，長幼之節，不可廢也；君臣之義，如之何其廢之？欲潔其身，而亂大倫。君子之仕也，行其義也。道之不行，已知之矣。」（見朱熹：《四書章句集註》，頁185）將君子出仕視作人倫大義，如此一來，一個遵守人倫規範的士人就有為國家君主服務或服役的義務了。

③ 劉向撰、梁端校注：《列女傳校注》，卷2，〈周南之妻〉，頁4a~b。

④ 王先謙：《詩三家義集疏》卷1，〈汝墳〉，頁56。

⑤ 王先謙：《詩三家義集疏》，卷1，〈汝墳〉，頁56，及〈序例〉，頁6。

⑥ 范曄撰、李賢注：《後漢書》，卷39，〈劉趙淳于江劉周趙列傳〉，李賢《注》引，頁1311。

⑦ 同註⑥。

⑧ 《後漢書》，卷 39，〈劉趙淳于江劉周趙列傳〉，頁 1310~1311。

⑨ 《孟子‧離婁上》：「孟子曰：『不孝有三，無後為大。』」趙岐（?~201）注云：「於禮有不孝者三事，謂阿意曲從，陷親不義，一不孝也。家貧親老，不為祿仕，二不孝也。不娶無子，絕先祖祀，三不孝也。三者之中，無後為大。」（見焦循：《孟子正義》，卷 15，頁 532）

⑩ 屈守元箋疏：《韓詩外傳箋疏》，卷 1，〈曾子仕於莒章〉，頁 1；卷 1，〈枯魚銜索章〉，頁 57；卷 7，〈曾子章〉，頁 609。

⑪ 語見陳奐：《詩毛氏傳疏》，〈鄭氏箋攷徵〉，頁 1a。

⑫ 毛公傳、鄭玄箋、孔穎達疏：《毛詩正義》，卷 1 之三，〈汝墳箋〉，頁 8a、9a、9b。

⑬ 見《毛詩正義》，卷 1 之三，〈汝墳疏〉，頁 9b。

⑭ 鄭玄《詩譜‧周南召南譜》曰：「其得聖人之化者，謂之《周南》，得賢人之化者，謂之《召南》，言二公之德教，自岐而行於南國也。乃棄其餘，謂此為《風》之正經。」（見《毛詩正義》，〈詩譜序疏〉引，頁 9b~10a）

⑮ 《毛詩序》對此詩的詩旨大義是如此詮釋的：「〈汝墳〉，道化行也。文王之化行乎汝墳之國，婦人能閔其君子，猶勉之以正也。」（見《毛詩正義》，卷 1 之三，頁 7b）

⑯ 歐陽修：《詩本義》，〈汝墳本義〉，頁 9a~b。

⑰ 蘇轍：《詩集傳》，卷 1，頁 13b。

⑱ 朱熹：《詩集傳》，卷 1，頁 7。

⑲ 陳奐：《詩毛氏傳疏》，卷 1，頁 30b。案：「君子不以私害公，不以家事辭王事」語原出鄭玄《毛詩箋‧四牡箋》。（見《毛詩正義》，卷 9 之二，頁 5b）

⑳ 胡承珙（1776~1832）《毛詩後箋》引宋代范處義《詩補傳》語曰：「岐周

去汝墳不可謂遍，若婦人之言以文王為父母，則是怨紂而親文王，此文
王之所甚懼也。」胡氏以此發出「何謂勉之以正哉？」的質疑。（見上
冊，卷1，頁58）點出了遵循《毛詩序》之說的詮說系統之困難。

㉑ 馬瑞辰：《毛詩傳箋通釋》卷2，頁68。

㉒ 程俊英、蔣見元：《詩經注析》，上冊，頁27。

㉓ 司馬遷撰、裴駰集解、司馬貞索引、張守節正義：《史記三家注》，卷
121，〈儒林列傳〉，頁3123。

㉔ 高亨：《文史述林》，〈詩經引論二〉，頁206~207。

㉕ 同註㉔，頁216~217。

㉖ 王先謙《詩三家義集疏》云：「《易林・兌之噬嗑》：『南循汝水，伐樹斬
枝。過時不遇，恕如周飢。』『過時不遇』與《列女傳》『過時不來』
合，是齊與魯同。」（卷1，〈汝墳〉，頁56）若此說屬實，則漢代除《毛
詩序》之外，其他的三家《詩》說及鄭玄之說，皆朝這個方向詮釋。

參考書目

毛公傳、鄭玄箋、孔穎達疏：《毛詩正義》，南昌府學本，臺
　　北：藝文印書館，1993年影印。

屈守元箋疏：《韓詩外傳箋疏》，成都：巴蜀書社，1996 年 1
　　版。

司馬遷撰、裴駰集解、司馬貞索引、張守節正義：《史記三家
　　注》，點校本，臺北：鼎文書局，1993年7版。

劉向撰、梁端校注：《列女傳校注》，《四部備要》本，臺
　　北：中華書局，1987年臺8版。

范曄撰、李賢注：《後漢書》，點校本，臺北：鼎文書

局，1991 年 6 版。

歐陽修撰：《詩本義》，《四部叢刊》本，收入《四部叢刊三編‧經部》，臺北：臺灣商務印書館，1971 年出版。

蘇轍撰；《詩集傳》，宋淳熙七年蘇詡筠州公使庫刻本，收入《續修四庫全書‧經部》56 冊，上海：上海古籍出版社，1995 年出版。

朱熹撰：《詩集傳》，臺北：臺灣中華書局，1989 年臺 12 版。

朱熹集註：《四書章句集註》，點校本，臺北：鵝湖出版社，1984 年初版。

焦循撰、沈文倬點校：《孟子正義》，北京：中華書局，1987 年 1 版。

馬瑞辰撰、陳金生點校：《毛詩傳箋通釋》，北京：中華書局，1989 年 1 版。

陳奐撰：《詩毛氏傳疏》，北京：中國書店據漱芳齋 1851 年版影印，1984 年出版。

胡承珙撰、郭全芝點校：《毛詩後箋》，合肥：黃山書社，1999 年 1 版。

王先謙撰、吳格點校：《詩三家義集疏》，北京：中華書局，1987 年 1 版。

聞一多撰、孫党伯、袁謇正主編：《聞一多全集》，武漢：湖北人民出版社，1993 年 1 版。

朱東潤撰：《詩三百篇探故》，臺北：漢京文化事業公司，1984 年初版。

高亨撰：《文史述林》，北京：中華書局，1980 年 1 版。

陳炳良撰：《神話禮儀文學》，臺北：聯經出版事業公司，1986年增訂再版。

程俊英、蔣見元撰：《詩經注析》，北京：中華書局，1991年1版。

歌功頌德型唐賦創作
之社會因素考察

吳儀鳳

摘　要：

　　過去在處理這一類歌功頌德型的作品時，總是以其文學價值不高，簡單地貶抑或是根本不提。但是這樣的處理方式，我在近來有不一樣的想法，總覺得對這一類賦作，是不是可以把文學評價暫時放在一邊，借用一點文學社會學或文化分析的觀念來重新看待？本文以「歌功頌德型唐賦」為研究對象，希望藉由對作品創作之環境和外在因素的探討，能增進我們對這類賦作及唐代文學社會的了解。因此，本文將先把文學評價的問題放在一邊，而將焦點放在：「這些作品是在怎樣的情況下被創作出來的？」此一問題上。

關鍵字： 歌功頌德　唐賦　科舉考試　獻賦　唐代文學社會

一、前言

　　法國學者埃斯卡皮（Robert Escarpit，1918～2000）在《文學社會學》一書中說道：

　　數個世紀以來，甚至現今，所謂的文學史仍往往侷限在

人物和作品的探討（也就是作家生平研究和作品解析），而僅把群體背景當作是一種飾景道具，將它視為政治性歷史文獻的研究範疇。①

他更批評：在傳統的文學史教材中，多半困在傳統模式的「人與作品」中掙扎，於是文學活動多被扭曲成一種平面的壓縮②。

我在從事賦的研究時也多少發現這個現象，好像過去讀文學史時，並沒有哪一本文學史告訴我們唐代賦的創作很興盛，例如劉大杰（1904～1977）的、袁行霈（1936～）的《中國文學史》在唐代文學部份幾乎都不提及賦。我們只知道唐詩的繁榮、古文的復興、傳奇小說的精彩和詞的興起。至於辭賦，則好像自六朝之後就不足觀了。或許這樣的講法自有其文學價值的評斷在，不過從實際唐人留下的作品來看，遺漏了賦的文學史敘述並不符合當時的歷史事實。我從閱讀中觀察到的現象是：唐代賦的寫作可說是非常興盛，人人都會寫，對當時的士人來說，賦是必須會寫的文體，因為它在科舉考試中所佔的份量幾乎是與詩並駕齊驅的。可是這一點卻因為長期以來批評家對律賦的評價不高而被忽略了。

但是在這裡我並不是想要去談文學史對賦體敘述的不平衡的現象，那並不是本文的重點。在本文的研究中，我想要運用現今對於「文學與文化」、「文學與社會」的研究角度去關注作品、作者與其外在社會環境的關係，從一個這樣的角度去重新地檢視唐代賦作。探討包括以下這些問題，如：「賦在唐代士人的生活中究竟扮演了怎樣的角色？」

「賦的寫作與唐代文人生活是否息息相關？」「爲什麼這些文人要去寫作這類歌功頌德的賦？」……等。

　　特別是像唐賦之中有許多作品均是宮廷文學，是應皇權的需要而作，或者是爲科舉考試而作，或者是爲求得晉身之階而作，無論上述哪一種均是文人在其現實生活中爲因應其具體而實際的需要所寫，它有預設的讀者和場合，有一定的寫作目標和企圖，例如專爲歌頌祥瑞禽鳥而作的孟簡（？～823）〈白烏呈瑞賦〉，它反覆歌詠白烏之出現「蓋由天子張至仁」、「誠愷悌之四達，諒深仁之所化」③，說明白烏的出現乃是由於皇帝的仁德所致，故爲下臣者乃賀瑞而歌頌。烏一般多爲黑色，白烏是比較罕見的。古人總是將這類白色罕見的禽獸視爲祥瑞，並且有一套固定的解釋方式，他們認爲：此一祥瑞之出現是肇因於皇帝之素德仁孝，故上天降此祥瑞，以昭示其德。這些賦既然是進獻給皇帝看的，自不免就此祥瑞，對當今聖上歌功頌德一番。另外，像彭朝曦〈勤政樓視朔觀雲物賦〉也可以作爲此類賦作的一個代表，其云：

聖上以睿德昭宣，宸衷告蠲；靜以法地，動而合天。天何言哉？每降鑒於明主；君爲政也，亦仰觀乎上玄。是以魯史薦書雲之典，禮經徵視朔之篇。于時寓縣升平，朝廷無事，闢朱樓於曉日，垂紫旒於空翠。至誠必應，果呈證聖之祥；至感必通，遂有效明之瑞。……臣竊觀前代之君也，居九重之深，據四海之大，遇皇天之陰騭，屬當時之交泰，則必怠政理而不脩，唯昇平而是

賴。今陛下則不然，體至道以得一，播元精以吹萬。發號施令，必酌於故實；垂範制法，亦咨乎前憲。古人云：朔者，蘇也。陛下視之，所以蘇息。兆人雲者，運也。陛下觀之，所以廣運明德。……上言曰：陛下敦本棄末，圖易於難。夫此視朔，情深履端，況式瞻於萬象，將布政於千官。固可軼緹油而播美，藏金匱而不刊。然聖上方以無為作慮，不宰為心，鼓元氣之橐，調薰風之琴。以至德撫御，以大明照臨，盛矣！夫聖德若此，豈為臣之所能謳吟？④

　　賦中充滿了對當今聖上的阿諛、歌頌，像這樣的賦作在《文苑英華》中很多。像喬琮〈日中有王字賦〉一開頭也說：「至尊者王，至明者日」又云：「然則日中之有王字者，豈不以昭宸聰、彰國風；煥乎黃首，赫矣蒼穹。表皇綱之不紊，延聖祚於無窮者哉！」而這一切都是為了「歸美乎我皇！」⑤席夔詠〈冬日可愛賦〉末尾更直接說明「所以賦冬日之事，歌德政之謂！」⑥翻閱《文苑英華》中的賦篇，像這樣歌功頌德的句子俯拾即是。

　　不過在此之外，也有一部份賦作是純粹出自於文人自身的感物、感懷而作，並沒有任何特定的實用目的，這一類作品往往較能反映作者的真情實感，具有主體的存在感受。其中包括由小見大，因一微小事物而引發其感慨及對人生問題之思索者，如盧照鄰（634?～689）〈病梨樹賦〉⑦；或由一物引發自身感慨者，例如王勃（650～676）〈澗底寒松賦並序〉⑧。

　　如果我們對唐賦先進行一粗略的二分，以作品中是否展現作者主體情志作為判斷依據這一點來看，一類是作者有感而發，具有作者個人主體情志在其中的賦作，本文以「生命書寫型唐賦」稱之，前述盧照鄰、王勃之作屬之；而另一類則是看不出來有作者個人情志在其中的賦作，如前述孟簡〈白烏呈瑞賦〉和彭朝曦〈勤政樓視朔觀雲物賦〉屬之，由於這類賦作多為歌功頌德的內容，故本文以「歌功頌德型唐賦」稱之。本文先粗略地將唐賦分為「生命書寫型」與「歌功頌德型」兩類。

　　而在此欲討論的便是「歌功頌德型」唐賦。由於「生命書寫型」唐賦具有感物言志的主體情志，因而一般說來在文學史或賦史上較受到重視。相對地，「歌功頌德型」唐賦則因為其中缺乏「感物」「寫志」的內容，全篇以堆砌典故、純粹體物⑨的方式寫成，內容多在歌功頌德，從中完全看不出作者的真情實感和其個人心志感受，因此一般說來在文學史上的評價不高。也正因為如此，研究者往往很難去欣賞它，更不覺得其有何研究價值⑩，因而乏人問津。過去我在撰寫博士論文時，也對這類歌功頌德，純粹體物的賦作感到棘手，不知該如何下筆。因為從中根本看不出作者的真實情感和心靈感受。所看到的是他對帝國、朝政的歌頌和奉承。因此，我在博士論文中便附和了前人的說法，對這些作品的評價不高⑪。

　　然而，由於這類賦作在唐賦之中所佔據的份量實在太大，唐代賦作中律賦佔了一大半，而無論是律賦或非律賦這種堆砌了一大堆典故，而缺乏作者個人主體情志的賦作仍是

佔了相當大的比例，因此這使得唐賦的研究首先必須面對這個問題：究竟應該「如何看待這類歌功頌德型的賦作？」

如果仍是孤立地來看待這一篇篇作品和這些文學史上沒沒無名的作者，陷入在這樣的思維中的話，很難有什麼突破性的看法。不過，藉由文學社會學的研究方法和觀點，倒使得這類歌功頌德型唐賦可以有新的角度和觀點去看待。例如試著將這些賦作視爲一種產品（product），而暫不以文學評價的方式去看待它，而是將它放在一個複雜的社會網絡下來看待，看它在社會文化活動中所扮演的角色和所起的功能、作用。換言之，假設這些賦作是一個產品，那麼作者們，其實是在創造作品，以換取生活的溫飽或其他的利益。例如張說（667～730）有〈進白烏賦〉，他進獻一隻稀有的白烏給皇帝，並得到了豐厚的賞賜和皇帝的批答⑫。在這樣的情況下，或許可以借用「文化消費」這個概念來看。皇家供養一批文人從事文化事業工作，而文人也爲皇室舉行一些文化娛樂活動和文化宣傳工作。由這個角度來看時，將可以引發出很多新的課題出來。而以此一角度重新進行唐代這類賦作的解讀時，也會逐漸發現：唯有透過對當時社會文化的了解才能更進一步去理解這些賦作，才能了解何以這些作家要去寫作這些賦。而這正是本文所企圖了解的問題，亦即嘗試去說明這些作家的創作動機和背景。

如果我們將創作動力初步區分爲：內在和外在的兩項動力的話，在這裡我主要要考察的便是那些並非出自於個人內在有感而發所作的賦，它缺乏創作主體源於內在的動力，而往往是因爲某些具有實用目的需要的外在社會因素給予了這

樣一個創作動力。

　　早期的文化因爲是精英文化，即所謂的「貴遊文學」，因此文士往往只爲滿足皇族的需要，爲特定的、擁有權勢的讀者寫作。因此，這與近代作家爲滿足大眾需要的寫作不同。從文學社會學的角度來看，將文學寫作視爲一項社會活動，在這其中我們便有必要去考慮到作者、讀者及其所處的社會環境等問題，例如：作者寫作時是否有預設他的讀者？一般說來，這些歌功頌德型賦作皆有其特定的讀者及特定的發表場合。作爲皇宮中的御用文人，爲皇家粉飾太平或製作政治宣傳勢不可免。如果說消費者、消費主體是皇帝，那麼作者勢必得考慮到這位消費者想要什麼，並且在產品上做一些要求，如果達到目的，那麼便是發揮了這項產品的效能了。在這種預設讀者的情況下，寫作者便要考慮到對方的需求、慾望、價值觀等，並透過作品與其特定讀者的產生互動。因此，這便又涉及到雙方在這一文學活動中的動機、態度和期望等問題。在此先引李嶠〈日賦〉爲例，作一說明。李嶠〈日賦〉云：

> 仲春上日，率公卿大夫朝日於東郊。祗祀畢，太史進曰：「夫日統七紀，周旋天地，國家災祥之至也。惟唐文明，日德不愆。今陛下又親設第禮，天下煥爛。上曰：「朕不足以配日，然國經在乎上，爾即司之，於日有見，可使朕聞之乎？」太史曰：「臣聞天高無程，日爲大明，天爲至陽，日爲陽精。則日於天爲子象也，在人爲主，在天爲日，其高明一也。日之初將出兮，……創業

之象也；日之中聚，……太平之象也。春之日，……仁
恩之象也。夏之日，……威怒之象也。……是故聖人寸
陰而惜。願陛下朝視之，思創業之難；暮視之，感淪革
之易；春夏視之，調喜怒之節；中視之，將倨乎太平之
地，又何求焉？臣又聞知：聖人為君，日祥屢臻，五色
曄曄，天地同文。昏弱之代，吞蝕不暇，列宿不沒，晝
而為夜，可不務乎？故天有日不能自靈，日有光不能自
明，待聖人而明之也。⑬

由這篇賦中，可以注意到以下四點：一、這篇賦設定的讀者
是皇帝陛下。二、在這篇賦作背後支持它的是一整套自漢代
以來的儒生的意識型態（或信仰），即天上的日月星辰等的表
現就是上帝對人間的表示，均有災祥的意涵在其中⑭。三、此
賦以為日的表現即帝王的徵候。四、這篇賦表示其是在仲春
之時，朝日於東郊的背景下所作。這類賦作都是在一個特定
的社會文化環境下產生的。它反映了唐代文人實際的生活面
貌，寫作對他們來說是什麼意義？唯有透過對整個大的文學
環境的研究，才能夠了解和掌握。

　　總而言之，本文的目的在於對唐代這些歌功頌德型的賦
作，做更進一步的了解，探討作者究竟是在什麼樣的環境和
心態下去創作這些賦篇的，希望能比較深入地去理解文人當
時所處的社會環境和他們習慣的思維方式，避免只是憑著某
種成見，而概略地或浮泛地把這類作品都視為沒有文學意義
或價值之作而一筆帶過。而在研究方法上有兩項重
點：一、在方法和觀點上借鑑於西方的、現代的文學社會學

或文化研究的若干觀念。對唐賦中的作者及讀者，其職業、家庭、身分，以及大環境中的傳統、習俗等皆作一深入的了解，以期能掌握這類歌功頌德賦作的社會意義。二、從唐代這些作者實際的生活情況和思維方式入手來進行這項研究。而重要的是要掌握唐代的社會史料，找出與這些作品有關的文學史料，以作爲驗證。選擇唐賦的理由是因爲唐代是科舉制度成立的時期，也是完整賦篇大量留存下來的一個時期。可以說是爲我們提供了一個很好的研究起點。以下本文將以《文苑英華》中的唐賦作爲主要的文本對象。

二、參加科舉考試必備之基本能力

說到唐賦的寫作環境，首先不能不談到的是賦和科舉考試的關係。

對一個唐代的讀書人來說，進入政府中工作是主要的生涯選擇，因而他就需要自幼熟讀經典，以便應付科舉考試。這裡還有階級上的區分，沒有先人庇蔭的一般非貴冑子弟，必須靠自己努力，他們必須經過鄉縣、州、府一級一級的考試，不斷淘汰之後，最後被篩選出來的，才能參加由中央禮部舉辦的省試。這是取得進士的必經之途。如果是世家子弟，有很好的條件讓他入太學就讀，就又另當別論了。一般士人多半需通過科舉考試，而科舉考試的項目和內容很多，其中最爲士人重視的是進士科。由於科舉考試爲非貴冑子弟提供了一個在家世背景和出身之外，可以憑藉一己之文

才與人一搏的機會；而且是一個可以晉身爲政府官員的公平競爭的管道，因此是士人十分看重的入仕管道。

從進士科試雜文的內容看來，詩賦是主要的考試文體，題目往往是出自五經的典故，因此士人必須具備五經的基本學識，並且必備詩賦的寫作能力。在形式上也要求：賦要寫得像賦，還要押韻、換韻。就科舉考試而言，詩賦二者在測驗學生的能力上基本上是相似的，都是在測驗考生的學識（典故）、造句、文字、用韻，文采等。所不同者，詩爲整齊的句式，賦的句式較不整齊，有變化，長短不齊。需要夾有一些語詞、連接詞等。也因爲如此，我們可以得知：科舉考試在唐代文人的生活中扮演著十分重要的角色。因此，詩賦在唐代讀書人心目中也佔著極爲重要的份量。他們爲了應付考試，必然要在平時多練習賦的寫作。因此，在今日所見的唐賦中也有不少被認爲是當時士人所作的習作。

除了進士科考試外，還有不定期的制舉，制舉是一種禮賢下士的科目，其中博學宏詞科也多是試賦，例如開元二十二年（734），博學宏詞科試〈公孫弘開東閣賦〉，以「風勢聲理，暢休實久」爲韻⑮。

清代的徐松（1781～1848）作《登科記考》，其中記載了每年科舉考試的錄取人數（以進士科爲主），和可考的試題，從中已經可以看到在雜文試題中試賦的普遍性。例如：

1. 先天二年（713）試〈藉田賦〉⑯。

2. 開元十八年（730）試〈冰壺賦〉，以「清如玉壺冰，何慚宿昔意」爲韻⑰。

3. 開元二十二年（734）試〈梓材賦〉，以「理材爲

器，如政之術」爲韻⑱。

4. 開元二十五年（737）試〈花萼樓賦〉⑲。

由於《登科記考》中所列的進士科考試幾乎是每年舉行，而像上述所列的這類試題非常多，幾乎每年都有，在此僅能略舉一二爲例。對應到《文苑英華》中的唐賦來看，可以發現：《文苑英華》中所收之賦大多數都是科舉考試的試題，因此這類賦多半是律賦，而且都是用典舖陳的歌功頌德型賦作。

科舉考試每年舉行，而試賦創作可以說是一個普遍的文學社會現象。我們在今日仍然能夠從若干賦題中看出賦在唐代科舉考試中所佔據的普及性及必要性。除了《登科記》記載的許多中央禮部考試的試賦題目外，在《文苑英華》的賦篇題目中更可以看出科舉試賦是從縣、州、到府、到省都必考的文體。例如縣有〈萬年縣試金馬式賦〉⑳；州有〈宣州試射中正鵠賦〉㉑；府有〈府試授衣賦〉㉒、〈河南府試筌蹄賦〉㉓、〈京兆試愼所好賦〉㉔、〈京兆府試入國知教賦〉㉕；省有〈中書試黃人守日賦〉㉖、〈射宮試貢士賦〉㉗。總之，這些題目都顯示出：試賦是唐科舉考試中一項普遍的要求。唐代士人爲了應付這些考試必然要鍛鍊好自己作賦的技能。

三、獻賦的制度依然存在

除了上述所言爲因應科舉考試而作賦或練習之外，是否

仍有作賦的必要呢？

　　獻賦以謀求官位的制度是自漢代以來就有的㉘，到了唐代，雖然有了科舉考試的公平取士方式，獻賦的制度依然存在。因此，文人們也可以在激烈的科舉考試競爭外，另外採行獻賦的方式得到有司的青睞。例如杜甫（712～770）便是投〈三大禮賦〉於延恩匭，以主動獻賦的方式，進入宦途的㉙。除此之外，獻賦的情況還有很多，以下分別述之。

（一）為勸皇帝進行封禪大禮而獻賦

　　據《唐會要・卷八・郊議》記載：

> 玄宗開元十二年（724），閏十二月辛酉，文武百官吏部尚書裴漼等，上請封東岳。……甲子，侍中臣（源）乾曜，中書令臣（張）說等奏……又上言……又再上言……。時儒生墨客獻賦頌者數百計，帝不得已而從之。丁卯，下詔……以開元十三年（725）十一月十日，式遵故實，有事泰山。㉚

既然東封泰山有人獻賦，那麼閻隨侯作〈西嶽望幸賦〉文中自云是：開元十八年（730）獻賦㉛。李程（765～841）作〈華清宮望幸賦〉㉜，看起來都是基於同樣的心態，希望皇帝能駕幸此地。《舊唐書・玄宗本紀》記開元十八年：

> 百僚及華州父老累表請上尊號內請加「聖文」兩字，並封西嶽，不允。㉝

可見地方上的百姓多希望皇帝能透過封嶽的儀式駕幸至當
地，蓋因「高宗、玄宗皆封禪泰山，其儀仗之盛，禮文之
隆，蕃王扈從之眾，兆民歡娛之情，堪稱空前絕後。」㉞封
禪大禮具有帶動地方繁榮的意義，因此，地方莫不希望爭取
皇帝的親臨。而文人主動獻賦，更可以在事成之後得到極多
好處，例如《酉陽雜俎》載：張說因上書勸唐玄宗封禪，後
來玄宗於開元十三年行封禪之禮，張說為封禪使，其女婿鄭
鎰本為九品官，封禪後驟遷五品，兼賜緋服。可見上書勸說
封禪泰山之後，的確可以得到封賞和官職驟升的實際利益㉟。

（二）獻賦能得到皇帝的親試及封賞

> 開元十四年（726），七月癸巳，上御雛城南門樓，親試
> 岳牧舉人及東封獻賦頌人，命太官置食，賜有差。㊱

正因獻賦有實際的利益，因此我們可以看到唐代讀書人把作
賦視為一件極為重要的事情去看待，畢竟這與他們的仕途有
著密不可分的關聯。

（三）以宗廟祭祀典禮為名獻賦

其次，我們會發現這類賦作中有很多是和宗廟祭祀有關
的，例如前面所引李為的〈日賦〉，賦中所述之背景是朝日於
東郊之時。杜甫所獻三大禮賦：〈朝獻太清宮賦〉、〈朝享太廟
賦〉、〈有事于南郊賦〉也是在唐玄宗天寶十年（751）的有事
南郊的背景下所獻之賦㊲。《舊唐書》中記載徐彥伯（？～
714）在中宗（656～710）親拜南郊時獻〈南郊賦〉㊳。一般

說來，南郊祭天之禮每三年一次，由帝王主祭，在冬至日舉行㊱。利用皇帝進行郊祀時獻賦是前兩例中獻賦的背景。此外，古代禮制配合春、夏、秋、冬四季的時令與節氣，隨著季節的變化，各有一套既定的禮儀規範存在。因此，在唐賦中立春時有〈立春出土牛賦〉；仲春之時，王起（760～847）作〈開冰賦〉言：國家仲春之時，藏冰備用㊵。或是像〈東郊迎春賦〉㊶、〈西郊迎秋賦〉㊷、〈北郊迎冬賦〉㊸、〈南郊享壽星賦〉㊹、〈東郊朝日賦〉㊺……等，都是配合四時祭祀典禮所作之賦。

此外，如劉允濟（？～708）〈明堂賦〉㊻之作，據《新唐書》本傳載劉允濟：「武后明堂成，奏賦述功德，手詔褒咨，除著作郎。」㊼這也是一個因獻賦而得到升遷的實例。

（四）配合四時節慶獻賦

除了配合四時的典禮進行獻賦外，節慶的場合也是很好的獻賦之日，當此之時，皇帝及其親眷，以及文武百官都洋溢在一片歡樂喜慶的熱鬧場面中，在此時獻上一篇助興的賦作將能增添節慶的喜氣，皇帝一高興，便能得到一些封賞。例如中宗、玄宗時清明節舉行拔河活動，據《封氏聞見記‧卷六‧拔河》載：

> 中宗時曾以清明日御梨園毬場，名侍臣為拔河之戲。時宰相、二駙馬為東朋，三宰相、五將軍為西朋，東朋貴人多，西朋奏勝不平，請重定，不為改。西朋竟輸。僕射韋巨源、少師唐休璟年老隨緪而踣久，不能興。上大

笑，左右扶起。玄宗數御樓設此戲，挽者至千餘人，喧
呼動地，蕃客士庶，觀者莫不震駭。進士河東薛勝為
〈拔河賦〉，其辭甚美，時人競傳之。⑱

薛勝於清明節拔河活動的背景下作〈拔河賦〉，賦中明
言：「皇帝大誇胡人以八方平泰，百戲繁會，令壯士千人分為
二隊，名拔河於內，實耀武於外。」⑲《舊唐書》載：「薛存
誠，字資明，河東人，父勝能文，嘗作〈拔河賦〉，詞致瀏
亮，為時所稱。」⑳

又如唐玄宗的生日八月五日千秋節便是一個熱鬧的節
日，《舊唐書·玄宗本紀》云開元十七年（729）：

八月癸亥，上以降誕日，讌百僚于花萼樓下。百僚表請
以每年八月五日為千秋節，王公已下獻鏡及承露囊，天
下諸州咸令讌樂，休暇三日，仍編為令，從之。㉑

在這一天皇帝與百官同樂，《封氏聞見記·卷六·繩妓》
記載：

玄宗開元二十四年（736）八月五日，御樓設繩妓，妓
者，先引長繩兩端屬地，埋鹿盧以繫之，鹿盧內數丈立
柱以起繩之直如絃，然後妓女以繩端躡足而上，往來倏
忽之間，望之如仙，有中路相遇，側身而過者，有著屐
而行之，從容俯仰者，或以畫竿接脛，高五六尺，或蹋
肩蹈頂至三四重，既而翻身擲倒，至繩還注，曾無蹉

跌，皆應嚴鼓之節。真奇觀者。衛士胡嘉隱作〈繩妓
賦〉獻之，辭甚宏暢，玄宗覽之，大悅，擢拜金吾曹參
軍。自安寇覆蕩，伶倫分散外方，始有此妓。軍中宴會
時或有之。㊼

繩伎是一種特技表演，玄宗生日時御樓前安排了這樣一場精
彩的表演活動，而衛士胡嘉隱作〈繩妓賦〉㊽獻上，玄宗看
了很高興，便封他為金吾曹參軍。

　　在節慶之日作賦者，還有一些，如七月七日七夕，有
〈七夕賦〉㊾、七月十五日中元節，楊炯（650～693）作〈盂
蘭盆賦〉，賦序云：「大周如意元年，秋七月，聖神皇帝御洛
城南門，會十方賢眾……」㊿說的正是武則天在東都過中元
節的情景。

（五）受皇帝封賞而獻賦

　　一般臣子在接受皇帝的賞賜後也會獻賦以為回報，如趙
自勵寫作〈八月五日花萼樓賜百官明鏡賦〉㉝便是因皇帝賜
百官明鏡，趙作此賦以謝皇恩，其末段云：

於是群公卿士，警扈仙蹕，寵賚自天，恩深此日。執明
鏡者，無所私。其照對明鏡者，無所隱。其質並陳，力
以效能。各呈才而獻術，莫不再拜稽首，奉承天子之
休，備有德於成一。㉞

又如張九齡（673～740）〈白羽扇賦·序〉云：「開元二十四

年（736）夏，盛暑，敕使大將軍高力士，賜宰臣白羽扇，九
齡與焉，竊有所感，立獻賦……」⑱，又如李德裕〈瑞橘
賦·序〉云：「清霜降，聖上命中使，賜宰臣等朱橘各三
枚。蓋靈囿之所植也。……意有所感，必使近臣賦之。臣幼
學爲文，忝列樞近，敢稽首獻賦曰：……。」⑲

（六）因應祥瑞的出現獻賦

祥瑞是上天的垂示，古人認爲上天會視人間的表現垂象
示意。其中祥瑞便是吉祥、皇帝仁德的表現，災異則是因爲
帝王治理不好、故上天降禍以爲警示。故崔潨〈五星同色
賦〉便說：「大儀設象，下土是保，作炯戒於人主，垂吉凶於
穹昊。」⑳天象中的日、月、星辰、雲物，這些自然景
象，往往被賦予了特殊的政治意涵，祥瑞之說也特別多。像
是喬琮〈日中有王字賦〉便說：「然則日中之有王字者，豈不
以昭宸聰、彰國風，煥乎黃道，赫矣蒼穹，表皇綱之不
紊，延聖祚於無窮者哉！」㉑〈二黃人守日賦〉㉒，據《太平
御覽·卷八七二》引《符瑞圖》曰：「日，二黃人守者，外國
人方自來降也。」㉓可知「二黃人守日」是一符瑞徵象，表
示朝政清明，國力強盛，是外國人自四方來降之意。又如
「景星見」也是祥瑞㉔，如王起〈井浪賦〉言「井有浪者，乃
瑞之大者」㉕等，這類祥瑞題材之作多爲律賦，是歌功頌德
賦的典型代表，因爲其中歌功頌德的話語俯拾即是。

（七）獻賦是一種自我推薦的方式

唐代除了這種主動向朝廷獻賦以謀求一官半職的制度

外，還有兩種獻賦的制度，一是科舉考試的行卷，二是希望獲得達官貴人的推薦和延譽，主動獻上作品者⑥⑥。無論是前者或後者，我們都可以看到這是一種向人進行自我推薦的方式，讓對方透過作品來認識你。而從這裡又可以看到唐代社會是多麼地崇尚文學⑥⑦！

四、奉命而作

唐代承襲著自漢魏六朝以來的貴遊文學風氣，在宮廷中仍盛行著文學侍從之臣與皇帝互相進行詩文唱和的風氣，唐太宗（599～649）本人就作了五篇賦，計有〈臨層臺賦〉、〈感舊賦並序〉、〈小山賦〉、〈小池賦並序〉、〈威鳳賦〉等五篇⑥⑧。《文苑英華》中錄唐太宗的〈述聖賦序〉⑥⑨，然〈述聖賦〉實爲謝偃（約627～643前後）所撰，《文苑英華》並未言明，故容易使人產生誤會。唐太宗〈小池賦〉係因：「許敬宗（592～672）家有小池，作賦賜之。」⑦⑩因此許敬宗便有〈小池賦應詔〉⑦①。許敬宗像這樣在宮廷中應制或應詔的賦作還有〈掖庭山賦應詔〉⑦②、〈麥秋賦應制〉⑦③、〈敧器賦應詔〉⑦④。

據《舊唐書·玄宗本紀》載：開元四年（716）二月丙辰「以關中旱，遣使祈雨於驪山，應時澍雨。令以少牢致祭，仍禁斷樵採。」⑦⑤唐玄宗（673～740）因久旱不雨，遣使祈雨於驪山，不久應時澍雨，於是玄宗作〈喜雨賦〉，張說、韓休、徐安貞、賈登、李宙等人作〈奉和聖制喜雨賦〉⑦⑥。古

代乾旱常被視爲是天象示警，皇帝要自責，並齋戒沐浴，進行祭祀祈雨典禮。群臣奉和皇帝作〈喜雨賦〉莫不以「聖人在位，體天法地，示人以五行，應天以五事」⑦這樣一套思維方式出發。

謝偃的〈述聖賦〉很適合用來作爲本文所探討的歌功頌德型賦作的典型範例。《舊唐書·文苑上·謝偃傳》載：

> 偃嘗爲〈塵〉、〈影〉二賦，甚工。太宗聞而召見，自制賦序，言「區宇乂安，功德茂盛」。令其爲賦，偃奉詔撰成，名曰〈述聖賦〉，賜綵數十匹。⑦⑧

謝偃〈述聖賦〉的寫作動機和背景是本文討論歌功頌德型賦的典型，試想：因爲皇帝賞賜你的文才，並親撰一篇賦序考你，這時，你會怎麼辦？自然是竭盡所能地使皇帝滿意。這便是本文所企圖說明的。這類唐賦的創作是在這樣不得不作的環境下產生，它有著外在的力量逼迫他，面對生計的壓力、工作的壓力不得不如此寫。而這些賦家無論如何都不可避免地必須在這樣一個環境下求生存。

宮廷中的文學侍臣經常要在一些必要的場合下奉命作賦，例如朝廷中有進貢之物時。虞世南（558～638）的〈獅子賦〉便是在貞觀九年四月，康國獻獅子的情形下受皇帝詔命而作⑦⑨。

其實，宮廷中的文學侍臣需要作賦的場合很多，平時在宮廷之中寫一些應景的詩文，吟詠宮中的植物、動物，參加宮廷活動做些記錄；或隨著節慶場合、儀式典禮、皇帝生

日、外國使節進貢等種種活動，都有作賦的需要。在宮廷之外，也可能有必要跟著皇帝出遊、封禪、打獵、洗溫泉時作賦。《新唐書·文藝中·李適（657～716）傳》中便說道：

> 凡天子饗會游豫，唯宰相及學士得從。春幸梨園，并渭水祓除，則賜細柳圈辟癘；夏宴蒲萄園，賜朱櫻；秋登慈恩浮圖，獻菊花酒稱壽。冬幸新豐，歷白鹿觀，上驪山，賜浴湯池，給香粉蘭澤，從行給翔麟馬，品官黃衣各一。帝有所感即賦詩，學士皆屬和。當時人所歆慕。然皆狎猥佻佞，忘君臣禮法，惟以文華取幸。⑧⓪

應制、應景、節慶之時要寫；宗廟祭祀、獎掖農事時要寫；有進貢之物要寫（像獅子、稀有之鳥、荔枝、幽蘭……）。身為文學侍從之臣，領俸祿者，這是其不可避免的工作職掌。故李華（715～774）〈含元殿賦·序〉中便言自己作此賦是：「欲使後之觀者，知聖代有頌德之臣焉。」⑧①

五、結論

唐人仍沿襲著漢魏六朝以來的風氣，對賦此一文體十分重視。而且唐代文人社會充滿了一種崇尚文學的風氣。因此，當這些文人雅士共聚一堂時，便往往會以賦作來互相唱和。像是陳子昂（661～702）〈麈尾賦序〉便說明他這篇賦是在宴集之際，由於指定每人要賦席上之物所作⑧②。可見文人

間宴集，往往有這樣一種「以文逞才」的風氣。這樣的風氣在宮廷中也是一樣的。

面對唐賦，其寫作的背景林林總總，呈現出各式各樣的狀況。乍看這些歌功頌德的唐賦時，會令人懷疑作者們怎麼會有興趣去寫這些題目？本文在運用現代文學社會學或文化研究的一些觀點和方法後，在研究上主要的改變在於：面對作品，不再是孤立地去看待每一篇作品和作者，而是將之置於整體的社會環境下來看它與社會間的關係和互動。像一些與典禮、儀式有關的賦作，假使不對賦作本身寫作的社會環境作一深入的了解，那麼很可能會輕易地將之視爲沒有意義之作而不予理會。不過透過文學社會學的角度去理解這些作品的寫作背景後，便能理解到這些賦作是在特定典禮下的儀式性文化產物，而這些文化產物時至今日仍然存在。在古代，這樣的慶典儀式更具有其意義和神聖性，頌賦或獻賦的文化活動在其中扮演的角色不單單只是一個形式上的儀式而已，透過莊嚴肅穆的儀式，參與者脫離了日常生活的平凡，而在這套儀式中建構了一套帝國的想像和秩序，這些賦作具有重要的書寫帝國和潤色鴻業的功能和使命。而這一切若不置於文學社會學這樣的思考脈絡下來看時，是不容易對這類歌功頌德型唐賦做出正確的理解的。

綜合前面的討論後，可以得到以下六點結論：

一、科舉考試對士人而言既是如此重要，那我們便不應該忽略這項考試在文人生活中的重要性，更應該重視這項制度對其生活層面和寫作層面所產生的廣泛影響。

二、獻賦的制度依然存在。因此對唐代士人而言，作賦

不是只是純粹的文學藝術，它更是具有實用目的的晉身工具。

三、作為一名宮廷中的文學侍臣，在適當的場合吟誦賦作是其工作職責和義務的需要。這不同於一般文人的吟詠風月，感性書寫。他必須考慮具體的場景和說話的身分，以及閱讀的對象等等，做一充分的考量，撰寫出最為得體的作品出來。

四、歌功頌德型唐賦在唐代士人的生活中扮演了重要的角色，而在看待這些作品時也不宜單純地因為一篇作品是歌功頌德之作便將之一筆抹殺，以為其毫無研究價值。其實透過這些作品往往使我們對於當時的社會情境和文化歷史有更進一步的認識和了解。而若單純以後世純文學的評價角度視之，往往無法理解其何以在當時會如此受到矚目和重視，畢竟它是具有實用性目的的寫作。

五、由於這些賦都是在特定的時空背景下的產物，它有設定的讀者，多半是寫給皇帝或皇帝身邊的人看的，因此它在寫作上便有因應場合和需要，非如此寫不可的道理。

六、唐賦的研究其實就是唐代文化的研究，因為若不懂得唐人的祭祀、信仰、文化、思維方式，就根本看不懂他在寫什麼，也不了解他為何要這麼寫？生活在帝制時代，許多想法、觀念是和我們今日不同的，不可以今衡之。

至於說這些歌功頌德的賦是否是有感而發的寫作呢？就像顏真卿（709～784）〈象魏賦〉中所言：

童子何知？謬膺邦政，徒欲竭其鄙思，諒難酬於嘉

　　命，旦賦頌之作，本乎情性，雖杼軸而屢空，聊高歌以
　　為詠。⑧

　　恐怕也不能因為這些賦的內容是歌功頌德的，就認為它完全
沒有真情實感在其中。歌頌帝國的榮光也可以是一種發自其
內心的衷心頌讚！

　　賦對唐代士人來說是一項不可或缺的寫作必備條件。否
則他根本無法進入公職工作。而且賦不只是科舉考試的工具
而已，它是和士人生活息息相關的產物。如果不了解唐代的
社會文化背景，也會影響研究者對賦的理解和評價。因
此，希望透過本文的研究可以加深讀者對這類唐賦的認識和
理解。

註　釋

① 《文學社會學》，頁4。

② 同註①。

③ 《文苑英華》，頁404。

④ 同註③，頁54~55。

⑤ 同註③，頁16~17。

⑥ 同註③，頁31。

⑦ 同註③，頁663。

⑧ 同註③，頁662。

⑨ 拙著《詠物與敘事──漢唐禽鳥賦研究》（輔仁大學中文系博士論文，八
　十九年六月）第六章中敘及唐代禽鳥賦的繁榮景象，文中從作品的寫作
　形態上歸納出「純粹體物」、「感物起興」與「體物寫志」這三類禽鳥

賦。其中「純粹體物」一類，便是缺乏作者個人情志之作。

⑩ 王力（1900~1986）在《古代漢語》第四冊〈賦的構成〉一文中，也指出唐代律賦是為科舉考試而作，因此「沒有必要去多加研究」（頁 1356）。

⑪ 參見拙著《詠物與敘事──漢唐禽鳥賦研究》第六章第三節唐代詠物體禽鳥賦中「壹・純粹體物」一節。

⑫〈進白烏賦〉所附皇帝的墨詔批答，云：「得所進白烏……又覽所進，放言體物，詞藻瀏亮，尋繹研味，把翫無厭。所謂文苑菁華，詞場警策也。今賞卿金五挺，銀十挺云云。」（《張說之文集・卷一》）

⑬ 同註③，頁 15。

⑭ 顧頡剛（1893~1980）《秦漢的方士與儒生》說：「古人相信天上有上帝管著人間的事，表現他的最高權力。然而上帝是無聲無臭的，有什麼東西可作為他的具體表現呢？他們想，天上有日月星，是我們瞧得見的，日月星的變動應該就是上帝的意思吧，所以他們就把天文的現象當作上帝對於人間的表示。」（頁 23）

⑮《登科記考》，卷 8，頁 267。

⑯ 同註⑮，卷 5，頁 167。

⑰ 同註⑮，卷 7，頁 255。

⑱ 同註⑮，卷 8，頁 266。

⑲ 同註⑮，卷 8，頁 282。《文苑英華》，頁 220~221。

⑳ 同註③，頁 612。

㉑ 見《白居易集箋校》，頁 2596。

㉒ 同註③，頁 515。

㉓ 同註③，頁 500。

㉔ 同註③，頁 419。

㉕ 同註③，頁 314。

㉖ 同註③，頁 17。

㉗ 同註③，頁 307。

㉘ 有關漢至唐代作為貴遊文學的賦，其主要之發展脈絡可參看簡宗梧先生〈漢唐貴遊活動的轉型與貴遊文學的變調〉一文。

㉙ 主動獻賦之舉見杜甫〈進三大禮賦表〉（《杜詩詳註》，頁 2103~2104），獻賦之後，「明皇奇之，命宰相文，文善，授右衛率府冑曹。」（元稹〈工部員外郎杜君墓係銘〉，《杜詩詳註》，頁 2236）

㉚ 《唐會要》(上)，卷 8，頁 105~108。此段文字《登科記考》卷 7 亦有見引，其引自《冊府元龜》（頁 238），內容與此相同。

㉛ 閻隨侯〈西嶽望幸賦〉云：「我聖君之開元一十八載」、末云：「小臣多幸，敢獻登封之書。」（《文苑英華》，頁 122）

㉜ 同註③，頁 213。

㉝ 《舊唐書·玄宗本紀》，頁 196。

㉞ 藍孟博《西安》，頁 58。原夾注：「《舊唐書·禮儀志》、《新唐書·禮樂志》、《冊府元龜》」省略。

㉟ 《酉陽雜俎·前集·卷 12》載：「明皇封禪泰山，張說為封禪使。說女婿鄭鎰，本九品官，舊例封禪後，自三公以下皆遷轉一級，惟鄭鎰因說驟遷五品，兼賜緋服。因大脯次，玄宗見鎰官位騰躍，怪而問之，鎰無詞以對。黃幡綽曰：『此泰山之力也。』」（頁 647）此段亦見載於《唐會要》卷 8，頁 123。

㊱ 同註⑮，卷 7，頁 241，引《冊府元龜》。

㊲ 見仇兆鰲注〈進三大禮賦表〉（《杜詩詳註》，頁 2103）。

㊳ 中宗景龍三年（709），中宗親拜南郊，彥伯作〈南郊賦〉以獻。辭甚典美。（《舊唐書》，頁 3006）

㊴ 見方光華《俎豆馨香——中國祭祀禮俗探索》，頁 29。

㊵ 同註③，頁 175。

㊶ 同註③，頁 249。

㊷ 同註③，頁 250。

㊸ 同註③，頁 250。

㊹ 同註③，頁 251。

㊺ 同註③，頁 251。

㊻ 同註③，頁 210。

㊼《新唐書》，卷 202，頁 5749。

㊽《封氏聞見記・卷六・拔河》，頁 77。

㊾ 同註③，頁 367~368。

㊿《舊唐書》，頁 4089。

(51)《舊唐書・玄宗本紀》，頁 193。

(52)《封氏聞見記》，卷 6，〈繩妓〉，頁 77~78。

(53) 同註③，頁 372。

(54) 同註③，頁 104。

(55) 同註③，頁 573。

(56) 同註③，頁 479。

(57) 同註③，頁 479。

(58) 同註③，頁 491。

(59) 同註③，頁 397。

(60) 同註③，頁 42。

(61) 同註③，頁 16~17。

(62) 同註③，頁 17。

(63)《太平御覽》，卷 872，頁 3995。

(64) 同註③，頁 49，有〈景星見賦〉，以「垂象含輝，有道則見」為韻。

㉕ 同註③，頁 178。

㉖ 有關科舉考試的行卷制度在傅璇琮（1933~）《唐代科舉考試與文學》與程千帆（1913~）《唐代進士行卷與文學》均有很多的討論，拙著《詠物與敘事——漢唐禽鳥賦研究》第六章第二節中也有對科舉考試與賦的關係做過一些說明。

㉗ 唐代社會對文學的崇拜可參看龔鵬程（1956~）《文化符號學》第三卷第一章〈文學崇拜與中國社會：以唐代為例〉一文，頁 307~401。

㉘ 見《全唐文》，卷 4，頁 46~48。

㉙ 同註③，頁 181。

㉚ 同註㉗，卷 4，頁 48。

㉛ 同註③，頁 158。

㉜ 同註③，頁 122。

㉝ 同註③，頁 104。

㉞ 同註③，頁 487。

㉟ 同註㉞，頁 176。

㊱ 同註③，頁 67~69。

㊲ 賈登〈奉和御製喜雨賦〉第四，《文苑英華》，頁 68。

㊳ 同註㊿，頁 4989。

㊴ 《唐會要‧卷 99‧康國》：「貞觀九年七月，獻獅子。太宗嘉其遠來，使秘書監虞世南為之賦。」（《唐會要》下冊，頁 1774）《舊唐書‧太宗本紀》：「九年夏四月壬寅，康國獻獅子。」（頁 45）《舊唐書‧虞世南傳》：「四月，康國獻獅子，詔世南為之賦，命編之東觀。」（頁 2568）

㊵ 同註㊼，卷 202，頁 5748。

㊶ 同註③，頁 215。

㊷ 同註③，頁 494。

㊝ 同註③，頁 219。

參考書目

〔唐〕張說撰：《張說之文集》，收入《四部叢刊初編》，臺北：臺灣商務印書館，民國 56 年。

〔唐〕封演撰：《封氏聞見記及其他二種》，據雅雨堂叢書本影印，臺北：新文豐出版公司，民國 73 年初版。

〔後晉〕劉昫等撰：《舊唐書》，點校本，北京：中華書局，1975 年。

〔宋〕王溥撰：《唐會要》（上中下冊），臺北：世界書局，民國 78 年 5 版。

〔宋〕宋祁、歐陽修等撰：《新唐書》，點校本，北京：中華書局，1975 年。

〔宋〕李昉等編：《文苑英華》，臺北：新文豐出版公司，1979 年初版。

〔宋〕王欽若等編：《冊府元龜》，北京：中華書局影印明刊本，1960 年初版。

〔宋〕李昉等編：《太平御覽》，臺北：臺灣商務印書館影印宋蜀本，民國 81 年臺 1 版。

〔唐〕杜甫撰、〔清〕仇兆鰲注：《杜詩詳注》，臺北：里仁書局，民國 69 年。

〔清〕董誥等編：《全唐文》，北京：中華書局，1983 年初版。

〔清〕徐松撰、趙守儼點校：《登科記考》，北京：中華書

局，1984 年初版。

程千帆撰：《唐代進士行卷與文學》，上海：古籍出版社，1980 年初版。

傅璇琮撰：《唐代科舉與文學》，臺北：文史哲出版社，1994 年初版。

簡宗梧撰：〈漢唐貴遊活動的轉型與貴遊文學的變調〉，《漢唐、唐宋轉換期之文藝現象》，衣若芬、劉苑如主編，中央研究院文哲研究所籌備處出版，民國 89 年。

吳儀鳳撰：《詠物與敘事——漢唐禽鳥賦研究》，輔仁大學中文系博士論文，民國 89 年 6 月。

劉大杰撰：《中國文學發展史》，臺北：華正書局，1988 年。

袁行霈主編：《中國文學史》，北京：高等教育出版社，1999 年初版。

王力主編：《古代漢語》第 4 冊，臺北：藍燈文化事業公司，1989 年初版

〔法〕埃斯卡皮（Robert Escarpit）著、葉淑燕譯：《文學社會學》，臺北：遠流出版公司，1990 年初版。

龔鵬程著：《文化符號學》，臺北：臺灣學生書局，民國 81 年初版。

顧頡剛著：《秦漢的方士與儒生》，臺北：里仁書局，民國 74 年。

藍孟博編著：《西安》，臺北：正中書局，民國 65 年臺 3 版。

方光華著：《俎豆馨香——中國祭祀禮俗探索》，西安：陝西人民教育出版社，2000 年初版。

國族生命與個人生命

試論朱熹的「復仇」①觀念

孫致文

摘　要：

　　「復仇」原是個人尋求對等報償的行為，經由朱熹對典籍的疏解，加深此一觀念在人倫上的意義。有別於原初的復仇觀念，朱熹強調去私念、體天理的復仇精神，著重為國族復仇的概念。此一觀念，不但展現了朱熹的政治主張，也體現朱熹學術的經世意義。

關鍵字：朱熹、復仇

一、前言

　　在過去的一個世紀，關於朱熹的研究，主要集中於心性之學方面。對於此一研究趨向，近時已有學者提出反省：「朱子學絕對不僅是要人內聖成德而已」②；「朱熹的後人和弟子都認識到政治和學術是他的世界中兩個主要方面」③。其實，「經國濟世」原就是經學的根本涵意，且是中國知識分子自覺肩負的責任。然而，過去對朱熹政治思想及活動的研究並不多見④。

　　對朱熹而言，「學術」與「生活」、「政治」絕非壁壘分明的三個領域；此三者間關係密切。朱熹所撰〈白鹿洞書院學規〉即說：「古昔聖賢所以教人為學之意，莫非使之講明義理，以修其身，然後推以及人」（《文集》卷 74，頁3731）。明理修身只是基礎，推己及人才是學為的最終目標。據《宋史·朱熹傳》記載，朱熹「仕於外者僅九考，立朝才四十日」；雖然如此，朱子卻無時不關心政局與世道。正如朱熹的弟子、女婿黃榦所言：「先生平居惓惓，無一念不在於國。聞時政之闕失，則戚然有不豫之色；語及國勢之未振，則感慨以至泣下。」⑤若將朱熹的學術思想與政治思想分離為二，只對其中任何一個面向作孤立的探究，都將有損於我們對朱熹的理解。本文即嘗試結合朱熹的理學思想與政治主張，探討兩者間的關聯。

　　在朱熹身處的時代，道統之論、王霸之辨、夷夏之防都是切要的議題；在朱熹的著作中，對這些時代議題都有重要且豐富的表述。本文即以朱熹政治主張中十分重要的「復仇」觀念為探究主題，試圖探討朱熹對典籍中「復仇」觀念的理解，並進而探討此一觀念與朱熹理學思想、政治主張的交互關係。

　　在法律及執法機構尚不發達的古代社會，「復仇」的觀念和行為很普遍，且被眾人所允許。據學者考察，中國先秦是「復仇自由的時代」；但最晚至西漢末年，已出現了禁止復仇的法令⑥。中國傳統經典中，直接涉及「復仇」觀念的是《周禮》、《禮記》及《公羊傳》。本文將從這些經典著手，探究朱熹對典籍復仇觀念的理解、承繼及轉化。

二、朱熹對《禮》經「復仇」
觀念的認識

　　朱熹編定《儀禮經傳通解》時，特於「學禮」一類之下，立〈臣禮〉篇，纂集「臣事君」之禮。此篇的內容包括「將朝」、「始見」、「朝禮」、「侍坐賜食」、「廣敬」、「諫諍」、「死節」、「復讎」等八章。前四章屬於朝儀，「廣敬章」則是日常侍君之禮；後三章，則可視為特殊情況下的非常之禮。在「復讎」一章⑦中，朱熹列《禮記・曲禮》、《周禮・地官・調人》關於復仇的記載為「經」。「傳」的部份，則首列《禮記・檀弓》子貢問孔子：「居父母之仇如之何」一節；其後又引《史記》、《資治通鑑》所載，豫讓、王孫賈、張良等三人為君復仇的歷史人物故事。將「復仇」視為「禮」的一環，固然並非始於朱熹；但經由朱熹對「復仇」觀念的疏解，「復仇」的「禮」的意義更為深刻。

　　《禮記・曲禮上》記載：

　　父之讎，弗與共戴天。兄弟之讎，不反兵。交游之讎，不同國。（《禮記注疏》卷3，頁10下）⑧

《禮記・檀弓上》的記載則又更詳細：

　　子夏問於孔子曰：「居父母之仇如之何？」夫子曰：「寢

苫枕干，不仕，弗與共天下也。還諸市朝，不反兵而
鬭。」曰：「請問居昆弟之仇如之何？」曰：「仕弗與共
國，銜君命而使，雖遇之不鬭。」曰：「請問居從父昆弟
之仇如之何？」曰：「不為魁。主人能，則執兵而陪其
後」。（《禮記注疏》卷7，頁17下）

所謂「弗共戴天」、「不同國」，並不是自身消極意義的逃
避，而是積極地使仇人「不能共」、「不能同」；明白地說，即
是鄭玄解經時所說的「殺之」⑨。此外，《周禮》的記載
中，復仇責任則又包括「為君」及「為師長」；《周禮・地
官・調人》：

凡和難，父之讎辟諸海外，兄弟之讎辟諸千里之外，從
父兄弟之讎不同國；君之讎眂父，師長之讎眂兄弟，主
友之讎眂從父兄弟。（《周禮注疏》卷14，頁11上）⑩

宋人呂大臨認為，「復讎輕重之義」，不超過為父、為兄
弟、為朋友三等，因為這三等「皆天屬之讎」；其餘則是「以
義推之」而得⑪。

由《周禮》與《禮記》的記載可知，復仇的責任不僅限
於血緣親屬，還包括了無血緣關係的君、師、友。此種不同
於其他古代社會中僅為血緣親屬復仇的習慣，與中國社會講
究的倫理關係應有密切的關聯⑫。在社會習慣的積累及經典
的肯認下，「復仇」由原先的報償行為，轉變成一種倫理行
為。因此「雖然許多朝代禁止復仇，復仇還是照樣進行，並

且常常得到皇帝、官員，或社會人士的讚揚和鼓勵。」⑬正由於政府不能禁止社會上的復仇行為，因此《周禮》中有設職官以處理復仇事件的構想：對於過失殺人的案件，「調人」一官負責處理避仇之事，和為雙方進行調解。至於「殺人而不義」的案件，凡有意復仇者，只要先向「朝士」辦理登記，則可以將仇人殺死而不致獲罪⑭。

　　既然朱熹將《周禮》、《禮記》關於復仇的記載編入《儀禮經傳通解》中，即顯示朱熹承認「復仇」的「經」的意義。換言之，亦即認為「復仇」是聖人所傳的常道、常法，也就是朱熹所謂的「天理」⑮。然而，無論是《周禮》、《禮記》，或是朱熹《儀禮經傳通解》，所記載的都是關於復仇行動的說明，並沒有說明復仇概念是如何形成，意義又為何。「復仇」原本只是初民憑一己之力解決紛爭的「血氣之勇」，是人類感性欲求的直接表現。在典籍中「復仇」成為「禮」的一部份，已被轉化成一種道德理性，是天理的體現。其中轉化的契機，即在說明復仇概念時，強調「復仇」的公平原則與人倫意義。

(一)「復仇」展現的公平原則

　　在人與人交接的過程中，不可避免地會有愛、憎的情感表現；也因此會產生「恩惠」（德）與「怨恨」（怨）的交互關係。朱熹不但認為「有怨有德，人情之所不忘」；並且認為，以「各有所當」的方式回報「德」、「怨」之人情，也是「天理之不能已」⑯。換言之，朱熹認為以適當的方式報德、報怨，即是天理。如此的說明首先確立了回報的必要

性。如此一來，須考慮的則是回報的方法；亦即：如何是適當的回報方式呢？《論語·憲問篇》記載有人詢問孔子對「以德報怨」的看法，孔子以「何以報德」反問；並提出了「以直報怨，以德報德」的回報原則。「以德報德」正符合《禮記·曲禮》所謂「禮尚往來」的原則⑰，也就是對等、公平原則。朱熹說：「於其所德者，則必以德報之，不可忘也。」（《四書章句集注·論語集注》⑱卷 7，頁 157）此即說明了報德的唯一原則──「以德」。

相對於「報德」，「報怨」的原則顯得較複雜。《論語》所記孔子之言與《禮記》所記孔子之言不同。《禮記·表記》記載「子曰：『以怨報怨，則民有所懲。』」（《禮記注疏》卷 54，頁 4 上）「以怨報怨」與「以直報怨」雖然同樣合於對等原則，但卻可能導致「怨怨相報」、「日日相搥鬬打，幾時是了」（《語類》卷 44，頁 1136）。「以怨報怨」只是單純的回報行為，只能說明「刺激與反應」的直覺關係；而「以直報怨」則在對等原則上更強調理性思考的能力。朱熹就說：

> 以「直」云者，不以私害公，不以曲勝直，當報則報，不當則止，一視夫理之當然，而不為己之私意所罔耳。是則雖曰報怨，而豈害其為公平忠厚哉！（《論語或問》卷 14，頁 333~334）

對待怨仇之人的基本原則，是要去除個人的私念，而以理為依據。朱熹曾向弟子更明白地解釋此中之意：「當賞則賞之，當罰則罰之，當生則生之，當死則死之，怨無與焉。不

說自家與它有怨，便增損於其間。」（《語類》卷 44，頁 1136）由這段說明，我們可以發現，朱熹所謂的「己之私意」，其實就是指心中怨仇之意念；所謂「理」，則是「當賞、當罰、當生、當死」之理。換言之，朱熹認為「以直報怨」是指以「理」面對所怨之人，而不考慮心中怨仇之意；這也就是他所謂的「怨無與焉」。朱熹又具體舉例說明這一原則：

> 蓋賞罰出於朝廷之公，豈可以己意行乎其間？（《語類》卷44，頁 1136）
> 如此人舊與吾有怨，今果賢邪，則引之、薦之。果不肖邪，則棄之、絕之。是蓋未嘗有怨矣。（同上，頁 1137）

賞、罰的標準，在朝廷之律法；引薦、棄絕的準則，在其人的賢、不肖。至於個人的私意，則應完全摒除。朱熹認為，如此則可以停止彼此間「怨怨相報」的行為；因此他說：「『以直報怨』，則無怨矣。」（《語類》卷 44，頁 1135）

然而「以德報怨」豈不更能達到「止怨」的目的？朱熹闡發《論語》中「何以報德」的質問時說：

> 於其所怨，既以德報之矣；則人之有德於我，又將何以報之乎？（《論語集注》卷 7，頁 157）

又說：

「以德報怨」，於怨者厚矣，而無物可以報德，則於德者
不亦薄乎！（《語類》卷 44，頁 1136~1137）

　　既然「報德」只能「以德」，而又爲了顯出「報德」與
「報怨」的差異，因此「報怨」不能「以德」。言下之意，孔
子並不是積極地反對「以德報怨」，而只是在考慮「何以報
德」的情況下，不得不放棄「以德報怨」。在朱熹的言談
中，對「以德報怨」仍給予正面的評價：「或人之言，可謂厚
矣」（《論語集注》卷 7，頁 157），「『以德報怨』不是不好」
（《語類》卷 44，頁 1135）。即使如此，「以德報怨」終究不可
取，因爲它無法展現「報德」與「報怨」的差別，無法彰顯
公平的原則。因此朱熹說：「若或人之言，則以報怨爲薄，而
必矯焉以避其名，故於其所怨，而反報之以德，是則誠若忠
且厚矣，而於其德，又何以報之耶？若等而上之，每欲益致
其厚，則以德之上，無復可加。」（《論語或問》卷 14，頁
334）

　　此「公平」原則何以如此重要，以至於必須放棄「忠且
厚」的「以德報怨」？朱熹在回答這一問題時，是從人倫之
情考量。他認爲基於公平原則的復仇行爲，能體現忠臣孝子
人倫之情。

（二）「復仇」的人倫意義

　　如前文所言，朱熹在闡釋「以直報怨」時，是以「止
怨」爲最終目的；然而，朱熹所謂的「止怨」，並非「忘

怨」。他說：「然而聖人終不使人忘怨，而沒其報復之名
者，亦以見夫君父之讎，有不得不報者，而伸夫忠臣孝子之
心耳。」（《論語或問》卷 14，頁 334）不忘怨，是因為有不
得不報的「君父之讎」；而報此「君父之讎」，正是體現
臣、子的忠、孝之心。朱熹甚至認為，如果忘了君父之
讎，就是「逆人情、悖天理」（同上）。隆興元年（1163
年），朱熹於「垂拱殿」向孝宗皇帝面奏三劄；其中第二劄論
復讎之義說：

> 蓋臣聞之，天高地下，人位乎中，天之道不出乎陰
> 陽，地之道不出乎柔剛，是則舍仁與義，亦無以立人之
> 道矣。然而仁莫大於父子，義莫大於君臣，是謂三綱之
> 要，五常之本，人倫天理之至，無所逃於天地之間。其
> 曰君父之讎不與共戴天者，乃天之所覆，地之所載，凡
> 有君臣父子之性者，發於至痛不能自己之同情，而非專
> 出於一己之私也。（〈垂拱奏劄二〉，《文集》卷 13，頁
> 411~412）

經由朱熹的闡發，將君臣、父子關係視為天地間最重要人倫
天理，因此對於君父之仇的感受，並非出於一己之私，而是
天理之當然。如此一來，復君父之仇也就不是「以怨報怨」
的行為，而是聖人稱許的「以直報怨」。〈戊午讜議序〉一文
又詳細地闡述：

> 君臣、父子之大倫，天之經、地之義，而所謂民彝

也。故臣之於君，子之於父，生則敬養之，沒則哀送
之，所以致其忠孝之誠者，無所不用其極，而非虛加之
也，以為不如是則無以盡乎吾心云爾。然則其有君、父
不幸而罹於橫道之故，則夫為臣、子者所以痛憤怨疾而
求為之必報其讎者，其志豈有窮哉！（《文集》卷
75，頁 3766）

在這段議論中，朱熹將「復讎大義」，從「人欲私忿」的層
次，提升到「人倫天理」的層次，使「復仇」成為人文精神
的極致展現。

「公平原則」與「人倫之情」是朱熹「復仇」觀念的基
礎；有此基礎，「復仇」不再只是血氣之勇，而是一種理性行
為，並成為「禮」的一環。

三、「私仇」與「國仇」

雖然肯認了復仇在《禮》中的意義，但我們卻也可以發
現：朱熹在論及「復仇」觀念中僅涉及「君臣、父子」關
係，與《周禮》、《禮記》記載的復仇關係不同。即使朱熹常
將「臣復君仇」與「子復父仇」合稱「君父之讎」，但這兩者
在朱熹的復仇觀念中，實又有不同。

除了《周禮》、《禮記》，《公羊》學家對於復仇之事也特
別重視。他們認為，《春秋經》中，凡涉及復仇之事，孔子必
定大書特書，以為表彰。這也就是所謂「大復仇」的觀

念。與《禮》經不同，《公羊傳》側重復君、父之仇⑲。此或許是因為《春秋》以記載諸侯國史為主，對於個人事蹟記載較少。今人蔣慶將《公羊》家所論的復仇分為三種類型：（1）國君復國君殺祖殺父之仇，（2）個人復國君殺父之仇，（3）臣子復亂賊殺君之仇⑳。其中第二類個人復父仇，屬於純粹血緣關係的復仇行為；其餘兩類，則不能視為私仇。第一類國君復父、祖之仇，雖然基本屬於血緣關係的復仇行為，但由於復仇者與其父、祖都是國君，因此這一復仇行為已由私仇轉化為國仇。莊公四年《公羊傳》就說：

> 國君一體也。先君之恥猶今君之恥也，今君之恥猶先君之恥也。國君何以為一體？國君以國為體，諸侯世，故國君為一體也。（《公羊傳注疏》㉑卷 6，頁 11 下）

由於諸侯世襲，「君」的概代等同於「國」的概念，因此無論是國君復父、祖之仇，或是臣子復國君之仇，都屬於復國仇。

（一）朱熹對《春秋》復仇大義的態度

據《宋史‧藝文志》著錄，宋代經學著作的數量，以《春秋》類最多。然而，朱熹卻沒有關於《春秋》的著作。朱熹曾說：「《春秋》難看，此生不敢問。」（《語類》卷 83，頁 2176）㉒甚至「不敢容易令學者看。」（〈答潘子善‧九〉，《文集》卷 60，頁 2991）在朱熹的觀念中，《春秋》是一部史書㉓；至於後人所整理的《春秋》義例，朱熹則認為

「聖人記事，安有許多義例？」（《語類》卷 83，頁 2147）對
於宋代《春秋》學的重要著作胡安國《春秋傳》，朱熹也就其
義例之說提出嚴厲的批評：

> 《春秋傳》例多不可信。聖人記事，安有許多義例？如書
> 伐國，惡諸侯之擅興；書山崩、地震、螽、蝗之類，知
> 災異有所自致也。（同上，頁 2147）

《春秋傳》義例之所以「多不可信」，並非胡安國個人理解能
力的問題。朱熹認為，不可信的原因，是由於無法逆推孔子
作《春秋》的心意。他說：

> 問：「諸家《春秋》解如何？」曰：「某盡信不及。如胡
> 文定《春秋》，某也信不及，知得聖人意裡是如此說
> 否？今只眼前朝報差除，尚未知朝廷意思如何，況生乎
> 千百載之下，欲逆推乎千百載上聖人之心！況自家之
> 心，又未知得聖人，如何知得聖人肚裡事！某所以都不
> 敢信諸家解，除非是得孔子還魂親說出，不知如何。」
> （同上，頁 2155）

事實上，孔子不可能「還魂親說」，因此據朱熹此說，《春
秋》之義例勢必不可準確掌握。

雖然朱熹認為《春秋》「義例」不可掌握，對胡安國的
《春秋傳》也頗有不滿，但朱熹卻又稱讚胡安國《春秋傳》
「義理正當」（《語類》卷 83，頁 2151）、「大義正」（同

上，頁 2155），又說此書「議論有開合精神」（同上，頁
2155）。並且認為「南渡之後，說復讎者，惟胡氏父子〔胡安
國、胡寅〕說得無病。」（《語類》卷 133，頁 3196）而「復
仇」大義，正是胡氏《春秋傳》的主旨。朱熹一方面批評
《春秋傳》的「義例」，另一方面又肯定《春秋傳》的「義
理」；這顯示，朱熹雖然不贊同胡安國對孔子撰作體例的揣
想，但十分贊同胡氏藉《春秋》闡發復仇大義。今人章權才
認為，胡安國闡發復仇大義的用意，是企圖恢復宋代北方失
土，實現統一㉔。我們也應就朱熹的政治主張，而探討他肯
定《春秋》復仇大義的態度。

（二）復仇大義與朱熹的政治主張

　　朱熹之所以贊同胡安國闡發的復仇大義，實與他的政治
主張有關。對於宋、金對立的局面，朱熹之父朱松因反對和
議，觸怒秦檜㉕。朱熹在和、戰的政治議題上，也與父親相
同，始終主張復仇，強烈反對和議。他說：「夫沮國家恢復之
大計者，講和之說也。壞邊陲備禦之常規者，講和之說
也。內咈吾民忠義之心，而外絕故國來蘇之望者，講和之說
也。苟逭目前宵旱之憂，而養成異日宴安之毒者，亦講和之
說也。」（〈與陳侍郎書〉，《文集》卷 24，頁 906）紹興三十
二年（1162 年）壬午六月，高宗內禪；孝宗即位後，詔求直
言。朱熹當時任潭州南嶽廟祠官，也應詔上封事㉖；其中除
了以「帝王之學不可以不熟講」，期望孝宗提倡儒學，也力陳
朝廷應定下「一定不易之計」。此國家大計，並非「隱奧而難
知」，朱熹認為「今日之計，不過乎脩政事、攘夷狄而已

矣」。朝廷之所以不能定此大計，全導因於「講和之說」。朱熹說：

> 夫金虜於我，有不共戴天之讎，則其不可和也，義理明
> 矣。……臣竊以為，知義理之不可為矣，而猶為之
> 者，必以有利而無害故也。而以臣策之，所謂講和
> 者，有百害無一利，何苦而必為之？夫復讎討賊、自彊
> 為善之說，見於經者，不啻詳矣，陛下聰明稽古，固不
> 待臣一二言之。（《文集》，卷 11，頁 348~349）

朱熹以經書中「復讎」、「自彊」的概念勸說孝宗；「復讎討
賊」是目的，「自彊為善」則是方法。朱子在封事中也提出
「自彊」的具體的步驟：首先應「罷黜和議，追還使人」，其
次則是「閉關絕約，任賢使能，立紀綱，厲風俗」。如此一
來，朝廷上下在「脩政事、攘夷狄」之外，「了然無一毫可恃
以為遷延中已之資，而不敢懷頃刻自安之意」，以達「復讎啓
土」的目的（同上，頁 351）。朱熹在此一封事中甚至大膽地
說：「然以堂堂大宋，不能自力以復祖宗之土宇，顧乃乞丐於
仇讎之戎狄以為國家，臣雖不肖，竊為陛下羞之。」（同
上，頁 350~351）

翌年（隆興元年，1163 年），朱子又於垂拱殿面奏三
劄，其中第二劄即是論復仇之義。然而，朱熹此論似不為孝
宗所樂聽；朱子在給魏掞之（元履）的書信中說到：「熹六日
登對。初讀第一奏，論致知格物之道，天頻溫粹，酬酢如
響。次讀第二奏，論復讎之義；第三奏論言路壅塞，佞幸鴟

張，則不復聞聖語矣。」（〈與魏元履書・一〉，《文集》卷
24，頁 903）

　　雖然如此，朱熹主張復仇、反對和議的立場始終沒有改
變。孝宗乾道六年（1170）閏五月，朝廷「遣范成大等使金
求陵寢地，且請更定受書禮。」（《宋史・孝宗紀》）當
時，張栻甫任吏部員外郎，有心上奏論罷祈遣使；然而此
前，朝中已有多人因反對遣祈請使而罷官，張栻也不免「臨
事而懼」。朱熹因此致書張栻，闡發復仇大義，鼓勵、敦促張
栻勇於上奏言事。〈答張敬夫書・一〉：

> 夫《春秋》之法，君弒，賊不討，則不書葬者，正以復
> 讎之大義為重，而掩葬之常禮為輕，以示萬世臣子，遭
> 此非常之變，則必能討賊復讎，然後為有以葬其君親
> 者。㉗……熹昨日道間見友人李宗思，相語及此，李
> 云：「此決無可問，為臣子者，但當思其所以烈可問之
> 痛，沬血飲泣，益盡死於復讎，是乃所以為忠孝耳。」
> 此語極當。若朝廷果以此義存心，發為號令，則雖瘖聾
> 跛躄之人，亦且增百位之氣矣，何患怨之不報、恥之不
> 雪、中原之不得、陵廟梓宮之不復，而為是紕繆倒
> 置、有損無益之舉哉！（《文集》卷 25，頁 930~931）

此正是從《春秋》「復仇大義」立論。在此信最末，朱子又
說：

> 須知自治之心不可一日忘，而復讎之義不可一日緩，乃

可與語今世之務矣。（同上，頁 933）

「復讎之義」雖不可一日或忘，但復仇的行動卻不能冒進；因此朱熹在此也強調「自治之心」的重要，也就是前文所引〈壬午應詔封事〉所言「任賢使能，立紀綱，厲風俗」等自強之道㉘。由此也可知，朱熹所主張的復仇並非逞匹夫之勇，而貿然圖功，而是以自強、自治爲基礎，力求復仇成功。

復仇意念既已確定，然而復仇是否也有時效問題？對此，典籍中有「五世」與「百世」的爭論。許慎《五經異義》引《古周禮說》：「復仇可盡五世之內，五世之外，施之於己則無義，施之於彼則無罪。所復者惟謂殺者之身，及在被殺者子孫，可盡五世得復之。」（《周禮·地官·調人》賈《疏》引，《周禮注疏》卷 14，頁 12 下）《公羊傳》卻記載「九世猶可以復讎乎？雖百世可也。」（《公羊傳注疏》卷6，頁 11 下）在此一問題上，朱熹的立場則有前後期的不同。作於朱熹三十六歲（乾道元年，1165 年）的〈戊午讜議序〉說：

> 然則其有君、父不幸而罹於橫道之故，則夫爲臣、子者所以痛憤怨疾而求爲之必報其讎者，其志豈有窮哉！……而爲之說者曰：「復讎者，可盡五世。」則又以明夫雖不當其臣、子之身，而苟未及五世之外，則猶在乎必報之域也。雖然，此特庶民之事耳，若夫有天下者，承萬世無疆之統，則亦有萬世必報之讎，非若庶民

五世，則自高祖以至玄孫，親盡服窮而遂已也。國家靖
康之禍，二帝北狩而不還，臣子之所痛憤怨疾，雖萬世
而必報其讎者，蓋有在矣。(《文集》卷 75，頁
3766~3767)

於同一年所作的〈與陳侍郎〔俊卿〕〉書信也提到「萬世臣子
之所必報而不忘」(《文集》卷 24，頁 906)㉙。朱熹於此明
白表示：私仇五世而盡，國仇則萬世可復。此「萬世」之
說，則又遠甚於《公羊傳》「百世」之說。然而，沈僴所錄朱
熹晚年的言論㉚，則又與「萬世」之說不同：

謂復百世之讎者是亂說。……《春秋》許九世復讎，與
《春秋》不譏、《春秋》美之之事，皆是解《春秋》者亂
說。(《語類》卷 133，頁 3198)

於此朱熹又認為「五世復仇」的說法較可取；他所持的理由
是「親親之恩欲至五世而斬」(同上)。正如前文所述，朱熹
的復仇概念是建立在人倫恩情的基礎上，而恩情將會隨世代
的遞增而衰減，因此復仇之意念也會隨世代的增加而衰
退。復「九世」之仇，於人情上似已牽強，更何況「百世」。
　　當沈僴請問朱熹「「如本朝夷狄之禍，雖百世復之可
也？」朱熹回答：

曰：「這事難說。」久之，曰：「凡事貴謀始，也要及早
乘勢做。才放冷了，便做不得。……見讎在面前，不曾

報得，更欲報之於其子若孫，非惟事有所不可，也自沒
氣勢，無意思了。……只要乘氣勢方急時便做了，方
好。才到一世二世後，事便冷了。假使自家欲如此
做，也自鼓氣不振。又況復讐，須復得親殺吾父祖之讎
方好。若復其子孫，有甚意思？（同上，頁
3198~3199）

此時，朱熹不再銳意倡言復仇，而力圖求治。誠如錢穆所言
「此乃朱子晚年時事已非後語，非朱子自始即不主言復讎
也。」（《朱子新學案》，冊五，頁 78）[31]我們不可據此認定
朱熹晚年反對復仇，只是在眼見復仇事業無法即時達成，轉
而先對內力求自強。此時，朱熹心中的「恢復大業」實包含
了自強與復仇兩階段任務。

(三) 忘私利，復國仇

《儀禮經傳通解》於〈臣禮篇〉「復仇章」列豫讓、王孫
賈、張良三人的事蹟，都是為了彰顯復仇者無私的精神。其
中，張良之事尤其能透顯朱熹的用心。〈臣禮篇〉引用了《史
記·留侯世家》之後，特於文末引二程門人楊時（龜山）之
語：

張良破秦滅楚，始終為韓報仇耳，非欲為漢用也。（《儀
禮經傳通解》卷 12，頁 24 上）

楊龜山此說實本之於程頤（正叔、伊川）。《龜山集》[32]卷十

三〈語錄四‧餘杭所聞〉記載：

> 因言正叔云：「人言沛公用張良，沛公豈能用張良？張良
> 用沛公耳。良之從沛公，以為韓報秦也。」（卷 13，頁
> 8~9）

　　程伊川對張良的評價頗高，楊龜山訂定、張栻編次的
《河南程氏粹言》「聖賢篇」㉝說：「張良進退出處之際皆有
理，蓋儒者也。」（《二程集》，頁 1236）然而朱熹則認為張
良「多陰謀」（《語類》，頁 3220），不堪被稱之為「儒
者」，而「畢竟只是黃老之學」（《語類》，頁 3221）。雖然如
此，朱熹仍認為張良有可觀處；對於張良「為韓報仇」一
事，朱熹頗為讚賞，《語類》：

> 問：「伊川卻許〔張良〕以有儒者氣象，豈以出處之際可
> 觀邪？」曰：「為韓報仇事，亦是。是為君父報仇。」
> （《語類》，頁 3220）

又說：「其意自在韓而不在漢。及韓滅無所歸，乃始歸漢，則
其事可見矣」（《語類》卷 135，頁 3222）。換言之，朱熹認
為張良滅秦的動機，並非為了劉邦，也不是為了個人日後的
功名，而純粹是為復國仇。朱熹又認為張良「為君報仇，此
是他資質好處。後來事業則都是黃老了，凡事放退一步。若
不得那些清高之意來掩飾遮蓋，則其從衡詭譎，殆與陳平輩
一律耳。」（《語類》，頁 3222）由此似可見，在朱熹的觀念

中，「陰謀」、「從衡（縱橫）詭譎」是張良後天作爲的偏差，而「爲韓報仇」則能體現張良先天資質的良善。而此「資質好處」，即在張良「忘私利，復國仇」。

四、結語

朱熹的「復仇」觀念來自《周禮》、《禮記》及《春秋》等經典，他闡發了作爲「復仇觀念」基礎的公平對等原則，強調復仇的人倫意義。然而，他的復仇觀念又與典籍的復仇觀念有所不同。

「復仇」雖然是基於平等的原則，且有人倫之情爲依據，但在組織建全、法律嚴明的社會中，個人的復仇行爲其實有害於社會秩序。因此西漢末年以後，即有法律明文規定禁止復私仇的行爲。朱熹在疏解「以直報怨」的概念時，強調去除個人私意，而以「理」爲依歸，進而期望以「止私怨」代替「報怨」。在他的論述中，僅著眼於父子、君臣關係的復仇意義。另一方面又將「復仇」定位於「臣禮」，並刻意避免論及復私仇。我們也不難從朱熹的言論中發現，「君臣」關係才是朱熹復仇觀念的核心。在編撰《儀禮經傳通解》時，朱熹即將「復仇」定位爲「臣禮」。之所以保留父子關係，或許是要透過父子人倫關係，上比君臣關係，使君父成爲一體；再進而以「君國一體」的概念，闡明爲國復仇的大義。

沈玉成在《春秋左傳學史稿》㉞一書雖認爲「復仇」主

旨「確實是南宋人士普遍關心的大問題」，但又說「除了胡安國一派的學說以外，其他有影響的學者如呂祖謙、葉夢得的著作以及朱熹、樓鑰的議論都沒有故意強調這一方面的主張，把學術和政治混同為一。」（頁 221）沈玉成將朱熹排除在復仇議題外，原意本在推崇朱熹。然而我們卻認為，朱熹確實能從透過典籍的疏解，及史事的考察、政治局勢的考量，賦予「復仇」時代的意義。朱熹復仇觀念的建立與闡發，正是為了在政治上發揮作用。這種復仇觀念非但無損於朱熹的學術地位，反而更能顯示朱熹學術經世致用的精神。

註 釋

① 「仇」，典籍中又或寫作「讎」、「讐」。本文於論述時，一律用現今較通行的「仇」字，引用典籍時，則依據原典所用字。

② 龔鵬程：〈生活儒學的重建：以朱熹禮學為例〉，收入淡江大學中國文學系主編：《台灣儒學與現代生活國際學術研討會論文集》，臺北：台北市文化局，2000 年，頁 81。

③ 余英時〈朱子文集序〉，收入陳俊民校編《朱子文集》，臺北：德富文教基金會，2000 年，冊 1，頁 14。又，以下引《朱子文集》，皆簡稱「《文集》」，並於引文後標明卷次、頁數。

④ 在諸多論著中，較著重討論朱熹政治思想及活動的有：謝康倫（Conrad M. Schirokauer）〈朱熹的政治生涯：一項內心的衝突〉（中譯本，收入中央研究院中美人文社會科學合作委員會編譯：《中國歷史人物論集》。臺北：正中書局，1973 年，頁 219~256）。宋晞〈朱熹的政治論〉（收入《宋史研究集》第十輯。臺北：國立編譯館中華叢書編審委員會，1978 年，頁 355~369）。田浩（Hoyt Cleveland Tillman）著《功利主義儒家——

—陳亮對朱熹的挑戰》（英文本出版於 1982 年，姜長蘇中譯，南京：江蘇人民出版社，1997 年）。葉煬彬〈朱熹的政治生涯〉（國立台灣大學歷史研究所碩士論文，1984 年）。韋政通〈「慶元黨禁」中的朱熹〉（收入鍾彩鈞主編：《國際朱子學會議論文集（上冊）》，臺北：中央研究院中國文哲研究所籌備處，1993 年，頁 121~149）。曾春海〈朱熹的政治思想〉（收入《國際朱子學會議論文集（下冊）》，頁 1017~1046）。

此外，錢穆《朱子新學案》（臺北：三民書局，1982 年，再版）第五冊〈朱子之史學〉一章，也涉及朱子的政治主張及活動。牟宗三則於《政道與治道》（臺北：學生書局，1996 年，增訂新版五刷）〈道德判斷與歷史判斷〉一章，探討朱熹與陳亮關於王道、霸道的論辯。劉述先《朱子哲學思想的發展與完成》（臺北：學生書局，1995 年，增訂三版）則有專章討論朱子與現實政治及功利態度的對立關係。張立文《朱熹思想研究》（北京：中國社會科學出版社，2001 年，再版）則有〈朱熹的經濟思想〉及〈朱熹的政治學說〉兩章。

⑤〔宋〕黃榦，〈朝奉大夫文華閣待制贈寶謨閣直學士通議大夫諡文朱先生行狀〉，收入《朱子文集》附錄三，頁 5410。

⑥ 參見瞿同祖：《中國法律與中國社會》，臺北：里仁書局，1982 年，頁 85~88。

⑦〔宋〕朱熹：《儀禮經傳通解》，臺北：商務印書館，影印〔清〕文淵閣四庫全書本，冊 131），卷 12，頁 21 上~24 上。

⑧〔漢〕鄭玄注、〔唐〕孔穎達等疏：《禮記注疏》，臺北：藝文印書館，1989 年《十三經注疏》影印清嘉慶二十年（1815 年）南昌府學刊本。

⑨ 鄭玄解「父之讎，弗與共戴天」：「父者，子之天。殺己之天，與共戴天，非孝子也。行求殺之乃止。」解「兄弟之讎，不反兵」：「恒執殺之

備。」解「交遊之讎，不同國」：「讎不吾辟則殺之。」見同上注。

⑩ 〔漢〕鄭玄注、〔唐〕賈公彥等疏：《周禮注疏》，臺北：藝文印書館，1989 年《十三經注疏》影印清嘉慶二十年（1815 年）南昌府學刊本。

⑪ 〔宋〕呂大臨：《禮記解》，收入陳俊民輯校《藍田呂氏遺著輯校》，北京：中華書局，1993 年，頁 220。

⑫ 瞿同祖、文崇一等人都直接將中國特殊的復仇習慣歸因於重視「五倫」的社會關係；然而，經典中並未提及「為夫復仇」或「為妻復仇」。由於欠缺「夫妻倫」的復仇概念，本文並不將中國的復仇觀念與五倫關係相結合。參見瞿同祖：《中國法律與中國社會》，頁 87。又，文崇一據文獻所記載的復仇案例分析、統計，驗證了瞿氏的看法。參見文崇一：〈報恩與復仇：交換行為的分析〉，收入楊國樞、文崇一主編：《社會及行為科學研究的中國化》（臺北：中央研究院民族學研究所，1982 年），頁 324。

⑬ 文崇一：〈報恩與復仇：交換行為的分析〉，頁 328。

⑭ 《周禮‧地官‧調人》：「掌司萬民之難而諧和之。凡過而殺傷人者，以民成之。鳥獸亦如之。凡和難，父之讎辟諸海外，兄弟之讎辟諸千里之外，從父兄弟之讎不同國；君之讎眡父，師長之讎眡兄弟，主友之讎眡從父兄弟。弗辟，則使之瑞節而以執之。」《周禮‧秋官‧朝士》：「凡報仇讎者，書於士，殺之無罪。」關於「調人」與「朝士」職司之不同，參見孫詒讓《周禮正義》（王文錦、陳玉霞點校本；北京：中華書局，1987 年），頁 1026~1028；2831。

⑮ 《語類》卷十一〈學五‧讀書法下〉：「六經是三代以上之書，曾經聖人手，全是天理。」（〔宋〕黎靖德編，王星賢點校：《朱子語類》，臺北：文津出版社，1986 年，頁 190）

⑯ 〔宋〕朱熹撰：《論語或問》卷十四，見黃坤校點《四書或問》，上海：上海古籍出版社，2001 年，頁 333。

⑰ 《禮記·曲禮》：「禮尚往來，往而不來，非禮也；來而不往，亦非禮也。」（《禮記注疏》卷 1，頁 13 上）

⑱ 〔宋〕朱熹：《四書章句集注》，臺北：鵝湖出版社，1984 年。

⑲ 李新霖：《春秋公羊傳要義》，臺北：文津出版社，1989 年，頁 164。

⑳ 蔣慶：《公羊學引論》，瀋陽：遼寧教育出版社，1995 年，頁 316。

㉑ 〔漢〕何休解詁，〔唐〕徐彥疏：《公羊傳注疏》，臺北：藝文印書館，1989 年《十三經注疏》影印清嘉慶二十年（1815 年）南昌府學刊本。

㉒ 此條為鄭可學所錄。據錢穆考定，此條應是記於朱子六十二歲之時。參見錢穆：《朱子新學案》，冊 4，頁 97。

㉓ 朱熹：「此〔《春秋》〕是聖人據魯史以書其事，使人自觀之以為鑒戒爾。」（《語類》卷 83，頁 2145）又，弟子問：「《春秋》當如何看？」朱熹答曰：「只如看史樣看。」（同上，頁 2148）

㉔ 章權才：《宋明經學史》，廣東：廣東人民出版社，1999 年，頁 177。

㉕ 參見朱熹：〈皇考左承議郎守尚書吏部員外郎兼史館校勘累贈通議大夫朱公行狀〉，《文集》卷 97，頁 4740~4751。

㉖ 〈壬午應詔封事〉，《文集》卷 11，頁 344~355。

㉗ 《春秋經》隱公十一年：「冬，十有一月，壬辰，公薨。」胡安國《春秋傳》云：「不書葬，示臣子於君父有討賊復讎之義。……夫賊不討，讎不復，而不書葬，則服不除，寢苫枕戈，無時而終事也。」（《春秋傳》卷 3，9b~10a）

㉘ 張栻也有相同的議論，他說：「自古為國必有大綱，復讎之義，今日之大綱也。……脩德、任賢、立政，又復讎之大綱也。」參見張栻：〈跋戊午

讜議〉,《南軒集》卷 34;楊世文、王蓉貴校點《張栻全集》（長春：長春出版社,1999 年）,頁 1017。

㉙ 此信繫年,依據陳來:《朱子書信編年考證》,上海：上海人民出版社,1989 年,頁 32。又束景南:《朱熹年譜長編》,上海：華東師範大學出版社,2001 年,頁 343。

㉚ 據《朱子語類》書前所錄姓氏表,沈僩所錄在戊午（宋寧宗慶元四年,西元 1198 年）以後,即朱熹六十九歲以後言論。

㉛ 田浩也有類似之論,他說:「數年以後,當朱熹認為由於時間過去太久,為父報仇不再是開戰的有力根據時,他對戰爭的態度更加強調基本原則。」〔美〕田浩:《功利主義儒家──陳亮對朱熹的挑戰》,姜長蘇中譯本,南京：江蘇人民出版社,1997,頁 125。

㉜ 楊時:《龜山集》,臺北：商務印書館,影印〔清〕文淵閣四庫全書本。

㉝ 〔宋〕程顥、程頤:《二程集》,臺北：漢京文化公司,1983 年,頁 1235。

㉞ 沈玉成、劉寧:《春秋左傳學史稿》,南京：江蘇古籍出版社,2000 年,一版二刷。

從《楊家將演義》看宿命
系統下的英雄群像

卓美惠

摘　要：

　　楊家將小說可以說是英雄傳奇與戰爭小說的綜合，以宋太祖登基至宋神宗間一百多年的歷史為背景，敷演楊將五代將領及楊門女將不讓鬚眉等人忠勇衛國英勇抗敵的故事，明顯與正史僅記「楊業、楊延昭、楊文廣」楊家三代戍邊效命疆場①有很大的差異，從三代敷演出五代的緣由，據玉茗堂主人於《楊家將演義》序文說：「宋史顯著楊業偉績，至標以無敵之名，當時亦豈曲說，獨是其一家兄弟妻妹之事存而弗論，作傳者特於此暢言之。」②在史實虛實捏合之間，敘述內容常附會於神佛因果或神秘宿命觀點而流於荒誕，被視為無稽之談；然玉茗堂主人亦云：「書有言也，言有志也，志有所寄言有所託，故天柱地維託寄君臣，斷鰲煉石託寄四五，不端其本而繆謫其實，我以為妙道之言而夫子以為孟浪之語，志斯晦矣。」③這裡十足表達閱讀者與作者之間審美旨趣的差異，因此未可皆視為稗野之言。本文試圖從儒家安身立命與宿命的審美角度，探究這批敵愾沙場的英雄為民間傳頌千古不衰的神奇魅力。

關鍵詞：楊家將、立命、宿命、審美

一、前言

　　歷史上抗擊外族的民族英雄雖然並不少，但像楊家將一門備受昏君奸臣的排斥迫害，小說裡的英雄在這種矛盾衝突之中，卻仍然前仆後繼的奮戰，即具有很強的戲劇感和傳奇性；所以自南宋說書藝人就有說楊家將故事的，據羅燁〈醉翁談錄〉所載有〈楊令公〉、〈五郎為僧〉兩種④，元明雜劇中敷衍楊家將故事的：在元代有〈昊天塔孟良盜骨〉、〈謝金無詐拆清風閣〉兩齣⑤，在明代有內府本雜劇三本，分別是〈八大王開詔救忠〉、〈焦光贊活拿蕭天佑〉、〈楊六郎調兵破天陣〉⑥等。與此同時流傳於民間的楊家將小說有：熊大木所編《南北宋志傳》中的《北宋志傳》，以及萬曆丙午刊本無名氏撰寫署明「秦淮墨客校閱‧煙波釣叟參訂」的《楊家府世代忠勇通俗演義》等不同版本；到了清朝楊家將的戲劇和小說就更多了。從瑣聞、傳說、雜劇、小說到戲曲，明代的楊家將小說具有定型化的意義，因此本文所論男性英雄群像即以明代小說為主，元明雜劇亦在參考之列。另外最為民間傳頌的楊門女將闕下請纓英姿勃發的精彩情節，見諸清朝以後的諸多戲曲與章回小說，足以另闢專文研究，是以不在本文討論之列。

二、宿命觀

　　中國思想對「命」的觀點是百家爭鳴的，孔子強調「不知命，無以爲君子」認爲人如果明白人有生死、窮達的客觀限制，成功往往還需要有社會的因緣、歷史條件等客觀因素的輳合；墨子「非命」，認爲平民透過奮鬥可以扭轉被安排的命運。孟子說「夭壽不貳，修身以俟之，所以立命也」，說明人如何在有限的生命中開拓無限的生命價值，而「捨生取義」、「殺身成仁」可讓死亡變成最有價值，短暫的生命成爲有恆的存在；莊子勸人「安命」，說「子之愛親，命也，不可解於心」能成爲父子是因緣，每一位子女愛父母也是天生注定的；又說「臣之事君，義也，無適而非君」認爲人無法逃避君臣之義，活在社會中必須遵守制度與群體生活的規範，所以應該「安之若命」。綜觀各家觀點與通俗演義小說「翊揚道德教化，懲惡勸善」的創作效能來看，以儒家對「命」的把握最能契合，具有積極的意義。而命定、天數的宿命思想是中國傳統思想的一部份，宿命論以爲「定命必本宿業」，人生的吉凶禍福皆屬命定，個人的努力無法改變既定的天命⑦。因此若是陷於逆境又無法改變時只好認命，藉宿命論平息內心的懊惱，透露出對生命掌握消極的無力感；有趣的是這兩種矛盾的觀念──「既想開拓生命永恆的價值卻又遺憾無法掌握命運」卻同時並存於整部小說，英雄的悲劇宿命也就因此衍生。依照宿命的安排，小說中英雄最重要的成

就並非於現實中打倒不合理的體制或惡勢力，而是塑造自身成為精神表率，至於懲奸除惡人人得而為之，待他惡貫滿盈之後自然自食惡果。

楊家將中的老英雄楊業就是這種典型的代表，在歸順宋朝後首次與遼兵對峙的狼牙谷戰役，宿仇潘仁美掛帥，未出征前佘太君、寇準與八王爺等人即已猜測潘仁美必定伺機報復，他依然忠誠地攜子整軍出征，踏上無可選擇的死亡之役。果然他父子因中途遇遼兵突襲而延期報到，潘仁美即欲推出斬首；他建議採游擊突襲迂迴戰術，潘仁美譏笑他忝稱「無敵」之名，心有異志；他正面迎敵寡不敵眾，潘仁美推託怯戰不肯伏兵救援，甚且亂箭射死回來求援的楊七郎；戰到窮途末路，最後絕食三日寧願撞死李陵碑，不願玷汙「無敵」之名，彌留凜凜正氣於天地間。似乎英雄注定要忍受各種不合理的猜疑播弄，然後再愚不可及的把自己送進虎口，這時正是他威震天下號稱無敵之際，他卻能抑制反抗「不合情理」的詖辭，毅然踏上明知不可為的死亡陷阱裡。楊六郎因真宗誤信讒言欲拆毀楊家天波樓時，他情急之下怠忽職守私出邊防被處死刑，爾後詐死藏身天波樓，惟真宗遇難出榜召喚，他基於孝義與忠義，火速糾集舊日同袍，前往救駕。楊業父子二人的悲劇根源乃在於明知莫可奈何下，卻仍然信守忠義不渝；然從另一角度來說昏君與奸臣對他們的迫害，卻是一種人性的試煉與淬瀝，成就他們「殺身成仁」的典範。

三、英雄群像的藝術特徵及其反映的文化心理

　　楊家將小說是以北宋初期為歷史背景，環繞楊氏祖孫與其他武將保國衛民所演述的歷史故事，各個英雄人物有不同的性格、行為和特徵，因此以類型的觀念歸納出儒將、小將和莽將三種類型⑧，以了解他們在小說中的地位、功能與藝術特徵。

（一）儒將——楊業與其諸子

1. 楊業

　　楊家將滿門忠烈，老英雄楊業是楊家中最具典範的首位先驅人物，也是個令人敬仰、令人同情的悲劇人物。由於他曉暢軍事，身經百戰，屢立戰功，故號稱「楊無敵」。他有兩個最大的特點：一是軍事上的勇武和有智謀；二是品格上的明辨是非與忠貞．以第一點來說，當他還是屬於北漢將領之時，與宋軍對陣即已嶄露他料敵如神的本領，而他這種神機妙算的智慧本領，是來自於他對戰略地形的瞭若指掌。在與宋太祖第一次交戰，楊業即準確的透過地勢推測宋軍的埋伏位置，他調兵攔截給初征的宋軍迎頭痛擊，宋太祖在這次戰役裡還差點變成俘虜。而後北漢在等待遼兵救援裡，楊業為了不讓宋軍知道自己的兵力軍情，故意以奇襲方式來擾亂宋軍，偽裝實力，脅迫已經精疲糧盡的宋太祖不得不暫時退

兵。由於這一次的戰役使宋太祖連連讚歎說：「此人智謀過朕甚焉，真神人也」，而「欲取太原，必先獲繼業，繼業一得，太原不足取矣」。可說如果沒有楊業，北漢這個小朝廷就不可能存在這麼久。就第二點來說楊業又是個深明大義的人，關於他降宋一事，《楊家將演義》與《北宋志傳》都有不同的筆墨，前者說他是在北漢君主歸降宋朝之後，又在北漢君主勸降下不得已才投降的；並且向宋太宗請從三個條件：一是唯居漢主部下，不受大宋之職；二是唯聽宋君調遣，不聽宣言；三是自己統屬的軍隊，斬殺不需另行請旨。宋太宗肯答應才願意下太行山。這三個條件對楊業來說是他不忘北漢的高尚情操精神所致；但是對宋君來說卻是叛逆的請求，宋太宗在愛惜將才的情況下應允了。而楊業投宋之後，看宋太宗有帝王的雅量和對待英雄相惜的真誠，因此心悅誠服。這說明楊業是一個不卑躬屈膝，同時又能顧全大局的人。在《北宋志傳》裡，雖然他在北漢主附宋前投降，但是他的目的還是從老百姓的實際利益出發，才與宋軍議和。無論如何，這兩種寫法都顯示楊業是深明大義而非苟且偷生之輩，他只是順應時局而做出最理智的抉擇；如果不是這樣，那麼就無法解釋他後來幽州護駕與狼牙山陳家谷死節兩件事。在宋太宗被困幽州城時，他以一新降將的身分，立刻設計保駕出城，甚至不惜以自己的四個愛子詐騙遼軍作誘敵的犧牲品，表現了忠君與對社稷朝廷的赤膽忠心。結果七子折傷過半，大郎淵平與敢死軍俱遭殺害；二郎被遼兵射落馬下，讓眾軍踐踏而死；三郎延慶被遼兵亂劍砍死；四郎延朗被遼兵絆倒馬匹，活捉而去；五郎則在亂陣中

不知下落。楊業數子盡遭誅戮，宋太宗為此哽咽哀悼不已。楊業反而以諸子喪於王事死得其所，來安慰宋太宗。可見在忠君的前提下，他早已經將全家人的生死存亡置之度外了。在陳家谷一役裡，楊業被遼軍所困，又無外援，所率領的士卒幾乎犧牲殆盡，他卻沒有採取先前歸降宋朝的變通方法而棄甲投遼，反而毅然撞李陵碑殉節，成就了這一段令人扼腕、賺人熱淚的感人情節。凡此，證明他是一個是非分明，行事有準則的人。事實上，憑著他的智謀，打贏這一仗是不成問題的，他事先已經擬定好周密的作戰計畫，然而自私狹隘的主將潘仁美，在國難當頭之時，卻挾仇肆虐，欲報當年被楊令婆射中左股的私仇，有意置楊業於死地；護軍王侁更是幫兇，斥責楊業托言不戰，莫非有異心？致使楊業身陷重圍，徒然犧牲生命。當他絕食三日血染戰袍之際，他首先想到的是部下，言「汝等各有父母妻子，與我俱死無益」，勸他們突圍出去保存實力，而自己本想捍邊討賊以報太宗之恩，卻不料被潘、王二奸臣所逼，而致王師連連受創敗陣下來，他自己唯恐被遼兵生擒而蒙恥辱，在不甘受辱的情況下，毅然撞碑而殉國。小說這段描寫雖然與史實不符（楊業是絕食而殉國），但卻寫得悲壯感人，鐵骨錚錚的老英雄赫然如在眼前，是塑造楊業英雄形象最成功之筆。

2. 楊業諸子

在楊業諸子裡，小說比較著力描寫的是六郎，其次是四郎、五郎與七郎，他們的性格、經歷各不相同。以七郎為例，他少年英姿勃發，銳氣逼人。當他與楊業和六郎被遼兵重重圍困於陳家谷時，為救老父，單騎殺出敵陣向潘仁美取

救兵，潘仁美是有意加害楊業父子，何患無辭，怒曰：汝父子素號「無敵」，今何亦被人圍困？七郎直言：「非小將父子不能戰鬥之罪，乃明公（潘仁美）不聽吾父之言，不肯伏兵於陳家谷。」七郎年少氣盛，此話一出正刺中潘仁美的心頭大忌，潘仁美遂以下欺上的罪名，喝令軍士將七郎推出斬首。雖然在劉均期等人勸言下逃過一劫，但是終究成為潘仁美洩恨的對象，被亂箭射死，胸前攢聚七十二箭壯烈犧牲，少年英雄遂屈死枉送性命。至於五郎的事蹟，從宋末以來就有「五郎為僧」的話本，雖然已經遺佚，但是我們依舊可以從小說裡看到「五郎為僧」的輪廓。他在幽州保駕之役，與遼兵鏖戰，因戰勢危迫，遂削髮往五臺山為僧。只是對於父親殉難、兄弟凋零、權奸用事深感悲傷憤懣；因此每當宋軍危在旦夕之際，他總是帶領著自己訓練的一群頭陀軍下山鼎力相助，報國之心未曾稍減。這裡以四郎和六郎為敘述的主因，主要是其餘諸子，他們在小說裡著墨不足，出場頻率不高，或是地位可有可無，僅能說是背景人物而已，故不特別列入專題討論。

（1）楊四郎

從元明兩代的楊家將戲曲裡，對四郎始終著墨甚少，劇本僅出現四郎之名而已，並沒有任何事蹟的描述。但是在明雜劇〈開詔救忠〉裡，作者透過番將韓延壽交代幽州城一役後楊家四位將軍的下落，〈開詔救忠〉頭折裡韓延壽云：

……因為在前有大宋人馬來征俺北塞，被俺將宋朝大小眾將，困在幽州城內。不期楊令公長子楊大郎，假裝作

> 他大人，瞞過俺眾將出北門，來與俺交鋒，俺人馬浩
> 大，將楊大郎長槍刺死，楊二郎短劍身亡，楊三郎馬踏
> 為泥，楊四郎不知所在。……，雖然折了楊家四個將
> 軍，可也損了俺北番家許多人馬。

在這裡指出楊四郎在幽州一戰中下落不明，可能基於此
因，給後世的小說渲染楊四郎的餘地。因為繼〈開詔救忠〉
雜劇之後，明代小說對四郎的塑造，擺脫雜劇裡幽州城一役
後杳然失蹤的結局，成為楊家將第二代裡僅次於六郎舉足輕
重的人物。

小說裡楊四郎的性格特色是一智勇兼備威武不屈，卻又
性格委婉的人物。就前者來說，宋太宗幽州城被圍時，他義
無反顧假扮宋太宗，還刺死遼將主帥韓德讓。亂軍下，他的
坐騎被遼兵絆倒而被俘虜。被俘虜之後他全無懼死之意，唯
求一死，且和蕭太后慷慨激辯，毫無懼色，並曰：「大丈夫誰
怕死？要殺便請開刀」，蕭太后見他言語雖然激厲，卻是人物
風雅，於是萌生惜才之心，想要招他為駙馬。四郎考量：自
己本來就是俘虜，輕生而死無益於事，不如暫且虛應，或可
知此處動靜，圖謀報復。於是他改名換姓，棲身遼國潛伏下
來，卻絕非貪生怕死之輩，這可從他日後的作為加以證
明。孟良入遼求髮，他假裝心痛，騙取蕭太后的頭髮來治癒
六郎延昭的暴疾；當十大宋臣被困於九龍飛虎谷時，蕭太后
本欲親監大軍圍攻，他自討保駕大將軍之職，率兵前往，伺
機紓難，暗以二十輛車的糧草解救了圍困在谷內的十大宋臣
與隨行士兵免於飢餓之苦。六郎攻打幽州城之役，他也扮演

了極重要的內應角色，他和重陽女聯手作內應，助宋軍破遼，開啓宋軍入城之門，使宋軍能以破竹之勢，攻陷遼都幽州，獲得最後的勝利。這些戰功不能不歸於四郎勇敢過人之處。

再就他第二個性格特質而言，他的委婉與仁義在對待妻子瓊娥公主時流露出來。當四郎助宋破遼之後，蕭后羞愧自縊而死。蕭太后自縊之後，四郎爲報他平日隆禮相待的「祿養之情」，遂乞請八大王以禮葬之。他的妻子瓊娥公主雖然淪爲戰俘，但他卻仍舊眷念伉儷之情，他表明自己的真實身分之後說：「蒙汝相待，情意甚厚，豈肯相傷乎？若肯隨我回宋，即便同行；不然，亦難強逼。」他潛伏遼邦時蒙受瓊娥公主的恩情，但是在民族大義的前提下，不得不進行反遼的工作，可以說是在親情與國事之間備受煎熬。因此，在破遼之後，他對瓊娥公主家破國亡的處境可以說是感同身受的，所以他尊重妻子的抉擇而不強求。這裡作者對四郎的塑造不僅有英雄在戰場上的壯志豪情，還有個人真情的流露，可以說是對於人物性格做了一個完整的觀照。

（2）楊六郎

楊業死後，楊延昭繼承父志，成爲楊家將第二代裡最主要的抗遼英雄人物。小說裡對他著墨甚多，可以說是楊家將小說中的主幹人物。因此他的出身自然是不同於書裡的其他戰將，在他擔任佳山寨巡檢時，花刀岳勝與其比武，楊六郎的坐騎不慎失蹄將他掀翻在地上，岳勝的鋼刀乘勢即將揮下，忽然見六郎頭上「現出一隻白額虎，金晴火尾突來相交」（見《北宋志傳》第二十二回）；同樣的情況也見於他單騎往

芭蕉山欲招焦贊爲部將時，反而被焦贊捆縛起來，正當焦贊舉刀砍下，六郎頭上忽然「冒出一道黑氣，氣中現出白額虎來，咆哮掉尾」（見《北宋志傳》第二十三回）。於是這兩人都視六郎爲神人，情願歸順，把楊六郎比爲白虎星轉世⑨。

他的主要人格特色是：

①具有堅毅不拔、忍辱負重的精神

他一方面要抵抗頑敵契丹，一方面還要面對朝廷奸佞潘仁美與王欽的迫害。在陳家村狼牙谷一役裡，奸臣潘仁美害得他父親撞碑殉死，手足凋零；母親佘太君被囚於牢獄。他強忍這種悲憤進京狀告潘仁美挾私謀害，陷沒全軍，虛捏反情，誣奏楊家將欺君之事。潘仁美死後，又有遼邦細作王欽，惡他楊家將阻擾了遼邦稱霸中原的野心。於是又一次次欲置他於死地，他也挺過一層層的考驗，置之死地而後生，由於這些挫折與逆境的磨練，使得他成爲行式足誼的英雄。突顯出他性格上不向惡勢力屈服的特色。

②淡泊名利不計個人功名得失，而以國家安危爲重

這可以從他一再遭貶抑，卻又一再出面解決國家危機的行動證明。太宗時他爲告御狀擅離軍隊，被判流徙鄭州一年；之後，遼蕭太后欲探宋朝強弱虛實，他挺身而出，自願帶著兩個妹妹八娘、九妹，赴晉陽與遼兵比武，教訓驕矜逞能的遼兵，使遼敵不敢輕舉妄動，妄開戰端。真宗時，他因私下三關，被發配往汝洲監酒，後來更一度被迫詐死掩名；但是真宗受困銅臺，他還是義不容辭往魏州解危。因此真宗稱讚他：「卿憂國憂民，真社稷之臣也」。晉陽比武後，真宗授他節度使之職，六郎卻辭尊居卑，選擇了佳山寨

巡檢的職位。理由是：他本是一個流徙之徒，私到邊廷略立
微功，若受節度使之職，則是開倖進之端，啓人越分侵職之
想。佳山乃三關衝要之地，與幽州隔界，欲前往把守，使番
人不敢南下。可見他完全是從保衛邊防的觀點出發，而不慕
地位的富貴尊卑。他認爲：凡是職位只要能夠立功蹟，又何
必論其卑崇呢！這種寬宏的人生觀，也表現在另一面，即是
他善於團結盟友，收服各種勢力範圍的人才。然他不是以武
力取勝來壓制這些人，而是抱著爲朝廷延攬將才的決心，深
入賊寨與他們開誠佈公，所以他總是憑智謀取勝，而又不致
屈辱他們。例如：孟良嘲諷六郎，父子投降於宋卻不得正命
而死，手足異處若禽獸；不如他在山中，斬殺自由，何等尊
貴。焦贊更是持著鐵錘拒降六郎。而六郎則懂得在擒放之間
令他們心服，所以他們願意傾力追隨。但是我們必須注意他
們只肯聽從於六郎的命令，而不是一廂情願地效忠朝廷
的。例如我們看到六郎詐死埋名的那段時間，這些人也做鳥
獸散，回復了他們草莽式的作風。例如：焦贊在鄧州充
軍，聽六郎遭戮，馬上越獄逃走了。另外，佳山寨中岳
勝、孟良眾人聞知六郎被誅，滿寨大哭，而後立廟，春秋祭
祀。並且拆毀佳山寨，各個回舊處生息，岳勝與孟良甚至重
返太行山，自稱草頭天子。由此可見六郎對他們的約束力
量，已經超過了朝廷的爵位利祿。六郎與他們之間彷彿有一
種「橫」式的俠義關係，而這種忠義關係與君臣、父子、主
屬間那種「上下」式的忠義關係並不一樣。所以當焦、孟二
人爲盜令公的骨骸一起暴屍於遼邦城溝外，六郎也因憂傷
焦、孟二人之死，傷心成疾而亡了。綜觀楊六郎可說是集孝

義、忠義、俠義於一身的儒將典型。

(二) 儒將的總體藝術特徵

儒將所具備的內外藝術特徵計有以下幾點：

1. 形象壯美，武藝超群

藉由壯美的塑像，正足以向讀者明確昭示他們的威勢與神勇；又武將的形象雖然有臉譜化的傾向，卻也有隱喻他們各種人格特徵的效能。另外高強的武藝是武將們共同的特徵，當然有時候作者還會賦予他們超人的神力，或有化俗為聖「神授兵書」的殊遇，或者是擁有特殊的武器法寶，使他們足以與邪惡勢力對峙，成為苦難人民希望的寄託。

2. 智謀出眾，具英雄本色

作為一位將領，除了武藝超群之外，還應具備智謀，否則徒為有勇無謀的武夫而已；除了能文能武才智勇雙之外，還需具有不畏艱難的英雄主義精神，在氣概上足令對手震懾，如楊六郎「折衝卻敵談笑間」，就充分展現了英雄處變不驚的氣概。

3. 忠義自勵，生死以赴

誠上所述，形貌壯美、才智出眾、武藝不凡這些只是塑造英雄外在美的形象，倘使缺乏內在性格，那麼想引起人民崇拜英雄的共鳴恐怕是不易的。按照儒家傳統道德觀點來看，「忠」、「義」是對英雄人格的共同要求，英雄以「忠」自勵，恐怕如老子所言：「國家昏亂，有忠臣」是亂世中對忠臣的渴望。在楊家將裡父子三代前仆後繼為國犧牲生命後，甚至連女性也義無反顧投身戰場，可謂是極致盡「忠」烈，勢

必更能激發庶民的「忠」君思想。至於英雄的另一性格特徵
「義」則依他們在書中所扮演的角色與情節發展，而有不同的
內涵，總括而言可以釐析爲：「忠義」之義、「俠義」之
義、「孝義」之義、「義氣」之義，等不同的內容，爲了踐履
「忠」、「義」他們歷經構陷，卻仍勇往直前，務求盡忠報
國，契合儒家捨生取義的道德要求。

4. 命運坎坷的英雄宿命

風檐展書讀，可以發現演義小說中英雄「忠義」的性
格，卻多以悲壯結局收場，令讀者感到唏噓蒼涼不已。或許
作家試圖塑造建立政治事功與追求道德人格的完美英雄，也
不能無視於現實政治矛盾，所以當赤誠的「忠義」之心遇上
險惡的政治環境，一成不變的「忠義」之心無法與千變萬化
的政治陰謀抗衡時，英雄往往步上殺身成仁的宿命。

（三）小將──宗保、文廣與懷玉

在正史中對英雄的表述是一個已經完成的人格，具有轟
轟烈烈的事蹟或完美的德行，鮮少涉及英雄的幼年與成
長，這裡也是小說家發揮想像創造奇蹟的空白處。所以楊家
將小說裡也著力虛構許多小英雄，他們個個英姿勃發，文韜
武略甚至還勝於父親，基本上他們的共同特點如下：

1. 刻意降低他們的年齡，以突顯他們的少年才俊而能擔大任

楊宗保一十四歲就被宋真宗封爲「嚇天霸王征遼破陣大
元帥」，當遼邦佈下七十二座兵戈隱隱殺氣騰騰的天門陣
時，楊六郎與令婆只推測它可能出於「六甲天書」，卻對破陣

之法束手無策。唯有楊宗保初出茅廬卻洞曉兵書，認得天門陣其中奧秘，並識破當中缺漏可攻之處。指揮家族裡的父輩和祖輩與宋朝軍隊，調遣有方，大破撲朔迷離的天門陣，予以遼兵致命的打擊。而後宋仁宗時，楊宗保又再度領兵征儂智高，他已經鬚髮皓然，雖然白頭，卻不改少壯之心，這時隨他出征的是楊文廣，儂番王欺他是黃口孺子，沒想到卻被他殺得拍馬落荒而逃，正所謂是虎父還生虎子。

2. 以神道設教誇飾他們是「應劫而生」的天命英雄

小小年紀擔當國家興亡的重任，為了使他們的年齡與擁有的才能可以互相配合，於是必須經過人格的變形。也就是人格的拔昇，由人格變為神格。例如：楊宗保在赴幽州追趕令婆途中迷路，徑入一處窮源僻塢，林深路窄，昏暗沉沉，東西莫辨，唯見一座廟宇，遂夜叩門扉，宗保進去見廟中一位婦人巍然獨坐於殿上，兩旁侍從個個娟麗。這位婦人（擎天聖母）言：「吾居此地四百餘年，世人未嘗睹面。我與汝有宿緣，致使今宵會晤。」於是賜予楊宗保丹酒與兵書，要他將兵書研熟，再去輔佐宋主擒服番賊。這是楊宗保的第一次人格變形。主要在表現他是承受天書的應命英雄，而且前面這段話裡婦人說：「我與汝有宿緣，致使今宵會晤」更強調這種得天書的宿緣是「上天所定在他一人，而不在旁人」，企圖顯示楊宗保這位應命英雄的獨特與唯一，緣此「神授兵書」奇遇⑩，楊宗保才有破天門陣的超凡能力。第二次變形則是在楊宗保披掛上陣，初次破陣之日，被遼將韓延壽大喝一聲而墮落馬下。楊六郎以為宗保還未交戰但聞聲息便戰慄如此，實不足以成大事，豈能望他破陣？只有軍師鍾

道士明白其中緣故說：「此非宗保懼怯不能接戰，特因其年幼小，將軍必奏聖上築壇拜他，授以重任，賜他一歲，始能出陣破敵。」於是宋真宗重新築壇封職，齋戒沐浴擇吉日登壇，宣宗保升壇，焚香祝告天地，親自為楊宗保掛帥印，封為「嚇天霸王征遼破陣大元帥」，這一段封壇掛帥的描寫事實上是代表他人格的再一次提昇；因為「齋戒沐浴」和「封壇」大典與「禱祝」⑪，皆是屬於道教的神聖儀軌，加上由皇帝主祭祝禱天地，更增加了儀式的神聖性質，作者目的是透過這項神聖性質來暗喻楊宗保人格化俗為聖的再一次躍昇。

除了楊宗保有這種奇遇之外，其子在他之後的楊文廣也有機緣習得仙家之法。當楊文廣替宋仁宗攜帶三寶前往東岳廟酬願進香，為了避雨，無意中「推進」石殿禁地裡，這一「推進」的動作（人類學家解說為由俗入聖的暗示），使他從人間世界跨入神仙世界⑫。果然，他得到石殿聖帝所「贈之丹酒」─紅桃與酒，服食之後能夠隨意變化飛騰。這種因迷途而誤入他界的奇遇與服食和前面楊宗保類似，手法則是襲自六朝「仙鄉奇遇」的故事，它的意義藉著這種奇遇的歷程來表達化俗為聖之意；所贈予的「丹酒」─紅桃與酒，應該和桃子本來就是仙界之物，而酒則為祭祀必備之物，服食這兩種東西之後，從同類相求的原則使其脫胎換骨，獲致不可思議的神秘能力。

3. 楊家將忠貞節操的權變

楊文廣的奇遇除了有化凡為聖的隱喻外，另一方面則為他後來化鶴詐死，不再受朝廷徵召埋下一個埋筆。因為仁宗

怪罪他與長善公主完婚之前先娶三賊寨的女寇為妻，又再度
降罪楊文廣，後來誤會釐清，可是經過這次奇遇之後，體認
出政治的無常，遂化鶴飛去隱匿無佞府裡，不聽天子宣
召。楊文廣的退隱是楊家將積極進取精神的一大轉折，也使
得後面楊懷玉舉家遷於太行山的一節不致顯得太突兀。他所
表現的則是進可攻、退可守，儒道互補的人生態度。

　　楊文廣第四子楊懷玉是一個高蹈遠舉不戀爵位的人。當
新羅國入侵時他不顧自己的身分是一介平民，自告奮勇願為
國效力疆場，請求掛先鋒印，由此神宗知道文廣詐死，遂召
父子二人統兵征勦西番，立功抵消欺君之罪。在轉戰中宋軍
被困於白馬關，亟待朝廷援兵；但是奸相張茂卻誣告楊家將
降敵叛國，神宗大怒，以楊家將全府被梟首示眾炯戒，幸虧
周王力救得以倖免於難。所以當楊門女將等人征西凱歸之
後，楊懷玉痛惡奸臣謊報軍情，又冒奏欺君，於是殺死張茂
一家報仇雪恨，再瞞著年老的父親（楊文廣），舉家上太行山
過退隱的生活。神宗兩次派遣周王上山勸言，楊懷玉毅然
說：「臣寧死於此而不回矣？」周王對曰：「汝不回去，甘為
背逆之臣，以負朝廷乎？」他義正嚴辭地回答說：「若以理
論，非臣等負朝廷，乃是朝廷負吾家也。」並歷數自楊業降
宋以來各代所受之冤害不絕，但是明君不察，令其一門忠貞
屢遭誣衊。並說：「聖主不明，詞章之臣密邇親信；枕戈之士
遠隔情疏，不得自達。讒言一入，臣等性命須臾懸於刀
頭。此時聖主未嘗少思臣等交兵爭鬥之苦而矜恤，豈臣造為
虛妙之談以欺殿下乎？」不錯，當戰將餐風露宿統軍時，萬
種困境只有自己知道，聖主深居朝中哪能體會征戰之苦

呢？只要讒言一入聖聽，邊臣將領即蒙不白之冤。楊懷玉此語可說是一針見血道出邊疆守將的辛酸與無奈呢！而從楊懷玉的表現與楊業和七子的行逕不同看來，他不諱直言「聖主不明」、「明君不察」，可說是具有反抗「從一而終」之愚忠教條的現實意義；代表由於對統治者本質有更清醒的認識，所以《楊家將演義》後半部，顯示出忠君觀念的淡化。

楊懷玉兄弟趁夜殺了佞臣張茂一家之後，兄弟姊妹聚集商議說：

> 朝廷聽信讒言，我家屢屢被害，輔之何益！且佞臣何代無之？他每恃是文臣，欺凌我等武夫，受幾多嘔氣！……不如糾集家兵悉行走上太行山，豈非斬斷愁恨乎？⑬

楊家將歷經數代征戰，在忠奸誓不兩立的矛盾衝突中終於急流湧退了。

（四）莽將：焦贊與孟良

1. 英雄的夥伴與部屬

假如以英雄為座標來看，小說中人物的縱向關係是以的君臣間的「忠」、父子之「孝」等觀念所建構，而橫向關係則是以「義」為主體的朋友關係，想要打贏一場民族禦侮的戰爭必須要有一批共患難、同生死的夥伴，這些夥伴多不遵守封建社會的政治倫理道德規範，唯一的信念是與所追隨的英雄同喜同悲，分享榮耀也分擔悲苦，這樣的夥伴是英雄不可

缺少，但爲了維護英雄及其集團的尊嚴，他們不能容忍英雄對他人（如昏君與奸臣）的卑屈與服從，卻常常成爲替英雄惹禍的來源。

楊家父子領兵打仗多年，手下自然有許多英雄好漢。在楊六郎手下的將領最突出的是孟良與焦贊。他們原來都是佔山爲王粗野不羈的綠林盜賊，當楊六郎三擒三縱可樂洞的草頭王孟良，智取芭蕉山焦贊後，於是他們所屬的一幫山賊頭目等也紛紛趕來依附⑭，這批盜賊由於才識所限，希附英雄之驥尾以圖出身，楊六郎寬容的招撫他們，於是收群盜爲堅兵，不僅可平內亂又能抵禦外侮是兩全其美的辦法。據歐陽修〈原弊〉一文所述，北宋中葉起即有吸收盜賊參加軍隊的辦法，理由是「不收爲兵，則恐爲盜」⑮。既然是盜匪，自然很難期待他們遵守禮法。楊六郎面對這批身分複雜的綠林好漢又許以「生享爵祿」的報酬，曉以「死載簡書」名垂青史的大義，以猶如「結拜」的江湖義氣縮服他們，能由草寇進身朝廷棟樑，他們因感恩而誓死爲六郎的肢體臂膀，當然他們也只聽令並效忠六郎，願意傾全力於抗遼的戰爭共赴國難。作者以詩說明這支勁旅：

> 英雄濟濟萃三關，萬里雙威不可攀，心熟豹韜之變合，折衝卻敵笑談間。

一場風雲際會的大戰已經枕戈待旦。

2. 焦、孟二人的藝術特色

從「質」的角度⑯來看，由於孟良、焦贊二人性格經歷

很相似，有許多共同之處，如他們都英勇善戰，性格急躁，蔑視王法，有一副俠義心腸，處處體現出草莽英雄的本色；所以夏志清先生曾把焦贊、孟良二人視之爲李逵和張飛的承襲者⑰。雖然小說塑造了兩個性格極爲相近的類型人物，但這並不意味著必須力求相同而去其異，相反地卻是同中有異。

（1）由相貌顯示其性格

就焦贊、孟良二人的相同之處而論，其一是相貌的相似，其二則是性格的相似性。從外貌上來說，孟良的長相是：「濃眉環眼，面如噀血，狀貌雄偉……，使一柄大鐵斧，力大如山，無人敢敵。」。焦贊則是長得：「面如赤土，眼若銅鈴，四肢青筋突起，遍身綻肉儽傀無數。使一柄渾鐵飛鎚，萬夫莫近。」⑱。這些形容他們外貌的用語，或銅或鐵，一來顯示他們的威猛，再者這種粗線條的外形也更容易令人聯想到他們性格上的剛強作風。由外表而窺知內在性格的聯想，從理性的角度而言兩者不是必要關係，不能放諸四海而皆準，但卻與傳統文化中相信面相之術的說法隱約相契。而他們誇張、動態的外貌敘述則有助加深聽眾或讀者對他們的印象。

（2）快意恩仇的義氣——焦贊粗魯莽撞而具丑貌，孟良粗獷中帶有果敢與機智

在元雜劇〈謝金吾〉和小說裡，焦贊爲了替哥哥楊六郎報仇，性急之下把陷害楊家的謝金吾一家十三口全都殺了。而孟良在聽楊六郎慨歎楊令公的骸骨猶被番邦收禁之後，自思蒙其三次不殺之恩，悄悄出營寨，密往取令公骸骨

而歸。這裡和他與焦贊聽說天波樓被拆，便擅下三關欲與六郎同行的做法很類似，像這樣自作主張都是「性急」的表現。事實上焦贊、孟良二人的「急性」卻有層次的不同，這即是他們同中有異之處，基本上他們兩人的性格基調頗為相近（都是性急），那麼在行為的描寫上要做明顯的分判並不容易。但是作者這方面的處理卻相當清楚，因為焦贊的性急是粗魯莽撞，孟良的性急卻是粗獷中帶有果敢與機智；於是表現在外的，焦贊容易誤事，而孟良卻總能達成任務；所以怒殺謝金吾的，必是焦贊而非孟良。焦贊、孟良的同中之異猶不僅止於此，當孟良在陳家莊欲強娶百花娘子時，被楊六郎和焦贊逮到沒有娶成，焦贊笑著對孟良說：「孟哥哥！你真沒造化，撞著我等來到。若遲一日，亦得一宵受用也。」這個說笑誠然低俗，可是卻透露出焦贊的性格除了莽撞之外，還有強烈的丑鬧面貌。類似此種丑鬧面貌的呈現，還見於他與六郎同往三關的途中，遇鄉民於楊六使神廟中許願，焦贊一言不發就把自己和楊六郎的塑像推倒，震聲而崩。嚇得廟祝把哨鑼亂敲，來許願的鄉民一哄而散各自奔走。由於焦贊的莽撞和丑性，所以當他聽說謝金吾要拆楊府天波樓時，焦贊頓時怒火中燒闖入謝府，將謝金吾全家一十三口都殺了，蘸著鮮血在門上寫下「天上有六丁六甲，地下有金神七煞。若問殺者是誰？來尋焦七焦八」。若不是他這樣自做聰明好逞英雄，也不至於害得楊六郎詐死埋名，眾兄弟流離失所。事後他卻毫不在乎地說：「我平生殺了幾多人，希罕一十三個！」如此莽撞不拘、做事少考慮的神態躍然紙上。最有理由殺謝金吾的應是楊家將而非焦贊，但是為了主帥楊六郎的仁智形

像不致破壞，所以除奸臣謝金吾一事只有安排焦贊站出來了。後來真宗念其駐防有功，寬其死罪，被發配到鄧州充軍，還說：「我為朝廷除此奸佞之徒，朝廷不感戴，反把我來充軍。然我所曉者，只是臨陣斬軍而已，哪曉得做甚麼軍。」這些對政府直言不諱的批評，更充分顯現出焦贊率真、口直心快的個性。後來他聽說六郎被殺，便從鄧州逃走，又重新落草，當六郎找到他時，他正：「臥於神案之上鼾睡，聲息如雷」，六郎伸手搖他，他爬起來睜開一雙環眼，大聲和道「哪一個不怕死的狗！這等大膽，卻來惹著老爺！」著墨不多，卻將他草莽英雄的粗魯言談舉止畢現於讀者的面前了。但是這種莽撞的行逕最後終於使他喪命。當孟良二度幽州盜骨時，他從手下口中得知，便又想搶先立功。結果在幽州望鄉臺上因為黑暗中不通訊息，竟被孟良誤殺，可說是為他莽撞得過火的性格付出了沉重的代價了。

相對於焦贊的莽撞，孟良雖然也是急性之人，但他卻機智果敢，粗獷中帶有精細，在〈破天陣〉裡他自稱是「足智多謀孟火星」。因此楊六郎收孟良必須三擒三縱才能令他心悅誠服，這表示孟良並非武技不如人，而是智謀略遜楊六郎一籌所致；他歸順之後隨即用火計幫楊六郎招降芭蕉山裡頑強的焦贊。在小說裡他的機智更是表現的淋漓盡致，例如他不告而別私自獨往胡原谷，為六郎取回楊令公的骸骨的過程中，曾兩次喬裝改扮，順利通過遼兵的一道道關卡。先是冒稱替番帥餵馬的僕役與漁父同行進入幽州城，再冒充漁父獻魚給蕭太后，伺機盜取紅羊洞裡看守嚴密的楊令公骸骨；其後又見遼國搶奪西涼國原本要進貢宋朝的一匹良駿，遂臨時

起意，先毒馬後佯裝亦曉醫馬，成功的智盜驦驤馬。這是他歸附楊六郎後第一次嶄露頭角，即立下大功。而後又受命前往遼國取蕭后頭髮醫治楊六郎，盜白驤馬與楊宗保破陣，為破青龍陣在九眼琉璃井中填塞沙石。這一串接踵的艱難任務他辦得乾淨俐落又快又好，連神仙鍾離權也誇讚孟良道：「汝倒有些膽略」。又如〈孟良計賺萬里雲〉一節，他為楊五郎向八王爺借馬。八王見他面非善類，不肯借他，他一把火燒了王府，趁混亂之際竊走「千里風」良馬，八王騎著更好的「萬里雲」追趕上來，孟良心生一計，把千里風推入泥沼裡，八王心疼「千里風」，下馬觀瞧，孟良於是瞅住時機跳上「萬里雲」揚長而去。這類情節無不生動的刻劃孟良時用機智而又不掩粗莽急躁的性格。當八王領著十大朝臣前往九龍飛虎谷受降時，遼將耶律學古設計擺出一場鴻門會，宴請宋朝八王等文臣，在筵席中舞劍鬥藝，欲取諸人性命，這時為宋朝挺身而出比武做樊噲的就是孟良。他與遼將謝留轉換作活靶比賽射箭較藝，孟良射箭時他第一箭故意失手令謝留掉以輕心，第二矢即正射中謝留項下。這裡孟良以神奇手段殺掉番將謝留的精彩情節，亦是孟良機智有勇有謀的表現。

（3）焦孟不離；生則同生，死則同死的宿命

以焦贊、孟良二人在小說裡的表達方式來說，就像是我們稱呼他們二人的俗話「焦不離孟、孟不離焦」一樣。前面我們曾經提到焦贊性急卻莽撞，孟良性急而機智，於是兩人在性格上不僅各有特色，讓人不致混淆。性格基調既然相同，作為上的互動跡象也甚為明顯。例如孟良幽州初盜楊令公骨成功不久，焦贊即怒殺謝金吾為楊六郎報復，彼此維持

一個微妙但是良性的競爭關係。其實在「焦孟不離」的原則下，兩人的行為還是有一種同生共死的關係。例如當楊六郎初為佳山寨巡檢招撫將領時，孟良、焦贊幾乎是同時出現，也同時歸附六郎。而當楊六郎詐死復出招尋舊部時，焦贊、孟良也是先後不離的出現。孟良入遼邦取髮為六郎治病時，焦贊從後趕上隨行說：「哥哥機密，而我便洩露耶？死就便死，定要同去。」孟良無奈，只好和他同行。最能支持此說法的例證是孟良第二次往遼邦望鄉台盜楊令公的骨時，因為在黑暗中誤殺焦贊，而後慷慨劍自刎的悲劇。孟良盜骨殖之事早已見於他剛新附楊六郎之時，小說極有可能是為了表現兩人同生共死的關係，才在毫無伏筆的情況下，又透過陷於遼邦為駙馬的楊四郎說前次孟良所盜骨是假的，必須再派人盜回。其實這已經存在了一個不周延的故事情節，因為根據小說的內容來看，當時遼邦已經臣服，楊家真要取回楊令公的骨殖，也不必如此大費周章的盜取。這種情節上的破綻，顯然是小說刻意的造作，目地即在表現「焦孟不離」生則同生，死則共死的宿命；因為描寫孟良盜骨的元雜劇〈昊天塔〉中，根本就沒有孟良為了盜骨而誤殺焦贊的說法。

（五）英雄傳奇所蘊含的文化心理意涵

演義小說的要角以帝王將相為主，這些人物無論是真實或虛構，經過史家的正面肯定，再加上小說家的曲意提昇與誇示，形成文武兼備理想化的英雄，其所蘊含的社會文化因素可以歸納為以下幾點：

1. 崇拜英雄的文化心理

在昏亂的世局裡對於英雄的期盼是人類共同的心裡，更甚而希望他們永遠不死成為全民的堡壘，所以膜拜與祭祀的儀式就產生了，據史冊《國語‧魯語》〈展禽論祭爰居非政之宜〉篇云：「夫聖王之制祀也，法制於民則祀之，以死勤事則祀之，以勞定國則祀之，能御大災則祀之，能捍大患則祀之。」⑲記載了凡是對國家有貢獻者皆得以祀之，更足以證明對英雄的膜拜是其來有自，長久下來內化為人們對英雄的崇拜心理。所以史家編寫歷史時一致以春秋之筆懲惡揚善，小說家沒有徵信史實的約制更可以恣意闡揚誇大全民的英雄，演義小說中各樣完美形象的英雄據此而誕生。

2. 傳統道德史觀的影響

史觀是史家對歷史建構發展的看法，以儒家為主的傳統文化主張聖人之治，在聖君底下，士人以修身齊家治國平天下處世達道，史家準此觀照歷史時自然形成道德史觀，試觀史書「列傳」內容析分為：「忠義傳」、「死節傳」、「良吏傳」、「奸臣傳」、「佞幸傳」等傳，皆列有史家褒貶抑揚之語評介歷史人物，演義小說家創作時仿效此原則對小說歷史人物進一步美化或醜化，塑出善惡分明的英雄，據有加善懲惡的效能。

3. 因襲前人戲劇或講史中既定的形象塑造

演義小說的角色或有歷史、民間傳說為依據，如宋元期間，瓦舍人講楊家將故事不喜「常以旦、末扮演楊家將，褒其忠義，以淨、丑花臉扮奸臣潘仁美」，儘管潘仁美載諸史冊並非大奸，但劇作家卻不念其善，南宋耐得翁於《都城記勝》〈瓦舍眾伎〉條云：「話本與講史書者頗同，大抵真假相

牛，公忠者雕以正貌，奸邪者與之丑貌，蓋亦寓褒貶於世俗
之眼戲也。」⑳小說家依此方法間接理解歷史人物，於是類
同化的人物也大量湧現。

4. 迎合聽眾或讀者的閱讀心理

演義小說家面對廣大讀者——力求通俗易懂，因此長篇
戰爭小說必須線索簡單，因果分明，甚至人物性格化複雜為
單純，這些創作上的缺點卻正成為他們存在的價值，署名袁
宏道的《東西漢通俗演義序》即言：「今天下自衣冠以至村哥
里婦，自七十老翁以至三尺童子，談及劉季起豐沛，項羽不
渡烏江，王莽篡漢，光武中興等事，無不能悉數顛末，詳其
姓氏里居，自朝至暮，自昏迄旦，幾忘食忘寢，訟言之不
倦。」㉑從接受的角度看小說人物不必複雜，卻相當生動正
可以滿足讀者的期待。

5. 抒發憤懣寄託作家個人的理想

小說除了有寓教於樂的效用外，還可以寄鬱結之思，托
寓自己的政治理想，明代不同版本的楊家將小說在序文中不
約而同的體現了這種觀點，署名秦懷墨客的《楊家府世代忠
勇演義志傳》序文說：「忠勇如楊令公者，舉世不一見……奈
何三捷未效而掣肘於宵人，竟使身還玉關之身，徒為死報陛
下之血，良可惜哉！……丈夫泯泯而生不若列烈而死……彼
全軀保妻子者，生無補於君，死無開於子孫，千載而下……
是與草木同腐朽耳……嗟嗟！賢才出處關乎國運盛衰。不弄
於斯傳，不三致慨云。」㉒不難令人聯想作序者深沉的感
慨，與明代中後期沿海盜匪屢屢侵擾、西北異族寇邊，時政
日非有關，是出於對時代的殷憂，與良將的渴望。

四、楊家將英雄群像所折射 的悲劇意識

楊家將世代捨身衛國，父死子繼，夫亡妻承，屢建奇功卻又屢受奸臣迫害，即具有很強的悲劇色彩，綜觀其悲劇意識可歸納爲下面幾點：

（一）揭露昏君與奸臣誤國的憤慨

忠臣良將屢遭受權奸排擠搆陷，可以說是本書著墨最濃烈之筆，而且這種正邪的對立有一種宿命似的規律性，例如：楊業父子與潘仁美；楊延昭與王欽、潘仁美；楊宗保、楊文廣與狄青；楊懷玉與張茂。奸佞之臣能得逞，從另一方面來說是昏君的庇護和縱容，楊六郎從自身的遭遇深刻體會說：「朝廷養我，比如一馬，出則乘我，以舒跋涉之勞，及至暇日，宰充庖廚。」他不盲目忠君敢於發洩不滿，不應皇帝徵召；然國難當頭之際，在以國族大義爲前提下，又能奮戰抗敵，足見他是把國家利益放在忠君教條之前。

（二）理想的衝突與悲劇的超越

當自身的力量無法突破悲劇的必然性時，楊家祖孫數代面對椎心泣血的迫害，在絕望與抗爭交織之下，楊業從容就義，楊六郎、楊宗保、楊文廣以詐死的手法來避禍保身，韜

光養晦；楊懷玉復仇之後舉家上太行山不復從宣召。因其「傷宋政之日非」，痛覺輔之無益，於是挾憤殺死屢欲誣害全家的宰相張茂，瞞住老父，舉家隱居太行山，寧可從此過「伐木爲室，耕種田地，自食其力的生活」。朝廷派周王爺召他入朝受職，並提醒他：「汝不回去，甘爲叛逆之臣，以負朝廷乎？」懷玉義正言辭的回答：「若以理論，非臣等負朝廷，乃朝廷父臣家也」，他表明「倘或來宣入朝受職，將臣碎屍萬段，亦決不遵依」。面對是非顛倒、忠奸不分、小人得志、忠臣遇害的凶險政治風浪下，楊懷玉焉能不對醜陋的政治產生厭倦、悲哀與失望呢？只有選擇急流湧退來消解內心的悲愴。是如詩所示：

塵世侯封上太行，只緣杜鼠暗中傷。繁華過眼三春景，衰朽催人兩鬢霜。
宦海無端多變態，菜羹有味飽諳嘗。浮生得樂隨時樂，何必耽憂駐汴梁。

五、結論

本文從儒家積極安身立命與宿命論來關照楊家將小說中不同類型人物他們的運命遭際，看到這些英雄在外禦強敵、內除奸佞時，企圖以自身的力量突破環境的限制與惡勢力抗爭，又明確地意識到不能突破的過程；其中個人生命與國族存亡取捨，對道德執著的迷惘和昏暗政治的感憤，展現

出不同的人生價值取向，透露出悲劇意識的美感，千載之下令人掩卷嘆息。

註　釋

① 見《宋史》〈列傳〉卷三十一，元·脫脫撰，洪氏出版社，1975 年 10 月出版。

② 見玉茗堂主人批點《北宋志傳》序言，明清善本小說叢刊第十五輯《南北兩宋志傳》，臺北：天一出版社，1985 年 10 月出版。

③ 同註②。

④ 羅燁《醉翁談錄》卷一甲集〈舌耕敘引·小說開闢〉下列有朴刀類〈楊令公〉、杆棒類〈五郎為僧〉僅存目的楊家將故事。見黃霖、韓同文選注《中國歷代小說論著選》，江西：江西人民出版社，2000 年 9 月第 3 版，頁 94。

⑤ 見明·臧敬叔校《元曲選》第二冊，〈昊天塔孟良盜骨〉題目正名為〈瓦喬關令公顯神·昊天塔孟良盜骨〉簡稱〈昊天塔〉，〈謝金無詐拆清風閣〉題目正名為〈楊六郎私下三關·謝金吾詐拆清風閣〉簡稱〈謝金吾〉（《元曲選》明·臧敬叔校，臺灣中華書局出版）。

⑥ 見也是園《孤本元明雜劇》，上海涵芬樓印，臺灣商務書局影印本，1971 年，王季烈為該書作提要說明這三本雜劇皆明代抄本，他們的寫作時間在元代雜劇之後，但不會晚於現今所見的明代楊家將小說。

⑦ 見陳維昭〈因果、色空、宿命觀念與明清長篇小說的敘述模式〉，華南師範大學學報（社會科學版），1989 年第 4 期。

⑧ 在此關於「類型人物」的定義以蕭兵所表述為主，即小說人物彼此間的性格、特徵具有某種「相似和對應」，而且構成一種「橫向聯繫」，則可把這些人物視為一種類型。見蕭兵撰〈中國古典小說的典型群〉，文載

《明清小說研究》一書，北京：北京中國文聯出版社，1985 年，頁 20。

⑨ 這種比附是出於星宿神話，白虎星原本是西方七個星宿的總稱。漢代認為白虎諸星與軍旅的吉凶有關，如《史記》〈天官書〉言：「參為白虎，三星直者，是為衡石。下有三星兌，曰罰，為斬艾事。其外四星，左右肩股也。小三星隅置，曰觜觿，為虎首，主葆旅事。」司馬貞索隱曰：「葆，守也；旅，猶軍旅也 。言佐參伐以斬艾除兌也。」漢代白虎星宿與軍旅吉凶有關的信仰，再結合戰場上執干戈的處將形象，便產生著名戰將被附會為白虎星下凡的神話，如唐代薛仁貴及宋將韓世忠皆被賦予此類不平凡的出身。而這種附會的效用明顯是讓英雄以「貶謫的神族」面貌來誇大他天賦異稟。

⑩ 據胡萬川先生在〈平妖傳研究〉一書所云：玄女、白猿與天書代表傳達天命的神意組合。而天書往往似兵書，因民眾神化英雄的心理，使得兵書漸漸化成神秘的天書。〈平妖傳研究〉，臺北：華政書局，1984 年 2 月。

⑪ 「齋戒」的意義按《說文》為：「齋，戒潔也，從示。」韓康伯稱「洗心」為齋，「防患」為戒（見《易‧繫辭》韓注），洗心防患的目地何在呢？《禮記》〈曲禮〉上說：「齋戒以告鬼神。」《孟子》〈離婁〉稱，雖有惡人齋戒沐浴可以祀上帝。而「沐浴」更是借水來潔淨身心的儀式，總之「齋戒沐浴」都是為了表示對祭祀的誠心。另外「禱祝」（乃是古老巫術之一而被道教吸收），它的施行表現人力圖通過聲音的振動傳播信息，從而招致某種美善之物的出現（或者希望消除某種即將產生的惡果），而此處則表示宋真宗與神明的溝通，乞求上天賦予楊宗保超凡的能力。其實「齋戒沐浴」、「登壇祝禱」這幾個儀式結合起來就是道教的「齋醮」，為祭禱神靈的一種綜合儀軌。

⑫ 據李豐楙先生所研究，道教裡「世人採藥往往誤入諸洞中」說，人仙之

間，俗聖之隔俱以具象徵性的事物表現：《搜神後記》安排的是石橋、絕崖、瀑布，及「有山穴如門」；而經過的動作則是經、渡及豁然而過，這是通過門閾的一種隱喻，類似人類學家解說由俗入聖的通過儀禮，從人間世界跨入神仙世界。這裡楊文廣在峭拔迴絕的山峰中推開石殿的石門，與此類的隱喻頗為相合。見〈六朝道教洞天說與遊歷仙境小說〉，收於《小說戲曲研究》第一集，臺北：聯經，1986 年 5 月初版，頁 39。

⑬ 見《楊家將演義》卷八第五十八則〈懷玉舉家上太行〉，山西人民出版社，1996 年 9 月 1 版 1 刷。

⑭ 見《楊家將演義》卷三，山西：山西人民出版社，1996 年 9 月第一版第一刷，頁 66~70。

⑮ 見《歐陽修全集》卷三「原弊」，臺北：義士書局，1970 年 6 月，頁 17。

⑯ 所謂「質」的角度是指從性格、性格與心理來分析小說人物，更能反映人物的深度與廣度。

⑰ 夏志清於〈戰爭小說初論〉一文中把李逵和張飛視為一種「原型」，其後出現的程咬金、焦贊和孟良、牛臯，則是這種「原型」的承襲者。並且把他們稱之為「野蠻而終於變成滑稽的英雄」，其後也稱為「滑稽英雄」。（文載《愛情、社會、小說》，臺北：純文學出版社，1976 年 7 月，頁 107~141）

⑱ 此處所引乃是綜合二書《楊家將演義》卷二第十三、第十四則，以及《北宋志傳》第二十二和二十三回。

⑲ 薛安勤、王連生譯注：《國語譯注》，吉林：吉林文史出版社，1991 年 4 月第 1 版，頁 173。

⑳ 耐得翁：《都城紀勝》，景淵閣《四庫全書》史部地理類第 590 冊，臺北：臺灣商務印書館，頁 9。

㉑ 見黃霖、韓同文選注：《中國歷代小說論著選》，江西：人民出版
　　社，2000 年 9 月第 3 版，頁 184。

㉒ 錄自《楊家府世代忠勇演義志傳》序文，秦淮墨客校閱，煙波釣叟參
　　訂，臺北：臺北國立中央圖書館影印本，1971 年。

參考書目

一、專書（按經史子集為序）

〔元〕脫脫撰：《宋史》，洪氏出版社，1975 年 10 月。

〔宋〕司馬光撰、〔元〕胡三省注：《資治通鑑》，弘道文化
　　公司，1970 年 8 月。

李燾著：《續資治通鑑長編》，景印文淵閣四庫全書，紀昀等
　　編，1983 年。

薛安勤、王連生譯注：《國語譯注》，吉林文史出版社，1991
　　年 4 月。

二、專書（按書名第一自筆劃順序為序）

〔明〕臧晉叔校：《元曲選》，臺灣中華書局。

孫楷第著：《日本東京所見中國小說書目——附大連圖書館所
　　見中國小說書目》，鳳凰出版社，1974 年 11 月。

馬幼垣著：《中國小說史集稿》，時報文化，1987 年 3 月。

孫遜、孫菊園編：《中國古典小說美學資料匯萃》，大安出版
　　社，1991 年 1 月。

黃霖、韓同文選注：《中國歷代小說論著選》，江西人民出版
　　社，2000 年 9 月

胡萬川著：《平妖傳研究》，華正書局，1984 年 1 月。

《明清善本小說叢刊第十五輯・南北宋演義專輯南北宋志
　　傳》，天一出版社，1985 年 10 月。

李保君主編：《明清小說比較研究》，四川大學出版社，1996
　　年 10 月。

紀德君著：《明清歷史演義小說藝術論》，北京師範大學出版
　　社，2000 年 11 月。

《孤本元明雜劇》，上海涵芬樓印，臺灣商務書局影印
　　本，1971 年。

耐得翁著：《都城紀勝》，景淵閣《四庫全書》，史部地理類
　　第，590 冊，臺灣商務印書館。

秦淮墨客校閱，煙波釣叟參訂：《楊家府世代忠勇演義志
　　傳》，臺北國立中央圖書館影印本，1971 年。

夏志清著：《愛情、社會、小說》，純文學出版社，1976 年 7
　　月。

秦淮墨客著：《楊家將演義》，山西人民出版社，1996 年 9
　　月。

歐陽修著：《歐陽修全集》，臺北義士書局，1970 年 6 月。

三、期刊論文（按篇名筆畫為序）

李忠明：〈中國古代小說中的悲劇意識〉，南京師大學報（社
　　會科學版），1994 年第 2 期。

陳維昭：〈因果、色空、宿命觀念與明清償篇小說的敘事模
　　式〉，華南師範大學學報（社會科學版），1989 年第 4 期。

紀君德：〈論明清時期歷史小說家的悲劇意識〉，中國古代近
　　代文學研究，1997 年 6 月。

羅宗濤：〈章回小說中的小將和女將〉，逢甲中文學報，1991

年 11 月。

焦素娥、陳政：〈悲劇意識與中西文學散論〉，信陽師範學院
　學報（哲學社會科學版），1994 年 9 月。

蘇義穠：〈傳統小說中的李逵類型人物研究〉，1987 年政治大
　學中文研究所碩士論文。

荊溪、李松楊：〈檢論諸國古代人物類型理論〉，遼寧師範大
　學學報（社科版），1996 年第 5 期。

附錄一

生命的書寫——第二屆主題文學學術研討會議程表

九十二年五月三日（星期六）					
0810 0830	報到（元培科學技術學院光暉大樓二樓會議室）				
0830 0840	開幕式（主持人：丁亞傑　　貴賓致詞：林校長進財）				
時間	場次	主持人	主講人	論文題目	特約討論人
0840 1010	一	李瑞騰	羅秀美	見證帝國的醫者——重讀劉鶚/老殘的走方生涯	李瑞騰
			葉錦霞	王禎和的病誌書寫——《兩地相思》試析	莊宜文
			周志川	宋明理學之太極本體論對金元明醫學的影響	吳車
1010 1030	茶敘				
1030 1200	二	陳仕華	吳儀鳳	歌功頌德型唐賦創作之社會因素考察	王學玲
			卓美惠	從《楊家將演義》看宿命系統下的英雄群像	張美櫻
			余蕙靜	論兩部現代戲劇中李秀成生命歷程的描寫	李壽菊
1200 1300	午餐				

九十二年五月三日（星期六）					
1300 1430	三	詹海雲	陳美琪	周人的祖先崇拜	程克雅
			孫致文	國族生命與個人生命——試論朱熹的「復仇」觀念	馮曉庭
			林淑貞	方苞生死關懷與生命美典的書寫——以傳、祭文、哀辭、墓表、墓誌銘爲視域	金鎬
1430 1450	茶敘				
1450 1620	四	蔡英俊	程克雅	存亡、興廢與經略:春秋戰國時代陰陽家言的時代意義與象徵	許華峰
			邵曼珣	明代蘇州園林空間的書寫——文人生命情境的投射	蔡英俊
			丁亞傑	存在感受與歷史解釋——論顧頡剛《古史辨自序》	孫致文
1620 1640	茶敘				
1640 1740	五	黃忠慎	車行健	紅尾魴魚游向那？——論《詩經·汝墳》的歷代詮釋所蘊含的家／國矛盾	黃忠慎
			張政偉	郁達夫《沉淪》的情、慾與死亡	林淑貞
1740 1750	閉幕式（主持人：丁亞傑　貴賓致詞：蔡副校長雅賢）				

研討會主持人、發表人、特約討論人簡介

姓名	任教學校	職稱	備考
李瑞騰	中央大學中文系	教授兼系主任	主持人、討論人
蔡英俊	清華大學中文系	教授兼寫作中心主任	主持人、討論人
黃忠慎	彰化師範大學國文系	教授兼系主任	主持人、討論人
詹海雲	交通大學通識教育中心	教授	主持人
陳仕華	淡江大學中文系	副教授	主持人
程克雅	東華大學中文系	副教授	發表人、討論人
車行健	東華大學中文系	副教授	發表人
吳車	靜宜大學中文系	副教授	討論人
林淑貞	靜宜大學中文系	副教授	發表人、討論人
李壽菊	德明技術學院通識教育中心	副教授	討論人
余蕙靜	蘭陽技術學院通識教育中心	副教授	發表人
吳儀鳳	東華大學中文系	助理教授	發表人
莊宜文	中央大學中文系	助理教授	討論人
許華峰	輔仁大學中文系	助理教授	討論人
王學玲	暨南大學中文系	助理教授	討論人
張美櫻	大葉大學共同教學中心	助理教授	討論人

馮曉庭	中研院文哲所	博士後研究	討論人
金鎬	中研院文哲所、臺灣大學中文所	博士候選人	討論人
張政偉	東華大學中文系	博士生、講師	發表人
孫致文	中央大學中文系	博士生、講師	發表人、討論人
陳美琪	元培科學技術學院國文組	副教授	發表人
邵曼珣	元培科學技術學院國文組	副教授	發表人
丁亞傑	元培科學技術學院國文組	副教授	發表人
周志川	元培科學技術學院國文組	講師	發表人
卓美惠	元培科學技術學院國文組	講師	發表人
葉錦霞	元培科學技術學院國文組	講師	發表人
羅秀美	元培科學技術學院國文組、中央大學中文所	講師、博士候選人	發表人

國家圖書館出版品預行編目資料

生命的書寫—第二屆主題文學學術研討會論

文集 ／ 元培科學技術學院國文組主編, --

初版 --臺北市：萬卷樓, 民 92

面； 公分

ISBN 957－739－450－7 (平裝)

1.中國文學－論文,講詞等

820.7   92012721

生命的書寫

─第二屆主題文學學術研討會論文集

主　　　編：元培科學技術學院國文組
發 行 人：楊愛民
出 版 者：萬卷樓圖書股份有限公司
　　　　　　臺北市羅斯福路二段 41 號 6 樓之 3
　　　　　　電話(02)23216565・23952992
　　　　　　傳真(02)23944113
　　　　　　劃撥帳號 15624015
出版登記證：新聞局局版臺業字第 5655 號
網　　　址：http://www.wanjuan.com.tw
E-mail　　：wanjuan@tpts5.seed.net.tw
經 銷 代 理：紅螞蟻圖書有限公司
　　　　　　臺北市內湖區舊宗路二段 121 巷 28 號 4F
　　　　　　電話(02)27953656(代表號)　傳真(02)27954100
E-mail　　：red0511@ms51.hinet.net
承 印 廠 商：晟齊實業有限公司
定　　　價：480 元
出 版 日 期：2003 年 8 月初版

ISBN 957－739－450－7